FJB

JESSICA JUNG

Bright

ROMAN

Aus dem amerikanischen Englisch
von Lena Kraus

FJB

Aus Verantwortung für die Umwelt hat sich der S. Fischer Verlag
zu einer nachhaltigen Buchproduktion verpflichtet. Der bewusste
Umgang mit unseren Ressourcen, der Schutz unseres Klimas und
der Natur gehören zu unseren obersten Unternehmenszielen.

Gemeinsam mit unseren Partnern und Lieferanten
setzen wir uns für eine klimaneutrale Buchproduktion ein,
die den Erwerb von Klimazertifikaten zur Kompensation
des CO_2-Ausstoßes einschließt.

Weitere Informationen finden Sie unter:
www.klimaneutralerverlag.de

Deutsche Erstausgabe

Erschienen bei FISCHER FJB
Frankfurt am Main, Oktober 2022

Die amerikanische Originalausgabe
erschien 2022 im Verlag Simon Pulse,
einem Imprint von Simon & Schuster, New York.
© 2022 by Jessica Jung and Glasstown Entertainment

Für die deutschsprachige Ausgabe:
© 2022 S. Fischer Verlag GmbH,
Hedderichstr. 114, 60596 Frankfurt am Main

Redaktion: Janika Krichtel
Satz: Daniela Schulz
Druck und Bindung: CPI books GmbH, Leck
Printed in Germany
ISBN 978-3-8414-0107-6

Für meine Goldenen Sterne –
auf dass wir für immer leuchten und strahlen

Kapitel *Eins*

Lächeln, sagen sie. Verdammt nochmal, du lebst den Traum, für den unzählige Mädchen alles geben würden! Außerdem siehst du viel hübscher aus, wenn du lächelst. Jetzt komm schon. Weicher. Süßer. Du willst doch schließlich keine Eiskönigin sein, oder?
»Rachel, hier drüben!«
»Lächeln!«
Das Blitzlichtgewitter geht schon los, bevor meine champagnerfarbenen Stilettos überhaupt den Boden berühren. Ich streiche unauffällig mein Outfit glatt – ein trägerloses, glitzerndes Wickelkleid mit Herzausschnitt –, als ich auf den roten Teppich trete. Mina ist dicht hinter mir, und sieben weitere Mädchen steigen hinter uns aus der Limousine und winken wie Queen Elizabeth. Die Fans kreischen, als sie uns sehen, und versuchen, die Wand aus Paparazzi zu durchbrechen.
»Ein Gruppenfoto!«, ruft einer der Fotografen.
Als hätten wir das schon tausendmal gemacht, stellen wir uns für das Foto auf. Jede von uns weiß genau, wo sie stehen muss, damit man uns alle von unserer besten Seite sieht. Wir gleichen uns gegenseitig aus, die größeren und die kleineren Mädchen stellen sich genau so auf, dass alles zusammenpasst und niemand heraussticht. Während wir posieren, wird das Klicken der Kameras noch lauter. Wir werden von allen Seiten abgelichtet. Wenn wir zu neunt so dicht zusammenstehen, ist unsere Energie deutlich

spürbar. Irgendjemand hat mal ein Foto von uns gepostet und daruntergeschrieben: *So sieht echte Power aus!!* Manchmal denke ich daran. Power. Noch vor gar nicht allzu langer Zeit war das das Letzte, was ich empfand, wenn ich mit diesen Mädchen zusammen war. Aber in den letzten fünfeinhalb Jahren hat sich sehr viel verändert.

Die Mädels und ich lassen uns Zeit, während wir den roten Teppich entlanglaufen. Wir bleiben immer wieder stehen und posieren. Geglosste Lippen, die Hände in die Seiten gestemmt und im wahrsten Sinne des Wortes strahlend wie die Sonne. Unsere roségoldenen Outfits glitzern und funkeln. Als wir die Glastür des Peninsula Hotel Shanghai erreichen, werfe ich noch einmal einen Blick über die Schulter und zwinkere mit einem letzten, strahlenden Lächeln einer der Kameras zu.

Ich habe es weit gebracht, seit ich Trainee war und jedes Mal wie erstarrt stehen geblieben bin, wenn sich eine Kamera in meiner Nähe befand. Die Kameras machen mir keine Angst mehr.

Ich hab sie in der Hand.

Lächeln.

Als mir zum ersten Mal ein kleines Mädchen gesagt hat, ich hätte ihr Leben verändert, habe ich geweint.

Das war ein Jahr nach meinem Debüt mit Girls Forever, bei der Promotour für unsere Comeback-Single »Sweet for You«. Das Musikvideo wurde bereits am ersten Tag fünfzig Millionen Mal angeschaut, und die pastellfarbenen Fischerhüte und Perlmuttsonnenbrillen, die wir darin trugen, waren innerhalb von einer Woche überall ausverkauft. Das Mädchen war vielleicht elf Jahre alt – genauso alt wie ich, als ich mein Training bei DB Entertainment begann –, schlaksig und ein bisschen schüchtern. Dennoch strahlte sie über das ganze Gesicht, weil sie mich treffen durfte. Ihre Augen funkelten mit den Glitzersteinchen auf ihrem T-Shirt um die Wette. Die Steinchen formten einen Schriftzug: RACHEL KIM. Mein Name.

»Vielen, vielen Dank, Rachel«, sagte sie leise und hielt mir ihr selbstgebasteltes Poster zum Unterschreiben hin.

»Aber gerne!« Ich lächelte ebenfalls und ließ fast meinen goldenen Signierstift fallen, bevor ich meinen Namen auf das Poster schrieb, auf die Art, die als mein Autogramm bekannt werden würde (ein großes R...ACHE... und dann ein verschlungenes L mit einem Sternchen am Ende).

Ich gab dem Mädchen das Poster zurück, und eine Securityperson in einer gelben Warnweste wollte sie weiterschieben.

»Warte!«, rief sie.

Der Mann verdrehte die Augen, ließ aber zu, dass sie stehen blieb und mir sagte, was sie zu sagen hatte.

Sie holte tief Luft und schaute mich ernst an. »Ich bin gerade aus Amerika nach Seoul gezogen – genau wie du. Es war nicht leicht«, gab sie zu. »Aber wenn ich sehe, wie du auftrittst und dass du das tun kannst, was du liebst, dann fühle ich mich weniger alleine. Als könnte ich irgendwann vielleicht auch einen Weg finden, zu strahlen. Du hast wirklich mein Leben verändert.« Sie lächelte und bedankte sich ein zweites Mal für das Autogramm. »Aaah«, quietschte sie und betrachtete den Schriftzug eingehend. »Du hast ja keine Ahnung, wie viel mir das bedeutet.« Sie drückte das Poster an sich und schritt von dannen. Eine große, fette Träne lief mir die Wange hinunter, während ich ihr zuwinkte und versuchte, den Kloß in meinem Hals hinunterzuschlucken. In Wirklichkeit war es genau andersherum: Sie hatte keine Ahnung, wie viel ihre Worte mir bedeuteten.

Jetzt, fünfeinhalb Jahre später, weine ich nicht mehr bei Signierstunden. Ich habe gelernt, wie ich es schaffe, während dieser Veranstaltungen ein hübsches Lächeln auf dem Gesicht und meine Emotionen unter Kontrolle zu halten. Manchmal möchte ich mich immer noch kneifen, weil es sich einfach nicht echt anfühlt. Wie habe ich es nur hierhergeschafft? Zu sagen, dass das Training nicht leicht war, wäre die Untertreibung des Jahrhunderts. Es war unbarmherzig, unglaublich anstrengend, und es hat mehr als nur einmal dafür gesorgt, dass ich meinen Lebensweg gehörig in Frage gestellt habe. Und als wir endlich unser Debüt hatten, wurde der Druck nur noch stärker. Brutale Proben, ein Auftritt nach dem anderen, Wecker in den frühen Morgenstunden für Shootings, die teilweise zwei Tage dauerten, und das alles mit den anderen acht Mitgliedern von Girls Forever, mit denen ich plötzlich rund um die Uhr zusammen war. (Und, ganz ehrlich, das war noch einmal eine Herausforderung der ganz anderen Art.)

Aber letzten Endes war es das alles wert. Es steckt wirklich Magie in unserer Musik, und auch darin, den Menschen zu begegnen, denen sie etwas bedeutet. Ein K-Pop-Idol zu sein, bedeutet auch, dass ich Teil von etwas bin, das so viel größer ist als ich selbst.

Die Energie des Publikums heute Abend war wirklich wild. Shanghai ist die letzte Station auf unserer Glow Asia Tour. Sie hat mehrere Monate gedauert, während der wir alle paar Tage in einer anderen Stadt waren, immer unterwegs. Es war wirklich der reinste Wirbelsturm, und es hat auch immer wieder Tage gegeben, an denen ich mein eigenes Bett vermisst habe. Aber heute Abend auf der Bühne wurde mir klar, wie sehr ich das Tourleben vermissen werde, wenn wir erst einmal wieder in Korea sind. Es ist Januar, und wir werden erst im Herbst wieder auf Tour gehen. Das heute war also unser letzter gemeinsamer Auftritt für eine ziemlich lange Zeit. Und das hat man auch gespürt. Wir haben heute 110 Prozent gegeben, und das Publikum hat es uns gleichgetan. Jetzt ist Zeit, zu feiern.

Ich schaue mich im Ballsaal des Peninsula Shanghai um. Das Promoteam hat alle Register gezogen. Funkelnde Kristallleuchter sind unter der Decke aufgereiht und werfen Lichtsprenkel auf die Kellner in ihren hochwertigen Smokings, die mit Champagnergläsern auf Silbertabletts durch die Menge huschen. Die Musik hallt von den Wänden wider, und die Leute tanzen und unterhalten sich. Ein Teil des Ballsaals ist in eine kleine Rollschuhbahn umgewandelt worden. Cocktails in Neonpink und -gelb surfen auf leuchtenden Tabletts an mir vorbei – eine Hommage an den Titelsong unseres letzten Albums »Glow«. Man kann unglaublich gut dazu tanzen, und der Song dominiert schon den ganzen Sommer über die Charts. Ein Beamer wirft Bilder aus dem Musikvideo an die Wand: fluoreszierende Kegelbahnen, Wiesen voller Glühwürmchen, ein beleuchtetes Riesenrad, unter dem die Lichter einer Stadt funkeln wie Kerzen auf einer Geburtstagstorte. Ganz ehrlich, hier kann man unglaublich leicht vergessen, dass tiefster Winter herrscht und es draußen gerade mal drei Grad hat.

Gerade, als ich nach einem Sektglas greife, ruft jemand meinen Namen.

»Rachel Kim!« Ein drahtiger Mann mit einer roten, viereckigen Brille und einem warmen Lächeln kommt auf mich zu und streckt mir die Hand hin. »Ich bin Park Hyunbae, Vizeprogrammdirektor von SOAR Drama and Entertainment. Ich hatte gehofft, dass wir uns heute Abend begegnen.«

SOAR ist eine der größten Rundfunkfirmen in Korea. Wir waren schon in einigen ihrer Sendungen, aber DB hat sich immer um diese Auftritte gekümmert, also habe ich noch nie einen der Manager kennengelernt. »Schön, Sie kennenzulernen.« Ich schüttle ihm die Hand.

»Ich hoffe, das ist in Ordnung.« Er greift in die Tasche und holt einen Stift hervor. »Meine Tochter ist ein großer Fan, und sie würde mir nie verzeihen, wenn ich nicht wenigstens frage. Würden Sie das für sie unterschreiben? Sie heißt Park Miyoung.«

»Sehr gerne.« Selbst nach den Tausenden (oder sind es schon Millionen) Autogrammen, die ich schon gegeben habe, kann ich immer noch nicht gut nein dazu sagen.

Er lächelt, als ich ihm die signierte Cocktailserviette reiche. »Die werde ich heute Abend hüten wie meinen Augapfel.« Er faltet das Autogramm zusammen, steckt es in seine Brusttasche und klopft mit der Hand darauf. »Wissen Sie, Rachel, Miyoung ist nicht Ihr einziger Fan. Meine Frau und ich sind auch große Fans von Ihnen. Sie haben wirklich eine tolle Stimme.«

Jetzt bin ich an der Reihe, dankbar zu lächeln. »Vielen Dank, Mr. Park.«

»Im Radio wären Sie auch toll.« Er zieht fragend eine Augenbraue hoch. »Hätten Sie Interesse daran, mal eine Show zu hosten? SOAR startet bald ein neues Format, in dem einzelne Künstler und Künstlerinnen aus allen Lebensbereichen interviewt werden. Sie wären toll als Host.«

Ich bin sofort ganz Ohr. »Das wäre wirklich toll«, sage ich. »Wenn Sie sich mit DB in Verbindung setzen, können Sie sicher ein Meeting für uns planen«, füge ich hinzu. Ich klinge sicher zuversichtlicher, als ich es wirklich bin. Aber warum sollte DB kein Interesse haben? Die Formate von SOAR haben ein riesiges Publikum, und wenn ich das einsetzen kann, um Girls Forever zu promoten, und das auch noch, indem ich tiefgreifende, intime Gespräche über kreative Prozesse führe, ist das doch sicher eine Win-win-Situation.

»Perfekt«, sagt Mr. Parker. »Ich melde mich.«

Wir stoßen miteinander an, und dann wird er von einer Gruppe Medienleuten eingenommen, die unbedingt mit ihm sprechen möchten. Ich denke darüber nach, ob ich zum Nachtischbuffet gehen soll oder auf die Tanzfläche, als Mina auf mich zuschreitet und nach meiner freien Hand greift.

»Da bist du ja!«

Mina hat ein sicheres Gespür dafür, wenn jemand anderes Anerkennung oder Aufmerksamkeit bekommt – ich hatte kaum mit Mr. Park angestoßen, als sie auch schon neben mir stand. Aber sie strahlt über das ganze Gesicht, ihre Augen glänzen vor Freude über die Musik, und sie ist unglaublich charismatisch. Wenn man sie so sieht, möchte man einfach alles stehen und liegen lassen und bei allem mitmachen, was sie vorschlägt.

»Komm schon, tanzen!«, sagt sie.

Ich trinke einen Schluck und stelle mein Glas auf eines der vielen Tabletts, die die ganze Zeit vorbeischweben. Sie führt mich auf die Tanzfläche und dreht mich unter ihrem Arm hindurch.

In ihrem glänzenden Hosenanzug mit den weit geschnittenen Beinen sieht sie wirklich schick aus. Ihr aschbraunes Haar ist zu einer lockeren, eleganten Hochsteckfrisur geformt. Wir tanzen und lachen und ich folge ihren Bewegungen. Sie ist definitiv magnetisch. Wenn sie tanzt, noch mehr als sonst. Sie wirkt schwerelos und fröhlich, und alle Kameras im Saal sind jetzt schon auf uns gerichtet.

Eine Sekunde lang lasse ich zu, dass auch ich glaube, dass sie etwas Echtes fotografieren, einen Moment der Freundschaft zwischen zwei jungen Frauen, die einmal verfeindet waren. *Wow, wir haben es wirklich weit gebracht,* könnte ich sagen. Weißt du noch, wie sehr wir einander mal gehasst haben? Weißt du noch, als du mir im Trainehaus Alkohol untergejubelt hast? Du hast mich gefilmt, als ich betrunken auf dem Tisch getanzt habe. Es fühlt sich an, als sei das schon eine Ewigkeit her, oder?

Aber manche Dinge ändern sich einfach nicht, auch nicht nach einer Ewigkeit.

Es hat Jahre gedauert, bis die Gerüchte über unsere angebliche Dreiecksbeziehung mit dem berühmtesten K-Pop-Idol von DB Entertainment, Jason Lee, verstummt waren. In Wahrheit war genau dieses Liebesdreieck ein Publicity-Stunt von DB selbst, bevor Mina und ich unser Debüt hatten. Sie wollten Jasons Solokarriere pushen, als er seine Band NEXT BOYZ verließ, und wir waren das perfekte Werbeinstrument. Was könnte Jason Lee, den ohnehin schon die halbe Welt anhimmelte, noch unwiderstehlicher machen, als zwei K-Pop-Stars, die um seine Liebe kämpften? Mina hatte natürlich die ganze Zeit gewusst, dass alles nur gespielt war. Mir wurde dieses unwesentliche, winzige Detail verschwiegen, bis ich mich schon völlig real Hals über Kopf in den Kerl verliebt hatte.

Was Mina und mich betraf, hat DB nach unserem Debüt beschlossen, dass sie die Dreiecksbeziehung jetzt lange genug ausgeschlachtet hatten, und wollten als Nächstes unsere »Versöhnung« inszenieren. In einem »geleakten« Video fielen wir uns unter Tränen in die Arme und schworen, dass wir nie wieder zulassen würden, dass ein Mann zwischen uns steht. Seitdem hatten wir nur noch positive Schlagzeilen, und ich möchte unbedingt, dass das so bleibt.

Und doch. In Momenten wie diesen kann ich einfach nicht anders, als mir selbst ebenfalls etwas vorzuspielen. Ich muss einfach so tun, als wäre der Spaß echt, den wir allen bloß vorspielen. Als würde nicht alles nur der

Publicity dienen, sondern als würden wir uns wirklich, wirklich mögen.

»Du hast dich wirklich was getraut mit diesem Kleid, du Fashionista«, schreit Mina über die Musik hinweg. »Sieh sich einer diese süßen Oberschenkel an!«

Ja, da geht er hin, der schöne Moment.

Der Abend vergeht in einem fröhlichen Wirbel aus Musik und Champagnergläsern. Der Ballsaal ist voller altbekannter Gesichter von DB und unzähliger Menschen, die ich noch nie zuvor gesehen habe. Und alle wollen unbedingt mit mir sprechen.

»Du hast das heute beim Konzert wirklich toll gemacht, Rachel!«

»Deine Stimme wird immer schöner und schöner.«

»Phänomenal! Du bist zweifellos zum Star geboren.«

Nach unzähligen durchtanzten Stunden bin ich so langsam bereit, mich zurückzuziehen. Die introvertierteren Mädchen der Gruppe, Youngeun, Jiyoon und Sunhee haben sich schon höflich verabschiedet und sind ins Bett gegangen. Mina, Lizzie und Eunji sind irgendwie auf der Rollschuhbahn gelandet. Sie lachen und kreischen, während sie sich auf ihren Rollschuhen im Kreis drehen und sich ihre glitzernden Outfits wie Schirme um sie aufbauschen. Ari und Sumin trinken an der Nachtischbar Cocktails und streiten sich wie immer über irgendetwas. Sie sind gleich alt und haben auch gleichzeitig ihr Training angefangen, und sie schwanken ständig zwischen innigster Freundschaft und größtem Streit, der so lange andauert, bis mindestens eine von beiden weint. Sie sind wirklich wie ein liebenswertes altes Ehepaar. Fast schon süß.

Ich träume davon, nach oben in mein Hotelzimmer zu gehen und mich in den Jacuzzi zu legen. Sosehr ich diese Jimmie-Choo-Stilettos mit den Riemchen auch liebe, jetzt möchte ich sie einfach nur noch loswerden und ein Fußbad nehmen. Aromatherapie und eine Gesichtsmaske wären der perfekte Abschluss für die Tour.

Gerade, als ich den Ballsaal verlassen will, höre ich meinen Namen. Ich drehe mich um und sehe, dass jemand an der Wand lehnt, an die unser Musikvideo projiziert wird. Licht und Farben tanzen auf seinem Gesicht.

»Jason?«, frage ich überrascht.

Seine Lippen bilden ein schelmisches Lächeln, und er legt den Kopf schief. »Ist es wirklich schon so lange her, dass du mich nicht mehr erkennst?«

Natürlich erkenne ich ihn, vor allem in diesem schicken weißen Anzug und den grün-goldenen Sneakers. Wie könnte ich ihn nicht erkennen?

Nach der Katastrophe mit Mina und der Dreiecksbeziehung haben Jason und ich uns gestritten und hatten erst mal keinen Kontakt mehr. Ich konnte ihm einfach nicht mehr vertrauen. Aber mit der Zeit war das Eis zwischen uns langsam wieder getaut. Ab und zu haben wir uns eine SMS geschrieben oder uns heimlich auf einen Kaffee getroffen. Irgendwann haben wir es geschafft, da weiterzumachen, wo wir aufgehört haben. Das versuchten wir zumindest. Aber zwischen dem Debüt von Girls Forever und seiner Karriere als erfolgreichster Solokünstler von DB haben wir ja kaum Zeit, zu schlafen, also erst recht keine für Dates. Irgendwann war es einfach im Sande verlaufen. Wir waren einfach zu beschäftigt. Und auch wenn Jason das gar nicht weiß: Es lag auch ein bisschen daran, dass Mina mir gedroht hatte, ein geheimes Video zu leaken, in dem Jason und ich uns backstage küssen. Seit diese Drohung über uns schwebte, konnte ich mich einfach nicht mehr wirklich entspannen, wenn wir zusammen waren.

Allerdings hat Mina das Video nie geleakt. Und auch

wenn ich ihre Drohung in den eineinhalb Jahren, in denen Jason und ich uns getroffen haben, ständig im Hinterkopf hatte, konnten er und ich unserer Beziehung zumindest eine faire Chance geben, ohne dass die Paparazzi uns verfolgten. Vielleicht hatte Mina ja doch nie vorgehabt, mir so sehr weh zu tun, wie ich immer dachte.

»Die Orange Music Awards vor sechs Monaten.« Jason schnipst mit den Fingern. »Da haben wir uns das letzte Mal gesehen, oder?«

»Ich glaube schon.« Heute scheinen sich unsere Wege nur noch bei Preisverleihungen zu kreuzen oder auf solchen Events wie heute, wo einfach viel zu viel los ist.

Mir fällt auf, dass seine Haare länger geworden sind. Sie sind jetzt lang genug, dass er sie in einem kurzen Pferdeschwanz zusammenbinden könnte, aber er hat sie mit Haargel nach hinten gestrichen und gibt mit seinem frischen Teint, seinen leuchtenden Augen und seinem strahlenden Lächeln das perfekte K-Pop-Idol ab. »Ich hätte nicht gedacht, dass du nach Shanghai kommst«, sage ich. »Du siehst toll aus.«

Er lächelt. »Du auch. Und machst du Witze? Diese Party hätte ich mir doch nie im Leben entgehen lassen.« Ein Kellner kommt mit einem Tablett mit rosa Champagner vorbei, und Jason schnappt sich zwei Gläser. »Hast du kurz Zeit, um mit einem alten Freund zu reden?«

Meine Füße sind von der Idee ganz und gar nicht begeistert, aber es ist schön, Jason zu sehen. Es ist nicht so, dass ich noch auf romantische Art Interesse an ihm hätte, aber er ist mir wichtig und es interessiert mich, wie es ihm geht. Ich nehme das Glas entgegen und gehe mit ihm auf den Balkon. In der kalten Januarluft steigt unser Atem in kleinen Wölkchen auf, aber es stehen Heizstrahler an den Seiten. Außerdem ist die kühle Luft nach der Hitze im vollen Ballsaal sehr angenehm.

»Ich habe gehört, dass eure Tour ein großer Erfolg war.« Jason lehnt sich ans Geländer des Balkons. »Das muss ein tolles Gefühl sein.«

»Danke.« Ich lächle. »Es war bisher unsere beste.« Für jemand anderen würde sich das vielleicht arrogant anhören. Aber ich weiß, dass Jason mich versteht. Ich trinke einen Schluck Champagner und werde plötzlich nostalgisch. »Nach unserem Debüt war alles so neu und aufregend, aber ich hatte die meiste Zeit keine Ahnung, was ich da überhaupt mache. Das Training ist ja eine Sache, aber wenn man dann da draußen ist und alle einen anschauen ...«

»Das ist schon was anderes«, beendet Jason meinen Satz. Er lacht. »Ja, ich erinnere mich.«

Ich schaue hinauf zum Mond und denke an die Zeit, als er mich immer Werwolfmädchen genannt hat. Oh Mann, die Schmetterlinge, die ich damals im Bauch hatte. Gibt es überhaupt etwas Aufregenderes als die erste Liebe?

»Ich freue mich für dich, Rach.« Jason drückt kurz meine Schulter. »Und was kommt als Nächstes? Ich habe gesehen, wie du mit diesem Manager von SOAR geredet hast ... können wir uns bald auf eine Quizshow mit Rachel Kim freuen? Oder machst du jetzt Karriere als Reporterin? Es wird sicher langsam Zeit, dass du anfängst, die nächsten Schritte zu planen, oder?«

Ich lache und erzähle ihm von der geplanten Show. Girls Forever ist momentan so erfolgreich wie noch nie, und wir werden hoffentlich noch viele Jahre weitermachen, aber wir wissen alle, dass eine solche Karriere nicht ewig dauert. Wie mein Leben wohl nach dem K-Pop aussieht? Der Gedanke schießt mir plötzlich durch den Kopf, und die Frage scheint viel zu groß zu sein, um jetzt darüber nachzudenken. Die laute Musik aus dem Ballsaal dringt durch die Balkontür zu uns nach draußen.

»Was ist mit dir?«, frage ich Jason, um mich von meiner kurzfristigen Krise abzulenken. »Wie läuft deine Karriere?«

Er grinst und strafft die Schultern. »Na ja, wenn du so fragst ... Ich habe die zweite Hauptrolle im neuen Film von Kim Haeyoung bekommen.«

Ich schnappe nach Luft. »Ist das dein Ernst? Kim Haeyoungs Filme bringen mich immer zum Weinen! Sie schreibt die besten Drehbücher in ganz Korea. Das ist ja toll!«

»Danke.« Er strahlt über das ganze Gesicht. »Sena hat mir geholfen, mich auf die Rolle vorzubereiten, aber ich bin trotzdem nervös. Das ist das erste Mal, dass ich bei einer so großen Produktion dabei bin.«

»Das wird toll«, sage ich. »Spielt Sena auch mit?«

Jason und Won Sena haben ihre Beziehung vor etwas über einem Jahr öffentlich gemacht. Sie ist K-Drama-Star, seit sie ein Teenager war, und ist genauso bekannt wie Jason, vielleicht sogar noch bekannter. Sie sind ein tolles Paar mit vielen Fans, die sie unterstützen, und die Medien nennen sie fast nur noch »Koreas Sweethearts«.

Es ist schon eine Weile her, seit ich Gefühle für jemanden hatte. Auch wenn ich weiß, dass es so besser ist – in meinem Leben als Idol ist einfach nicht besonders viel Platz für Romantik –, kann ich nicht anders, als es trotzdem zu vermissen.

»Nein. Sie ist schon für eine andere Serie gebucht«, unterbricht Jason meine Gedanken. »Sie suchen noch jemanden für die weibliche Hauptrolle, also falls du Interesse hast ...« Er zieht vielsagend die Augenbrauen hoch.

Ich lache. »Das behalte ich mal im Hinterkopf. Meine Theaterlehrerin aus der dritten Klasse würde mir sicher eine überschwängliche Empfehlung geben. Habe ich dir erzählt, dass ich mal eine Scheibe Toast in einem Theaterstück über Ernährung gespielt habe?«

»Eine Scheibe Toast? Wow, Rachel, ich weiß nicht. Dann bist du sicher überqualifiziert für einen Film von Kim Haeyoung.«

Wir lachen beide, und ich spüre, wie mich die Rührung überkommt. Nach allem, was wir durchgemacht haben, bin ich wirklich froh, dass Jason und ich jetzt befreundet sind. Es hätte auch leicht ganz anders ausgehen können.

Jason scheint dasselbe zu denken. »Schön, dass ich dich hier getroffen habe«, sagt er.

»Finde ich auch. Aber jetzt wird es wirklich Zeit für ein Fußbad. Diese Schuhe bringen mich noch um.«

Jason lacht leise. »Okay, dann stoßen wir auf das Ende des Abends an, oder? Jetzt, wo ich weiß, dass du eine Toastexpertin bist.«

Was für ein schlechter Witz. Ich verdrehe die Augen, hebe aber trotzdem mein Glas. »Auf den neuen Schwarm von Hallyu.«

Er lächelt und hebt sein Glas. »Auf uns beide. Und was immer die Zukunft uns bringen mag.«

Wir stoßen an und trinken.

Als ich zurück in mein Zimmer komme und anfange, für die Rückreise nach Seoul zu packen, fasse ich einen Entschluss. Wenn ich wieder zu Hause bin, werde ich darüber nachdenken, was ich von der Zukunft will, und anfangen zu planen. Wenn ich Glück habe, kann ich mit Hilfe von DB eine Karriere aufbauen, die Girls Forever überdauert. Auch wenn es mir schwerfällt, mir vorzustellen, dass etwas nach Forever kommt.

Kapitel *Zwei*

Vielleicht sollte die CIA überlegen, mit +EVER zusammenzuarbeiten. Unsere Fans sind wirklich gut. Sobald wir das Gate am Incheon International Airport verlassen, sind wir von einer Menschenmenge umgeben, die unsere Namen schreit.

Unsere Fangemeinde nennt sich +EVER. Sie sprechen das *and ever* aus. Als Ergänzung zu *Forever*, womit sie sagen wollen, dass sie bis in alle Ewigkeit an unserer Seite sein werden. Manchmal buchen +EVERs Tickets für denselben Flug, nur damit sie uns nahe sein können. Die meisten Fans, die so etwas machen, sind wirklich lieb. Wenn sie uns sehen, sind sie respektvoll und rücken uns nicht zu dicht auf die Pelle. Sie sprechen uns meistens nicht einmal an. Sie sind einfach damit zufrieden, in unserer Nähe zu sein und uns damit ihre Unterstützung zu bekunden.

Tatsächlich habe ich sogar ein paar der +EVER-Mädchen durch den halb geschlossenen Vorhang hinter der Businessclass gesehen, als ich kurz aufgestanden bin, um mich zu strecken. Ich habe sie angelächelt und gesehen, wie sie gestrahlt haben, bevor ich mich wieder hingesetzt habe.

Aber jetzt, wo wir gelandet sind, stürmen von allen Seiten Menschen auf mich ein. Unsere Bodyguards versuchen, alle auf Abstand zu halten, und machen uns den Weg nach draußen frei, aber das hält die Fans natürlich nicht davon ab, Fotos zu machen und immer lauter zu schreien.

»Girls Forever, forever!«

»Unni, ich liebe dich!«

»Rachel, du bist eine Ikone!«

»Fashionista Forever!«

Das bringt mich zum Lächeln. Ich bin heute besonders zufrieden mit meinem Outfit: Ein klassischer, taillierter Blazer von Nell Kramer, eine weite Jeans mit ausgefransten Säumen und Stiefeletten mit Absatz. Komplettiert habe ich das Ganze mit einer schwarzen Sonnenbrille mit runden Gläsern, die ich mir ins Haar geschoben habe. Meine natürlichen Locken habe ich diesmal nicht zusammengebunden.

Was man am Flughafen trägt, ist in Korea sehr wichtig. Unsere Fans sehen uns meistens nur bei unseren Auftritten, und da haben wir unsere Kostüme an. Am Flughafen sieht man unseren persönlichen Kleidungsstil. Es gibt ganze Pinterest-Boards und Instagram-Accounts, in denen es nur um K-Pop-Flughafenmode geht. Ich weiß, dass sehr oft Fotos von mir dabei sind. Die anderen Mädchen sehen auch schön aus, aber keine von ihnen investiert so viel Zeit wie ich in ihre Outfits – oder hat auch nur annähernd so viel Spaß daran. Ich nutze den Flughafen quasi als Laufsteg.

Vor dem Flughafen warten drei Vans auf uns. Ich rücke den Schulterriemen meiner sandfarbenen Pradatasche zurecht und würde am liebsten das Gesicht verziehen. Diese Tasche habe ich mir gekauft, als wir unseren allerersten Nummer-eins-Hit hatten, und es fühlt sich mittlerweile an, als sei das schon ein ganzes Jahrhundert her. Ich liebe sie, aber sie ist auch das einzige Detail, das ich an meinem heutigen Outfit nicht mag. Ich will mir schon seit Ewigkeiten eine neue Tasche fürs Handgepäck kaufen, eine, die zu meinem aktuellen Stil passt, aber ich habe noch nicht die *Richtige* gefunden.

Leah sagt, dass ich bei Taschen wählerischer bin als bei Männern. Da könnte sie recht haben.

Im Van fängt Sunhee an, aus ihrem Buch vorzulesen. Es ist eine übertriebene Liebesgeschichte über einen Grafen und eine Küchenmagd, aber trotz der gestelzten Sprache merke ich, wie mich die Geschichte in ihren Bann zieht. Für die beiden Liebenden ist einfach kein gutes Ende vorgesehen. Die ganze Welt möchte sie auseinanderbringen, obwohl die unwiderstehliche Kraft der echten Liebe sie magisch zueinander hinzieht. Wenn es nur im echten Leben auch so funktionieren würde.

»Sasha erbebte, als Francisco sie in sein Schlafgemach führte ...«

»Oh Mann, Sunheeeeee«, stöhnt Youngeun.

Im Rückspiegel begegne ich dem Blick unseres Fahrers, und wir unterdrücken beide ein Lachen. Jongseok ist einer von sechs Managern, die uns von A nach B bringen und unsere Zeitpläne organisieren. Anders als unser Hauptmanager, der unseren Tag so voll packt, als hätte er sechsunddreißig statt vierundzwanzig Stunden, setzt Jongseok sich dafür ein, dass wir auch mal Zeit zum Ausruhen haben. Außerdem erzählt er uns immer von seinen frechen australischen Schäferhunden. Und ich kann mich immer darauf verlassen, dass er sich auf liebevolle Weise mit mir darüber amüsiert, wenn die anderen Mädchen sich lächerlich benehmen.

Gerade, als wir nach ein paar weiteren Kurven vor unserer Villa im gutsituierten Cheongdam-dong halten, fallen langsam die ersten Schneeflocken vom Himmel.

Der Winter in Seoul ist wirklich magisch, und irgendwie steckt immer die Stimmung eines Neuanfangs darin. Oder vielleicht geht das auch nur mir so, weil es Winter war, als wir hierher gezogen sind. Ich muss daran denken, wie meine Mom, die bis über beide Ohren in Umzugskartons versunken war, meinen Dad gebeten hat, mit Leah und mir etwas zu unternehmen, damit sie Zeit zum Auspacken hat. Sie wollte die Wohnung einrichten, ohne dass ihr ständig zwei kleine Kinder in die Quere kamen, die alles wieder durcheinanderbrachten. Also ist Appa mit uns zur Eislaufbahn in der Innenstadt gefahren. Ich weiß noch, wie ich mir die Gebäude angeschaut habe, die sich rund um die Eisbahn in den Himmel reckten: Das Rathaus, die Stadtbibliothek, das Plaza Hotel. Sie alle ragten glänzend weiß und silbern in den grauen Himmel. Ich habe mich gefühlt, als befände ich mich in einer von Ummas Schneekugeln aus ihrer wertvollen Sammlung. In dem Moment waren all meine Sorgen wie weggeblasen. Ich dachte nicht daran, dass wir gerade in ein neues Land gezogen waren, dass ich an einer neuen Schule und gleichzeitig mit dem Training bei DB anfangen würde. Ich fühlte mich einfach sicher.

Wenn ich heute an eine Schneekugel denke, hat das eine völlig andere Bedeutung. So nennen die Medien nämlich die Girls-Forever-Villa. Eine perfekte kleine Welt im Herzen von Cheongdam-dong. Das echte Leben ist natürlich nicht so idyllisch, aber der Name ist trotzdem hängen geblieben. Und an Tagen wie heute, an denen der Himmel leuchtend blau ist und die Sonne auf der dünnen Schneeschicht auf dem Weg zur Eingangstür glitzert, ist es sogar ganz passend.

»Puh, ich freue mich wirklich auf den Frühling«, sagt Sumin und zieht sich ihre Kapuze fester über die Ohren, als sie aus dem Van steigt. »Ich kann mein Gesicht kaum noch spüren.«

Mina tippt den Code in das Tastenfeld an der Tür, und wir anderen folgen ihr.

Endlich. Endlich bin ich wieder zu Hause.

Na ja, sozusagen.

»Zu Hause« bedeutete für mich mal eine kleine Wohnung voller altbekannter Details, zum Beispiel den Magneten in Gemüseform am Kühlschrank und Wände voller Familienfotos. Umma, die mit überkreuzten Beinen im Wohnzimmer auf dem Boden sitzt und die Nachrichten schaut. Appa, der viel zu früh am Morgen unter der Dusche singt und sich auf den Tag in der Boxhalle vorbereitet. Oder meine kleine Schwester Leah, die mit ihren Häschenpantoffeln in mein Zimmer schlurft und sich zu mir ins Bett legt, damit wir die ganze Nacht reden können.

Jetzt besteht mein Zuhause aus Fenstern, die im Wohnzimmer vom Boden bis zur Decke reichen, einem riesigen Balkon, von dem aus man die Yeongdong-Brücke sieht, und den funkelnden Lichtern, die sich im Fluss Han spiegeln, wenn es dunkel ist. Wir haben eine Speisekammer, die vom Management stets mit den besten Snacks und Getränken gefüllt wird. Die Villa ist definitiv luxuriös, aber sie fühlt sich nicht wirklich nach zu *Hause* an. Vielleicht liegt es daran, dass es nur zwei Badezimmer gibt. Zwei Badezimmer. Wir sind zu neunt. Wer hat sich da denn bitte verkalkuliert?

Mina, Lizzie und Eunji spielen Schnick-Schnack-Schnuck darum, wer als Erste unter die Dusche darf. Ich gehe auf direktem Wege in die Küche und mache Wasser für einen Kakao heiß, und Sunhee und Youngeun machen sich Tee.

»Habt ihr schon das mit N&G gehört?«, fragt Ari. Sie lässt sich auf einen der Hocker an der Küceninsel fallen.

Ich liebe die Jungs von N&G. Ihr Debüt war ein paar Jahre vor unserem, und wir haben sie mit der Zeit wirklich gut kennengelernt. Sie sind sozusagen unsere großen Brüder oder ältere Cousins.

»Nein, was denn?«

Ari scrollt durch ihr Handy und liest dann vor: »N&G – oder Namil und Gangmin – ehemals Teil der K-Pop-Boygroup ROYALBLU, kündigten heute an, dass sie diesen Sommer zusammen mit mehreren anderen Gruppen bei einer Großveranstaltung auftreten. Es wird die erste Performance des Duos sein, seit sie sich im letzten Jahr von ihrer Agentur DB getrennt haben.«

Jiyoon verdreht die Augen, während sie in der Speisekammer nach Matcha-Mousse-Pockys sucht. »Das ist doch nichts Neues. Gangmin Oppa hat mir das schon letzte Woche erzählt, als wir sie in Taipei gesehen haben.«

Für Jiyoon ist es vielleicht nichts Neues, für mich aber schon. Um Namil und Gangmin war es in letzter Zeit sehr ruhig. Keine neue Musik, keine Fernsehauftritte, keine Konzerte. Ich schätze, sie haben wirklich intensiv an ihrem neuen Sound als Duo gearbeitet. Ich würde mich auf jeden Fall sehr darauf freuen, sie im Sommer auftreten zu sehen.

Was mit N&G passiert ist, war wirklich wichtig. Sie haben DB im letzten Jahr verklagt, wegen der Laufzeit der Verträge, die sie abschließen mussten. Dreizehn Jahre. Wir wurden *alle* gezwungen, solche Verträge zu unterschreiben. Das Überraschende war, dass die Jungs ihren Rechtsstreit mit DB tatsächlich gewonnen haben, und deshalb alle Künstlerinnen und Künstler bei DB neue Verträge mit kürzeren Laufzeiten bekommen haben. Ab jetzt unterschreiben wir immer nur noch für sieben Jahre. Allerdings gab es eine »freiwillige« Erweiterung um drei Jahre, die wir auch gleich zu Anfang unterschreiben mussten, man lässt sich also auf jeden Fall auf zehn Jahre ein. Wenn die sieben Jahre vorbei sind, wird DB eine Erklärung an die Presse geben, die es so aussehen lässt, als hätten wir uns alle gerade dazu entschieden, noch drei weitere Jahre als große, glückliche Familie zusammenzuarbeiten. Dabei haben wir diese Entscheidung in Wirklichkeit schon vor Jahren getroffen und hatten als Trainees auch gar keine andere Wahl. Und trotzdem, es ist wirklich etwas Großes, was N&G da geschafft haben. Ich rühre abwesend Milch in meinen Kakao und denke darüber nach, wie viel wir Namil und Gangmin zu verdanken haben.

»Rachel!« Ari schnappt nach Luft. Sie schaut immer noch auf ihr Handy. Ich kippe mir fast meinen Kakao über den Blazer. »Du bist auf Nell Kramers Instagram!«

Nell Kramer?! Als dieser Name fällt, sind all meine Gedanken an N&G wie weggeblasen. Ich bin von ihren Designs begeistert, seit ich ihre coelinblaue Linie auf einer Doppelseite in der *Elle* bewundert habe. »Ist das … Bin ich in ihrem ›Inspiration-der-Woche‹-Post?«, frage ich ehrfürchtig.

»Ja!«, Ari hält mir ihr Handy hin, um mir das Bild zu zeigen. Es ist von heute Morgen am Incheon Airport.

»Ist nicht wahr.« Jiyoon ist begeistert. Ein grünes Pocky hängt ihr aus dem Mundwinkel wie eine Zigarre.

Ich schaue genauer hin. *Rachel Kim rockt ihren casual Look mit meinem blauen Blazer!* Steht unter dem Foto. *Perfekt zum Reisen. Rachel, wie wäre es, wenn deine nächste Reise nach Paris geht, zu meiner Frühjahrsshow? :) Du bist hiermit eingeladen.*

Wow. Sie hat mich sogar markiert. Passiert das gerade wirklich?

»Was ist los?« Mina kommt mit nassen Haaren zu ins herüber, um zu sehen, warum sich alle um Jiyoons Handy scharen.

»Rachels Foto vom Flughafen geht viral, und Nell Kramer hat es auf Instagram gepostet!« Sunhee sieht aus, als würde sie sich noch mehr darüber freuen als ich selbst. Wenn das überhaupt möglich wäre.

»Sie hat mich zu ihrer Show im Frühling eingeladen«, sage ich. »In Paris!«

»Wow, herzlichen Glückwunsch«, sagt Mina verhalten. »Das Bad ist frei.«

Als ich mit duschen fertig bin, sitzen Mina, Lizzie, Eunji und Sunhee auf dem Sofa und schauen fern. Es läuft eine Folge *Let's Go Camping!* Bei dieser Sendung machen immer irgendwelche bekannten Persönlichkeiten Campingreisen in Korea, und normalerweise spielen sich alle Gäste ständig irgendwelche Streiche, und niemand hat genug Socken dabei.

»Rachel, komm, schau mit!«, sagt Sunhee. »Das ist eine Wiederholung von der Folge mit Mina.«

Mina stöhnt. »Müssen wir das schauen? Im Ernst, ich habe immer noch Albträume davon, wie wir unser Abendessen angeln mussten. Wisst ihr, wie viele Würmer ich an dem Tag anfassen musste?«

Sie schaudert und streckt die Hand nach der Fernbedienung aus, aber Lizzie hält sie hoch über ihren Kopf, wo Mina nicht drankommt.

»Aber du siehst da so süß aus«, gurrt Lizzie und drückt genau in dem Moment auf Pause, in dem Mina aus einem wirklich unvorteilhaften Winkel zu sehen ist. Ihre Augen sind halb geschlossen und sie verzieht angewidert das Gesicht, während sie versucht, sich eine Stechmücke vom Arm zu wischen. »Schau doch nur. Das nächste Albumcover!?«

»Sehr witzig«, knurrt Mina. Sie greift wieder nach der Fernbedienung, während Eunji und Sunhee lachen. Sie wirbelt herum und starrt Sunhee finster an. »Bist du wirklich so respektlos gegenüber deiner Unni?«

Sunhee verstummt. Ihre Wangen röten sich, aber bevor sie antworten kann, kommt Youngeun ins Wohnzimmer. Sie trägt eine tief sitzende Jogginghose und ein verwaschenes Greenpeace-T-Shirt. »Oha, genau so hab ich ausgesehen, als meine Mutter mich gezwungen hat, mit in ihr Café zu kommen.« Im Fernsehen ist jetzt zu sehen, wie Mina einen Hot Dog hinunterschlingt. »Ich musste drei Stunden dasitzen und sechs Schüsseln Patbingsu essen, damit ihre Kundschaft zusehen konnte, wie ein Girls-Forever-Mitglied ins Zuckerkoma fällt.«

Die Eltern von K-Pop-Idols versuchen manchmal, Gewinn mit dem Ruhm ihrer Kinder zu machen oder damit das Familienunternehmen aufzubessern. Unsere größten Fans wissen alle, dass das Café Youngeuns Mutter gehört, und es ist nicht ungewöhnlich, dass Unmengen +EVERs das Café besuchen, weil sie hoffen, die berühmte Tochter der Yoons und ihre Freundinnen zu sehen.

Mein Handy vibriert in meiner Hand. Wenn man von der Familie spricht ... Der Familienchat zeigt fast ununterbrochen neue Nachrichten an, seit ich den Flugmodus ausgeschaltet habe.

Umma: Hast du auch genug gegessen, während du weg warst? Komm diese Woche mal vorbei, falls du Zeit hast. Ich habe Zitrone-Ingwer-Tee gekauft. Ich habe gehört, das ist gut für die Stimme.

Ich lächle. Es ist wirklich viel passiert seit der Zeit, in der sie ständig gedroht hat, mich aus dem Traineeprogramm bei DB zu nehmen. Ich schreibe zurück – dass ich mehr als genug gegessen habe, die Xiaolongbao in Shanghai waren unglaublich – und verspreche, dass ich versuchen werde, diese Woche vorbeizukommen. Aber ich weiß, dass die Chance, dass das tatsächlich passiert, gering ist. Sie wohnen auf der anderen Seite des Flusses, in der Nähe der Ewha Women's University, wo Umma arbeitet, und auch wenn wir gerade erst zurück sind, hat DB garantiert schon wieder unsere Zeitpläne vollgepackt. Ich spüre, wie die altbekannten Schuldgefühle in mir aufsteigen, und wünsche mir, dass es nicht so oft bedeuten würde, dass man eine schlechte Tochter ist, wenn man ein gutes K-Pop-Idol ist.

Aber allein der Gedanke an all die Termine sorgt dafür, dass meine Gedanken zu kreisen beginnen. Ich weiß wirklich nicht genau, warum dieses kurze Gespräch mit Jason mir so unter die Haut gegangen ist, aber ich kann einfach nicht aufhören, darüber nachzudenken, was er gesagt hat. Dass es wahrscheinlich an der Zeit ist, darüber nachzudenken, wie es weitergeht. Dieser Gedanke fühlt sich so groß an und so vage. Aber wenn er recht hat, dann sollte ich vielleicht in Jasons Fußstapfen treten und mal versuchen, eigene Lieder zu schreiben. Wenn DB ihn damit unterstützt hat, dann könnte das doch vielleicht auch bei mir der Fall sein. Allerdings habe ich während der letzten Jahre nicht einmal versucht, Songs zu schreiben. Mein kleines blaues Notizbuch in meinem Nachttisch fängt wahrscheinlich schon an zu schimmeln.

Ich gehe wieder in mein Zimmer und mache die Tür zu. Ich weiß genau, dass ich nur noch ein paar Minuten Privatsphäre habe, bevor auch Jiyoon in unser gemeinsames Zimmer kommt. Ich mache die Schublade in meinem Nachttisch auf, hole mein blaues Notizbuch hervor und lasse mich damit aufs Bett fallen.

Ich blättere durch Outfit-Skizzen und Überreste aus der kurzen Zeit, in der ich versucht habe, ein Bullet Journal zu führen. Als ich die erste leere Seite erreiche, warte ich auf Inspiration.

Ich mache meinen Fineliner auf und schreibe:

When I see you from across the street, my heart already knows that you're the one I wanna meet.

Viel zu kitschig.

Your lips on mine, that would be so fine, I think that you would taste like the sweetest of wines.

Okay, nein. Nein, nein, nein. Ich verziehe das Gesicht und schüttle mich. Dann klappe ich das Notizbuch wieder zu. Das fühlt sich alles völlig falsch an. Und zwar nicht nur, weil es kitschig ist. Der Text fühlt sich falsch an, weil ich mich falsch fühle, wenn ich versuche, ein Liebeslied zu schreiben, obwohl ich gar nicht verliebt bin. Und das auch schon sehr lange nicht mehr war.

Oha. Ich muss dringend mal wieder mit jemandem flirten. Ich mache den Schrank auf und fange an, mir meine Outfits für die kommende Woche zurechtzulegen. Es gibt nichts, was mir so schnell wieder gute Laune macht, wie Outfits zu planen.

Es klopft, und Sunhee steckt den Kopf zur Tür herein. Ihr Haar ist noch nass vom Duschen. Ihr Pixie-Cut wächst langsam raus, und die Haarsträhnen an ihren Ohren locken sich. Vor ein paar Monaten haben Sunhees Eltern verlangt, dass DB ihr die Haare ganz kurz schneidet. Sie haben gesagt, dass sie das vom Rest der Gruppe abheben würde. Wir sind vielleicht internationale Superstars, aber manchmal sehen unsere Eltern trotzdem noch die Elfjährigen in uns, die Hilfe bei ihrer Karriereplanung brauchen. Nach dem Haarschnitt haben sie alle wochenlang Pororo genannt, wie den Cartoon-Pinguin mit dem Helm. Ich weiß, dass ihr der Haarschnitt immer noch peinlich ist, weil sie ständig mit den Spitzen spielt, aber ich finde, es steht ihr wirklich gut. Es passt zu ihrem Engelsgesicht.

»Kann ich reinkommen?«, fragt sie.

»Klar«, antworte ich. »Solange dich die ganzen Kleider auf dem Bett nicht stören. Ich plane nur meine Outfits.«

Sunhee trägt einen flauschigen Bademantel und schaut mein Bett an. Sie berührt das mintgrüne Vintage-Vuitton-Kleid, das ich mir für morgen hingelegt habe. »Dein Airport-Outfit war wirklich toll«, sagt sie wehmütig. »Kein Wunder, dass Nell Kramer dich getaggt hat. Ich wünschte, ich wäre auch so stylisch. Meine Fotos landen nie auf den Airport-Fashion-Seiten.«

Ich spüre, wie mein Herz schneller schlägt, als ich daran denke. Ob es wohl wirklich klappen wird, dass ich im Frühling zur Fashion Week nach Paris fliege? Es klingt völlig surreal.

»Was redest du da?« Ich klopfe auf einen freien Platz auf meinem Bett, damit Sunhee sich hinsetzt. »Die Leute haben tagelang nicht aufgehört, über das Outfit zu reden, das du in Narita anhattest.« Ich weiß genau, dass Sunhee eine Aufmunterung braucht. Sie kommt immer in mein Zimmer, wenn sie sich nicht gut fühlt. »Weißt du noch? Das Hemdblusenkleid von Burberry? Ich hätte auch gerne eins, aber die sehen an dir viel besser aus.«

»Meinst du?« Sie lächelt schon ein bisschen.

»Auf jeden Fall. Hier.« Ich krame in meinem Schrank und hole weiße Schnürstiefel mit Absatz hervor. »Die würden heiß dazu aussehen. Du kannst sie ausleihen, wenn du willst.«

»Wirklich?«, schreit Sunhee. Sie nimmt die Stiefel und schlingt die Arme um mich. »Ich kann nicht mehr! Danke!«

In vielerlei Hinsicht erinnert sie mich an Leah. Sie haben komplett unterschiedliche Persönlichkeiten, aber der Altersunterschied zwischen ihnen beträgt nur zwei Jahre, und ich merke immer wieder, wie ich Sunhee gegenüber die Rolle der großen Schwester einnehme.

Genau genommen sehe ich nicht nur sie als meine Schwester. Ob es mir nun gefällt oder nicht, alle Mitglieder von Girls Forever sind wie Schwestern für mich. Wir streiten und necken uns, aber wir wohnen auch zusammen und wissen viel zu viele kleine Details übereinander. Zum Beispiel, dass Youngeun *Rapunzel – neu verföhnt* auswendig kann oder dass die schlimmen Bauchkrämpfe, die Sumin immer bekommt, wenn sie ihre Tage hat, nur von Lotte-Happy-Promise-Cremetörtchen besser werden. Ich verbringe mehr Zeit mit ihnen als mit meiner echten Familie, und ich stehe ihnen vielleicht nicht ganz so nahe wie Leah, aber das mindeste, was ich tun kann, ist doch, für sie da zu sein, wenn sie mich brauchen.

»Du bist wirklich die Beste, Rach.« Sunhee zieht die Stiefel jetzt schon an, was zu ihrem Bademantel ziemlich lustig aussieht.

Ich muss lächeln. »Kein Problem. Dazu sind Schwestern schließlich da.«

Am nächsten Tag sind wir im Fitnessstudio von DB für unser vorgeschriebenes Workout. Zweimal falle ich fast vom Laufband, weil ich darüber nachdenke, dass ich Mr. Noh um Erlaubnis fragen muss, wenn ich zu Nell Kramers Fashionshow will. Unsere Trainerin entlässt uns endlich, und ich mache mich auf den Weg zum Sitzungssaal. Ich weiß, dass Mr. Noh und die anderen vom Management ihr Mittwochsmeeting bald beenden werden. Ich warte vor der Tür und versuche, wieder ruhiger zu atmen. Nach zwei Stunden Ausdauertraining bin ich immer noch ein wenig außer Puste, wobei das wahrscheinlich eher daran liegt, wie nervös ich bin.

»Keine Sorge. Er sagt ganz sicher ja«, sagt Sunhee ermutigend.

Ich zucke zusammen, drehe mich um und sehe, dass

alle acht Girls-Forever-Mitglieder hinter mir im Flur stehen und wissen wollen, ob DB die Reise erlaubt. Abgesehen von Minas Teilnahme bei *Let's Go Camping!* hat keine von uns bisher irgendwelche Events oder Promos alleine gemacht. Manche der Mädchen, Sun zum Beispiel, drücken mir offensichtlich wirklich die Daumen. Anderen sehe ich ganz genau an, dass sie eifersüchtig sind und deswegen einerseits hoffen, dass Mr. Noh nein sagt, andererseits aber trotzdem hoffen, dass er ja sagt, weil es auch sie selbst voranbringen könnte.

Dann gehen die Türen auf, und das DB-Management strömt in den Flur. Wir verbeugen uns, als sie vorbeigehen, aber sie sind so in ihre Gespräche vertieft, dass sie uns gar nicht wahrnehmen.

»... wäre wirklich eine einmalige Gelegenheit«, sagt Mr. Shim, einer der Manager.

»Allerdings«, sagt ein zweiter, Mr. Lim. »Es passiert schließlich nicht jeden Tag, dass die *Vogue* Interesse hat.«

Ich halte inne. Habe ich da gerade *Vogue* gehört? Ich würde so gerne wissen, worüber sie sprechen, aber jetzt ist mein Moment gekommen. Der Besprechungsraum ist jetzt leer, abgesehen von Mr. Noh, der am Kopfende des Mahagonitisches sitzt und in einer Ledermappe mit irgendwelchen Dokumenten blättert, und Mr. Han, der ihm dabei über die Schulter schaut und sich auf seinem iPad Notizen macht.

Ich streiche meinen Pferdeschwanz glatt und schnuppere kurz an meiner Achselhöhle, dann klopfe ich an und öffne die Tür. »Entschuldigung, Mr. Noh?«

Er schaut von seinen Papieren auf. »Rachel«, sagt er überrascht. »Und hallo, was ist denn hier los?« Er hat die anderen hinter mir entdeckt.

»Ich wollte wissen, ob Sie vielleicht eine Minute Zeit haben, um etwas zu besprechen«, sage ich.

»Natürlich. Kommt rein, Mädels, kommt rein.« Er rückt seine Brille zurecht und wechselt einen Blick mit Mr. Han. »Eigentlich ist das sogar perfektes Timing, wir wollten euch nämlich sowieso gerade für ein Meeting herbitten.«

Aha. Warum das denn? Ob es wohl etwas damit zu tun hat, worüber die anderen gesprochen haben, als sie den Raum verlassen haben? Wurde Girls Forever etwa eine Zusammenarbeit mit der *Vogue* angeboten?

Wir betreten den Raum und verbeugen uns vor Mr. Han und Mr. Noh. Dann setzen wir uns an den Tisch. Alle schweigen. Ich bin mir nicht sicher, ob ich anfangen soll oder ob ich darauf warten muss, dass Mr. Noh uns sagt, warum er uns herbestellen wollte, aber er nimmt mir die Entscheidung ab. »Also, Rachel, du wolltest etwas besprechen?«

Ich erkläre ihm die Sache mit der Einladung von Nell Kramer und zeige ihm den Instagram-Post. Ich sage, dass es wirklich eine Ehre wäre, bei der Show dabei zu sein, und dass ich natürlich dafür sorgen würde, dass es keinen meiner Verpflichtungen mit Girls Forever in die Quere kommt.

Dann falte ich die Hände und warte. Ein paar Sekunden vergehen, und mein Herz zieht sich zusammen. Ich sehe einen stetigen Wechsel der Emotionen auf Mr. Nohs Gesicht, und er runzelt von Sekunde zu Sekunde stärker die Stirn.

»Heute ist wohl dein Glückstag, Rachel«, sagt er endlich. »Sieht aus, als würdest du nach Paris fliegen.« Er lächelt förmlich. »Das Management wird es auf deinen Zeitplan schreiben.«

Mir wird jetzt erst klar, dass ich den Atem angehalten habe. »Danke, Mr. Noh! Ich kann Ihnen gar nicht sagen, wie ...«

»Also«, fällt Mr. Noh mir ins Wort. Ich schlucke den Rest meiner Dankesrede hinunter. Anscheinend ist das Thema schon erledigt. »Ich habe aufregende Neuigkeiten für euch alle.« Er beugt sich zu uns vor. »Ihr seid zu einer Folge 1, 2, 3, Win! eingeladen worden.«

Oh. Also doch nicht die *Vogue*.

Ich habe ein paar Folgen 1, 2, 3, Win! gesehen. Es ist eine Sendung, bei der Celebritys in Teams gegeneinander antreten. Die Spiele sind entweder total peinlich oder wirklich schwer oder wirklich schwer *und* peinlich. Eins bestand zum Beispiel darin, eine doppelte Portion Buldak Ramen zu essen und dann in aufblasbaren Dinosaurierkostümen fünf Kilometer zu laufen. Es macht Spaß zuzuschauen, aber ich könnte wirklich darauf verzichten, selbst mitzumachen.

»Es geht um ein Reisespecial: eine zweiteilige Folge. Sie wird Anfang des nächsten Monats in Singapur gedreht«, fügt Mr. Han hinzu.

Ich werde hellhörig, und auch den anderen merke ich ihre Aufregung an. Singapur? Das ändert meine Meinung allerdings schlagartig. Ich liebe Singapur.

»Ihr tretet gegen drei andere Girlgroups an, unter anderem die neueste Band von DB, SayGO«, sagt Mr. Noh.

Jetzt bin ich fast schon begeistert. Nicht lange nach meinem Debüt hat Leah nach nur wenigen Jahren Training ebenfalls ihr Debüt gehabt, und zwar mit SayGO. Wenn Leah auch dabei ist, habe ich definitiv nichts dagegen. Ich mache gerne bei sämtlichen bescheuerten Gameshows mit, wenn ich dafür Zeit mit meiner Schwester verbringen kann!

Mr. Noh entlässt uns aus dem Meeting, und die anderen stehen auf und gehen. Sie sprechen jetzt schon über das berühmte Chili-Crab-Restaurant in Singapur und den Infinity-Pool auf der Dachterrasse des bekannten Marina

Bay Sands Hotels. Ich bleibe am Tisch stehen. Ich muss es einfach wissen.

»Ähm, Mr. Noh.« Ich räuspere mich. Er schaut wieder von seinen Papieren auf und scheint überrascht zu sein, dass ich noch da bin. »Habe ich eben gehört, wie Mr. Lim gesagt hat, dass die *Vogue* Interesse daran hat, mit uns zu arbeiten?«

Hinter seiner verspiegelten Brille ziehen sich Mr. Nohs Augenbrauen sofort zusammen. Er schüttelt den Kopf. »Nein«, sagt er knapp. »Es gibt keine Zusammenarbeit mit der *Vogue* für die Gruppe.«

»Oh, aber ich dachte, ich hätte gehört ...«

»Rachel, du hast deine Reise nach Paris bekommen. Ich rate dir, damit zufrieden zu sein und die Promo-Planung mir zu überlassen«, sagt er kühl. Dann nickt er Mr. Han zu, der aufsteht und mit mir zur Tür geht. Einen Moment lang glaube ich in seinen Augen Mitgefühl zu sehen, dann schlägt er mir die Tür vor der Nase zu.

Kapitel *Drei*

»Wusstet ihr, dass diese Strände künstlich sind?«, fragt Youngeun und lässt durch ihre Sonnenbrille den Blick über den strahlend sauberen weißen Sand schweifen. »Der Sand ist importiert.«

»Woher willst du das denn bitte wissen?«, fragt Sumin.

»Habe ich während des Flugs gelesen.«

Sumin pfeift durch die Zähne. »Gar nicht schlecht für einen künstlich angelegten Strand.«

Sobald wir in Singapur angekommen sind, wurden wir nach Sentosa gebracht, einer Insel vor der Südküste. Es ist zwar erst Anfang Februar, aber in Singapur ist sozusagen das ganze Jahr über Sommer. Ich hoffe, auf der Kamera kommt mein Gesicht als natürlich taufrisch rüber und nicht so, als würde ich in der hohen Luftfeuchtigkeit fast ertrinken.

Als die Kameracrew aufsteht, lasse ich den Blick über den Strand schweifen. Blaugrünes Wasser, auf dem in der Ferne vereinzelt Frachter treiben. Ein gutes Stück den Strand entlang spielt eine kleine Gruppe Volleyball. Sie sehen fast schon professionell aus. Und dann der beste Anblick überhaupt:

»Unni!«

Leah und die anderen vier Mädels von SayGO haben sich in einem kleinen schattigen Fleckchen unter einer Palme zusammengedrängt. Ich schnappe mir meine

Bandmitglieder und laufe mit ihnen zu Leah, die ich fest umarme.

»Hallo zusammen«, sagt Leah. Sie verbeugt sich rasch und winkt uns freundlich zu.

»Schöner Rock«, sage ich und stoße mit meiner Hüfte an ihre. Sie verdreht spielerisch die Augen. Den neongelben Minirock mit Gänseblümchenmuster hat sie letzten Sommer aus meinem Schrank geklaut. Sie trägt dazu ein bauchfreies gelbes T-Shirt.

Die meisten der Mädchen winken zurück und fangen dann an, mit den anderen, gegen die wir antreten werden, zu reden. Mina und Lizzie starren Leah an, die Lippen zusammengekniffen. Ich ziehe Leah zur Seite und fange an, sie über ihren Flug auszufragen, aber dann murmelt Lizzie, laut genug, dass wir es hören können: »Hast du gesehen, wie sie sich vor uns verbeugt hat? Das kann man doch kaum eine Verbeugung nennen.«

»Oh ja«, antwortet Mina. »Und sie ist ein Jahr jünger als Sunhee. Sie weiß wirklich nicht, was sich im Umgang mit ihren Sunbaes gehört.«

Das passiert jedes Mal, wenn Leah mit Girls Forever zu tun hat. Es ist kein Geheimnis, dass manche der Mädchen es ihr übel nehmen, dass sie so schnell debütiert hat. Manche von ihnen hatten auch gehofft, dass ihren Schwestern das Gleiche gelingt. Lizzies Schwester ist nur ein Jahr jünger als Lizzie, und Lizzie versucht schon seit Jahren, sie zu DB zu holen, aber aus irgendeinem Grund will DB sie nicht unter Vertrag nehmen.

Leah lächelt nur und verdreht die Augen, um zu zeigen, dass die Kommentare von Lizzie und Mina ihr nichts ausmachen.

»Hast du auch an deine Sonnencreme gedacht?«, frage ich sie.

»Klar. Glaub mir, nach diesem Familienurlaub am

Haeundae Beach werde ich nie wieder vergessen, mich einzucremen.« Sie verzieht das Gesicht.

»Rot wie ein gekochter Hummer«, sagen wir wie aus einem Mund. Wir haben Ummas besorgten Tonfall perfekt getroffen.

»Wir haben vor kurzem erst über diese Reise gesprochen«, sagt Leah. »Umma hatte Fish Cakes zum Abendessen geholt. Sie waren gut, aber nicht so gut wie die in Busan. Ich träume immer noch von den Fish Cakes, die wir am Haeundae Beach gegessen haben.«

Nach Leahs Debüt habe ich sie dazu gebracht, vorerst bei Umma und Appa wohnen zu bleiben, statt sofort mit ihrer Band zusammenzuziehen. Sie war noch jünger als ich bei meinem Debüt, und ich wollte, dass sie trotz allem noch ein Kind sein kann – dass sie jemand ins Bett bringt, wenn sie krank ist, sie unterstützt, wenn es mal stressig wird. Jetzt, wo sie den gemütlichen Abend zu Hause beschreibt und bei den Erinnerungen an den Familienurlaub und das leckere Essen überschlagen sich meine Gedanken. Nostalgie, ein schlechtes Gewissen und Eifersucht wirbeln wild in meinem Kopf herum. Ich habe es nicht geschafft, sie zu besuchen. Wie ich es mir gedacht habe, war unser Zeitplan nach der Tour vollgestopft mit Willkommensevents und Erholungsterminen mit unseren Vocal Coaches und Physios. Ich hatte das Gefühl, meine Taschen kaum ausgepackt zu haben, als es auch schon wieder Zeit war, für Singapur zu packen. Natürlich haben unsere Eltern gesagt, dass sie das verstehen, aber ich spüre es sofort, wenn sie enttäuscht sind. In Appas letzter Nachricht waren nur zwei Emojis statt des gewohnten Dutzend:

Kein Problem, meine Tochter. Ich hoffe, wir sehen uns bald 😊 🌴

»Na ja.« Leah reißt mich aus meinen Gedanken. »Ich gehe besser wieder zu SayGO. Nicht, dass sie noch denken, ich verbünde mich mit der Konkurrenz.«

Ich lache, und Leah zwinkert mir zu und geht zu ihrer eigenen Band zurück.

Und dann sehe ich sie. TeenValentine. Eine achtköpfige Gruppe, die vor drei Jahren ihr Debüt hatte. Mein Blick wandert langsam zu einem bekannten Gesicht, und mir bleibt der Atem im Hals stecken.

Akari Masuda. Meine ehemalige beste Freundin, die auch Trainee bei DB war. Jedenfalls bevor sie an ein anderes Label verkauft wurde und ich sie nie wiedergesehen habe.

Okay, nicht nie. Ich habe sie bei den RARA Awards in Tokyo gesehen, und ich weiß, dass es schon öfter vorgekommen ist, dass wir bei denselben Events waren, aber wir sind uns dort nie begegnet. Nicht wirklich. Nicht so.

Sie hat sich definitiv verändert, aber ich würde Akari überall erkennen. Sie hat den gleichen anmutigen Gang wie eine Ballerina. Ich habe sie schon zu unserer Zeit bei DB immer dafür bewundert. Außerdem reißt auch sie überrascht die Augen auf, als sie mich hier am Strand sieht. Der gleiche Gesichtsausdruck, den sie immer hatte, wenn ich ihr zu unserer Traineezeit Horrorgeschichten über Choo Mina erzählt habe.

»Okay, Ladys, kommt mal alle her!« Der Host der Show ist MC Yang, ein berühmter Comedian, der schon, seit ich klein war, immer wieder bekannte Realityshows hostet. Appa und ich finden ihn toll. Er ist sozusagen der Onkel von ganz Korea. Wir scharen uns um ihn, und er fängt an, die Spielregeln zu erklären. Irgendetwas von einer Reihe von Spielen, die auf der ganzen Insel stattfinden werden, und wie dabei die Punkte vergeben werden. Ganz ehrlich, ich schaffe es nicht, richtig zuzuhören. Ich kann nur darüber nachdenken, was ich zu Akari sagen werde, falls ich eine Gelegenheit dazu bekomme. Was kann ich schon sagen? *Hey, Akari, tut mir leid, dass ich so eine schlechte Freundin war, als wir Trainees waren, und dass ich mich nicht gemeldet habe, seit du verkauft wurdest, aber es ist wirklich schön, dich zu sehen!?*

Für diese Worte schäme ich mich schon, wenn ich sie nur denke. Ich wünschte, ich wüsste, wie ich es wiedergutmachen kann. Ich möchte ihr sagen, was ich für ein schlechtes Gewissen habe, weil unsere Freundschaft einfach zerbrochen ist. Aber seit damals ist so viel Zeit vergangen, dass ich gar nicht weiß, wo ich anfangen soll.

»Bereit?«, fragt MC Yang und reißt mich damit aus meinen Gedanken. Ich muss mich konzentrieren.

»Ja!«, schreien sämtliche Mädchen.

»So muss das sein«, lacht MC Yang. Er findet unseren Enthusiasmus wohl amüsant. »Na dann los: One. Two. Three. Win!«

Zwar war den Mädels und mir die Reise nach Singapur viel wichtiger als die Show, trotzdem sind wir jetzt, wo wir spielen, fest entschlossen, zu gewinnen. Ich spüre, wie sich der Ehrgeiz in der Gruppe ausbreitet wie ein Lauffeuer.

»Hör auf, das andere Team anzufeuern!«, schreit Mina jedes Mal, wenn ich mit Leah abklatsche oder wenn wir uns gegenseitig ermutigen. Nur, weil ich gewinnen will, bedeutet das noch lange nicht, dass ich dabei nicht auch Leah ein bisschen unterstützen kann. MC Yang hat offensichtlich kein Problem damit. Er lächelt. »Auf geht's, Kim-Schwestern! Ihr beide könntet euer eigenes Zweierteam gründen!« Die Kameras lieben es auch. Sie fokussieren auf jede einzelne unserer Interaktionen. Es ist schon so lange her, dass Leah und ich die Gelegenheit hatten,

Zeit miteinander zu verbringen. Man sieht uns garantiert jedes Mal die Freude an, wenn wir bei einem Staffellauf aneinander vorbeihasten oder sich unsere Blicke bei einem Spiel begegnen. Jetzt ist der Durian-Wettbewerb an der Reihe, und als die Fruchtstücke vor uns auf den Tisch gestellt werden, müssen wir uns die größte Mühe geben, nicht zu würgen. MC Yang erklärt, dass die Durian-Frucht für ihren ekelhaften Geruch bekannt ist, der so stark ist, dass es in der MRT, dem öffentlichen Verkehrsnetz von Singapur, sogar verboten ist, sie zu essen. Ich sehe, wie Leah hinter dem Rücken von MC Yang ein angewidertes Gesicht zieht, und schlage mir die Hand vor den Mund, um mein Kichern zu verstecken. Garantiert haben die Kameras es trotzdem erwischt.

Die Kameras lieben es offensichtlich auch, wie ehrgeizig Mina ist. Ich bin mir ziemlich sicher, dass das Team denkt, sie übertreibt nur fürs Fernsehen, aber ich kenne Mina besser. Ich weiß genau, dass das hundert Prozent echt ist. Mehr als alles andere hasst sie es zu verlieren. Völlig egal, um was es dabei geht. So ist sie einfach. Als Ari beim Eierlauf zurückfällt, weil sie in ihren zehn Zentimeter hohen Espadrilles mit Keilabsatz nicht schnell genug ist, schreit Mina, dass sie die Schuhe einfach ausziehen soll. »Choos don't lose!«, schreit sie, dann wird sie rot und verbessert sich. »Girls Forever, meine ich. Girls Forever verlieren nie. Komm schon, Ari, lauf einfach barfuß!«

Als das Beachvolleyball-Turnier anfängt, sind wir so euphorisch wie nie zuvor. Wir sind vielleicht längst nicht so gut wie die Gruppe, die ich zuvor am Strand beobachtet habe, aber wir sind aufeinander abgestimmt wie eine gut geölte Maschine. Ich pritsche zu Mina, sie steht perfekt, um den Ball zu Jiyoon zu baggern, und die schmettert ihn übers Netz. Es klatscht richtig schön. Der Ball hüpft von

Ari zu Sumin zu Youngeun, ohne auch nur einmal den Sand zu berühren. Was wir an Sportlichkeit vermissen lassen, gleichen wir durch unsere Synchronität wieder aus. Genau wie bei den Fotos auf dem roten Teppich wissen wir ganz genau, wo wir uns jeweils zueinander positionieren müssen. Wir arbeiten uns genau so souverän durch die Formationen auf dem Platz wie auf der Bühne durch unsere Choreos. Die anderen Bands haben keine Chance gegen uns. Wir gehen uns vielleicht manchmal auf die Nerven, aber wenn es darauf ankommt, raufen wir uns zusammen. Selbst, wenn es nur in einer blöden Gameshow ist.

Endlich, nach einem Tag voller Spiele und dem Riesenbrimborium, das um die Auszählung der Punkte gemacht wird, erklärt das Schiedsgericht den Sieg von Girls Forever bei 1, 2, 3, Win! Konfettisternchen regnen von der Decke, und MC Yang reicht uns einen riesigen Pokal, auf dem die Nummer eins prangt. Das Ganze ist irgendwie lächerlich, aber es fühlt sich fast so gut an wie damals, als Girls Forever auf dem RARA den Artist-of-the-Year-Award gewonnen hat. Als alles abgedreht ist, beschließen wir, unseren Sieg mit Drinks in unserer Suite im Capella Hotel zu feiern – wo wir unseren eigenen Outdoor-Jacuzzi mit Meerblick haben. Unsere Manager sagen, dass wir den Rest des Tages hier in Sentosa zu unserer freien Verfügung haben. Am Abend sollen wir dann zurück in die Stadt gefahren werden, um eine letzte Nacht in Singapur zu verbringen, bevor wir morgen früh wieder nach Seoul fliegen.

TeenValentine ist jetzt schon auf dem Weg zum Flughafen – sie beladen gerade mit enttäuschten Gesichtern ihren Van. Ich schaue Akari zu, und das schlechte Gewissen und die Traurigkeit schnüren mir die Kehle zu. Der Dreh heute war so hektisch. Wir sind ständig zwischen den Locations hin- und hergefahren, und wenn die Kameras doch mal kurz aus waren, ist die Crew mit allen möglichen Instruktionen über uns hergefallen. Ich hatte absolut keine Gelegenheit, mit Akari zu sprechen. Ich sehe zu, wie der Van vom Parkplatz des Hotels rollt. Schon wieder konnte ich mich nicht bei ihr entschuldigen.

»Ich könnte ewig hier sitzen«, seufzt Eunji und lässt sich tiefer ins warme Wasser sinken. Der Whirlpool ist von frischen grünen Pflanzen umgeben, und ein Wasserfall plätschert von einer der Steinmauern hinunter.

»Ich auch«, sagt Sumin begeistert. »Ich wünschte, ich könnte morgen einfach hierbleiben. Ich will nicht ins Flugzeug steigen. Zu Hause ist es so kalt.« Sie verzieht das Gesicht. »Ich kann es kaum erwarten, bis endlich jemand das Teleportieren erfindet. Nie wieder fliegen.«

»Wie willst du irgendwann deine Backpacking-Weltreise machen, wenn du es so hasst, zu fliegen?«, neckt Ari sie.

»Habe ich doch gesagt. Teleportation.« Sumin lässt sich nicht beirren.

Lizzie zupft ein Stück Ananas vom Rand ihres Glases und steckt es sich in den Mund. Sie zieht eine Augenbraue hoch. »Seit wann willst du denn mit dem Rucksack auf Weltreise, Sum?«

»Äh, schon immer«, gibt Sumin zurück. »Das steht schon auf meiner Bucketlist, seit ich klein war.«

Ich wäre nie auf die Idee gekommen, dass Sumin eine Weltreise machen will, weil sie so ungern fliegt, aber jetzt, wo sie es sagt, kann ich mir gut vorstellen, wie sie mit einem riesigen Rucksack auf dem Rücken um den Globus wandert. »Das passt zu dir«, sage ich.

»Auf meiner Bucketlist steht eine Performance am Broadway oder im West End«, sagt Ari wehmütig.

»Wirklich?«, fragt Youngeun, die sich von dem Wasserfall die Schultern massieren lässt. »Aber du sagst den Fans doch immer, dass du nie etwas anderes machen möchtest als K-Pop.«

Ari zuckt die Achseln. »Ich will sie nicht enttäuschen. Aber ich mag Musicals echt gerne. Es wäre toll, mal bei einem mitzumachen, oder?«

Darüber hatte ich noch nie nachgedacht, aber auch das kann ich mir gut vorstellen. Ari hat in den Musikvideos schon immer das ausdrucksstärkste Gesicht von uns gehabt. Im Musiktheater wäre sie klasse.

»Mein Traum ist es, in meiner Heimatstadt eine Tanzschule zu eröffnen«, sagt Jiyoon. Jiyoon kommt aus Daegu und ist zu ihrer Tante nach Seoul gezogen, als sie mit dem Training bei DB angefangen hat. Aber ihre Eltern sind immer noch in Daegu, und ich hatte schon immer den Eindruck, dass sie sie gerne häufiger besuchen würde. Es ist schon ewig her, dass sie dort war.

»Ich möchte heiraten und eine große Familie gründen«, sagt Eunji.

»Wie groß?«, fragt Sumin. »Drei Kinder? Sieben?«

Eunji zuckt mit den Schultern. »Je mehr, desto besser. Ich bin Einzelkind, und ich habe mir immer gewünscht, dass noch andere Kinder im Haus wären, mit denen ich spielen könnte. Ich möchte, dass meine Kinder das mal bekommen.«

»Als mittleres von fünf Kindern sollte ich dich warnen, dass größer nicht immer besser ist«, sagt Youngeun.

Das bringt Eunji zum Lachen.

Ich lehne mich im Whirlpool zurück und trinke einen Schluck. Ich bin ein bisschen neidisch darauf, wie deutlich die anderen ihre Zukunft vor sich sehen. Wenn ich versuche, mir vorzustellen, wie ich irgendeinen speziellen kreativen Traum verfolge, der nichts mit K-Pop zu tun hat, sehe ich nur eine leere Seite. Wie eine der leeren Seiten, die ich in meinem blauen Notizbuch sehe, wenn ich versuche, ein Lied zu schreiben.

»Wie läuft es denn mit dem Schreiben, Rachel?«, fragt Mina.

Ich beuge mich so schnell vor, dass ich fast meine gesamte Passionsfrucht-Margarita ins Wasser schütte. Es ist gruselig, wie gut wir einander kennen. Manchmal können wir tatsächlich die Gedanken der anderen lesen. Ich schaue zu Mina hinüber. Sie sitzt am Rand des Pools und hat nur ihre Zehen im Wasser. Eine Sonnenbrille mit riesigen Gläsern verbirgt ihre Augen.

»Schreiben?«, fragt Eunji.

»Ja. Die Lieder, an denen sie in letzter Zeit arbeitet. In diesem blauen Notizbuch.«

Ich schaue Mina immer noch überrascht an. Ich hätte nicht gedacht, dass jemand davon weiß.

»Ach, bitte. Mir kannst du nichts verheimlichen.« Sie grinst, als sie meine unausgesprochene Frage beantwortet. Dann wird sie nachdenklich. »Weißt du, ich bewundere es wirklich, wie unabhängig du bist und wie hart du arbeitest.«

Moment mal. Choo Mina macht mir Komplimente? Ich blinzle. Mein Gehirn kommt nicht richtig mit bei diesem Gespräch. »Danke«, sage ich irgendwann.

»Ich meine, Paris … Ein Solalbum … Du sorgst wirklich dafür, dass du bekommst, was du willst.«

Ich sehe, wie die anderen Blicke austauschen. Wenn man Teil einer Gruppe ist – vor allem Teil einer wahnsinnig erfolgreichen wie Girls Forever –, dann ist der Begriff »Solalbum« vorbelastet. Einige von uns singen vielleicht manchmal Solo für irgendwelche Filmsoundtracks, aber Idols nehmen nur sehr selten ganze Soloalben auf, wenn sie noch Teil einer Gruppe sind. Das passiert normalerweise nur, wenn man eine Solokarriere starten will. Und wenn ein Mitglied die Gruppe verlässt, ist das oft so, als würde man bei Wackelturm einen tragenden Klotz herausziehen. Nur ein fehlendes Teil kann schon dafür sorgen, dass alles in sich zusammenfällt.

»Oh, ich habe nicht vor, ein Soloalbum zu machen oder so.« Ich starre mein Spiegelbild in Minas Brillengläsern an. Sie muss unbedingt verstehen, dass ich ehrlich bin. Und sie muss aufhören, Probleme heraufzubeschwören, wo es keine gibt. »Die Texte waren nur zum Spaß. Ein Ausdruck meiner Kreativität. So, wie wenn Youngeun backt«, spreche ich weiter, auch wenn Spaß nun wirklich nicht das richtige Wort ist, um zu beschreiben, was ich beim Schreiben empfinde. Es ist vielleicht nicht so schlimm wie ein Zahnarzttermin. Es geht mir eher darum, zu üben, um vielleicht irgendwann besser zu werden.

»Mmm, Youngeun, kannst du noch ein bisschen deine Kreativität ausdrücken, wenn wir nach Hause kommen?«, fragt Jiyoon. »Ich brauche unbedingt bald wieder eins von deinen Schokocroissants.«

»Ich glaube, ich würde gerne irgendwann ins Ausland gehen und Mode studieren«, sage ich leise. Damit überrasche ich mich selbst. »Vielleicht könnte ich irgendwann sogar eine eigene Linie entwerfen.«

Ich weiß wirklich nicht, wo diese Idee gerade herkam ... Oder ob mir überhaupt noch jemand zuhört. Sie reden alle darüber, ob Youngeuns Schokocroissants besser sind als ihre Krapfen mit Vanillefüllung, aber trotzdem, ich konnte einfach nicht anders, als es zum ersten Mal laut auszusprechen.

Und vielleicht ist die Idee ja gar nicht so abwegig. Jedes Mal, wenn ich das blaue Notizbuch aufmache, um etwas zu schreiben, blättere ich stattdessen die Outfitskizzen durch, die ich früher immer gezeichnet habe. Ich habe schon immer gerne gezeichnet. Aber irgendwann war ich zu sehr damit beschäftigt, ein K-Pop-Star zu sein, und das Hobby ist einfach unter den Tisch gefallen. Aber wenn ich daran denke, wie aufgeregt ich war, als ich gehört habe, dass wir vielleicht mit der Vogue zusammenarbeiten, und wie sehr ich mich auf meine Reise nach Paris freue … Vielleicht könnte das – Mode – ja wirklich meine Zukunft sein. Aber nur, weil die Fans meine Airport-Styles mögen oder weil eine Designerin mich auf Instagram markiert hat, heißt das noch lange nicht, dass ich wirklich das Zeug dazu habe.

»Darin wärst du toll, Rachel«, sagt Sunhee und lächelt mich ermutigend an.

»Ich kann mir dich richtig gut in London oder so vorstellen, wie du Modedesign studierst«, fügt Jiyoon hinzu.

Mir wird ganz warm ums Herz. Sie haben mich also gehört. Und sie denken, ich könnte gut darin sein. »Wirklich?«

»Aber würde DB so etwas überhaupt erlauben?«, fragt Mina und rührt mit ihrem Strohhalm in ihrem Erdbeer-Mojito. »Ein Studium in Modedesign? Eine eigene Linie? Sie würden bestimmt nicht zulassen, dass du so viel von Girls Forever weg bist. Du weißt schon, der Zeitplan.«

Ich seufze. Natürlich macht Mina meine hoffnungsvolle Stimmung sofort wieder zunichte. »Wir sprechen ja auch über die Zukunft«, sage ich. »Wovon träumst du denn so, was ist dein Plan?«

»Meiner?« Mina blinzelt. »Ich habe keinen.«

»Ich dachte, du möchtest mal Schauspielerin in Hollywood sein?«, fragt Lizzie.

»Das sollte unter uns bleiben.« Mina wirft ihr einen warnenden Blick zu. »Und es ist auch kein Traum, nichts, was auf meiner Bucketlist steht oder so. Nur etwas, was mir vielleicht Spaß machen könnte.«

»Sorry. Ich wusste nicht, dass es ein Geheimnis ist.« Lizzie beißt sich auf die Lippe. »Aber falls es dich interessiert, ich finde, du würdest gut nach Hollywood passen.«

»Finde ich auch«, stimme ich zu und meine es auch so. Ich habe Mina noch nie über Hollywood sprechen hören, aber sie hat definitiv den nötigen Glamourfaktor. Und den Ehrgeiz.

»Ich auch«, fügt Ari hinzu.

Minas Mundwinkel hebt sich zu einem winzigen Lächeln. »Ich eigentlich auch.« Dann verblasst ihr Lächeln wieder. »Aber mein Dad würde das nie zulassen. Er möchte, dass ich für immer in Korea bleibe, wo er mich im Auge behalten kann.« Sie klingt wirklich niedergeschlagen, aber sie schüttelt es schnell wieder ab, bevor eine von uns etwas dazu sagen kann. Dann schiebt sie ihre Sonnenbrille hoch und darunter kommen ihre verschwörerisch funkelnden Augen zum Vorschein. »Ich muss mich wohl mit einem Traum zufriedengeben, der leichter zu erreichen ist.«

»Aha. Und was wäre das für ein Traum?«, fragt Eunji.

»Die Weltherrschaft, natürlich.«

»Wie schlecht.« Lizzie verdreht die Augen.

Mina spritzt Lizzie mit dem Fuß nass. Die kreischt und spritzt zurück. Bald sind alle in eine wilde Wasserschlacht verwickelt, schreien und lachen und versuchen, ihre Drinks zu beschützen. Ich lache mit, aber ich muss immer wieder daran denken, was Mina gesagt hat.

Ich weiß, ich habe gesagt, dass wir nur über eine ferne Zukunft reden, aber ehrlich gesagt habe ich eher an eine etwas nähere Zukunft gedacht. Würde DB mich wirklich nicht unterstützen, wenn ich jetzt etwas mit Mode machen wollte?

Als wir Sentosa verlassen und zurück nach Singapur fahren, um für die Nacht in unser Hotel einzuchecken, bin ich nach dem langen Tag in der Sonne wirklich müde. Es ist der perfekte Abend, um früh aufs Zimmer zu gehen, Dim-Sum zu bestellen und neue Gesichtsmasken auszuprobieren. Ich versuche gerade, mich zwischen Pearl-Serum und Soothing Aloe zu entscheiden, als Leah voller Energie in mein Zimmer gestürmt kommt. Ich schwöre, dieses Mädchen ist einfach nie müde.

»Wir schleichen uns raus«, sagt sie. Sie hat eine Sonnenbrille in der Hand. »Du hast doch deine Sonnenbrille dabei, oder?«

»Rausschleichen?« Ich lache. DB hat uns wirklich an der kurzen Leine, und es gibt durchaus mal Ausgangssperren, sogar für Idols, aber es ist erst vier Uhr am Nachmittag, und wir sind keine kleinen Kinder. Wir können das Hotel verlassen, wenn wir das wollen, ganz ohne irgendwelche Verkleidungen, wie Leah sie im Sinn zu haben scheint. »Und du weißt schon, dass die Leute dich immer noch erkennen können, wenn du eine Sonnenbrille trägst, oder? Ich kann ungefähr achtundsiebzig Prozent von deinem Gesicht sehen.«

»Bitte, Unni«, sagt Leah und nimmt die Sonnenbrille ab, damit ich ihren Dackelblick sehen kann. »Wann bekommen wir je wieder so eine Gelegenheit? Du und ich in Singapur, und wir haben Freizeit! Sogar die Bodyguards haben heute Abend frei! Außerdem wissen wir doch alle, dass Paparazzi in Singapur so gut wie illegal sind, also wird es schon gut gehen.«

Das ist wahr. Singapur hat sehr strenge Gesetze, wenn es darum geht, Celebritys zu fotografieren, also ist es normalerweise ziemlich einfach, inkognito zu bleiben, wenn wir hier sind. Aber trotzdem ... Ich denke wehmütig an meine Pläne, mich für den Rest des Abends in einen riesigen, flauschig weichen Bademantel zu wickeln.

»Wir gehen nur ein paar Stunden raus, und dann kommen wir sofort wieder zurück ins Hotel. Ich muss heute Abend sowieso noch mit SayGO proben.« Leah wippt aufgeregt auf den Fußballen auf und ab. »Wir haben morgen direkt ein Konzert, wenn wir zurück in Seoul sind, und Yebin hat das Gefühl, überhaupt nicht vorbereitet zu sein.«

Es ist wirklich lange her, dass ich Leah gesehen habe und dass wir richtig Zeit miteinander verbracht haben. Sie heute zu sehen war toll, aber auf ganz Sentosa herumzurennen und irgendwelche bescheuerten Spiele zu spielen, ist nicht wirklich geeignet, um eine Verbindung zu seiner Schwester aufzubauen. Und jetzt, wo Leah selbst auf dem besten Wege ist, erfolgreich zu werden, werden solche Momente, in denen wir gleichzeitig Freizeit haben, immer seltener werden. Wir könnten zusammen hier in meinem Zimmer Gesichtsmasken auflegen, andererseits hat Singapur auch die besten Shoppinggelegenheiten zu bieten. Es wäre wirklich schade, das nicht zu nutzen.

»Okay, okay.« Ich schnappe mir meine eigene Sonnenbrille und setze sie auf. »Nur ein paar Stunden.«

»Nur ein paar Stunden«, stimmt Leah zu. Sie hakt sich bei mir unter und zeigt auf die Tür. »Los geht's!«

Kapitel Vier

Die Orchard Road ist der Inbegriff einer Luxus-Shoppingmeile. Die lange, gerade Straße ist gesäumt von Markenläden und futuristischen Geschäften mit Neonbeleuchtung. Es ist, als wäre ich mitten in meinem ganz persönlichen Paradies gelandet.

Wir schauen uns die Souvenirs bei Tangs an, dem ältesten Kaufhaus von Singapur. Im ION, der riesigen, hell erleuchteten, achtstöckigen Galerie verlaufen wir uns fast, während wir Celine-Sonnenbrillen, Chanel-Schuhe und Hermès-Schals anprobieren.

Leah lacht, während das violette Neonlicht der Wände auf ihrem Gesicht pulsiert. Wir gehen von Dior zu Prada. »Jetzt bist du doch froh, dass ich dich mit rausgeschleppt habe, oder?«

»Auf jeden Fall.« Wenn ich daran denke, dass ich mir fast einfach nur etwas aufs Zimmer bestellt hätte ...

»Komm schon, rein mit uns!«

Der Abend vergeht in einem Wirbel aus Lichtern und Geschäften und Gelächter. Wir probieren alles an und machen ungefähr eine Million Selfies zusammen. Leah hatte recht. Es sind keine Paparazzi unterwegs, die uns an jeder Straßenecke auflauern und uns mit ihren Blitzlichtern bombardieren, und je länger wir unterwegs sind, desto mehr entspanne ich mich.

Als wir unser zehntes (oder vielleicht auch unser

hundertstes, wer weiß das schon) Kaufhaus betreten, saugt sich mein Blick sofort an einem Tisch mit Handtaschen fest, der an einer Wand steht. Genau genommen bloß an einer der vielen Taschen, die in der Mitte steht: ein blassblauer Balenciaga-Tornister aus Ziegenleder mit besticktem Schulterriemen.

Wie magisch angezogen bewege ich mich darauf zu und spüre, wie mein Herz schneller schlägt.

Das Leder ist butterweich und riecht unglaublich gut nach Neuanfängen und zweiten Chancen, Mandeleiscreme und Gardenien. Die Tasche ist groß genug für ein Buch, mein Handy, ein Make-up-Täschchen und meinen Miniventilator – alles, was ich im Leben wirklich brauche –, und sie fühlt sich gleichzeitig robust und leicht an. Der Riemen passt so gut auf meine Schulter, als sei er nur für mich gemacht. Ich habe Artikel über diese Tasche gelesen, aber das hier ist das erste Mal, dass ich sie im echten Leben sehe. Und jetzt weiß ich: Das ist sie. Diese Tasche passt perfekt zu meinem Airport-Look. Mein Herz in Form einer Handtasche. *Die Richtige.*

»Unni! J'adore! Die ist so toll«, sagt Leah, die hinter mir steht. »Die passt wirklich perfekt zu dir.«

»Ja, oder?« Meine Stimme ist leise, als wären wir gerade versehentlich in eine Kirche hineingestolpert. Und der Vergleich passt wirklich gut, denn das, was hier gerade passiert, kommt einem spirituellen Erlebnis gleich. Ich drehe das Preisschild um, und es ist ... na ja ... es ist das, was man für eine Handtasche in Form eines spirituellen Erlebnisses eben erwarten kann.

»Nimmst du sie?«, fragt Leah.

»Ich ...«

... werde nie wieder schlafen können, bis sie mir gehört.

... werde es mein ganzes Leben lang bereuen, wenn ich sie nicht kaufe.

... keiner anderen Tasche gegenüber dieses Gefühl der wahren Liebe empfinden.

»... denke darüber nach«, sage ich widerwillig, als die rationalen fünf Prozent meines Gehirns sich zu Wort melden und lautstark Alarm schlagen. Meine Mutter hat mir beigebracht, sorgfältig mit Geld umzugehen – *gebe nie mehr Geld auf einmal aus, als du in einem Monat verdienst* –, und so gerne ich auch shoppe, habe ich dabei trotzdem immer im Kopf, wie sie missbilligend mit der Zunge schnalzen würde, wenn sie mich sehen könnte. Also stelle ich die Tasche wieder hin.

Vorerst. Entweder werden mein eiserner Wille und meine unfehlbare Selbstdisziplin gewinnen, oder ich komme morgen früh hierher zurück, bevor wir zum Flughafen fahren, und kaufe die Tasche. Eigentlich wäre beides nicht schlecht, rede ich mir ein.

Wir verlassen die Galerie und stehen auf dem breiten Gehweg, der entlang der Orchard Road verläuft. Ich fühle mich desorientiert, in etwa so, wie wenn man nachmittags im Kino war und sich dann wundert, dass es immer noch hell ist. Nur, dass es jetzt genau umgekehrt ist. Nach all den Neonlichtern im Plaza bin ich schockiert, am Himmel rosafarbene und violette Streifen zu sehen. Die Sonne ist schon fast untergegangen. »Sollen wir uns auf den Rückweg machen? Die Mädels bringen mich um, wenn ich unsere Probe verpasse.«

Ich kann nicht fassen, dass wir schon drei Stunden unterwegs sind. »Ja, lass uns gehen«, sage ich, aber so ganz kann ich die Wehmut in meiner Stimme nicht verbergen. Es tut so gut, einfach draußen zu sein, die Stadt zu erkunden. Der Abend war einfach viel zu schnell vorbei.

»Oder ... ich gehe einfach zurück, und du kannst noch ein bisschen alleine weitershoppen.« Leah grinst. »Ich sehe es dir doch an. Du hast diese Rachel-ist-noch-nicht-fertig-Falte auf der Stirn.«

»Ich habe keine Falte auf der Stirn!« Ich stupse sie spielerisch und streiche mir über diese angebliche Falte auf meiner Stirn. Dann schaue ich die Orchard Road hinunter. »Ist es wirklich okay für dich, alleine zurückzugehen?«

»Ja, klar. Es sind doch nur zehn Minuten zum Hotel.« Leah wirft mir eine Kusshand zu. »Mach nur nicht zu viel Party ohne mich, okay?«

Ich lache und erwidere ihre Kusshand, dann winke ich ihr nach, als sie sich auf den Weg zurück zum Hotel macht. Wow. Wann habe ich das letzte Mal alleine etwas unternommen? Klar, ich reise für die Arbeit um die Welt, aber dabei habe ich immer die anderen Girls-Forever-Mitglieder um mich und das Securityteam und mindestens zwei Leute vom DB-Management. Alleine unterwegs zu sein, und dann auch noch in einer fremden Stadt, ist wirklich aufregend.

Mein Handy vibriert. Es ist eine Nachricht auf Kakao.

Bist du gerade in Singapur?

Ich erschrecke und schaue mich um. Fast erwarte ich, dass mich irgendwer beobachtet. Aber die Nachricht ist nur in meinem Gruppenchat mit den Choo-Zwillingen, mit denen ich seit Schulzeiten befreundet bin. Ganz ehrlich, es würde mich kein bisschen überraschen, wenn die Zwillinge hier irgendwo wären. Sie fliegen ständig für ihre Arbeit durch die Gegend, Juhyun zu verschiedenen Beauty- und Fashionevents (sie macht ihren YouTube-Channel jetzt Vollzeit) und Hyeri zu verschiedenen Konferenzen über ökologisch sinnvolle Produktion (sie ist Entwicklerin für Molly Folly, die Make-up-Firma ihrer Familie).

Wir haben alle drei so viel zu tun, dass wir uns nicht so oft sehen, wie wir gerne würden, also ist der Gruppenchat sehr wichtig, um zu wissen, was im Leben der anderen gerade vor sich geht. Der Chat besteht eigentlich nur aus Updates. Von kleinen, wie dem, dass Hyeri endlich ein KitKat mit Backkartoffelgeschmack im 7-Eleven gefunden hat, bis hin zu riesigen, wie den fünf Millionen Followern auf Juhyuns Channel oder ihrer Verlobung mit Daeho, mit dem sie schon seit Jahren zusammen ist. Das ist natürlich nicht dasselbe wie damals, als wir uns jeden Tag in der Schule gesehen haben und regelmäßig Baskin-Robbins-Übernachtungspartys veranstaltet haben. Aber es ist momentan die beste Lösung, und ich bin sehr dankbar dafür.

Hyeri: Wir haben online gesehen, dass Girls Forever dort ist, um eine Folge *1, 2, 3, Win!* zu drehen.

Aah, das erklärt alles.

Ich: Ja! Es ist so TOLL hier. Wir sind mit dem Dreh fertig und ich bin gerade auf der Orchard Road und schlage die Zeit tot – und mein Bankkonto. Zwei Fliegen mit einer Klappe. Super, oder?
Juhyun: Besser geht's nicht! Kauf mir eine Portion Chili Crab und schick sie mir per Kurier!
Hyeri: Lol, mir auch. Und ich vermisse dich. PS Wie lange bleibst du dort? Alex von der Uni ist gerade in Singapur. Ihr solltet euch treffen!
Juhyun: Jaaaa!!! Erinnerst du dich an Alex? LOS, ihr müsst euch treffen. Ihr werdet euch so gut verstehen, wir meinen es ernst!

Der Name sagt mir etwas. Ach ja, Alex. Sie hat mit Juhyun im selben Stockwerk gewohnt, als sie mit dem Studium angefangen haben, glaube ich. Ich weiß noch, dass es das Ende meines Debütjahres war. Girls Forever hatte endlich ein paar Tage Pause, also habe ich mich in Stanford mit den Zwillingen getroffen. Achtundvierzig Stunden lang habe ich den College-Lifestyle von Kalifornien kennengelernt – Nachmittage auf dem Quad und Abende in Gebäuden diverser Studierendenverbindungen, die allesamt klebrige Böden hatten. Wenn ich mich recht erinnere, ist Alex die, die bei einer ABC(Anything-But-Clothes)-Party eine Twister-Matte wie eine Toga getragen hat und unglaublich gut im Flip Cup war.

Ich schreibe schnell zurück.

Ich: Klar, ich erinnere mich an Alex! Aber ich fliege morgen früh, ich weiß nicht, ob ich Zeit habe.

Kurze Zeit passiert nichts. Ich kann mir Juhyun und Hyeri vorstellen, wie sie die Köpfe zusammenstecken und darüber diskutieren, was sie mir als Nächstes schreiben sollen.

Hyeri: Zu spät, wir haben schon was ausgemacht. Alex kann dich in zwanzig Minuten im Petal treffen. Da ist ein richtig schönes Café!! Im Park bei der Bucht, nicht weit vom Orchard.

Zwanzig Minuten? Aber ich wollte doch so gerne alleine losziehen. Sosehr ich die Cho-Zwillinge auch mag und auch wirklich gerne ihre Freundin wiedertreffen will, ich habe so selten die Chance, etwas alleine zu unternehmen.

Juhyun: Komm schon, tu's für mich. Sagst du nicht ständig, dass du gerne mehr Leute außerhalb des K-Pop kennenlernen würdest? Alex ist wirklich entspannt, und davon kannst du etwas mehr in deinem Leben echt gut gebrauchen. Nicht böse gemeint. Hab dich lieb!

Da liegt sie nicht ganz falsch. Momentan sind die Cho-Zwillinge meine einzigen Bekannten außerhalb der K-Pop-Szene. Es wäre wirklich schön, ein paar neue Leute kennenzulernen.

Sieht ganz so aus, als könnten sowohl Leah als auch die Cho-Zwillinge mich viel zu leicht überreden.

Ich: O. k., o. k., o. k. Ihr seid doch wirklich schräg drauf, aber ich hab euch auch lieb. Sagt Alex, ich bin in 20 Minuten da.

Das Petal ist nicht allzu weit weg, aber ich schaffe es einfach nicht, ein Taxi ranzuwinken. Direkt gegenüber ist eine MRT-Station, und ich beschließe, das einfach mal auszuprobieren. Das DB-Management fährt mich sonst immer überallhin, es ist also schon eine ganze Weile her, seit ich mit öffentlichen Verkehrsmitteln unterwegs war. Ich muss lachen, als ich an die neunjährige Rachel denke, die immer selbstbewusst unter den Drehkreuzen an der West 4th Station hindurchgekrochen ist, wenn sie in die Stadt wollte, um mit Umma ins Naturkundemuseum zu gehen. Diese acht Haltestellen kannte ich in- und auswendig, und ich habe immer mitgezählt, als die Stationen auf dem Weg zu dem riesigen Blauwal an mir vorbeizogen. Komm schon, Rachel, du bist vielleicht ein K-Pop-Star, aber du bist auch immer noch eine New Yorkerin. Du schaffst das schon.

Glücklicherweise ist die MRT-Station, wie alles in dieser Stadt, hell erleuchtet, sauber und übersichtlich. Ich kaufe mir ein Ticket und fahre mit der Rolltreppe nach unten. So weit, so gut. Jetzt muss ich nur noch die U-Bahn erwischen …

… und die steht bereits abfahrtbereit am Gleis!

Ich haste die letzten Stufen hinunter und passe auf, dass ich auf meinen hohen Espadrilles nicht stolpere. In New York könnte man den Arm in die Tür stecken, wenn man knapp dran ist, aber hier trennt eine zweite Reihe Türen auf dem Bahnsteig die U-Bahn vom Gleis, es ist also so gut wie unmöglich, sich zu spät noch in die Bahn zu quetschen. Aber ich schaffe es gerade noch so, durch beide Türen hindurchzuhechten, bevor sich die Schiebetür der Bahn hinter mir schließt. Ich atme erleichtert auf. Geschafft! Das war knapp.

Ich will mich gerade hinsetzen, aber irgendetwas zieht mich zurück. Was zum …

Meine Tasche – die alte von Prada – steckt in der Tür der Bahn fest. Ich versuche, sie loszureißen, aber sie steckt wirklich fest. Die Bahn fängt an, sich vorwärtszubewegen. Ich zerre verzweifelt an der Tasche und versuche, die Leute, die mich alle anstarren, zu ignorieren. In Singapur, wo es nicht einmal erlaubt ist, in der U-Bahn einen Schluck Wasser zu trinken, ist es nicht gerade unwichtig, wie man sich in der Metro benimmt, und ich mache mich gerade komplett lächerlich. Wenn das hier doch nur meine gewohnte Strecke in Manhattan wäre. Dort konnte eine ganze Blaskapelle in der Bahn auftauchen und anfangen zu spielen, ohne dass jemand auch nur eine Miene verzog.

»Entschuldigung, brauchst du vielleicht Hilfe?« Ein großer Mann mit kurzen Haaren, Jeans und einem hellen Hemd steht von seinem Sitz auf und bewegt sich auf mich zu. Er ist wahrscheinlich ein paar Jahre älter als ich, hat warme braune Augen und ein strahlendes Lächeln. Ich bin mir nicht sicher, ob er lächelt, um höflich zu sein, oder um zu verbergen, dass er lachen muss.

»Nein, alles gut, danke«, sage ich. Ich bin offensichtlich durcheinander, aber ich tue so, als wäre die Situation ganz normal, und hoffe inständig, dass nicht gerade jetzt etwas Peinliches aus meiner Tasche geflogen kommt. Es geht doch nichts darüber, einen süßen Kerl, der gerade versucht, ein Gespräch anzufangen, mit Tampons zu bewerfen.

»Sicher?«, fragt er schmunzelnd.

»Ganz sicher, danke. Ich habe alles unter Kontrolle.«

Als er sich mir gegenüber wieder hinsetzt, ziehe ich ein letztes Mal ganz fest an der Tasche. Hurraa! Die Tür öffnet sich gerade genug, um die Tasche freizugeben, aber ich habe so fest daran gezogen, dass ich mich nicht mehr bremsen kann. Ich stolpere rückwärts ... und lande direkt auf dem Schoß des süßen Typen.

»Oh mein Gott, tut mir wirklich leid!« Ich springe auf, als stünde mein Hintern in Flammen. Ich weiß ganz genau, dass mein Gesicht jetzt knallrot ist. In meinem Gehirn herrscht das reinste Chaos. *Wie entschuldigt man sich korrekt dafür, dass man sich bei jemandem auf den Schoß gesetzt hat? Und: Genau deswegen fahre ich nie mit der Metro! Und: Trägt er wirklich Loafers von Hermès ohne Socken? Und: WARUM FINDE ICH DAS HEISS?*

Das kann doch nicht wahr sein! Ich bekomme auf fünfzehn Zentimeter hohen Absätzen die kompliziertesten Tanzschritte hin – doppeltes Tempo seitwärts, dass die Haare nur so fliegen –, und dann kann ich in einem verdammten Zug nicht das Gleichgewicht halten und lande auf einem Kerl mit heißen nackten Fußgelenken! Was stimmt nicht mit mir? Offensichtlich habe ich heute nicht genug gegessen – oder vielleicht hatte ich auch einfach nur zu lange keinen Kontakt mehr zu heißen Typen.

Auf seiner linken Wange bildet sich ein Grübchen, als er lächelt. »Kein Problem. Du hast mir sogar einen Gefallen getan.«

»Wie das?« Meine Neugier ist plötzlich stärker als meine Scham.

»Na ja, meine Mom sagt ständig, dass mir die perfekte Frau nicht in den Schoß fallen wird.« Er grinst. »Jetzt kann ich ihr das Gegenteil beweisen.«

Ich werde schon wieder rot, diesmal aber aus einem ganz anderen Grund. Flirtet er gerade mit mir, oder interpretiere ich das nur so, weil ich in meiner liebesleeren Wüste so verzweifelt bin?

Ich schaffe ein kurzes Lächeln, bevor ich mich so schnell wie möglich aus dem Staub mache und mich am anderen Ende des Zuges hinsetze. Ich drücke die Handflächen an meine glühend heißen Wangen.

Als ich eine Haltestelle später aussteige, dann noch eine Station weiterfahre und an der Bayfront Station aussteige, hat sich mein Gesicht wieder beruhigt. Die Erinnerung daran, wie ich wie bei einem schlechten Peter-Pan-Stunt auf dem Schoß dieses Mannes gelandet bin, hat sich allerdings lebhaft in mein Gehirn eingebrannt. Ich schaue finster auf meine mitgenommene Handtasche hinunter. Der blassbraune Riemen hat angefangen, sich von der Tasche zu lösen. Oha. So langsam ist das mit der Tasche wirklich ein Notfall, ich muss schleunigst eine neue kaufen. Diese hier bringt offensichtlich Unglück. Ich schaue aufs Handy und sehe, dass ich in fünf Minuten im Café sein muss. Nicht, dass es Alex etwas ausmachen würde, wenn ich ein paar Minuten später komme. Wenn ich mich recht erinnere, ist sie wirklich sorglos und unkompliziert, oder, wie Juhyun es formuliert hat, richtig entspannt. Ich haste an den hohen Gebäuden vorbei, hinter denen das Meer hervorblitzt. Es glitzert wie ein dunkler Diamant unter den Lichtern der Stadt. In der Ferne sind die berühmten Supertrees von Singapur zu sehen. Die dünnen, künstlichen Äste recken sich gen Himmel, von der Mitte her mit sanftem violettem Licht beleuchtet. Ich fühle mich wie Alice im Wunderland – ganz klein im Angesicht dieser riesigen, funkelnden Wunderwerke.

Dann sehe ich endlich das Petal und gehe hinein. Es ist wirklich toll! Das Kuppeldach besteht nur aus Glas, und jede Menge Pflanzen rahmen die Fenster ein und erstrecken sich bis auf den überdachten Innenbalkon. Ich setze mich in das Café, das sich im zweiten Stock befindet und halte nach Alex Ausschau. Ich hoffe, dass ich sie ohne ihre Twister-Toga überhaupt erkenne, aber bisher sind die einzigen Gäste ein junges Pärchen, das sich ein Mandelcroissant teilt, und ein Mädchen, das einen Boomerang davon macht, wie sie geschmolzene Schokolade über ihre Waffel gießt.

Ich bestelle einen Espresso und schreibe eine kurze Nachricht an Juhyun und Hyeri, damit sie wissen, dass ich da bin.

Ich: Ich sitze am Fenster.

Die Tür öffnet sich, und ich schaue auf, um zu sehen, ob es Alex ist.
Mein Herz schlägt mir bis zum Hals.
Es ist nicht Alex.
Es ist der süße Typ aus der U-Bahn.
Das kann doch nicht wahr sein! Ich schnappe mir eine Karte und verstecke mich dahinter. Dann schreibe ich den Cho-Zwillingen.

Ich: Ist sie gleich hier? Wir müssen vielleicht woanders hin.
Hyeri: Sie? Oh, haha, nein, Alex ist ein …

»Rachel?«

Ich erstarre und lasse langsam die Karte sinken. Der süße Typ steht vor mir. Er hat eine Tasse Kaffee in der Hand, lächelt und streckt mir die andere Hand entgegen.

»Hi. Ich bin Alex.«

Kapitel *Fünf*

Alexis. So hieß Juhyuns Mitbewohnerin. Toll, dass mein Gehirn mir diese Information bis gerade eben einfach vorenthalten hat. *Jetzt ist es auch zu spät!* Und der süße Typ (*Alex*, korrigiere ich mich in Gedanken) … Ihn habe ich garantiert nicht kennengelernt, als ich in Stanford war. Daran hätte ich mich erinnert, ganz sicher. Ich starre ihn an. Es hat mir komplett die Sprache verschlagen. Er steht lächelnd da, mit diesem verdammt süßen Grübchen, und seine ausgestreckte Hand hängt einfach vor ihm in der Luft. Es vergeht eine weitere Sekunde, und ich sehe, wie sein Lächeln ein bisschen unsicherer wird.

»Hi, hi! Bitte setz dich doch.« Endlich erinnere ich mich an meine Manieren. Ich stehe rasch auf und schüttle ihm die Hand, dann zeige ich auf den Stuhl mir gegenüber und werfe dabei den Serviettenständer um. »Sorry.« Ich werde rot. »Wegen eben, meine ich. In der U-Bahn. Und auch für jetzt.« Oh mein Gott, Rachel, sei einfach mal still. »Ich schwöre, ich bin sonst nicht so tollpatschig.« Ich trinke einen Schluck Espresso und versuche, mein Gesicht hinter der winzigen Tasse zu verstecken.

Er lacht und fährt sich mit der Hand durch sein gut geschnittenes Haar. »Wirklich, kein Stress. Warum fangen wir nicht noch einmal neu an? Tun so, als hätten wir uns nie einen Sitz in der Metro geteilt. Würde das helfen?«

Ich hole tief Luft. Okay, ja. So tun, als wäre es nie passiert. Das kriege ich hin. »Das wäre toll.«

»Okay. Hi, ich bin Alex Jeon. Freut mich, dich kennenzulernen, zum allerersten Mal und definitiv nicht in einem fahrenden Zug.«

»Rachel Kim.« Ich lächle. Mein Gehirn schreit jetzt nicht mehr, wie peinlich mir das Ganze sein sollte, sondern nur noch, wie verdammt süß dieser süße Typ aus dem Zug ist. »Freut mich auch.«

»Na ja, Rachel, jetzt, wo wir uns zum allerersten Mal begegnet sind, ohne dass wir uns je zuvor gesehen haben, muss ich dir unbedingt etwas richtig Lustiges erzählen, das mir eben in der Metro passiert ist«, sagt er mit einem gutmütigen Grinsen.

Zwei Espressi und einen Chocolate-Lava-Cake später weiß ich, dass Alex ebenfalls halb Koreaner, halb Amerikaner ist, genau wie ich. Er ist in New York aufgewachsen und lebt jetzt in Hongkong, und er hat in Stanford Wirtschaft studiert, als die Zwillinge dort gelebt haben. Er liebt Kalguksu und hasst Granatapfel-Soju, ist der älteste von drei Brüdern und hat eine Katzenallergie. Seine Großmutter hat drei Katzen, die sie nach ihren Lieblingssängern der Fünfzigerjahre benannt hat: Elvis, Fats Domino und Little Richie. Wenn er sie besucht, pumpt Alex sich vorher immer mit einem Anitallergikum voll.

Es ist überraschend einfach, mit Alex zu reden. Er ist charmant und witzig und aufmerksam, und ich kann kaum glauben, dass wir uns gerade erst kennengelernt haben. Ich habe das Gefühl, ihn schon seit Jahren zu kennen. Die Cho-Zwillinge hatten recht, als sie sagten, wir würden uns super verstehen.

»Warte mal, erinnerst du dich noch an den Bubble Day?«, fragt Alex. Durch eine wirklich verrückte Wendung haben wir herausgefunden, dass wir nicht nur beide in New York aufgewachsen, sondern sogar auf dieselbe Grundschule gegangen sind, die PS 41 im West Village.

»Ja!« Ich schlage aufgeregt mit der Hand auf den Tisch. »Oh wow, das war doch wirklich der beste Schultag überhaupt.«

»Besser als der jährliche Ausflug in den Central-Park-Zoo?«, fragt er und zieht eine Augenbraue hoch.

»Oh ja, viel besser.« Ich lache. »Ich meine, ich mag die Seehunde wirklich, versteh mich nicht falsch, aber komm schon. Der Bubble Day war eine ganz andere Nummer.«

Jedes Jahr organisierten die Lehrkräfte am Tag vor den standardisierten Vergleichsarbeiten den »Bubble Day«, um uns das Ausfüllen der »Bubbles« auf den Antwortblättern der Scantron-Multiple-Choice-Formulare zu erleichtern. Wie bekamen Kaugummi, um damit Blasen zu machen, was normalerweise verboten war. Und die Feuerwehr kam in der Pause vorbei, spritzte mit dem Schlauch einen riesigen Haufen Seifenschaum auf das Basketballfeld, in dem wir spielen durften. Meine Freundin Inez und ich haben uns immer eine Handvoll ans Kinn geschmiert und in der tiefsten Stimmlage, die wir schafften, »Ho-ho-ho« gerufen, bis wir vor Lachen nicht mehr konnten.

Ich bin so entspannt, während ich mit Alex in der Vergangenheit schwelge, dass ich gar nicht merke, dass das Pärchen mit dem Mandelcroissant auf uns zukommt, bis sie direkt vor unserem Tisch stehen.

»Entschuldigung«, sagt das Mädchen schüchtern. »Sind Sie Rachel Kim? Tut mir leid, ich will euch nicht unterbrechen, aber würden Sie vielleicht ein Foto mit mir machen?« Sie hält hoffnungsvoll ihr Handy hoch.

»Ich will nicht unterbrechen« ist einer der häufigsten Sätze, den Menschen sagen, wenn sie genau das tun.

»Oh!«, sage ich überrascht. Aber ich fange mich schnell wieder und lächle höflich, bevor ich Alex einen kurzen Seitenblick zuwerfe. Er reißt verwirrt die Augen auf. »Natürlich. Sehr gerne.«

Okay, vielleicht lasse ich mich nicht nur von Leah und den Cho-Zwillingen leicht überreden.

Sie reicht ihrem Freund aufgeregt ihr Handy, und wir posieren für ein Foto. Ich spüre, wie Alex uns anstarrt und versucht herauszufinden, was los ist, und mir wird plötzlich klar, dass wir es irgendwie geschafft haben, überhaupt nicht darüber zu sprechen, womit ich mein Geld verdiene. Aber weiß er das wirklich nicht?

Nachdem das Mädchen sich bei mir bedankt hat und gegangen ist, setze ich mich wieder zu Alex. Das Ganze ist mir ein bisschen peinlich.

»Okay, jetzt fühle ich mich wirklich alt, aber … Bist du berühmt oder so?« Er lacht.

»Ähm … ist es unhöflich, wenn ich ja sage?«

Er lacht wieder.

»Aber ja. Meistens erkennen mich die Leute. Ich bin in einer Girlgroup, Girls Forever. Wir sind, ähm, ziemlich bekannt, jedenfalls in der K-Pop-Welt.«

»Ooh, du bist *die* Freundin von den Zwillingen!« Alex schnipst mit den Fingern. »Sie haben mir schon von dir erzählt. Ich kann nicht fassen, dass ich nicht eins und eins zusammengezählt habe. Tut mir wirklich leid.« Jetzt ist er derjenige, dem die Situation peinlich ist. »Na ja, das Studium, die Arbeit … Ich habe die Popkultur irgendwie aus den Augen verloren, vor allem die in Korea. Ich glaube, der letzte Film, den ich gesehen habe, war *Toy Story*.«

»Na ja, das ist doch noch gar nicht so lange her. Ist *Toy Story* 4 nicht gerade erst …«

»Nicht 4. *Toy Story 3*.«

»Ah. Na ja, in dem Fall hinkst du *wirklich* dramatisch hinterher.« Ich weiß noch, wie ich mit Akari und den Zwillingen nach der Schule *Toy Story 3* gesehen habe. Wir haben uns bei der Szene in der Verbrennungsanlage die Augen ausgeweint. Ich glaube, da war ich zwölf oder so.

»So tragisch nun auch wieder nicht.« Er streicht sein Hemd glatt, als hätte ich seinen Stolz gekränkt. Aber so fallen mir zumindest auch seine Armmuskeln auf, die sich unter dem glatten Stoff des Hemdes abzeichnen.

Wir lachen beide, und ich entspanne mich wieder.

»Ist kein Problem«, sage ich. Und ich meine es wirklich so. Es ist erfrischend, jemanden kennenzulernen – der gleichzeitig mich kennenlernt –, ohne dass der K-Pop dabei eine Rolle spielt. Ich kann mich nicht daran erinnern, wann ich zum letzten Mal jemand Neuen getroffen habe, und es sich so schnell so natürlich angefühlt hat.

Alex schaut auf sein Handy. »Hey, ich soll mich mit ein paar Freunden in einer Bar hier in der Nähe treffen«, sagt er. »Willst du mitkommen? Sie sind wirklich cool, versprochen. Nicht solche alten Opas wie ich.«

Wenn du ein alter Opa bist, dann bist du der attraktivste Opa der Welt. Zum Glück schaffe ich es, diesen Gedanken für mich zu behalten.

Eine Sekunde lang würde ich gerne ja sagen. Ich bin wirklich gerne mit Alex, dem süßen Typen und sexy Opa mit den heißen Fußgelenken zusammen, und die letzte Stunde ist wie im Flug vergangen. Aber die Begegnung mit dem Fan hat mich in die Realität zurückgeholt. Wenn mich jemand sieht, wie ich mit einem Mann alleine bin, könnte ich wirklich Probleme bekommen. Dazu reicht schon ein einziger Social-Media-Post. Ich sollte das Schicksal nicht herausfordern.

»Ich würde gerne, aber ich sollte wirklich zurück ins Hotel.« Ich beiße mir auf die Lippe.

»Ah«, nickt er. »Ist das so ein magisches K-Pop-Ding oder so? Wenn du um Mitternacht nicht zurück bist, verwandelst du dich in einen Kürbis?«

Ich lache und schüttle den Kopf. »Kein Kürbis. In Orange sehe ich furchtbar aus. Aber ...« Wie soll ich das jemandem erklären, der keine Ahnung davon hat, wie mein Leben abläuft? »Die Regeln in unserem Business sind ziemlich ... kompliziert. Wir müssen das Image des unschuldigen Mädchens von nebenan aufrechterhalten, das kein Interesse an Dates hat. Unsere Loyalität soll allein unseren Fans gehören. Und versteh mich nicht falsch, das ist auch so, ich mag unsere Fans wirklich. Aber es ist eben kompliziert. Wir wollen die Leute nicht enttäuschen, und wenn wir das doch tun, dann sind unsere Sponsoren auch enttäuscht. Und dann führt eine Enttäuschung zur anderen, wir werden weniger gebucht, und dann sind da noch die Medien, die aus allem immer gleich einen Skandal machen wollen und ... Wie gesagt, es ist kompliziert. Selbst wenn ich nur mit einem Mann alleine gesehen werde, kann das zu großen Missverständnissen führen.«

Er runzelt verwirrt die Stirn. »Aber ... Ich meine, wir sind doch nicht alleine.« Er schaut sich im Café um. »Und ... Es ist doch dein Leben. Würde dein Label dich nicht unterstützen, wenn du mit jemandem ausgehen wolltest? Oder, na ja, mit deinem alten Freund vom Bubble Day ein bisschen mehr Zeit in Cafés verbringen wolltest?«

Mich unterstützen. Schön wär's. Ich schüttle den Kopf und denke an Kang Jina von Electric Flower, die sie rausgeschmissen haben, weil sie einen Freund hatte. Das war ein Extremfall, aber ich will lieber gar nicht erst herausfinden, welche Strafen DB noch so in petto hat. Es ist einfach so, wenn man auf ihrer Seite ist und wenn die Firma einen mag, so wie das bei mir der Fall ist, dann kann dein Leben wirklich toll sein. Eine echte Herausforderung, aber auch wirklich toll. Ich habe ein Riesenglück, dass ich über die Jahre hinweg so viel Unterstützung von DB erhalten habe. Und dennoch ... Sie sind eben ein Business. Ich möchte sie nicht enttäuschen. Ich möchte *niemanden* enttäuschen.

Das alles erkläre ich Alex, und er nickt langsam. Das Leuchten in seinen Augen verblasst. »Oh, wow. Okay, das war mir nicht klar.«

»Ja«, sage ich wehmütig. »Also sollte ich einfach zurückgehen. Wahrscheinlich. Ich meine, das wäre jedenfalls das Schlauste. Glaube ich.«

Er zieht eine Augenbraue hoch und lächelt ein kleines bisschen, so dass das Grübchen auf seiner rechten Wange nur ganz schwach zu sehen ist. »Okay, Rachel Kim. Dann lösen wir dieses Problem jetzt im Bubble-Day-Stil.«

Ich lache, auch wenn ich keine Ahnung habe, worauf er hinauswill.

»Das hier sind deine Antwortmöglichkeiten. Wähle gut, und male die Bubble komplett mit deinem 2B-Bleistift aus«, sagt er.

»A) Komm mit mir und meinen Freunden in die Bar und sing uns alle mit B*Dazzled beim Karaoke unter den Tisch.« Ich werde rot. Es ist mir ein bisschen peinlich, aber vor allem freue ich mich, dass er sich an die Lieblings-Girlband meiner Kindheit erinnert. Es ist eines der vielen kleinen Details, die ich ihm heute Abend erzählt habe. »B) Geh zurück ins Hotel und vergiss, dass dieser Abend je stattgefunden hat. Hyeri und Juhyun erzählst du, dass du dich mit mir treffen wolltest, aber von einer äußerst bösartigen MRT-Tür überfallen wurdest. Oder C) sei vernünftig und geh zurück ins Hotel, aber nicht, ohne

Alex nach seiner Nummer zu fragen und zu versprechen, dass du ihm später schreibst.«

Mein Herz schlägt ein bisschen schneller. »Ich nehme C.«

»Gute Antwort«, grinst er.

Wir fahren mit der MRT zurück zur Orchard Road. Alex hat darauf bestanden, mich nach Hause zu bringen. Als wir eingestiegen sind, hat er mir demonstrativ und völlig übertrieben die Tür aufgehalten, bis ich und meine Tasche sicher im Inneren des Zuges waren. Es war so lustig, und das Ganze ist mir kaum noch peinlich. Ich habe lauter über mich selbst gelacht, als ich das für möglich gehalten hätte – es ist einfach toll, wie Alex das Ganze in einen einzigen, großen Spaß verwandelt hat.

Im Zug sitzen wir nebeneinander, und ich denke immer wieder daran, wie ich auf seinem Schoß gesessen habe. Unsere Beine berühren sich, weil die Sitze so schmal sind, und ich muss mich davon abhalten, seine Hand zu nehmen. Das wäre doch wirklich lächerlich. Als wir auf die Straße hinaustreten, ist es dort ziemlich leer. Das Gewusel hat sich gelegt, jetzt, wo die meisten Geschäfte geschlossen sind. Die Neonlichter und Schilder tauchen die Straße in ein etwas gespenstisches Licht. Ich schaue in den Nachthimmel hinauf, hole tief Luft und lasse zu, dass ich mich so richtig in Singapur verliebe. Als wir an dem Geschäft mit der Balenciaga-Tasche vorbeikommen, bleibe ich stehen und spähe hinein. Selbst von weitem, und selbst jetzt, wo das Geschäft so viel weniger hell erleuchtet ist, ist die Tasche einfach wunderschön.

»Was ist?«, fragt Alex, als ihm auffällt, dass ich stehen geblieben bin.

»Das da ist meine absolute Traumtasche«, seufze ich und zeige mit dem Finger darauf.

Er tritt näher ans Fenster und schaut hinein. »Die blaue da? Was ist an der so besonders?«

Was ist an der so besonders? Willst du mich verarschen? Ich wirble zu ihm herum, völlig schockiert. »*Das ist eine Balenciaga*, Alex.«

Er starrt zurück. »Ja, kenne ich. Aber ich frage trotzdem.« In seinem Blick liegt eine Herausforderung, und mir wird klar, dass Alex mit seinen Hermès-Schuhen nicht so einfach mit einem Markennamen zu beeindrucken ist.

Ich hole tief Luft, als würde ich gleich ein Seminar halten. »Okay, also die Verarbeitung dieser Tasche ist unglaublich. Das dünn geschnittene Leder ist leichter als das von anderen Marken, aber genauso robust, und damit hat Balenciaga die komplette Modeindustrie umgekrempelt. Die perfekte Mischung aus weich und stark. Und siehst du die Nähte? Das wird alles von Hand gemacht.« Ich atme wieder tief ein. Mir war nicht klar, wie sehr ich mich für Mode begeistern kann. Aber dabei geht es nicht nur um hübsche Dinge. Mode ist Kunst, Kunst, die eine Geschichte erzählt, genau wie diese Tasche.

Alex schweigt und schaut die Tasche nachdenklich an. »Okay.«

»Also verstehst du das?«

»Nein, ich meine okay, jetzt hattest du wirklich gerade einen Miranda-Priestly-Moment, oder?«

Um ehrlich zu sein, ist *Der Teufel Trägt Prada* einer meiner amerikanischen Lieblingsfilme.

»Okay, Mr. ›Ich habe seit den 2000ern keinen Film mehr gesehen‹«, sage ich, verdrehe die Augen und strecke die Hand aus, um ihm einen Klaps auf den Arm zu geben, aber Alex fängt meine Hand ab und hält sie fest.

»Hey, ernsthaft.« Er schaut mich mit seinen warmen braunen Augen an. »Ich finde es cool, dass du so eine Leidenschaft hast für … wie war das noch mal? *Balenciaga?*« Ich nicke. Ich traue meiner Stimme nicht, weil mein Herz so wild klopft. »›Die perfekte Mischung aus weich und stark.‹ Na ja, wenn du das so formulierst, dann klingt das wirklich wie eine Traumfrau … Ich meine *Tasche*, Tasche! Traum*tasche*. Ich sehe es jetzt definitiv auch.«

Er grinst wieder, und ich gebe ihm einen spielerischen Klaps, aber irgendwie ist es etwas ganz anderes als zuvor mit Leah. Kein »Ach hör auf«, eher ein »Ich wünschte, diese Nacht würde niemals enden, aber kann ich wenigstens kurz deinen Arm berühren?«.

Einen Moment lang schaut er mir in die Augen. Ich spüre meinen Atem weich und viel zu schnell in meiner Kehle.

Und dann ist der Moment wieder vorbei.

Alex bringt mich fast bis vor mein Hotel zurück. Nur zwei Blocks entfernt bleibe ich stehen, damit uns niemand sieht und glaubt, wir hätten ein Date. Aber … würde das nicht stimmen? Es hat sich definitiv wie ein Date angefühlt. Ein wirklich, wirklich gutes Date.

»Also, dann sagen wir uns jetzt gute Nacht?«, fragt Alex.

Ich schaue zu ihm auf, und er lächelt, und da ist dieses Grübchen, und plötzlich würde ich ihn so gerne küssen.

Ich mache schnell ein paar Schritte rückwärts. Sosehr ich diese Gefühle auch vermisst habe, und so toll ich Alex auch finde, K-Pop und Romantik passen einfach nicht zusammen, und wenn ich mir das noch so sehr wünsche. Das darf ich nicht vergessen.

»Ja«, sage ich. »Gute Nacht, Alex.«

»Gute Nacht, Rachel.«

Ich drehe mich um und gehe, aber ich spüre, dass er mir nachschaut, bis ich zwischen den großen Glastüren des Hotels verschwunden bin. Als mir die eiskalte Luft der Klimaanlage entgegenschlägt, bin ich traurig, dass unser gemeinsamer Abend so kurz war, aber andererseits bin ich auch aufgeregt. Wir haben uns zwar erst mal voneinander verabschiedet, aber ich habe schließlich Antwort C gewählt. In meiner Tasche halte ich mein Handy mit seiner gespeicherten Nummer darin ganz fest. Es kann schließlich nicht schaden, ihm zu schreiben, nur als Freundin. Das wäre doch genauso wie mein Gruppenchat mit den Cho-Zwillingen. Total unschuldig. Wie sie schon gesagt haben, ich muss mir mehr Freunde außerhalb des K-Pop suchen. Ich kann meine seltsame Besessenheit von seinen Fußgelenken und meinen Wunsch, ihm das Gesicht abzuküssen und meine Phantasien, wie wir eng aneinandergekuschelt *Toy Story* schauen, einfach unter Kontrolle halten. Oder? Mein Handy vibriert, und mir springt fast das Herz aus der Brust.

Alex: Ich wollte nur sichergehen, dass du gut reingekommen bist. Danke noch mal für den tollen Abend. Ich weiß ja nicht, ob ich die Grundschule, die U-Bahn oder das Café als unsere erste Begegnung verbuchen soll … Aber egal, welche davon letztendlich zählt: Ich bin so froh, dass ich dich kennengelernt habe, Rachel Kim.

Das Grinsen auf meinem Gesicht ist lächerlich breit, und ich kann es einfach nicht abschütteln, selbst als der Aufzug auf meinem Stockwerk anhält. Irgendetwas sagt mir, dass ich wirklich in Schwierigkeiten bin.

Kapitel *Sechs*

Am nächsten Morgen hat unser Flug Verspätung. Irgendetwas mit der Crew, sie haben zu viele Stunden am Stück gearbeitet oder so. Normalerweise wäre ich ungeduldig und verärgert darüber, dass ich noch länger im Hotel rumhängen muss, obwohl ich einfach nur nach Hause will, aber heute ist es wirklich schön, noch ein bisschen länger im Bett zu liegen. Ich starre Alex' Namen in meinem Handy an und gehe in Gedanken jeden Moment unserer gemeinsamen Zeit durch. Wie er gelächelt hat. Wie leicht es ihm gefallen ist, mich zum Lachen zu bringen. Wie ungezwungen unsere Gespräche waren. Wie ich ihn am liebsten mitten auf der Straße geküsst hätte.

Mein Handy vibriert, und ich lasse es fast auf mein Gesicht fallen. Oh mein Gott, es ist Alex. Es ist fast so, als hätte ich ihn dazu gebracht, mir zu schreiben, einfach nur, indem ich an ihn gedacht habe.

Alex: Rate mal, was ich gestern Abend gemacht habe?
Ich: Hast du versucht, die Klassenfotos der PS 41 zu finden? Ich hab nämlich definitiv darüber nachgedacht, meine Mutter danach zu fragen.
Alex: NEIN, hab ich nicht, aber das ist eine geniale Idee. Ich habe beschlossen, in meinen Archiven nach einem Grundschulfoto von Rachel zu suchen.

Alex: Ich habe etwas mindestens genauso Lustiges gemacht. Ich habe mir *Toy Story 4* angeschaut.
Ich: LOL
Ich: Und, was sagst du, Opa?
Alex: Diese Gabel (der Löffel?) war lustig. Aber ich hab bei *Toy Story 3* auf jeden Fall mehr geweint. Weiß nicht, ob ich in den letzten zehn Jahren wirklich so viel verpasst habe, um ehrlich zu sein.

Ich muss lachen. Bevor ich antworten kann, klopft es wie wild an meiner Tür, und ich setze mich ruckartig auf. Das Klopfen wird noch lauter, und ich springe auf. »Moment!«, rufe ich dabei.

Ich mache die Tür auf und sehe Sunhee. Sie ist völlig außer Atem, als sei sie zu meinem Zimmer gerannt. »Rachel, hast du die Nachrichten gesehen?«

»Die Nachrichten?«

Sie hält mir ihr Handy hin. »Wir sind auf *Reveal*, und es ist überall.«

Mir rutscht das Herz in die Hose. Mist. *Reveal* ist eine von Koreas auflagenstärksten Klatschblättern. Wenn *Reveal* über Girls Forever schreibt, kann das nichts Gutes bedeuten.

»Also Ari, Sumin und Jiyoon waren anscheinend gestern Abend essen, und sie sind von einem Fan fotografiert worden.« Sunhee reicht mir ihr Handy, damit ich den Artikel lesen kann. »Der Fan hat das Bild gepostet, und die Zeitungen zu Hause haben sich darauf gestürzt. Sie waren mit drei unbekannten Männern zusammen, und *Reveal* hat Spekulationen in die Welt gesetzt, dass sie heimlich Dates haben.«

Ich scrolle durch den Artikel, während Sunhee nervös auf ihrer Unterlippe herumkaut. Genau wie sie eben gesagt hat, ist dort ein Foto von Ari, Sumin und Jiyoon zu sehen, die mit drei Männern an einem Tisch sitzen. Die Gesichter der Männer kann man nicht sehen, aber die Frauen lachen. Essen und Getränke stehen auf dem Tisch. Es könnte schon ein Dreifachdate sein … Aber es könnte auch einfach ein völlig platonisches Abendessen sein. Das ist schwer zu sagen.

»Dadurch stehen wir alle schlecht da. Mina wird ausrasten«, sagt Sunhee.

»Mina ist doch egal. Aber was ist mit dem Management?«

»Ari, Sumin und Jiyoon sind schon in einem Meeting mit Mr. Han«, sagt Sunhee. Vom anderen Ende des Flurs aus erklingen Stimmen, und sie dreht den Kopf. »Sie sind bestimmt gerade fertig. Komm schon, wir fragen, wie es gelaufen ist.«

Ich stecke den Kopf aus dem Zimmer und sehe Ari, Sumin und Jiyoon den Flur entlangkommen. Ari und Sumin streiten sich, wie immer (irgendwer hat irgendwen unterbrochen, während sie mit Mr. Han gesprochen haben). Jiyoon ist blasser als damals, als sie fast an einem Reiskuchen erstickt wäre. Sie ist wirklich fertig.

Mein Magen verkrampft sich. Das ist gar nicht gut.

Bevor Sunhee und ich etwas sagen können, schüttelt Jiyoon den Kopf. »Nicht hier«, flüstert sie. Ihre Stimme ist rauer als sonst. »In meinem Zimmer. Die anderen warten schon dort.«

Wir folgen den dreien in Jiyoons Zimmer. Lizzie, Eunji und Youngeun sitzen mit übereinandergeschlagenen Beinen auf dem Bett, Mina läuft vor dem Fenster auf und ab. Sobald sie uns sieht, verschränkt sie die Arme und stürmt auf uns zu.

»Also?«, fragt sie. »Wie groß sind die Schwierigkeiten, in denen wir wegen euch stecken?«

»Beruhig dich, es ist alles in Ordnung.« Ari hebt beschwichtigend die Hände.

»Mr. Han hat gesagt, dass DB einfach abstreiten wird, dass da irgendetwas Romantisches zwischen uns und diesen Jungs war. Er hat gesagt, das wird nicht allzu schwierig sein, weil das Foto eher unproblematisch ist. Es gibt keins, auf dem wir uns küssen oder so.«

Mina atmet aus, und ihre Schultern sacken nach unten. »Okay. Unser Ruf ist also intakt?«

»Vorerst«, meldet sich Sumin zu Wort. »Mr. Han hat gesagt, dass wir nie wieder mit ihnen fotografiert werden dürfen. Es wird schwieriger, es abzustreiten, wenn es ein zweites Mal vorkommt.«

»Wer war das denn überhaupt?«, fragt Lizzie.

Ari und Sumin halten inne, ihre Blicke wandern zu Jiyoon. Es ist komisch, Jiyoon so schweigsam zu sehen. Normalerweise ist sie diejenige, die einfach sagt, was sie denkt. Sie mag Spielchen überhaupt nicht und hält sich mit ihrer Meinung nie zurück. Doch in diesem Moment sieht sie einfach leer aus.

»Jiyoon?«, fragt Youngeun sanft.

Jiyoon seufzt. »Das Gerücht hat einen wahren Kern. Das war mein Freund, mit seinen beiden Cousins.«

Ich blinzle überrascht. Jiyoon? Ein Freund? Wie kann sie einen Freund haben, von dem ich nichts weiß? Wir wohnen in einem Zimmer!

Andererseits: Würde ich es mitbekommen, wenn eine der anderen eine Beziehung hätte? Ganz ehrlich, ich bin mir da nicht sicher.

»Wie lange seid ihr denn schon zusammen?« Ich achte darauf, dass mein Ton neutral bleibt.

»Wir haben schon seit fast einem Jahr eine Fernbeziehung. Er ist ein Freund der Familie, der in Daegu wohnt. Wir haben uns getroffen, als ich über Weihnachten zu Hause war, und seitdem hat sich das einfach entwickelt. Einer seiner Cousins lebt hier in Singapur, also haben wir geplant, uns zu treffen, aber jetzt ...« Ihre Stimme bricht, sie schaut nach unten und macht die Augen zu. »Jetzt müssen wir uns trennen.«

»Euch trennen?« Sunhee reißt die Augen so weit auf, dass es fast lustig aussieht. Sie will Jiyoon sicher eigentlich nur unterstützen, aber so, wie sie da bis auf die vorderste Kante ihres Stuhls gerutscht dasitzt und an Jiyoons Lippen hängt, wirkt es so, als wäre das für sie alles einfach eine spannende Geschichte. Wie diese ganzen Liebesromane, die sie immer liest. Dabei geht es hier gerade um das echte gebrochene Herz einer Freundin.

»Ich habe keine andere Wahl.« Jiyoon schaut uns immer noch nicht an. Bestimmt hat sie Angst, sie könnte anfangen zu weinen, falls sie es doch tut. Es bricht mir das Herz. Jiyoon ist diejenige von uns, die sonst kein Problem damit hat, uns direkt in die Augen zu schauen, egal, was los ist. »Wenn ich noch mal mit Jin erwischt werde, ist meine Karriere vorbei.«

Genau, wie ich es Alex gestern erklären wollte. Für ein weibliches K-Pop-Idol ist Dating nie einfach nur Dating. Es kann in einer Katastrophe enden. Das ist nicht fair, aber wir wissen alle darüber Bescheid.

Plötzlich werde ich unruhig. Das Mädchen, das gestern ein Foto von mir gemacht hat. Was, wenn Alex im Hintergrund zu sehen ist? Und was, wenn die Zeitungen sich darauf stürzen, genau wie bei dem Foto mit Jiyoon und ihrem Freund? Nicht, dass Alex mein Freund ist. Aber das weiß die Klatschpresse ja nicht. Und ich war auch noch mit ihm alleine. Das wäre viel schwerer zu rechtfertigen als Jiyoons Gruppenfoto. Aber nein. Ich hätte es definitiv gemerkt, wenn er mit drauf gewesen wäre. Das wäre mir nicht entgangen. Aber ich muss einfach immer wieder daran denken. Ich war so sehr in unser Gespräch vertieft, dass ich mir nicht ganz sicher sein kann.

Ich schüttle den Gedanken ab und gehe zu Jiyoon, um sie in die Arme zu nehmen. Sie ist zuerst ganz angespannt, dann lässt sie sich fallen, ihr Kinn auf meiner Schulter.

»Es tut mir so leid«, sage ich. »Das ist nicht fair. Aber wenigstens tut DB alles, um dich zu schützen.«

Anders als bei Kang Jina. Ich muss es nicht aussprechen. Alle wissen Bescheid.

Jiyoon nickt an meiner Schulter. »Ja, du hast recht. Danke, Rachel.« Sie tupft sich mit dem Ärmel ihres Sweatshirts die Augenwinkel ab. »Oh, und übrigens ... Hast du dir heute Morgen schon die Zähne geputzt? Du hast ganz schönen Mundgeruch.« Ich schlage mir die Hand vor den Mund und lache. Es ist toll, dass die alte Jiyoon langsam zurückkehrt.

Alle machen sich auf den Weg zurück in ihre Zimmer, um zu packen, aber Mina bleibt im Türrahmen stehen und dreht sich zu mir um. »Übrigens, wo warst du denn gestern Abend, Rachel?«

Ich erstarre und lasse Jiyoon los. »Hm? Was meinst du?«

»Jiyoon, Ari und Sumin waren mit diesen Typen unterwegs. Wir anderen waren im Spa. Aber niemand weiß, wo du warst.« Mina starrt mich an. Es ist, als würde sie mir mit ihrem Blick Löcher in meinen Schädel bohren.

Ich schaue sie missbilligend an. Diese Anschuldigungen kann sie sich sparen. »Ich war mit meiner Schwester shoppen. Und dann war ich noch einen Kaffee trinken.«

Das ist eigentlich die Wahrheit. Es muss ja niemand wissen, dass zufällig ein unglaublich heißer Typ, dem ich seit gestern Abend schreibe, im selben Café war.

Mina runzelt die Stirn, aber die anderen scheint das Ganze nicht weiter zu interessieren.

»Bist du sicher, dass du nichts verheimlichst, Rachel?«, fragt Mina. »Vielleicht ist Jiyoon ja nicht die Einzige, die gestern Abend mit einem Mann unterwegs war.«

Oje. Weiß Mina doch etwas? Oder weiß sie nur ganz genau, was sie sagen muss, um mich zu provozieren?

»Gott, Mina, warum bist du nur immer so misstrauisch?« Ich versuche, zu ignorieren, wie sehr mein Herz in meiner Brust hämmert.

Mina seufzt und verschränkt die Arme vor der Brust. »Irgendjemand muss in dieser Gruppe ja den Überblick behalten. Wenn eine von uns Mist baut, fällt das auf uns alle zurück. Und wenn wir schlecht dastehen, stehe ich schlecht da. Und mein Dad ...« Sie hält inne. »Ist ja auch egal. Ich wollte einfach nur sichergehen, dass du gestern Abend nicht mit irgendwelchen Typen rumgeschlichen bist.«

»Rachel würde so was nicht verheimlichen«, sagt Sunhee, bevor ich Mina antworten kann. Sie wird ein bisschen rot, weicht Minas Blick aber nicht aus. »Und sie würde es nicht riskieren, sich alleine mit einem Mann zu treffen. Dazu ist sie zu schlau. Oder Rachel?«

Ich zwinge mich zu einem Lächeln. »Genau.«

Ich bin froh, dass Sunhee sich traut, Mina zu widersprechen, und dankbar, dass sie sich für mich einsetzt, aber angenehm ist das, was sie sagt, nicht gerade für mich. Es erinnert mich nur noch stärker daran, dass ich ein gefährliches Spiel spiele, selbst, wenn ich Alex nur ein paar Nachrichten schreibe. Ich habe mir eingeredet, dass ich nur keine Dates habe, weil es so schwer ist, Leute zu treffen. Und das stimmt ja auch. Aber jetzt, wo mir der perfekte Mann – und ich klaue ganz dreist seinen Spruch – in den Schoß gefallen ist, muss ich mich der Wahrheit stellen. Der eigentliche Grund, aus dem ich keine Dates habe, ist, dass es einfach so riskant ist. Das darf ich nie vergessen, egal wie sehr ich mir auch das Gegenteil wünsche.

Vergiss Alex, rede ich mir ein. Es ist mein Mantra, während ich mir mein Airport-Outfit zurechtlege und meine Sachen zusammenpacke.

Ich verspreche mir selbst, nicht darüber nachzudenken, welchen Film Alex sich auf dem Rückflug anschauen würde.

Ich übe mich darin, nicht darüber nachzudenken, dass er keine Ahnung hatte, wer ich bin – und wie gut sich das angefühlt hat –, während die Fans und Paparazzi uns am Flughafen in Seoul umringen.

Genau genommen verbringe ich sogar diese und die nächste Nacht, und die Nacht danach damit, davon zu träumen, wie ich ihn nicht allzu bald wiedersehen werde. Vielleicht sogar nie.

Insgesamt perfektioniere ich die Kunst, nicht an Alex zu denken ziemlich schnell. Ich konzentriere mich sogar so sehr darauf, dass ich mir in der folgenden Woche bei einer Choreographieprobe fast das Schienbein breche.

Obwohl es erst in vier Monaten ist, stecken wir jetzt schon bis zum Hals in Proben für eine neue Nummer, die wir beim kommenden Multigroup Concert zeigen werden. Die Veranstaltung wird im Fernsehen übertragen, und mehrere Gruppen werden je eine einzelne Nummer zeigen. Dann gibt es am Ende noch einen großen, gemeinsamen Auftritt. Aber obwohl der Auftritt lange nicht so wichtig ist wie unser Herbstkonzert in LA, treiben uns die Trainer und Trainerinnen von DB zur Perfektion an. Die Probe heute Abend ist wirklich ein Albtraum. Alle tanzen einen halben Beat aus dem Rhythmus, wir sind nicht ganz synchron, und die Choreographin schreit uns an, weil unsere Form zu wünschen übrig lässt.

Ich versuche, mich auf die Moves zu konzentrieren: zwei Schritte, Haare, Drehung. Schulterzucken, klatschen! Aber meine Gedanken schweifen immer wieder zu Alex und zu meiner baldigen Reise nach Paris zu Nell

Kramers Fashionshow. Ich träume von Frankreich Anfang März, wenn die Luft noch kühl genug für dicke Pullover und süße Schals ist, aber warm genug, um draußen vor Cafés zu sitzen. Die nächsten beiden Wochen werde ich allerdings im eiskalten Februar von Korea verbringen, und wir sind bereits bei Tagesanbruch im Studio und bleiben bis nach Mitternacht dort, um uns vorzubereiten.

»Noch mal auf Anfang, Mädels!«, ruft die Choreographin. Wir verkneifen uns ein Stöhnen und nehmen die Anfangsposition ein. Wenn wir nicht die ganze Nacht hier sein wollen, müssen wir uns zusammenreißen. Ich verbanne alle Gedanken aus meinem Kopf, bis nur noch die Musik und der Rhythmus da sind.

Endlich, als wir die Choreo öfter fehlerfrei geschafft haben, als ich zählen kann, entlässt die Trainerin uns nach Hause. Aber bevor ich auch nur meine verschwitzten Sachen ausziehen kann, werde ich in Mr. Hans Büro bestellt. Verwirrt mache ich mich auf den Weg nach unten und binde mir im Gehen meinen hohen Pferdeschwanz neu. Was mir Mr. Han wohl zu sagen hat? Er würde doch kein Meeting einberufen, nur um mir zu sagen, dass ich bei der Gleitbewegung in der zweiten Strophe zu spät dran war, oder?

Ich klopfe an die Tür. »Herein!«, ruft Mr. Han.

Sobald ich die Tür öffne, sehe ich, dass Leah auch da ist. Wir wechseln einen schnellen Blick, und sie zuckt mit den Schultern. Sie hat auch keine Ahnung, warum wir hier sind. Oh, oh. Mein Magen verkrampft sich. Bekommen wir jetzt Ärger, weil wir uns an unserem letzten Tag in Singapur nach draußen geschlichen haben? Weiß Mr. Han, dass ich mich mit einem Freund namens Alex getroffen habe, der sich als Mann herausgestellt hat? Das ist jetzt fast eine Woche her, aber bei DB weiß man nie. Vielleicht haben sie nur die Zeit genutzt, um sich die perfekte Strafe zu überlegen. Ich bereite mich schon darauf vor, mich zu verteidigen, zu sagen, dass ich dachte, Alex sei eine Frau, aber glücklicherweise sieht Mr. Han nicht verärgert aus. Eher aufgeregt und gespannt.

»Ich freue mich, dass ich euch beide erreicht habe. Setz dich, setz dich.« Er zeigt auf den grauen Drehstuhl neben Leah. Ich setze mich, zupfe meinen Pferdeschwanz zurecht und lege die Hände auf meinem Schoß zusammen.

»Ich habe gute Neuigkeiten für euch beide!« Mr Han beugt sich über seinen Glasschreibtisch. »Das Publikum liebt euch bei 1, 2, 3, Win!. Anscheinend hat der Hashtag #TeamKimSisters auf sämtlichen Plattformen getrendet, als die Abendsendung ausgestrahlt wurde.« Ich grinse Leah an, als ich mich daran erinnere, wie MC Yang gesagt hat, wir könnten unser eigenes Team bilden. »Der Sender hat angefragt, ob ihr beiden Interesse an eurer eigenen Realityshow hättet«, fährt Mr. Han fort. »Ich habe noch nicht alle Details, aber es geht um ein klassisches Realityformat, eine Serie, bei der eine Kamera euch bei eurem Alltag begleitet und wie ihr verschiedene Dinge zusammen unternehmt. Was meint ihr?«

Mir fällt die Kinnlade herunter. Wow, das kommt unerwartet. Leah und ich? In einer Realityshow? Zusammen? Äh, ja, bitte!

Leah stößt ein Quietschen aus. Sie ist offensichtlich genauso begeistert wie ich. »Meinen Sie das ernst? Oh mein Gott! Sie meinen das ernst? Das passiert gerade wirklich!«, ruft sie. Dann lässt sie sich wieder auf ihren Stuhl fallen. Offensichtlich ist ihr der Ausbruch jetzt peinlich.

Sie ist immer so selbstbewusst, wenn sie mit mir zusammen ist, dass ich manchmal vergesse, dass sie gerade erst mit ihrer Zeit als Trainee fertig ist und im Umgang mit dem Management noch total nervös.

»Das wäre eine tolle Gelegenheit für uns«, helfe ich Leah aus der Patsche. »Wir freuen uns wirklich, dass Sie an uns gedacht haben.«

»Mr. Noh wollte schon immer ein Duoalbum mit euch beiden machen«, führt Mr. Han fort. »Ein Schwesternalbum! Das Timing ist perfekt, und die Realityshow wird dabei helfen, das Album zu promoten. Was meint ihr?«

Wisst ihr, wie es ist, wenn man gerade weint, und dann kitzelt einen jemand, und man lacht völlig unkontrolliert los, weil plötzlich alle Gefühle zu einem einzigen verschmelzen? So fühle ich mich gerade.

Leah und ich schauen uns an, und dieses Mal quietschen wir beide.

Mr. Han lacht. »Das nehme ich dann als Ja?«

»Ja«, sagt Leah.

»Natürlich«, füge ich hinzu und schlage die Beine übereinander, als würde ich dieses Businessmeeting wirklich ungeheuer ernst nehmen und wäre kein bisschen in Versuchung, auf meinem Stuhl auf und ab zu hüpfen.

»Super, ich halte euch auf dem Laufenden«, sagt Mr. Han. »Mr. Noh wird sich freuen, wenn ich es ihm sage.«

»Vielen Dank, Mr. Han«, sagen wir und verbeugen uns.

Als wir aufstehen, um zu gehen, zögere ich. Ich will Mr. Han seit unserer Rückkehr aus Singapur etwas fragen, aber ich hatte bisher noch keine Gelegenheit. Dieser Moment ist so gut wie jeder andere, und es fällt mir leichter, das Thema mit dem lockeren, nahbaren Mr. Han zu besprechen als mit Mr. Noh.

»Mr. Han, ich habe mich gefragt, ob mit diesem *Reveal*-Artikel über meine Gruppenmitglieder alles in Ordnung ist?«, frage ich. »Ist die Sache vorbei?«

Mr. Han lehnt sich zurück. »Oh, ja. Glücklicherweise. Die Medien sind auf Jason Lees neuen Film eingestiegen, *When I Loved You*, das ist dir sicher aufgefallen.«

Natürlich ist mir das nicht aufgefallen. Ich hatte ja gar keine Zeit. Ich probe, bis mir die Beine abfallen und dann hatte ich auch noch mental alle Hände voll damit zu tun, nicht an Alex zu denken. Ich runzle die Stirn. »Jasons Film? Ich wusste gar nicht, dass der Dreh schon angefangen hat.«

»Die Produktion läuft noch nicht, aber sie haben angekündigt, dass Song Geonwu ebenfalls mitspielt.«

Leah reißt die Augen auf. »Wow, Jason ist in einem Film mit Song Geonwu? Ich fand ihn so toll in *Tomorrow We Dance*. Und in so ziemlich allem anderen. Er ist riesig! Kein Wunder, dass die Medien berichten.«

»Ja«, sagt Mr. Han. »Und es gibt ein Gerücht, dass sowohl er als auch Jason in die weibliche Hauptdarstellerin verliebt sind und sich um sie streiten. Wobei, nur zwischen uns: Ich weiß, dass es noch gar keine weibliche Hauptdarstellerin gibt.«

Ah. Natürlich. Das klingt genau nach der gewöhnlichen Klatschpresse und auch genau nach Jason, dem alles recht ist, um seinen Film zu promoten. Aber ich bin trotzdem dankbar. Dank ihm und Song Geonwu hat sich die Aufmerksamkeit von Girls Forever abgewandt. Wer weiß: So, wie Mr. Han lächelt, kann ich mir gut vorstellen, dass DB das Gerücht gestreut hat, um genau das zu erreichen. Sie ziehen immer im Hintergrund die Strippen. Und dieses Mal wäre ich sogar erleichtert darüber.

An diesem Abend schwebe ich geradezu nach Hause. Ich fühle mich wertgeschätzt und inspiriert. Die Mädels versammeln sich schon im Wohnzimmer, als ich ankomme, und bereiten sich auf unsere Tradition, den allmonatlichen Filmabend vor. »Rachel, du kommst gerade noch rechtzeitig. Komm her«, sagt Sunhee und klopft neben sich aufs Sofa.

»Ich komme sofort«, sage ich. »Ich muss mich nur noch kurz umziehen.«

Ich verschwinde im Schlafzimmer, aber statt mich umzuziehen, schwebe ich auf mein Bett, wo auf magische Weise mein Handy in meinen Händen landet, als es leise beginnt zu summen und zu vibrieren. (Ich habe meine Benachrichtigungen natürlich ausgestellt – ich schlafe hier schließlich nicht alleine.)

Alex: Also, ich brauche ein neues Outfit. Was ist denn gerade angesagt? Onesies, oder?
Ich: Oh, auf jeden Fall. Ganz sicher Onesies. Jeden Tag. Du solltest auch zur Arbeit einen tragen. Ich habe gehört, das wirkt sehr professionell.
Alex: Ja? Mein Boss findet das sicher toll. Welches Muster soll ich nehmen, Paisley?
Ich: Vergiss es, ich kann nicht mehr! Du brauchst dringend Nachhilfe in Sachen Mode!
Alex: Wenn du das nächste Mal in Singapur bist, kannst du mir armem Modemuffel ja unter die Arme greifen :)
Ich: Schön, wie du ›nächstes Mal‹ schreibst, als sei das längst beschlossene Sache.
Alex: Oh, es ist beschlossene Sache.
Ich: Einigen wir uns darauf, dass wir uns uneinig sind.
Alex: Sicher nicht. Wir müssen uns treffen, damit du mir noch mal erklären kannst, warum wir nicht zusammen sein können. Ich bin mir nicht sicher, ob ich das schriftlich so richtig verstanden habe …
Ich: Du bist wirklich unglaublich. Warst du an der Schule vielleicht im Debattierclub?
Alex: Wenn du es genau wissen willst: Ja. Das geht kaum anders, so als Nerd. Bitte lach nicht.

Ich: Würde ich nie. Ich verurteile nie jemanden.
Alex: Außer Männer in Onesies.
Ich: So langsam kennst du mich wirklich gut.

Plötzlich wird mir klar, dass ich mein Handy so sehr anlächle, dass mir die Wangen weh tun. Glücklicherweise schaut Jiyoon mit den anderen im Wohnzimmer fern – sonst hätte sie garantiert schon gefragt, warum ich so grinse und wie eine der Hyänen aus Der König der Löwen in mein Handy kichere. Sie ist in letzter Zeit besonders aufmerksam, wahrscheinlich, weil ihre eigene Trennung noch nicht lange her ist.

Seit dem Reveal-Skandal habe ich versucht, mich zurückzuhalten, was das Schreiben mit Alex angeht, aber jetzt, wo die Wogen sich geglättet haben und die Medien woanders nach Skandalen suchen, kann es doch nicht schaden, ein bisschen mit ihm zu chatten. Schließlich reden wir nur darüber, dass wir nicht miteinander reden dürfen! Und es ist wirklich wichtig, das zu kommunizieren.

Aber trotzdem ... Ich muss sehr vorsichtig sein. Ich mache Instagram auf und schaue mir meine Markierungen an. Das habe ich letzte Woche schon gemacht, als ich das mit Jiyoon herausgefunden habe, aber man weiß nie, ob jemand noch nachträglich postet. Ich hole tief Luft und scrolle zum millionsten Mal durch die markierten Fotos. Lauter Memes, Edits, die irgendwelche Fans gemacht haben, bis ich schließlich das Foto von mir im Petal entdecke.

Immer noch kein Alex in Sicht. Gott sei Dank. Er ist in Sicherheit. Wir sind in Sicherheit.

Auch wenn es kein Wir gibt. Es gibt definitiv kein Wir.

Und ich werde ab jetzt noch besser aufpassen als zuvor, dass das auch so bleibt.

Kapitel *Sieben*

Meine Morgenroutine sah immer so aus: Aus dem Bett springen, sobald der Wecker klingelt, die Füße in die wunderschönen pfirsichfarbenen Pantoffeln schieben, die Umma mir zu Weihnachten geschenkt hat, und auf direktem Weg ins Badezimmer gehen, weil ich hoffe, dass sich noch keine Schlange gebildet hat. Dann die Hautpflege, Feuchtigkeitsspray, Augencreme, etwa zwölf weitere Dinge und am Ende noch eine Creme mit Lichtschutzfaktor. Erst dann, wenn ich meine Hautpflege beendet habe, schaue ich nach, ob über Nacht irgendwelche Nachrichten gekommen sind, oder denke darüber nach, was ich zum Frühstück esse.

Doch heute? Heute liege ich im Bett, obwohl mein Wecker schon vor einer ganzen Weile geklingelt hat, scrolle durch mein Handy und grinse den Bildschirm an. Zeichentrickhyäne ist mein neuer Morgenlook.

Alex: Hmmm, okay. Was ist mit Lieblingsgemüse? Wenn du dir nur eins aussuchen könntest, das die Apokalypse übersteht. Auf drei.
Alex: 1
Alex: 2
Alex: 3
Ich: Kohl
Alex: Gurken

Ich: NEIN!!! IIIHHHHHH. Na ja, das hier war nett, bis es vorbei war. Jetzt können wir leider nie wieder miteinander reden …

Alex: Gurken sind frisch, lecker und super als Gesichtsmaske. Außerdem: Was hat Baechu je für irgendwen getan?

Ich: Baechu = Kimchi. Du behauptest ernsthaft, wenn du nur ein Gemüse haben könntest, das die Apokalypse übersteht, dann würdest du NICHT Kohl nehmen und damit Kimchi für alle Ewigkeit den Garaus machen?

Alex: …

Alex: Okay, gut. Diese Runde gewinnst du. Auch wenn ich dich daran erinnern muss, dass es auch Gurken-Kimchi gibt und dass ich das sehr gerne esse.

Ich: Lol. Bring mich bloß nicht zum Kotzen.

Ich: Warte, können wir noch mal auf die Gurkengesichtsmasken zu sprechen kommen?

Alex: Ich weiß so einiges über Gesichtsmasken. Ich meine, ich habe schließlich ein Gesicht.

Ich: Das ist mir bis gerade eben gar nicht aufgefallen. Lol. Aber das ist super. Ein Mann, der sich auch um sich kümmert, ist immer gut.

Alex: Man könnte sagen, ich bin weich, aber stark.

Ich: 🫠

Ups. War das zu flirty? Seit zwei Wochen chatten wir so gut wie jeden Tag, meistens, wenn ich alleine im Zimmer bin, so wie jetzt, und ich habe versucht, es irgendwo zwischen flirty und freundschaftlich zu halten. Flirty genug, um zu schreiben: *Hey, ich finde dich echt süß und ich rede gerne mit dir.* Aber nicht flirty genug, um zu schreiben: *Hey, wie wärs mit einer Stunde Knutschen? Oder zwei?*

Ich möchte immer noch keine echte Beziehung eingehen, vor allem nicht nach dem, was mit Jiyoon passiert ist.

Ich: Der Kuss war natürlich für die Taschenmetapher. Diese Schönheit verfolgt mich immer noch in meinen Träumen.
Alex: Natürlich. Ich gebe deine Zuneigung an die Tasche weiter.

Ich seufze erleichtert. (Es ist übrigens garantiert kein verliebtes Seufzen, rede ich mir ein, auch wenn ich verstehen würde, wenn jemand, der gerade zufällig vorbeikommt, das so auffassen würde …) Die meisten Gespräche mit Alex laufen in etwa so ab. Flirty auf eine Weise, die man leicht abstreiten könnte. Aber ab und zu rutschen wir auch in ernstere Themen. Zum Beispiel, als er mir erzählt hat, dass seine Großmutter – die mit den vielen Katzen – gestürzt ist und im Krankenhaus liegt. Oder als ich ihm erzählt habe, dass ich mir Sorgen mache, dass Appa sich überarbeitet. Sosehr ich auch versuche, alles oberflächlich zu halten, es geht nicht anders, ich liebe diese Momente einfach. Es fühlt sich an, als würden wir uns wirklich kennenlernen – mehr als nur mit Fanseiten-Quizfragen. Sosehr wir manchmal auch herumblödeln, ich spüre die Sehnsucht, mehr über ihn wissen zu wollen, sehr deutlich. Ich bin neugierig auf alles, von seinen Meinungen über wichtige Themen wie Familie und Ehre, zu Kleinigkeiten wie zum Beispiel, ob er beim Duschen Musik hört (er hört die Nachrichten, während er sich morgens fertig macht, wie ein echter Erwachsener – oder eben ein totaler Nerd).

Ich hatte eigentlich vorgehabt, meinen freien Tag konstruktiv zu nutzen, vielleicht etwas für das Duoalbum zu planen oder für die Fashion Week. Stattdessen kreisen meine Gedanken um Alex und am späten Nachmittag liege ich noch immer grinsend im Bett und scrolle mich durch unseren Chatverlauf. Er klingt in seinen Nachrichten genauso wie im echten Leben. Wenn ich sie lese, kann ich jedes Mal fast seine Stimme hören. Und dieses Grübchen auf seiner linken Wange sehen. Bei diesem Gedanken schlägt mein Magen Purzelbäume.

Ich setze mich kerzengerade hin. Moment mal! Das könnte als Songtext funktionieren. Um ehrlich zu sein, habe ich seit meiner Rückkehr aus Singapur meine Freizeit ausschließlich damit verbracht, Alex zu schreiben und von der Fashion Week in Paris zu träumen. Aber jetzt, wo ich weiß, dass Leah und ich an einem Album arbeiten werden, muss ich unbedingt wieder versuchen, etwas zu schreiben. Es gibt da einen Song, der sich besonders gut als Schwesternduett machen würde – süß und gefühlvoll und mit Potenzial für echt gute Harmonien.

Ich mache meine Nachttischschublade auf und hole mein hellblaues Notizbuch hervor. Sobald ich es aufklappe, erstarren meine Hände zu Eis.

Von meinem Notizbuch ist nicht mehr viel übrig.

Jemand hat Dutzende Seiten herausgerissen, und nur ein rauer Papierstreifen erinnert noch daran, dass sie einmal da waren. Alle Texte, an denen ich gearbeitet habe. Weg. All meine Modeskizzen. Weg.

Ich blättere die übrig gebliebenen Seiten durch, aber die meisten kleben zusammen. Als ich es schaffe, sie zu voneinander zu lösen, sehe ich, dass jemand violetten Nagellack in mein Notizbuch geschüttet hat. Ich kann nicht mal meine eigene Handschrift lesen.

Wer würde so etwas tun? Meine Ohren beginnen vor Wut zu glühen. Mit dem Notizbuch in der Hand stolziere ich ins Wohnzimmer, wo die anderen acht ausgestreckt auf dem Sofa liegen und durch ihre Handys scrollen.

»Leute, wer war das?« Ich halte das Notizbuch hoch.

Die anderen schauen auf.

»Was ist das, dein Tagebuch?«, fragt Eunji und schaut wieder auf ihr Handy.

»Sieht doch ganz normal aus«, sagt Lizzie.

Sie macht schon die ganze Zeit spitze Bemerkungen, seit sie das mit der Realityshow erfahren hat. Ich weiß, dass das für sie und ihre eigene Schwester ein Traum wäre. Aber selbst wenn sie neidisch ist, sollte sie das nicht an mir auslassen. Die Entscheidung lag ganz alleine bei DB.

»Wirklich?« Ich mache das Buch auf und zeige die zerrissenen Seiten und den Nagellack. »Das sieht also ganz normal für dich aus?« Ich ziehe die Augenbraue hoch und schaue ihr ins Gesicht. Lizzie zuckt mit den Schultern und scrollt weiter. Ich will gerade wieder in die Gruppe fragen – ernsthaft, wer sollte denn bitte mein Notizbuch zerreißen und was gäbe es für einen Grund dazu? –, da sehe ich es.

Am anderen Ende der Couch sitzt Jiyoon. Sie hat ihr ältestes Sweatshirt an, ihre Haare sind zu einem fettigen Knoten zusammengebunden und sie isst Nurungji von einem Teller. Aber es ist nicht der knusprige Reis, der mir ins Auge fällt. Es ist der Nagellack an der Hand, die ihn festhält. Genau derselbe Farbton, Christian Louboutin *Lilac Dreams*, der auch in meinem Notizbuch verschüttet wurde ...

Jiyoon? Warum sollte Jiyoon mir so etwas antun? Ich mache den Mund auf, um etwas zu sagen, dann mache ich ihn wieder zu. Vielleicht war es ein Unfall? Vielleicht hat sie nach Papier als Unterlage gesucht, um sich die Nägel zu lackieren, und mein Notizbuch ist ihr in die Hände gefallen? Vielleicht ist ihr das Fläschchen aus der Hand gerutscht, und sie hat die besudelten Seiten herausgerissen?

»Hey, Jiyoon«, frage ich sanft. Aber Jiyoon springt sofort auf und läuft mit ihrem Teller Nurungji aus dem Zimmer. »Sorry, Leute«, stößt sie noch hervor. »Ich glaube, ich kann heute nicht mitschauen.« Dann schlägt sie unsere Zimmertür hinter sich zu.

Der Rest der Gruppe schaut ihr nach, verwundert und besorgt.

»Keine Sorge, ich mach schon.« Ich klopfe leise an, bevor ich zu Jiyoon in unser Zimmer gehe.

Sie liegt mit dem Gesicht zur Wand auf ihrem Bett. Ihre Schultern zucken, sie weint. Ich setze mich hinter ihr aufs Bett und kraule ihr den Kopf, so wie meine Mom das immer bei mir gemacht hat, wenn ich krank oder traurig war. Das Kitzeln läuft die ganze Wirbelsäule hinab und hilft beim Entspannen.

»Das mit Jin tut mir so leid, Jiyoon«, sage ich. »Aber du bist eine der Stärksten aus der ganzen Gruppe. Wenn jemand das überstehen kann, dann du.« Ich spüre, wie sie tief aufseufzt und ihr Weinen langsam verebbt. Sie dreht sich zu mir um. Ich kann ihr ansehen, dass sie ein schlechtes Gewissen hat. »Mach dir keine Sorgen wegen dem Notizbuch«, sage ich rasch. »Ich weiß, dass es nur ein Unfall war.«

Jiyoon schaut nach unten. Sie schluckt, dann schaut sie wieder zu mir auf. »Tut mir leid, Rachel«, sagt sie leise. Ganz kurz sieht es so aus, als wollte sie noch etwas sagen, aber dann schaut sie wieder weg. »Ich glaube, ich muss jetzt einfach schlafen.« Sie dreht sich wieder zur Wand.

Ich sitze gefühlt stundenlang auf ihrem Bett und streichle ihr den Rücken. Als sie endlich leise und regelmäßig schnarcht, schleiche ich zurück ins Wohnzimmer. Ich kann jetzt nicht schlafen. Mein Gehirn ist viel zu beschäftigt, zu viele Gedanken schwirren darin herum. Es würde bestimmt dauern, bis ich mich beruhige und einschlafen kann. Aber es sieht aus, als sei ich nicht die Einzige, die sich schlaflos im Bett gewälzt hat. Mina sitzt im Schlafanzug auf dem Sofa und hält eine Tasse heißen Kakao in der Hand.

»Warum bist du wach?« Ich setze mich ans andere Ende der Couch und ziehe ein Kissen auf meinen Schoß.

Sie hebt kaum die Augen von ihrer Tasse und bläst in den heißen Dampf. »Ich bin um diese Zeit immer wach.«

»Nachteule?«

»Schlafstörungen.«

Oh. In all den Jahren, die wir schon zusammenwohnen, war mir nie klar, dass Mina nicht gut schläft. Wenn ich recht darüber nachdenke, war sie wirklich immer die Letzte, die ins Bett gegangen ist. Vielleicht ist sie immer so launisch, weil sie nicht genug schläft. Doch, bevor ich sie das fragen kann, schaut sie mich mit hochgezogenen Augenbrauen an.

»Und was ist mit dir? Ich dachte, Prinzessin Rachel braucht ihren Schönheitsschlaf.«

Ich verdrehe die Augen, als ich den alten Spitznamen höre. »Ich muss nachdenken.«

»Du denkst doch nicht etwa immer noch über dieses Notizbuch nach, oder?«

»Und wenn doch?«, sage ich trotzig.

»Ich dachte, du schreibst die Lieder sowieso nur zum Spaß.« Sie wedelt abwesend mit der linken Hand. »Es ist ja nicht so, als hättest du vorgehabt, wirklich etwas daraus zu machen. Das hast du doch selbst gesagt. Nur ein Ausdruck deiner Kreativität.«

Ich runzle die Stirn. »Das war, bevor ich wusste, dass ich ein Duoalbum mit Leah mache. Ich hatte einen Song, von dem ich dachte, dass er für uns funktionieren könnte, und jetzt ist er weg.« Ich seufze. »Ich will meine Sache einfach gut machen.«

Mina schaut mich aufmerksam an, als wollte sie sich jedes Detail einprägen. Wie ich meine Schultern hängen lasse und an den Fransen des Kissens auf meinem Schoß zupfe. »Du bist nervös«, sagt sie. Es ist keine Frage, sie ist sich sicher.

»Vielleicht.«

»Warum?«

Warum? Ich versuche, mir darüber klarzuwerden. »Es ist einfach ... so persönlich, weißt du? Eine Realityshow, die uns den ganzen Tag begleitet. Ein Duoalbum mit meiner Schwester. Versteh mich nicht falsch, ich freue mich wirklich darauf, und ich bin mehr als dankbar für diese Chance ... Aber mein Leben vor der Kamera ausbreiten, damit alle es sehen können? Songs aufnehmen, ohne euch acht? Ich will wirklich mein Bestes geben und DB stolz machen, und ich weiß, dass meine Performance auch beeinflusst, wie Leah gesehen wird, also ...«

Ich schweige. Habe ich das gerade wirklich alles Cho Mina erzählt? Was habe ich mir nur dabei gedacht? »Und ... das war's«, sage ich rasch und mache mich darauf gefasst, dass sie sich über mich lustig macht.

Aber überraschenderweise passiert das nicht. Stattdessen zuckt Mina nur mit den Schultern und trinkt einen Schluck Kakao. »Das verstehe ich. Es ist nicht leicht, großen Erwartungen gerecht zu werden.«

Ich blinzle. Hat Mina gerade ... Mitgefühl mit mir?

»Man muss einfach härter arbeiten. Man muss schneller sein als die Enttäuschung.«

»Sprichst du aus Erfahrung?«, frage ich vorsichtig. Alle wissen, wie hart Minas Vater zu ihr ist. In ihrem Leben ist das, was er sagt, Gesetz.

Ihr Gesichtsausdruck verändert sich, und ich kann ihn nicht ganz einordnen. Vielleicht ist es Abwehr, vielleicht einfach nur gute, alte Erschöpfung. »Ich bin einfach schlau. Du kannst meinen Rat annehmen oder es sein lassen.«

Ich denke wieder an den Whirlpool in Singapur, als wir über unsere Bucket-Listen geredet haben. Wie sie gestrahlt hat, als sie an Hollywood dachte, und wie sie dann richtig traurig ausgesehen hat, als ihr ihr Vater einfiel. »*Das würde er nie zulassen.*«

»Du solltest noch mal über das mit der Schauspielerei nachdenken.« Ich versuche, es so klingen zu lassen, als wäre es keine große Sache. Wenn sie Mitgefühl mit mir haben kann, dann kann ich ja zumindest versuchen, mich zu revanchieren. Ich bin vielleicht nervös, weil ich bald auf Schritt und Tritt gefilmt werde, aber Mina ist für die Kamera geboren. »Ich glaube, du wärst wirklich gut darin. Du hast die richtige Arbeitseinstellung. Und du bist super vor der Kamera.«

Sie grinst. »Warum sagst du das jetzt?«

»Du bist nicht die Einzige, die schlau ist. Du kannst meinen Rat annehmen oder es sein lassen.« Ich grinse zurück.

Sie schüttelt den Kopf, aber sie hat ein leichtes Lächeln auf den Lippen. »Ich gehe jetzt ins Bett.«

»Okay.« Ich nicke. »Ich werde … noch ein bisschen hier sitzen bleiben und versuchen, mich wieder an den Song zu erinnern, den ich geschrieben habe.«

»Du hast ihn geschrieben. Es sollte doch nicht allzu schwer sein, sich an seine eigenen Texte zu erinnern.«

»Sollte man meinen«, seufze ich.

Sie stellt ihre Tasse auf den Tisch und verschränkt die Arme vor der Brust. Sie nickt mir herausfordernd zu. »Na los!«, sagt sie. »Versuch's doch. Ich wette, du kannst es nicht.«

»Was? Laut?«

Ihr Blick bleibt fest.

Ich zermartere mir das Hirn und versuche, mich an die erste Zeile zu erinnern. »When the sun sets and the lights fade so fast, don't fear the night or the shadows that may pass«, singe ich. »We'll be … We'll be …«

Wie ging es noch mal weiter? Ich kann mich einfach nicht erinnern.

»Brighter in the dark«, sagt Mina plötzlich.

»Was?«

»Brighter in the dark. Das würde gut funktionieren.«

Ich starre sie an, und mir wird eiskalt, als mir klarwird, wie perfekt diese Zeile in meinem Kopf klingt. Sie hat recht! Es ist nicht das, was in meinem Notizbuch steht, aber ich muss zugeben, dass ihr Vorschlag noch besser ist. Ich nicke langsam. »Okay. Ja, das könnte passen.«

»Ihr könntet es dreimal wiederholen, jedes Mal mit zusätzlichen Harmonien«, sagt sie. Sie klingt jetzt ganz aufgeregt, als könnte sie es sich richtig gut vorstellen. Dann, als hätte sie sich selbst bei etwas Verbotenem erwischt, schweigt sie und arrangiert ihre Gesichtszüge zu einer neutralen Maske. »Ich meine, wenn du willst. Es ist ja dein Song.«

»Das könnte cool sein«, sage ich. »Warum probieren wir es nicht aus?«

Ich singe die erste Zeile alleine. »We'll be brighter in the dark.«

Dann singe ich dasselbe noch einmal, und Mina singt ganz locker eine perfekte Harmonie dazu. »Brighter in the dark.«

Und dann singen wir es ein drittes Mal, diesmal machen wir die Harmonie noch stärker. »Brighter in the dark.«

Unsere Stimmen verflechten sich miteinander, als hätten wir nie etwas anderes gemacht, und erfüllen das ganze Wohnzimmer. Verdammt. Wir klingen gut. Nicht nur gut. Großartig. Wir starren einander an. Mina ist gut. Und so wie sie mich anschaut, weiß ich, dass sie gerade dasselbe über mich gedacht hat.

»Okay.« Sie springt abrupt von der Couch. Der Moment ist vorbei. »Dann hörst du jetzt also auf, dir so viele Sorgen um nichts zu machen? Jetzt hast du ja schon mal einen guten Song für dein Duoalbum.«

»Ja«, sage ich. Sie versucht, so auszusehen, als würde sie das alles kaltlassen, aber ich sehe, dass sie sich ein Lächeln verkneift. Ich dagegen grinse sie einfach nur an. »Das mache ich.«

»Habt ihr gehört, was mit Hemy von Butterscotch passiert ist?«

Lizzie dreht sich herum, um aus der ersten Reihe des Vans zu uns nach hinten schauen zu können. Was auch immer sie gerade für Gerüchte gehört hat, sie will sie offensichtlich unbedingt mit uns teilen. Sie hat so viele Quellen. Es sind einige Tage vergangen, und wir sind gerade auf dem Weg zurück nach Hause, nachdem wir den ganzen Tag für ein Musikvideo gedreht haben. Sunhee und Youngeun schlafen rechts und links von mir tief und fest. Sie sind total erschöpft vom Dreh. Alle anderen beugen sich zu Lizzie vor, um zu hören, was sie zu berichten hat. Der Van holpert über ein Schlagloch, und Sunhees Kopf rollt auf meine Schulter. Ich schiebe ihr eine Haarsträhne hinters Ohr.

»Es gibt anscheinend einen Fan, der seinen Lieblings-Idols ständig Geschenke schickt. Und er hat Hemy gerade etwas sehr Interessantes geschickt.« Lizzie wackelt mit den Augenbrauen. »Interessant« bedeutet also »richtig seltsam«. »Wollt ihr raten?«

»Benutzte Unterwäsche«, sagt Ari wie aus der Pistole geschossen.

»Ari!«, stöhnt Sumin. »Du bist ekelhaft.«

»Was denn? Das ist Jinny von CandYYou passiert, weißt du nicht mehr?«, fragt Ari.

»Das wurde nie bewiesen«, sage ich. Neunzig Prozent der K-Pop-Fans sind wirklich toll, aber ab und zu hört man trotzdem Geschichten über den einen und die andere, die zu weit gegangen sind.

»Pärchenringe?«, rät Eunji.

»Ein Kondom«, sagt Mina.

»Nein«, gibt Lizzie zurück. »Er hat ihr ein Porträt von ihr geschickt. Komplett aus gekauten Kaugummis gebastelt.«

Alle kreischen.

»Warum sollte irgendjemand so was wollen?«, fragt Jiyoon.

»Äh, die erste Frage muss lauten: Wie ist das bitte durch den Screening-Prozess gekommen?« Eunji verzieht das Gesicht. »Man sollte doch meinen, dass das irgendjemandem auffällt, bevor es bei ihr landet.«

»Na ja, das Management bringt heute unsere Fanpost vorbei«, sagt Mina. »Wenn eine von euch ein Kaugummiporträt bekommt, wette ich, dass ihr euch nicht traut, ein Stück davon zu kauen.«

Die Mädchen kreischen wieder.

Sobald wir zu Hause angekommen sind (und es geschafft haben, die verschlafenen Sunhee und Youngeun aus dem Van zu locken), sehen wir den riesigen Haufen Fanpost, der im Wohnzimmer liegt. Die Post geht an DB, und das Management bringt sie uns ab und zu. Auf den ersten Blick sieht alles ganz harmlos aus: Briefe, Karten, Fanart, Kleinigkeiten wie selbstgemachte Schlüsselanhänger oder Schmuck und ein paar Blumensträuße für Youngeun, die letzten Monat Geburtstag hatte.

Die meisten Geschenke sind an uns alle adressiert, aber es gibt auch einzelne Stapel. Niemand sagt etwas, aber ich sehe, wie wir alle den Blick über die Stapel wandern lassen und vergleichen, wie groß sie sind. Sunhee lässt den Kopf hängen, als sie sieht, dass ihrer dieses Mal am kleinsten ist. Aber sie sagt nichts. Sie macht mit uns allen zusammen ihre Post auf und macht genau wie alle anderen mit, während wir lustige Briefe vorlesen oder uns lauthals über besonders schöne Geschenke freuen.

»Für wen ist das denn?«, fragt Lizzie und zeigt auf ein besonders großes Päckchen, das neben der restlichen Post steht.

Mina schaut auf die Adresse. »Rachel.«

Alle drehen sich zu mir um. Es ist selten, dass ein so großes Päckchen es durchs Screening schafft. Außer natürlich, es wird versehentlich durchgelassen, so wie bei Hemy von Butterscotch. Ich schlucke. Ich weiß, dass die anderen alle dasselbe denken, weil ihre Blicke immer wieder zu dem Päckchen wandern.

»Was, wenn es von demselben Fan ist?«, fragt Eunji.

»Was, wenn er dir auch ein Kaugummiporträt geschickt hat?«, fragt Jiyoon.

»Oder seine Haare?«, fügt Sumin hinzu.

»Von welcher Körperregion?«, fragt Ari.

»Ari!«, sage ich missbilligend. »Okay, okay, ich mach es ja schon auf.« Ich hole tief Luft und öffne das Paket. Ich bin auf alles gefasst.

Oh mein Gott.

Meine Hände fangen an zu zittern, bevor ich die Verpackung komplett aufgeschnitten habe. Die minimalistische weiße Kiste mit dem einfachen schwarzen Schriftzug sagt mir schon alles, was ich wissen muss. Zehn schwarze Buchstaben, und der erste ist ein B.

Ich halte den Atem an, als ich den Deckel hochhebe.

Es ist eine Handtasche.

Es ist *die* Handtasche.

Die blaue Balenciaga.

»Was? Was ist drin?«, will Mina wissen.

Ich hebe langsam die Tasche an und nehme sie ganz vorsichtig aus der Kiste. Selbst durch die Verpackung riecht das Leder einfach himmlisch.

Gott, die Tasche ist sogar noch schöner, als ich sie in Erinnerung habe.

»Wow, Rachel!« Sunhee reißt die Augen auf. »Die ist wunderschön!«

»Ich kann nicht glauben, dass du die von einem Fan bekommen hast«, sagt Ari. »Du hast so ein Glück.«

»Glück« ist noch lange nicht alles, aber ich habe viel zu große Angst, aus Versehen mein Geheimnis preiszugeben. Ich darf nur schockiert sein, genau wie alle, sonst nichts. In der Kiste liegt eine einfache weiße Karte, auf der steht: »*Die perfekte Mischung aus weich und stark. Für die Frau, auf die das alles ebenfalls zutrifft.*«

Oh. Mein. Gott.

»Die ist doch perfekt für deine Reise nach Paris«, sagt Youngeun.

»Ja«, sage ich, obwohl ich kaum höre, was sie sagt, während ich schnell die Karte in meine Tasche gesteckt habe. Ich muss Alex sofort schreiben. »Ich lege sie schnell mal in mein Zimmer.«

Die Mädchen schauen mir mit wehmütiger Eifersucht nach, als ich die Tasche in die Arme nehme und damit in mein Zimmer schlurfe. Sobald ich die Tür hinter mir zugemacht habe, bin ich schon am Handy.

Ich:	Tasche??? DANKE!!! Aber wirklich???
Alex:	Sehr gerne. Ich meine, ich konnte sie einfach nicht *nicht* kaufen. Ich musste einfach.
Ich:	Aber warum?
Alex:	Die Antwort musst du selbst wählen: A) Sie hat bei deinem Outfit noch gefehlt.
Alex:	B) Deine alte Tasche war ein Sicherheitsrisiko.
Alex:	C) Ich habe mich wirklich gefreut, dich kennenzulernen.
Alex:	D) Alle der genannten :)

Kapitel Acht

Ich denke tagelang darüber nach, ob ich die Balenciaga-Tasche mit nach Paris nehmen soll. Ganz ehrlich, sie ist so wunderschön, dass ich wirklich Angst habe, sie schmutzig zu machen. Was, wenn die Securityleute am Flughafen sie begrapschen? Außerdem bin ich mir gar nicht sicher, ob ich ein derart extravagantes Geschenk überhaupt annehmen kann. Vor allem von Alex. Andererseits kann ich mich auch auf keinen Fall wieder davon trennen.

An dem Morgen, als ich nach Paris fliege, nehme ich die Tasche ein letztes Mal aus der Schachtel und beschließe, sie mitzunehmen. Ich halte sie vor dem Spiegel in der Hand.

»Sollte ich euch beide lieber alleine lassen?«, grinst Jiyoon, als sie mit ihrer Zahnbürste im Mund das Zimmer betritt. An dem Abend, als ich sie wegen Jin getröstet habe, habe ich beschlossen, dass es einfach nicht wichtig genug ist herauszufinden, was mit meinem Notizbuch passiert ist. Unsere Freundschaft und nach ihrer Trennung für sie da zu sein, waren mir wichtiger. Stückchen für Stückchen ist sie immer mehr zu ihrem alten Selbst zurückgekehrt. Jeden Tag ein kleines bisschen mehr. Und trotzdem, jedes Mal, wenn sie einen Witz wie diesen macht, bin ich einfach nur dankbar, dass Jiyoon wieder ganz die Alte ist.

»Haha. Du wirst jedenfalls gerade Zeugin einer sehr intimen Beziehung.«

Ich beiße mir auf die Lippe und frage mich, ob ich das Thema Beziehungen besser gemieden hätte.

Aber mein Kommentar scheint Jiyoon nichts auszumachen. Schließlich ist das einfach die Realität, in der wir leben. Zu einem gewissen Grad haben wir uns daran gewöhnt.

Sie steht vor mir und putzt sich die Zähne, und ich schaue mich ein letztes Mal im Zimmer um, um sicherzugehen, dass ich nichts vergessen habe. Ich streiche meine Decke und mein Kissen glatt (gibt es etwas Schlimmeres, als nach einer Reise zu einem ungemachten Bett zurückzukehren?), dann überprüfe ich noch einmal, ob ich sämtliche Ladegeräte und Adapter in mein Handgepäck gelegt habe. Ich will gerade meinen Koffer wieder aufmachen, um ein letztes Mal meine Outfits durchzugehen, als Jiyoon mir blitzschnell in den Weg springt.

»Oh nein. Nein, nein, nein. Ich habe gesehen, wie du dieses Ding in der letzten Woche mindestens siebenundvierzigmal gepackt und wieder umgepackt hast.« Sie zieht den Reißverschluss an meinem Koffer zu. »Du wirst anziehen, was du dabeihast, und du wirst toll aussehen.«

»Und du wirst noch an dieser Zahnbürste ersticken! Spuck bloß nicht auf meine Sachen!«

Sobald sie Richtung Bad verschwunden ist, überlege ich mir das Ganze noch einmal. Ganz ehrlich, es wäre völlig in Ordnung, wenn ich zum achtundvierzigsten Mal umpacken würde. Ich fahre schließlich zu einer Nell-Kramer-Fashionshow in Paris! Meine Outfits müssen diesmal wirklich *perfekt* sein. Ein schneller Blick auf die Uhr sagt mir allerdings, dass ich mich besser beeilen sollte, wenn ich nicht meinen Flug verpassen will. Im Flur gebe ich Jiyoon eine schnelle einarmige Umarmung, dann haste ich nach draußen, wo schon ein Auto auf mich wartet. Paris, ich komme!

Als ich fünfzehn Jahre alt und Trainee bei DB war, wollte ich unbedingt zu Nam Hayoons Show auf der Seoul Fashion Week. Sie war und ist immer noch meine Lieblingsdesignerin in Korea, aber ihre Shows sind so gut wie nie öffentlich. In jenem Jahr war sie es aber, und ich hätte eine meiner Nieren gegen ein Ticket eingetauscht, wenn mir jemand die Gelegenheit gegeben hätte. Ich habe meine Mutter angebettelt, dass sie mich hingehen lässt. Ich habe sogar eine Power-Point-Präsentation erstellt, in der ich alle Gründe aufgelistet habe, aus denen sie mich hingehen lassen sollte. Es grenzte an ein Wunder, dass sie tatsächlich nachgegeben hat. Ich habe bei der Show so viele Fotos gemacht, dass mein Handy danach keinen Speicherplatz mehr hatte. Obwohl ich ziemlich weit hinten gestanden habe, war das definitiv einer der besten Tage meines Lebens und auf jeden Fall die beste Fashionshow, auf der ich je war.

Bis jetzt jedenfalls.

Nam Hayoons Show wird immer einen festen Platz in meinem Herzen haben, aber als eingeladener Gast auf Nell Kramers Show zu sein ist etwas völlig anderes. Horden von Paparazzi machen Fotos von mir, als ich das Carrousel du Louvre betrete. Das Atrium ist in einen Laufsteg verwandelt worden, und die glitzernde, auf der Spitze stehende Pyramide ist das Kronjuwel. Mein Manager, Jongseok, führt mich zu einem Schild, auf dem RACHEL KIM – RESERVIERT steht. Es ist an einem Stuhl in der ersten Reihe festgeklebt. Ist. Doch. Nicht. Wahr. Ich setze mich auf den Stuhl und stecke das Schild als Erinnerung in meine Tasche.

Endlich, als der Raum schon vor erwartungsvoller Energie nur so schwirrt, wird das Licht gedimmt, und die Show beginnt. Es ist magisch. Von der Musik bis hin zu den kinetischen Lichtern, das Ganze ist einfach umwerfend. Man merkt genau, dass jedes kleinste Detail ausgewählt worden ist, um eine bestimmte Stimmung zu erzeugen und eine Geschichte zu erzählen, und die Show ist so eng getaktet, dass sie wie unsere Auftritte exakt auf die Sekunde geplant und unermüdlich geprobt worden sein muss.

Und dann sind da noch die Kleider. Die *Kleider*. Jedes ist einzigartig, und es gibt verschiedene Stile – von einem zauberhaften Kleid, das nur aus seidenen Rosenblütenblättern besteht, bis hin zu einem perfekt geschnittenen Anzug im Leoprint mit einem engen Blazer und einer gerade geschnittenen Hose – und trotzdem greifen die Looks irgendwie alle reibungslos ineinander und formen ein harmonisches Ganzes. Man bekommt einen Eindruck von Nells Stimme, von ihrer Stimmung – zart und grob zugleich. Nell hat alle Models mit glitzernden Haarspangen gestylt, die Wörter wie DAMN und WHATEVER formen, so dass die ganze Show nicht zu ernst wirkt. Ich bin hellauf begeistert.

Nach der Show kommt Nell zu mir, gibt mir einen flüchtigen Kuss auf jede Wange und sagt: »Wie schön, dich endlich persönlich kennenzulernen, Liebes. Im echten Leben siehst du noch besser aus.«

»Die Reißverschlusskette mit dem Cape, das war so ein tolles Outfit«, sage ich. »Eine tolle Mischung aus feminin und industriell.«

Sie strahlt. Obwohl wir uns in einem Gebäude befinden, trägt sie eine dunkle Sonnenbrille. »Ich hätte es fast rausgenommen, in letzter Sekunde, bevor Amarah den Laufsteg betreten hat. Freut mich, dass es dir gefällt.«

Ich nicke begeistert, dann zwinge ich mich, mich zusammenzureißen. Ich bin schließlich kein Wackeldackel. »Die Show war wirklich inspirierend«, sage ich und halte meinen Kopf ruhig.

In diesem Moment taucht ein Assistent an Nells Ellbogen auf und sagt etwas von einer After-Show-Party.

»Ah, na ja, ich schätze, dann muss ich jetzt wohl los«, sagt sie zu mir. »Wir sehen uns dort, Rachel?«

Als ich zurück in mein Hotelzimmer eile, um mich umzuziehen, läuft Nells Stimme in einer Endlosschleife in meinem Kopf (sie ist froh, dass mir ihre Show gefallen hat! Mir! Rachel Kim!). Ich habe das perfekte Statement-Outfit für die After-Show-Party. Etwas, das cool ist und schick und natürlich auch von Nell abgesegnet. Glücklicherweise weiß ich ganz genau, was das ist.

In meinem Schrank hängt ein frisch gebügeltes Männerjackett von Nell Kramer. Ich habe es ganz spontan in Seoul gekauft, und seitdem warte ich auf den richtigen Moment, ihm eine Chance zu geben. Ich schlüpfe hinein und trage es wie ein Minikleid mit einer schwarzen Nylonstrumpfhose und Stilettos. Ich frische meinen mattroten Lippenstift auf und trete zurück, um mich zu betrachten. Es ist perfekt. Nur ...

Ich drehe mich zur Seite. Das Jackett ist zu tief ausgeschnitten, um einen normalen BH darunter zu tragen, und zu groß, um keinen zu tragen. Wenn mich jemand im richtigen Winkel ablichtet, könnte das zu einem Nip Slip führen. Ich verfluche mich im Stillen selbst, weil ich nicht besser vorbereitet bin, und rufe Jongseok an, damit er mir

Fashion-Tape besorgt. Es ist ein bisschen peinlich, aber unsere Manager mussten schon peinlichere Sachen besorgen.

Fünf Minuten später ziehe ich mir ein Sweatshirt über den Kopf und mache die Tür auf. Davor steht ein Concierge, der mir triumphierend eine Rolle Tesa hinhält.

»Oh«, sage ich. »Ich brauche Fashion-Tape? Das klebt beidseitig?«

Er schaut mich völlig verwirrt an – er hat keine Ahnung, wovon ich spreche. Und ich glaube nicht einmal, dass das an der Sprachbarriere liegt. Er hat wahrscheinlich auch auf Französisch keine Ahnung, was Fashion-Tape ist. Er reißt ein Stück Klebeband ab und rollt die Rückseite zusammen, so dass ein nach außen klebender Kreis entsteht.

»Nein, nein«, sage ich. »Doppelseitiges Fashion-Tape, für Kleider. Ich brauche es, um ...« Ich gestikuliere hilflos in Richtung meiner Brüste. Er starrt mich an. Ich starre ihn an.

»Oh. Oh.« Er läuft rot an. Es ist peinlich. Oh, so peinlich. Er räuspert sich. »Oui, Mademoiselle. Ich, äh, ich werde sehen, was ich tun kann.«

Ein paar Minuten später klopft eine andere Concierge mit einem billigen Klebe-BH aus dem Laden an der Ecke bei mir an.

»Das war das Einzige, was ich finden konnte«, sagt sie. »Wird das gehen?«

Es ist alles andere als ideal, aber wenn ich mich noch länger mit meinem Outfit beschäftige, verpasse ich die Party noch komplett.

Na ja. Wie man in Frankreich so schön sagt: *C'est la vie.*

Die Nell-Kramer-After-Show-Party ist im Lapérouse, einem altmodischen Restaurant ein paar Blocks vom sechsten Arondissement entfernt. Der Partysaal ist mit gut gekleideten Menschen gefüllt, die alle aussehen, als wären sie gerade einem Modemagazin entstiegen. Sie nippen an Cocktails, unterhalten sich und lachen zu einer Synthiepop-Playlist.

Es ist phantastisch und überwältigend auf die bestmögliche Art, und ich bin froh, dass mein improvisierter BH hält, zumindest vorerst. Ich bekomme einige Komplimente für das Jackett/Minikleid. Es ist edgy und fresh, aber durch den klassischen Schnitt war ich mir trotzdem sicher, dass es nicht zu viel ist.

Nell ist von einer Menschentraube umringt, in der ihr alle zum Erfolg ihrer Show gratulieren wollen, also halte ich Ausschau nach den Cho-Zwillingen, die gesagt haben, dass sie wahrscheinlich auch kommen. Ich schwöre, Juhyun könnte sich von allen eine Einladung erschleichen, wahrscheinlich sogar vom Papst.

»Entschuldigung, Rachel Kim?«, höre ich eine Stimme.

Eine Frau in einem glitzernden weißen Blazer kommt auf mich zu und lächelt breit. »Ich dachte mir doch, dass ich Sie kenne. Ich bin Redakteurin der *Elle*, und ein großer Fan von Girls Forever.« Sie streckt die Hand aus. »Ich würde gerne mit ihnen über die Möglichkeit eines Interviews sprechen.«

Oh mein Gott, die *Elle*. »Schön, Sie kennenzulernen.« Ich schüttle ihr die Hand. »Daran hätte ich definitiv Interesse.«

Sie strahlt und fängt an, die Terminplanung und ihre Ideen mit mir durchzugehen. Ich höre aufmerksam zu, bis ich spüre, dass sich unter meinen Kleidern etwas bewegt. Ich erstarre zu Eis, als ich spüre, wie sich die rechte Hälfte des Klebe-BHs langsam einen Weg nach unten bahnt.

Nein. Nein, nein, nein, nein. Ich stelle mir vor, wie mein Klebe-BH vor einer Redakteurin der Elle aus meinem Jackett fällt. Ich achte darauf, dass mein Lächeln nicht verrutscht und verschränke die Arme fest vor der Brust.

Die Redakteurin wirft einen Blick nach unten zu meinem Ausschnitt, spricht aber weiter. Sie scheint verwirrt zu sein, weil ich plötzlich meine Brüste präsentiere. Ich lasse schnell die Arme sinken und halte eine Hand unbeholfen an meinen Bauch. Ich weiß nicht genau, was ich damit erreichen will, vielleicht die BH-Hälfte auffangen, bevor sie herausfallen kann? Aber ich mache ein paar seltsame Bewegungen, um die Rutschpartie aufzuhalten. Ich versuche verzweifelt, natürlich zu wirken, aber ich schaffe es leider nicht mehr, auch nur ein Wort von dem mitzubekommen, was die Redakteurin sagt. Ich sehe wahrscheinlich aus wie eine dieser winkenden, aufblasbaren Figuren, die manchmal vor Läden stehen, um Kundschaft einzutreiben. Der BH ist jetzt fast an meinem Bauchnabel angekommen. Ich muss hier weg.

»Das klingt alles toll«, unterbreche ich sie mitten im Satz. »Ich melde mich bei Ihnen!«

Damit sprinte ich in Richtung Damentoilette, hechte in eine der Kabinen und klebe den BH wieder fest. Puh. Gerade noch mal gut gegangen.

Nur dass ... mir plötzlich klarwird, dass ich weder den Namen noch die Nummer der Redakteurin habe. Ich stöhne auf und vergrabe das Gesicht in den Händen. Aaaah, ich habe sicher so richtig unhöflich auf sie gewirkt. Das war's dann wohl mit meiner Chance auf ein Interview mit der Elle.

Als ich aus dem Badezimmer komme, sehe ich einen Mann, Mitte vierzig, mit einem kurzen Pferdeschwanz und einer blau getönten Drahtbrille, der mit einem

111

wissenden Lächeln auf dem Gesicht auf mich zukommt. Er trägt ein einfaches Flanellhemd und unauffällige schwarze Jeans, sieht aber aus, als würde er sich inmitten der Mode-Elite vollkommen zu Hause fühlen. Ich werde knallrot. Hat er das BH-Fiasko beobachtet?

Aber als wir uns gegenüberstehen, holt er einfach etwas aus seiner Tasche und hält es mir hin. »Hier. Mein Mann arbeitet backstage, und er lässt mich nie ohne das hier zu einem Auftritt.«

Ich schaue auf seine ausgestreckte Hand hinunter und sehe das Beste, was ich nur sehen könnte: Eine kleine Rolle Fashion-Tape.

»Man weiß ja nie, wann man jemandem aus einer brenzligen Situation helfen muss.« Er zieht die Augenbraue hoch. Ich nehme das Tape, bedanke mich mehrmals bei meinem bebrillten Retter und haste zurück in die Damentoilette.

Als ich wieder herauskomme, ist alles sicher festgeklebt. Der Mann ist noch da. Ich lächle ihn entschuldigend an und bedanke mich noch einmal.

»Im Ernst, Sie haben mir gerade das Leben gerettet.« Ich gebe ihm die Rolle Tape zurück. »Bitte bedanken Sie sich auch bei Ihrem Mann für mich.«

»Er wird sich freuen, dass er einem der größten K-Pop-Stars aushelfen konnte.« Er lächelt und streckt mir die Hand hin. »Ich bin Maxwell Li-Harris. Ich fotografiere für die *Vogue*. Ich kenne Sie von Girls Forever.«

»Oh, hi!« Ich schüttle ihm die Hand. Natürlich, ein Fotograf. Die aus dem High-Fashion-Bereich sind immer so unaufgeregt locker drauf. »Freut mich, Sie kennenzulernen!«

»Ich liebe Ihr Outfit«, sagt er und lässt den Blick über das Jackett wandern. »Nell Kramer, Männerkollektion vom letzten Frühling, richtig?« Ich nicke. Es freut mich sehr, dass meine Auswahl von jemandem bestätigt wird, der so weit oben im Modebusiness arbeitet. »Wirklich genial. Haben Sie so was auch in Ihrer Linie?«

Ich blinzle. Meine Linie? »Tut mir leid, ich weiß nicht genau, was Sie meinen. Ich habe keine Linie.«

Er runzelt die Stirn. »Nicht? Alle nennen Sie doch immer Forever Fashionista ... Ich dachte, so heißt Ihr Label.«

»Oh!« Ich strahle über das ganze Gesicht und schüttle den Kopf. »Das ist nur ein Spitzname, den meine Fans sich für mich ausgedacht haben. Sie sind wirklich süß.«

»Bitte, Liebes. Sei doch nicht so bescheiden.« Er verdreht gutmütig die Augen. »Du bist eine Ikone, und deine Fans sind nicht die Einzigen, die das wissen.«

Wir lachen, und ich spüre, wie sich echte Freude in mir ausbreitet.

»Es ist wirklich schade, dass du das *Vogue*-Editorial abgelehnt hast«, fügt Maxwell hinzu. »Ich sollte die Fotos machen, und ich hatte wirklich gehofft, dass etwas daraus wird. Ich glaube, wir hätten etwas wirklich Tolles kreieren können.« Er seufzt wehmütig. »Ich hatte große Pläne, eine Doppelseite im Wes-Anderson-Stil. Du solltest nur Leder und Seide tragen, und in jedem Foto einen Falken auf der Hand halten. Ich kenne einen tollen Falken-Trainer.«

Moment. Bitte *was*? Jetzt bin ich diejenige, die die Stirn runzelt. Ich bin völlig verwirrt. Ich habe nie ein *Vogue*-Editorial abgelehnt. Es sei denn ... Ich denke an die Gespräche, die ich im DB Hauptquartier mitgehört habe. Das Management hat über eine Zusammenarbeit mit der *Vogue* gesprochen. Hat DB das Editorial für mich abgelehnt, ohne mich auch nur nach meiner Meinung zu fragen? Ich denke daran, wie ich Mr. Noh danach gefragt habe. Seine Antwort war so ruppig. »*Es gibt keine Zusammenarbeit mit der*

Vogue für *die Gruppe*.« Rückblickend wirkt es wie ein Ausweichmanöver auf mich. Denn die *Vogue* wollte nicht die Gruppe. Sie wollte mich.

Warum hat Mr. Noh mir nichts von dieser Möglichkeit gesagt? Und warum hat er mich so gut wie angelogen, als ich danach gefragt habe? Ich spüre, wie meine Emotionen hochkochen: Verwirrung, Enttäuschung und Wut kämpfen um den Platz in meinem Gehirn – aber bevor ich das Ganze überhaupt verarbeiten kann, sehe ich im Augenwinkel ein bekanntes Gesicht. Der Streit in meinem Gehirn ist sofort beendet. Oh mein Gott. Ist das …? Ach du Scheiße, sie ist es.

»Ist das da drüben Carly Mattsson?«, platze ich heraus. Ich muss sichergehen, dass mir meine Augen keinen Streich gespielt haben.

Maxwell sieht belustigt aus. »Ja. Bist du ein Fan?«

»Fan« ist eine echte Untertreibung. Ich liebe Carly Mattsson – ein Pop-Star, eine Modeikone und ehemaliges Mitglied von B*Dazzled, der amerikanischen Girlgroup meiner Kindheit. Carly ist legendär. Wer könnte je diesen Moment der VMAs vergessen, als sie sich für jedes ihrer drei Outfits einen neuen Haarschnitt verpasst hat? Von hüftlangem Haar über einen Bob bis zum Pixie-Cut, an nur einem Abend. Und ihr Pfauenfederlook bei der MET-Gala!

»Ich hatte ein T-Shirt von einem B*Dazzled-Konzert, in dem ich jahrelang geschlafen habe«, gestehe ich Maxwell.

»Hatten wir das nicht alle?«, sagt er liebevoll.

Als B*Dazzled sich aufgelöst haben, hat Carly ihre eigene Modelinie designt und einen attraktiven Ski-Olympioniken aus Schweden geheiratet, Oliver Mattsson. Ich kann es nicht fassen, dass sie hier ist. Im selben Raum wie ich. Sie atmet dieselbe Luft wie ich. Und sie trägt einen unglaublich schicken grünen Jumpsuit. Ihr Haar ist zu einem eleganten tiefen Pferdeschwanz gebunden, und sie hat Cartier-Pantherohrringe an.

»In Wirklichkeit sieht sie ja noch viel besser aus«, sage ich begeistert. »Ich hätte nie gedacht, dass ich ihr jemals so nahe sein würde. Soll ich mich ihr vorstellen? Wäre das seltsam?«

Maxwell lacht. »Sieh dich nur an. Du weißt, dass du ebenfalls ein internationaler Star bist, oder?«

»Carly Mattsson und ich spielen definitiv nicht in derselben Liga. Meiner Meinung nach lebt sie in einer völlig anderen Galaxie.«

»Na ja, ich denke jedenfalls, dass sie sich freuen würde, dich kennenzulernen«, sagt er. »Aber es sieht aus, als würde sie gerade gehen.«

Oh nein. Er hat recht. Mir wird das Herz schwer, als Carly Mattsson durch die Ausgangstür verschwindet.

»Sei nicht allzu enttäuscht«, sagt Maxwell mitfühlend. »Carly geht immer früher.«

»Warum das?«

»Sie hat kleine Kinder.« Er zuckt mit den Schultern.

»Ach ja. Jude, vier, und Mabel, zwei.«

Maxwell grinst mich schon wieder an. Ups. Hält er mich jetzt für eine Stalkerin?

»Ja. Und na ja, Work-Life-Balance und so.«

Was für ein Leben. Sie sieht nicht nur toll aus, sie ist auch noch megaerfolgreich, und sie schafft es, für ihre Familie da zu sein.

»Carly ist vielleicht nicht mehr da, aber ich sehe da hinten ein paar Fans, die aussehen, als ob sie mit dir reden möchten, Superstar.« Maxwell späht über die vielen Köpfe hinweg.

Ich folge seinem Blick und sehe Hyeri und Juhyun, die mir von der Cocktailbar aus zuwinken. Ich lächle und verabschiede mich schnell von Maxwell, dann gehe ich rasch zu den Zwillingen hinüber und schließe sie in die Arme. »Es ist so toll, euch zu sehen!«, rufe ich. Sie hüpfen aufgeregt auf der Stelle und umarmen mich zurück. »Und dann auch noch in Paris!«

»Das beste ...«, sagt Hyeri.

»... Leben«, fügt Juhyun lächelnd hinzu.

»... ever!«, beende ich den Satz. Und es ist wirklich so. Ich schicke ein schnelles Dankeschön ans Universum, weil ich das Glück habe, solche Momente mit meinen Freundinnen zu teilen.

»Es ist schon viel zu lange her, dass wir uns zuletzt gesehen haben.« In ihrem durchscheinenden, zarten Blumenkleid mit den gerafften Schultern sieht Juhyun ganz romantisch aus. Hyeri dagegen hat ihren gewohnten laborfesten Look gegen eine schicke weiße Bluse eingetauscht, die in einer tief sitzenden, metallisch glänzenden Anzughose steckt. Es ist offensichtlich nicht das erste Mal, dass sie mit Juhyun zu einem Event wie diesem geht. Sie sieht genauso glamourös aus wie ihre Zwillingsschwester. »Na ja, seit wir dich im echten Leben gesehen haben jedenfalls«, fährt Juhyun fort. »Bei Hyeri laufen immer deine Musikvideos im Hintergrund.«

»Ich darf doch wohl stolz auf meine Freundin sein«, grinst Hyeri. »Wie geht es dir, Rach, wie war die Show?«

»Vergiss die Show.« Juhyun greift nach meinem Arm. Ihre Augen glänzen. »Wie war das Treffen mit Alex? Glaub ja nicht, wir hätten nicht gemerkt, dass du der Frage im Chat jedes Mal ausweichst. Was ist zwischen euch beiden passiert?«

»Nichts!« Ich werde rot. Sie hat nicht ganz unrecht. Ich habe die Frage bisher nie beantwortet, teilweise, weil es sich angefühlt hat, als sollten wir dieses Gespräch lieber persönlich führen, aber auch, weil ich mir selbst noch nicht sicher bin, wo ich stehe. Wie soll ich etwas erklären, wenn ich nicht einmal selbst sicher bin, ob ich die Antwort kenne?

»Oh mein Gott, ich wusste es.« Hyeri schnappt nach Luft, obwohl ich noch überhaupt nichts bestätigt habe. »Schau nur, wie lange sie für die Antwort braucht.«

Ich lache. »Nein, da ist nichts. Aber andererseits ist da auch nicht nichts ...«

»Okay, spuck's schon aus«, sagt Juhyun. Sie schnappt sich ihren Cocktail von der Bar. »Erzähl uns alles.«

Ich bestelle eine Grapefruit-Paloma, und wir setzen uns auf eine Fensterbank in einer Ecke, wo wir uns zumindest halbwegs hören können. Die Menge macht einen ganz schönen Lärm. Ich fange ganz von vorne an und erzähle von unserer ersten Begegnung in der MRT und dann von unserem Kaffee-Date im Petal. Juhyun und Hyeri sind das perfekte Publikum. Sie reißen die Augen auf und quietschen an den richtigen Stellen, und ich kann nicht verhindern, dass ich mich ziemlich schnell ziemlich euphorisch fühle. Ich bekomme aber auch sonst schon fröhliche Schmetterlinge im Bauch, wenn ich nur an Alex denke.

»Wir schreiben uns seit letztem Monat so ziemlich jeden Tag.« Ich quetsche meine Limette aus, dann trinke ich noch einen Schluck. »Und ihr werdet es nicht glauben, aber er hat mir die hier geschickt.« Ich hole mein Handy hervor und zeige ihnen ein Foto von der Balenciaga.

Hyeri stupst mich in die Seite. »Er mag-mag dich!«, sagt sie mit kindlicher Freude.

»Der Junge hat Geschmack.« Juhyun nickt beeindruckt.

»Sprichst du gerade von mir oder von der Tasche?« Der Tequila in meinem Cocktail macht mich jetzt schon ein bisschen frecher und selbstbewusster.

»Er sollte auch einen guten Modegeschmack haben.« Hyeri ignoriert meine Bemerkung. »Schließlich managt er die Finanzen für einige große Modehäuser. Da hat er sicher mit den Jahren einiges gelernt.«

»Was macht er?« Ich reiße die Augen auf. Wieso weiß ich das denn nicht? Ich meine, ich wusste, dass er im Investmentbereich arbeitet, aber ich hatte keine Ahnung, dass er mit Mode zu tun hat.

»Das weißt du nicht?«, fragt Juhyun. »Er ist so eine Art Wunderkind. Er hat nach der Schule ungefähr zwei Sekunden lang für eine große Investmentbank gearbeitet und dann seinen eigenen Investment Fund gegründet. Er ist megaerfolgreich, Rach. Ich glaube, ich bin noch nie jemandem begegnet, der so ehrgeizig ist.«

»Wow.« Ich weiß gar nicht, was ich sagen soll. Ich erinnere mich an den Tag in Singapur, als wir uns die Balenciaga-Tasche angeschaut haben. Seitdem hat er die ganze Zeit das Spiel weitergespielt und so getan, als hätte er nicht die geringste Ahnung, nur, um sich mit mir einen Spaß zu erlauben.

»Babes.« Juhyuns Augen funkeln verwegen, während sie an ihrem Mai Tai nippt. »Wir müssen ihn anrufen.«

»Schon dabei«, sagt Hyeri und zieht ihr Handy aus der Tasche. Bevor ich es verhindern kann, ruft sie Alex auf FaceTime an.

»Hyeri, nein!« Ich versuche, nach ihrem Handy zu greifen.

Alex und ich schreiben zwar viel miteinander, aber ein Videochat ist eine völlig andere Sache. Was, wenn wir uns so ans Schreiben gewöhnt haben, dass ein echtes Gespräch jetzt richtig peinlich ist?

»Zu spät!« Hyeri wirft mir das Handy zu. Ich greife danach, lasse es fast in meinen Cocktail fallen und habe es gerade erst richtig in der Hand, als Alex' Gesicht auch schon auf dem Bildschirm erscheint. Er hat einen Dreitagebart, aber selbst ein wenig rauer ist Alex wirklich süß.

»Rachel?«, sagt er überrascht. Ein strahlendes Lächeln breitet sich auf seinem Gesicht aus, und das Grübchen auf seiner linken Wange ist wieder da. »Oh, hi. Mit dir habe ich bei der Handynummer gar nicht gerechnet. Es ist so laut bei dir! Wo bist du denn?«

»Äh, hi!«, quietsche ich. Ich räuspere mich und fange wieder von vorne an. »Hallo. Hi. Ich bin … Wir sind auf einer After-Show-Party. Tut mir leid, dass ich so spät noch anrufe. Ist es nicht drei Uhr morgens in Hong Kong?«

»Wie süß, sie weiß sogar die Zeitzone auswendig«, flüstert Hyeri Juhyun zu. »Es hat sie wirklich schwer getroffen.«

Ich werfe ihnen einen warnenden Blick zu und hoffe, dass Alex das nicht gehört hat.

»Ich bin gerade auf Geschäftsreise, also keine Sorge, es ist noch nicht sehr spät«, sagt er und lacht. »Hi, Juhyun, hi, Hyeri«, ruft er. Ich drehe das Handy um, damit er sie sehen kann, und sie winken ihm ungeschickt zu, bevor sie sich in einen beschwipsten Lachanfall auflösen.

Ich drehe das Handy wieder zu mir. »Also, na ja«, sage ich. »Ich dachte, ich melde mich einfach mal.« Oh mein Gott. Das hier ist fast so peinlich wie die Situation im Zug.

»Freut mich sehr«, sagt er. »Ist auf jeden Fall das Highlight meines heutigen Tages.«

»Ach ja?« Hier sind sicher viel zu viele verschiedenfarbige Lichter, als dass er sehen könnte, wie rot ich werde.

»Ja.« Er lächelt herzlich, dann wird das Lächeln zu einem Grinsen. »Obwohl ich mir beim Abendessen Wein übergekippt habe und mir jemand ein Taxi vor der Nase weggeschnappt hat, also freu dich nicht zu früh, deine Konkurrenz ist nicht besonders groß.«

Ich kichere, und dann bereue ich, dass ich gekichert habe. »Na ja, dann bin ich froh, dass ich deinen Tag ein kleines bisschen besser machen konnte.«

Juhyun und Hyeri tauschen mit hochgezogenen Augenbrauen Blicke aus, und ich werde schon wieder rot und räuspere mich zum gefühlt zehnten Mal. »Also, ich wollte mich auch noch mal für die Tasche bedanken. Es ist so ein schönes Geschenk, ich weiß gar nicht, ob ich es wirklich annehmen kann.«

»Oh, bitte behalte sie«, sagt er. »Wenn du sie zurückschickst, trage ich sie vielleicht selbst, und ich bin mir wirklich nicht sicher, ob Eierschalenblau meine Farbe ist.«

Ich muss lachen. »Okay. Na ja, jedenfalls danke noch mal. Du hast ja keine Ahnung, wie viel mir das bedeutet.«

Er lächelt, und um seine Augen herum bilden sich Fältchen. »Sehr gerne.«

Wir tauschen noch ein paar Worte aus und wünschen uns dann eine gute Nacht. Sobald ich aufgelegt habe, muss ich mich Juhyun und Hyeris wissendem Lächeln stellen.

»Ja, ja«, sage ich und winke ab, aber dann lösen wir uns alle in Lachen auf.

»Komm schon, ich kenne eine bessere After-Show-Party«, sagt Juhyun. Natürlich versucht sie, selbst das hier noch zu toppen. Aber was sie auch für uns geplant hat, ich werde es mir nicht entgehen lassen.

Ich habe einen ganzen freien Tag in Paris, bevor ich wieder nach Seoul fliege. Allerdings schlafe ich nach der Party ein paar Stunden länger als sonst. Glücklicherweise ist mein Zimmer im Four Seasons George V an einem kleinen Innenhof gelegen und wunderbar ruhig. Ich habe vielleicht ein bisschen Kopfschmerzen wegen der letzten Runde auf der letzten Party ... Aber wenn ich die Augen schließe, marschiert Nell Kramers wunderbare Kollektion durch meine Gedanken. Ich bin immer noch ganz aufgeregt und stelle mir vor, wie ich jedes einzelne Outfit auseinandernehme.

Gegen neun steige ich aus dem Bett und dusche erst mal. Dann ziehe ich einen riesigen, gemütlichen cremefarbenen Strickpullover mit Zopfmuster und eine schwarze Lederhose an und mache mich auf den Weg zum Marais für meinen Lieblingskaffee und Falafel von Chez Marianne. Nachdem ich eine Stunde in den Boutiquen der verwinkelten schmalen Straßen am Marais verbracht habe, steige ich in die Metro nach Montmartre. Die Pflasterstraßen, die sich den Hügel hinaufschlängeln, sind voller Blumen und bunter Cafés, und ich sehe die Basilika Sacré-Cœur in der Ferne. Ich poste ein paar Selfies mit der Basilika und fühle mich schamlos touristisch. Normalerweise bin ich vorsichtiger, was ich poste und wann, aber ich bin heute so entspannt und wunderbar incognito. Girls Forever hat es noch nicht wirklich in die europäische Musikszene geschafft, also ist es hier viel unwahrscheinlicher, dass ich erkannt werde.

Es ist mittlerweile so spät, dass die Leute für eine Zigarette und einen Espresso in die Cafés strömen, die es hier an jeder Straßenecke gibt. Ich setze mich an einen der vielen Außentische und hole mein blaues Notizbuch aus der Tasche. Es ist ein frischer Märztag, aber die Sonne scheint, und ich habe eine warme Tasse in der Hand und fühle mich pudelwohl. Auf der anderen Straßenseite macht jemand Musik, und ich frage mich, ob mich das beim Schreiben stören wird, aber dann sind es gar keine Lieder, die da aus meinem Stift fließen. Es ist eine Designskizze. Und dann noch eine und noch eine. Ich zeichne immer weiter, es passiert einfach, während die Kellnerin kommt und geht und mir noch einen Espresso und dann ein wenig später ein Schokocroissant bringt.

Weit entfernt von meinem gewöhnlichen Leben finde ich es ungeheuer befreiend, mich auf etwas anderes zu konzentrieren.

Ich bin so vertieft darin, die Puffärmel an einer Blusenkollektion richtig hinzubekommen, dass ich nicht einmal mitbekomme, wie die Zeit vergeht. Gerade, als ich innehalte, um meine verkrampften Finger zu bewegen, schiebt sich ein Schatten vor mich und verdeckt das Nachmittagslicht.

Ich schaue auf und erwarte, die Kellnerin zu sehen. Aber es ist ein Mann, der auf meinen Tisch heruntergrinst und aussieht, als wäre ihm die Situation ein kleines bisschen peinlich.

»Für jemanden, der so daran gewöhnt ist, überall erkannt zu werden, warst du geradezu lächerlich leicht zu finden.«

Kapitel Neun

»Alex? Was machst du denn hier?« Ich versuche aufzustehen, um ihn zu umarmen, ohne dabei den kleinen Kaffeetisch umzuwerfen, aber dann bemerke ich, dass ich immer noch den Stift in der Hand halte, und möchte ihn nicht damit erstechen. Ich schwanke nach links und sehe aus wie ein Clown auf einem Hochseil. Na super.

Er grinst noch breiter. »Ach, du weißt schon, ich war gerade in der Nähe. Da halte ich natürlich nach K-Pop-Idols Ausschau.«

Er zieht einen gestreiften Korbstuhl von einem anderen Tisch herbei und setzt sich zu mir. Alle Stühle stehen nebeneinander, damit man auf die Straße und nicht auf die Wand schaut, aber so dicht nebeneinander zu sitzen fühlt sich plötzlich viel zu nah an. Mir fällt auf, dass er wieder ein makelloses Hemd trägt, diesmal ein schwarzes statt des hellblauen, eine Lederjacke und einen Schal. Seine Haare sind ein bisschen gewachsen, seit ich ihn zuletzt gesehen habe, und ich kann sehen, dass er natürliche Locken hat. Er fährt mit der Hand hindurch und ist einfach nur unglaublich süß, also nehme ich meine Espressotasse in die Hand, um mich abzulenken, bemerke dann aber, dass sie leer ist, und muss sie wieder abstellen. Sie klappert laut auf der Untertasse. So viel zum Thema Geschicklichkeit. Er lächelt unsicher.

»Ich war für ein Meeting in London und hab einfach den Eurotunnel genommen«, sagt er. »War ganz einfach.«

»Nur, um hier rumzulaufen und nach mir zu suchen?« Ich mache nur Spaß, aber ein bisschen frage ich mich schon – wäre das möglich? War er nach unserem spontanen Gespräch bei FaceTime vielleicht genauso aufgeregt wie ich und hat beschlossen, dass er mich einfach sehen muss?

»Ah, nein, nicht nur das.« Er winkt der Kellnerin und bestellt sich einen Kaffee. »Ich dachte, ich gehe noch bei meinem Lieblingsschneider bei Maison Rambure vorbei. Jean Luc schuldet mir noch einen neuen Anzug. Und als er Maß genommen hat, habe ich das hier gesehen.« Er hält mir sein Handy hin und zeigt mir das Selfie, das ich vor ein paar Stunden gemacht habe. »Zuerst wollte ich dir schreiben, aber ich musste mich sowieso ein bisschen bewegen … Und dann, gerade als ich dir schreiben wollte, habe ich mich umgeschaut und da hast du gesessen. Schicksal.«

»Mm-hmm, ja klar.« Ich versuche, mein Lächeln zu verbergen, und denke ernsthaft darüber nach, noch einen Espresso zu bestellen, nur, um etwas in der Hand zu haben. Ich werfe einen Blick unter den Tisch. Glänzende Loafer, wahrscheinlich von Berluti. »Da fällt mir ein: Ich kenne jetzt übrigens dein Geheimnis.«

Er sieht verwirrt aus. »Mein Geheimnis?«

»Du arbeitest im Modebereich!« Ich stupse ihn mit dem Ellbogen an. Okay, es ist eine richtig lahme Ausrede, um ihn zu berühren, aber ich nehme, was ich kriegen kann. »Die Zwillinge haben es mir verraten.«

Er lacht ganz locker und streckt die Beine aus, dann wirft er einen Blick auf das Notizbuch auf dem Tisch. »Na ja, ich arbeite nicht wirklich mit Mode, ich handle nur viel mit Marken. Und übrigens, du hast eben ziemlich vertieft ausgesehen. Was ist das? Designst du da etwa eine eigene Linie?«

»Was, die hier?« Jetzt bin ich an der Reihe mit dem Verwirrtsein. Das ist das zweite Mal innerhalb von zwei Tagen, dass mich jemand fragt, ob ich Designerin bin ... total verrückt! »Nein, nein. Das ist nur ein bisschen Kritzelei, um meine Gedanken zu beruhigen.«

»Darf ich?«

Ich zögere kurz, genau aus demselben Grund. Es ist nichts Ernstes.

»Ich habe nie richtig etwas über Design gelernt«, sage ich, als ich ihm das Notizbuch hinschiebe. »Ich meine, ich zeichne einfach schon immer zum Spaß diese Outfits, zum Beispiel wenn ich alleine am Flughafen bin und der Flug Verspätung hat ...« Ich weiß, dass ich das nicht erklären muss, aber irgendwie bin ich jetzt neugierig, was Alex von den Skizzen hält. Schließlich kennt er sich offensichtlich in der Modewelt aus. Er ist ein Teil davon, zumindest auf der geschäftlichen Seite. Wobei mir eine kleine Stimme in meinem Kopf sagt, dass mich auch interessieren würde, was er denkt, wenn er die Finanzen einer Angelfirma verwalten würde. Ich würde immer wissen wollen, was er dazu sagt. Ich versuche, nicht zu viel darüber nachzudenken, was das bedeutet. Oder wie gut es sich anfühlt, seine Stimme zu hören, und zwar nicht nur in meiner Vorstellung, wenn ich eine Nachricht von ihm lese, oder über FaceTime.

Er blättert konzentriert und aufmerksam in meinem Notizbuch. Ich beobachte, wie er sich jede der Zeichnungen anschaut, und versuche, aus seinem Gesicht zu lesen, was er denkt. Denkt er, ich bin eine komplette Amateurin? Denkt er darüber nach, wie er mir das auf eine freundliche Weise sagen kann? Ich verdrehe die Finger auf meinem

Schoß, während ich auf sein Urteil warte. Dann macht er endlich das Notizbuch zu und schaut mich an.

»Rachel, die sind gut«, sagt er ernsthaft. »Wirklich gut. Ich meine, die Silhouetten dieser beiden kommen mir eher bekannt vor, aber das hier, das ist etwas, was ich noch nie gesehen habe, und *das* ...« Er hält die letzte Zeichnung hoch. »Das hier ist einfach ... ich weiß nicht, wie ich das sagen soll. Es ist einfach sehr *du*. Und das ist, jedenfalls mit meinem begrenzten Verständnis, genau der Kern von dem, was gutes Design ausmacht, oder? Eine eigene Stimme?«

Ich werde rot. »Wirklich?«

»Ja, klar.« Er nickt, als hätte er gerade nur über das Wetter gesprochen.

Mein Herz rast, und ich bin sehr froh, dass ich mir nicht noch einen Espresso bestellt habe. »Na ja, ich schätze die Show gestern hat mich einfach inspiriert«, sage ich. »Es war unglaublich. Sie hat einfach so eine klare Message, so einen eigenen Stil ... Es hat sich angefühlt, als wäre mein Kopf ein Schaltbrett, und alle Lichter haben gleichzeitig angefangen zu leuchten.« Dann erzähle ich ihm von dem *Vogue*-Fotografen, der mich gefragt hat, ob ich meine eigene Linie habe. »Ich meine, ich bin dazu überhaupt nicht qualifiziert, aber es war einfach wirklich lieb von ihm, weißt du? Also, ich denke, das hier ist einfach meine imaginäre Modelinie.« Ich nehme ihm das Notizbuch wieder ab. Es fühlt sich jetzt schwerer an in meinen Händen, wichtiger. Und auch irgendwie zerbrechlicher. So, als würde ich, falls ich das Notizbuch verliere, auch diesen Moment verlieren und diese Überzeugung, die mich erfüllt.

»Aber warum imaginär?« Alex legt den Kopf schief. »Ich bin zwar kein Designexperte, aber für mich sieht es so aus, als wüsstest du alles, was du wissen musst, um loszulegen. Viele der Kreativen, mit denen ich zusammenarbeite, haben keine offizielle Ausbildung. Und diese Leute haben sich zum Teil ein Vermögen im Millionenbereich aufgebaut. Das, was sie alle gemeinsam haben, sind eine echte Vision und Ehrgeiz.«

»Aber ... Ich kann noch nicht mal richtig nähen!« Ich erinnere mich an den Moment, in dem ich versucht habe, ein Loch im Ärmel meines Isabel-Marant-Pullovers zu flicken. Der Ärmel sah danach aus, als würde er Frankensteins Monster gehören.

»Na und? Wir haben alle mal angefangen.« Alex beugt sich zu mir vor. »Außerdem müsstest du ja auch gar nicht nähen. Du müsstest nicht mal das ganze Design alleine machen. Du wärst eher so was wie die Kreativdirektorin – die Person eben, die die einzigartige, künstlerische Vision mitbringt.« Er sieht mich jetzt direkt an. Mit seinen warmen braunen Augen. Ich könnte gar nicht wegschauen, selbst wenn ich wollte. »Die einzige Frage, die du dir stellen solltest, ist: Möchtest du deine eigene Linie designen? Würde dich das glücklich machen?«

Würde es das? Ich denke einen Moment lang darüber nach. Der Gedanke ist aufregend, aber auch furchteinflößend. Es ist ein für mich bisher völlig unbekannter Bereich. Eine Möglichkeit, von der ich nie wusste, dass sie eine Möglichkeit ist. Aber die Vorstellung, Kreativdirektorin zu sein, klingt einfach perfekt. Ich kann mich schon sehen, wie ich neue Designs entwerfe, die perfekten Stoffe und Materialien aussuche, den Look beschreibe, den die Marke ausdrücken soll, und die Geschichte, die die Kleider erzählen sollen. Mein Herz schlägt schneller, und es juckt mir in den Fingern, den Stift wieder in die Hand zu nehmen und weiterzuzeichnen. Aber dann kommt mir ein anderer Gedanke. Würde das überhaupt in mein Leben passen? K-Pop muss immer an erster Stelle stehen, das muss so sein. Die Musik ist meine erste große Liebe, und ich möchte auch gar nicht, dass das anders ist. Oder?

»Vielleicht«, sage ich ihm ehrlich. »Aber momentan ist es sozusagen einfach ein sicherer Ort, an dem ich mir keine Gedanken um Perfektion machen muss.«

Er zuckt mit den Schultern. »Wenn du es nur für dich machst, dann mach es einfach für dich.« Ich sehe ihm an, dass er weiß, dass nur ich das entscheiden kann. »Manchmal finde ich es hilfreich, an erfolgreiche Menschen zu denken, die jetzt schon das tun, was ich gerne erreichen würde. So …«

»Carly Mattsson.«

Er blinzelt und fängt dann an zu lachen. »Du meinst die von B* Dazzled?«

Ich nicke. Mir ist mein Ausbruch ein bisschen peinlich.

»Hm, ich hätte dich eher so in Richtung Nikki Casey eingeordnet.« Nikki Casey war Carlys Bandmitglied und hatte immer die verrücktesten Frisuren und neonpinke Stiefel mit dicken Sohlen. Sie ist dafür bekannt, dass sie sich für das Filmfestival in Cannes die Achselhaare neonblau gefärbt hat.

»Ha, ha. Aber im Ernst. Ich habe Carly gestern auf der After-Show-Party gesehen, und oh mein Gott, Alex«, seufze ich, »sie ist die Perfektion in Person. Definitiv #goals. Wenn ich erreichen könnte, was sie macht – Musik und Mode und trotzdem noch Zeit für meine Familie haben –, das wäre ein Traum.«

Er denkt einen Moment lang nach, dann nickt er. »Okay, Ich schaue mal, was ich da machen kann.«

Ich ziehe die Augenbrauen hoch. »Du schaust mal, was du da machen kannst?«

Ein freches Grinsen breitet sich auf seinem Gesicht aus, und er streckt über dem Tisch die Hand aus. Kurz denke ich, dass er nach meiner Hand greifen will, und mir bleibt der Atem im Hals stecken. Meine Finger zucken auf der Tischplatte, aber er greift an meiner Hand vorbei nach meiner leeren Espressotasse.

»Na ja, erst mal schaue ich, was ich machen kann, um dir wieder was zu trinken zu besorgen«, sagt er. »Und vielleicht ein Tapetenwechsel? Oder musst du heute Abend schon zum Charles de Gaulle?«

»Ich fliege erst morgen früh«, antworte ich, »also, ja, ich schätze, bis dahin muss ich mich irgendwie beschäftigen.«

»Alles klar. Uns wird definitiv *irgendetwas* einfallen.«

Ich versuche, nicht rot zu werden, als Alex Geld für die Kaffees auf den Tisch fallen lässt und mir seinen Ellbogen anbietet. Ich hake mich ein.

Von Montmartre aus fahren wir mit der Metro zur Rue de Rivoli und gehen in ein paar trendige Boutiquen. Dann überqueren wir die Pont d'Arcole und bewundern Notre-Dame, die sich majestätisch in den Himmel erhebt. In Saint Germain gehen wir ins Shakespeare and Company und schauen uns die ganzen Bücher in den vielen verschiedenen Sprachen an, dann setzen wir uns in den Jardin du Luxembourg, um die Bücher zu lesen, die wir uns gekauft haben. Immer wieder ertappe ich mich dabei, wie ich einen Blick über meine Schulter werfe, weil ich plötzlich Angst habe, dass uns jemand zusammen sieht und mich erkennt. Dieser Stress lässt nie komplett nach, aber es ist schwer, mich nicht einfach in den romantischen Momenten zu verlieren. Ich halte trotzdem ständig Ausschau und habe im Blick, wer sich um uns herum aufhält.

Immer, wenn wir nicht wissen, was wir als Nächstes machen sollen, geht Alex unser gewohntes Spiel durch.

Möchtest du A) ... bei einer Bäckerei vorbeischauen und dann am Eiffelturm picknicken, B) ... eine Bootsfahrt auf der Seine bei Sonnenuntergang, C) ... in der Bastille was trinken gehen, D) ... alle der Genannten.

Den ganzen Tag über habe ich außerdem meine eigenen Multiple-Choice-Fragen im Kopf.

Soll ich Alex küssen?

Als wir an der Seine entlangspaziert sind, haben sich unsere Hände kurz berührt, und ich habe das Kribbeln im ganzen Körper gespürt. Er blieb eine Sekunde lang stehen. Ich ebenfalls. Er hat mir in die Augen geschaut und dieses Lächeln gelächelt, mit diesem Grübchen auf der linken Wange, mit dem er gleichzeitig unglaublich süß und unglaublich sexy aussieht.

»Du weißt, dass ich gerne deine Hand nehmen würde, oder?«, sagte er. Dann hat er gelacht und sich mit der Hand über das Gesicht gerieben. »Und eben im Café wollte ich das auch, aber ich versuche, cool zu bleiben.« Ich musste lachen, weil mit dieser Aussage sein Versuch, cool zu bleiben, wohl endgültig gescheitert war, aber er hat ernsthaft weitergesprochen: »Ich habe nicht vergessen, was du mir über K-Pop-Stars und Beziehungen gesagt hast. Ich will dich nicht unter Druck setzen oder dich in eine Situation bringen, in der du nicht sein möchtest. Und ich weiß nicht genau, wie ich das am besten ausdrücken soll, aber ich will es trotzdem so klar wie möglich machen: Mein Interesse an dir hat nichts damit zu tun, dass du berühmt bist. Ich habe Interesse an dir, weil du es schaffst, dass aus einer U-Bahn-Fahrt in Singapur ein Extremsport wird.«

Bei seinem letzten Satz habe ich einen Lachanfall bekommen. Ich wusste nicht, was ich sagen sollte. Er war so ehrlich. Keine Spielchen, einfach nur die Wahrheit.

»Danke, dass du das alles gesagt hast«, brachte ich schließlich heraus, und dann habe ich seine Hand genommen und meine Finger mit seinen verschränkt, und wir sind Hand in Hand weiter am Fluss entlanggelaufen. In dem Moment war das Bedürfnis, ihn zu berühren, größer als das Risiko.

Während wir weiter die Stadt erkunden, bekomme ich dieses Gespräch einfach nicht aus meinem Kopf. Oder wie sehr ich ihn küssen möchte. Ich habe nichts Vergleichbares empfunden, seit ich mit Jason zusammen war – und gleichzeitig ist das hier so anders als mit ihm. Ich kann die beiden kaum vergleichen. Mit Jason war alles intensiv und explosiv, sowohl im Guten als auch im Schlechten. Rückblickend fühlt es sich eher kindlich an. Aber mit Alex fühle ich mich sicher, und der Gedanke daran, mit ihm zusammen zu sein, ist Sicherheit und Freiheit zugleich. Es fühlt sich an, als stünden mir plötzlich alle Möglichkeiten offen.

Als es Zeit fürs Abendessen ist, finden wir uns im Hôtel Costes wieder. Das Restaurant ist klein und persönlich gestaltet, mit kleinen, einzeln abgetrennten Ecken, in denen die Tische stehen. Definitiv die Art von Restaurant, in denen Celebrity entspannt etwas trinken können, ohne sich Sorgen machen zu müssen, dass sie jemand sieht. »Jeon, die Reservierung für zwei«, sagt Alex zum Maître d'hôtel.

Der Kellner kommt, um uns zu unserem Tisch zu bringen, aber Alex bewegt sich nicht. Ich werfe einen Blick zurück. »Kommst du?«

»Nein«, sagt er. »Ich esse nicht mit.«

»Was?« Verwirrt drehe ich mich um. »Ich dachte, du hast für zwei reserviert?«

»Hat er auch«, sagt eine Frauenstimme. »Tut mir leid, dass ich zu spät komme.«

Eine Frau ist gerade zur Tür hereingekommen. Sie trägt eine Vintage-Schlaghose, einen schwarzen Rollkragenpullover, eine schwarze Sonnenbrille mit viereckigen Gläsern – und eine auffällige neonpinke Birkin-Tasche.

Oh mein Gott.

Es ist Carly Mattsson.

Sie küsst Alex zur Begrüßung auf die Wange, dann dreht sie sich mit einem herzlichen Lächeln zu mir um. »Du musst Rachel sein«, sagt sie und küsst mich ebenfalls auf die Wange. »Freut mich, dich kennenzulernen.«

»Es ist … ich … freut mich auch, sehr!«, stammle ich. Ich drehe mich wieder zu Alex um und bewege nur die Lippen. *Wie??*

»Ich mache die Finanzen für die Sportbekleidungsfirma ihres Mannes Ollie«, sagt Alex, als sei das ganz alltäglich. »Ich hab nur einen Gefallen eingelöst.«

Ich kann es nicht fassen. Ich schaue zwischen Carly und Alex hin und her. Ich bin mir nicht sicher, wen ich in diesem Moment mehr bewundere.

Alex drückt kurz meinen Arm. »Habt ein schönes Abendessen«, sagt er und lächelt.

»Wollen wir, Rachel?«, fragt Carly.

Ich schaffe es, zu nicken und Carly und dem Kellner zu unserem Tisch zu folgen, ohne zu stolpern oder vor Überraschung in Tränen auszubrechen. Es fühlt sich an, als könnte beides jeden Moment passieren. Carly ist wirklich elegant und lässt sich nicht anmerken, wie ungeschickt ich mich anstelle. Stattdessen beugt sie sich vor und lächelt mir verschwörerisch zu.

»Wusstest du, dass es hier das allerbeste Mousse au Chocolat gibt? Ich würde am liebsten das Essen überspringen und gleich zum Nachtisch übergehen.«

Ich bin sofort ein bisschen entspannter und lache. »Ich verurteile sicher niemanden, der den Nachtisch vor dem

Abendessen bestellt. Für Mousse au Chocolat muss es schon mal eine Ausnahme geben.«

Carly zwinkert mir zu. »Mit dir kann man reden.«

Wir fangen an, uns zu unterhalten, und ich finde heraus, dass Carly die Gabe hat, einen vergessen zu lassen, dass sie ... na ja, dass sie Carly Mattsson ist. Sie fühlt sich wirklich wohl in ihrer Haut und erzählt mir, dass das Lieblingswort der kleinen Jude zurzeit mit Sch beginnt (»Aber im Ernst, das ist besser als das letzte: ›Nein!‹«), ohne dass ihr das auch nur ein bisschen unangenehm ist, und ich fühle mich dadurch auch viel wohler. Wir essen Trüffelrisotto und trinken Burgunder aus bauchigen Gläsern, und ich erzähle ihr, dass ich gestern auf der Fashionshow war und was Alex zu meinen Skizzen gesagt hat.

»Ich weiß nicht, ob ich wirklich das Zeug zur Designerin habe«, sage ich. »Es fühlt sich so weit hergeholt an. Ich kritzle nur hin und wieder ein bisschen in meinem Notizbuch herum.«

»Das verstehe ich«, sagt Carly. »Aber sieh es mal so. Als du als Kind alleine in deinem Zimmer vor dich hingesungen hast, hast du vielleicht davon geträumt, mal auf der Bühne zu stehen. Aber hättest du es damals für möglich gehalten, dass du mal ein K-Pop-Star sein würdest? Ich wette, dieser Traum hat sich damals auch unmöglich angefühlt. Und jetzt schau dich an.«

Sie hat recht. Ich nicke langsam. So habe ich das noch nie gesehen.

»Du bist in einer guten Position, um über eine eigene Modelinie nachzudenken, falls es das ist, was du willst«, sagt sie. »Du hast Leidenschaft und Talent, du hast neue Ideen, und du hast Connections in der Modeindustrie.«

Ich verziehe das Gesicht, als ich an die Chance auf weitere Connections denke, die ich gestern Abend ohne das BH-Fiasko gehabt hätte.

Carly entgeht rein gar nichts. »Was ist denn das?« Sie lacht.

Ich werde rot und erzähle ihr zögernd vom Vorabend. Carly reißt die Augen auf, als ich die seltsamen Moves, die verhindern sollten, dass der Klebe-BH aus meinem Oberteil fällt, erwähne. Dann fängt sie an zu lachen. »Nicht lachen!«, sage ich und lache ebenfalls. »Es war so peinlich. Ich habe das Gefühl, dass es in der Modewelt all diese ungeschriebenen Regeln gibt. Es ist so überwältigend. Ich will einfach nichts falsch machen, weißt du?«

Carly hört auf zu lachen und lächelt verständnisvoll. »Ja, ich weiß. Aber es ist einfach so, Rachel: Wenn du auf deine größten Erfolge zurückblickst, dann siehst du, dass sie nicht passiert sind, weil du dich zurückgelehnt und getan hast, was dir gesagt wurde. Es ist okay, ab und zu die Regeln zu brechen. Das Leben macht dann auch viel mehr Spaß!« Sie zwinkert mir zu.

Ich trinke einen Schluck Wein und denke darüber nach. Das ist so anders als alles, was ich bei DB gelernt habe. Beim K-Pop habe ich Erfolg, weil ich eben *nicht* die Regeln breche. Ich bin den Weg gegangen, den man mir vorgegeben hat, seit ich als Trainee angenommen wurde, und deswegen bin ich heute dort, wo ich bin. Allein darüber nachzudenken, meine eigene Modelinie zu designen fühlt sich an, als würde ich die K-Pop-Regeln brechen, einfach nur, weil ... na ja, weil es noch niemand vorher gemacht hat. Darf ich überhaupt darüber nachdenken?

»Ich werde das nicht beschönigen, Rachel«, fährt Carly fort. »Es ist wirklich richtig schwer, ein eigenes Business zu führen. Vor allem, wenn man vorher in einer tollen Girlgroup war. Das ist ein großer Schritt. Aber wenn du es willst, dann schaffst du das auch.«

Großer Schritt? Ich bin gleichzeitig stolz, weil sie mir

das zutraut, und überfordert mit allem, was sie sagt. »Na ja, es ist ja auch nicht so, dass ich die Girlgroup verlassen möchte«, sage ich. »Ich will Girls Forever nicht gegen Modedesign eintauschen. Ich liebe es, mit ihnen Musik zu machen, und ich habe mir immer vorgestellt, dass Girls Forever einen neuen Rekord damit aufstellt, wie lange wir zusammenbleiben.« Ich lächle. »Ich bin noch jung. Ich würde auf jeden Fall gerne noch vier, fünf Jahre weitermachen. Wir sind wie Schwestern.«

Carly lächelt wehmütig. »Daran erinnere ich mich noch gut. Die Mädels von B*Dazzled und ich habe alles zusammen gemacht. Ich glaube nicht, dass irgendjemand sonst mich je so verschnupft gesehen hat, nicht einmal mein Mann.« Sie verzieht das Gesicht. »Oder mit so wenig Augenbrauen, nach dem großen Zupffiasko von 2011. Nikki musste sie mir jeden Tag aufmalen, vier Monate lang.«

Ich muss lachen. »Wirklich?«

»Oh ja. Die Mädels und ich sind immer noch wie Schwestern, obwohl wir jetzt alle verschiedene Dinge machen. Der Unterschied zwischen gutmütigen Späßen und echter Verbitterung ist ganz entscheidend. Alle zanken ab und zu. Bei B*Dazzled haben wir uns ständig um irgendwelchen Blödsinn gestritten. Aber Verbitterung ist etwas völlig anderes. Wenn du es schaffst, die zu erkennen, dann schaffst du alles.«

Oh, ich wünschte, ich könnte das ganze Gespräch mitschreiben. Es ist, als wüsste Carly ganz genau, was ich durchmache – und wahrscheinlich ist das ja tatsächlich so, sie war ja in der gleichen Situation. Es tut wirklich gut, mit jemandem zu reden, der das versteht.

Carly streckt die Hand aus und greift nach meiner. »Ich glaube, du bist gerade genau da, wo du sein musst, Rachel«, sagt sie. »Dass du darüber nachdenkst, was du nach dem K-Pop mit deiner Zukunft machen möchtest, muss deiner Loyalität zu Girls Forever gar nicht widersprechen. Du kannst an dieser Idee arbeiten, während du gleichzeitig mit Girls Forever durchstartest. Das schaffst du schon! Und jetzt ...« Sie lässt meine Hand wieder los und nimmt sich die Dessertkarte. »Ist es schon Zeit für Mousse au Chocolat?«

Ich liebe sie.

»Ja.« Ich strahle sie an. »Es wird sogar schon höchste Zeit.«

Nach dem Abendessen schwebe ich zurück ins Four Seasons. Ich bin auf Wolke sieben. Ich habe mehr Ideen als je zuvor. Das Abendessen mit Carly Mattsson war genau das, was ich gebraucht habe, und noch mehr. Und das verdanke ich nur Alex.

Sobald ich in meinem Zimmer bin, schreibe ich ihm.

Ich: Danke, danke, danke.

Seine Antwort kommt nur wenige Sekunden später.

Alex: Dann war es also gut?
Ich: Aber so was von! Ich bin wieder im Four Seasons. Wo bist du?
Alex: Ich bin auf dem Rückweg vom Abendessen mit ein paar geschäftlichen Kontakten. Ich bin nur ein paar Blocks von deinem Hotel entfernt ...

Ich renne sofort aus meinem Zimmer und die Treppen hinunter. Sobald ich durch die Eingangstür stürme, sehe ich Alex. Er steht unter einer Straßenlaterne. Ich spüre, dass es angefangen hat, zu nieseln. Kleine Tröpfchen fallen auf sein Gesicht und sorgen dafür, dass seine Haare im gedämpften Licht funkeln.

»Hi«, sagt er.

»Hi«, antworte ich.

Er reibt sich den Regen aus dem Gesicht. »Warte, komm nicht raus, du wirst ganz nass.«

»Nein, das ist perfekt. Es ist viel schwerer, im Dunkeln und bei Regen Fotos zu machen.« Ich gehe auf ihn zu, als würde mich eine unsichtbare Kraft zu ihm ziehen.

Er lacht. »Also hattest du Spaß?«

»Es war überwältigend. Das Mousse au Chocolat hat mein Leben verändert.« Ich berühre ihn am Arm. »Ach ja, und die Gesellschaft war auch nicht übel ...«

Er lächelt. »Das freut mich.«

Ein Taxi hält vor dem Hotel, und ein Pärchen steigt aus und stolpert Richtung Hotel. Sie kichern ununterbrochen und sind offensichtlich ein wenig betrunken. Wir treten weiter zurück, weg von der Eingangstür und weiter ins Dunkel.

»Im Ernst, ich bin begeistert. Ich weiß nicht, wie ich dir danken soll, ganz ehrlich.«

»Du brauchst dich nicht zu bedanken. Aber wenn du in diesem Regen noch nicht angefangen hast, dich aufzulösen, sollen wir vielleicht noch ein Stück gehen?«

Ich antworte nicht sofort. Ich bin zu sehr in diesem Moment gefangen, wie das Licht der Straßenlampe auf sein Gesicht fällt, seine Augen zum Leuchten bringt, seinen ernsthaften Gesichtsausdruck zur Geltung bringt.

»Oder ... Option B) Du bist müde, nachdem du den ganzen Tag mit mir durch die Stadt gerannt bist und willst einfach nur ins Bett ...«, schlägt er vor.

Ich lache und schüttle den Kopf. »Option C) Keine der genannten.«

Er sieht verwirrt aus, aber bevor er etwas sagen kann, mache ich einen Schritt auf ihn zu und küsse ihn. Einen Moment lang ist er zu überrascht, um zu reagieren. Dann legen sich seine Arme um meine Taille, er erwidert den Kuss, und der Regen fällt sanft auf die Pflastersteine zu unseren Füßen.

Kapitel *Zehn*

»Ich bin wieder da!«, rufe ich, als ich am nächsten Morgen unsere Villa in Cheongdam-dong betrete und aus meinen Schuhen schlüpfe. Ich höre ein paar vage Heys hinter geschlossenen Zimmertüren, aber es kommt niemand heraus, um mich zu begrüßen. Ich sollte nicht überrascht sein. Es ist kurz vor neun an einem Sonntagmorgen, und es gibt nichts zu tun für Girls Forever. Wenn ich nicht weggewesen wäre, würde ich jetzt wahrscheinlich auch schlafen.

Ich sollte gleich auspacken, meine Wäsche sortieren, herauslegen, was in die Reinigung muss und was gleich wieder zurück in den Schrank kann. Aber nach dem achtstündigen Flug und mit der Zeitverschiebung (in Paris ist es gerade mal ein Uhr morgens), bin ich einfach zu müde. Vielleicht ein kurzes Nickerchen, bevor ich mit dem Auspacken anfange. Ich gehe den Flur entlang und höre, dass in dem Badezimmer, das am nächsten zu meinem Zimmer liegt, jemand duscht. Der Geruch von Jiyoons Kokosshampoo dringt unter der Tür hindurch.

Ich mache die Tür zu meinem Zimmer auf und freue mich plötzlich sehr, dass ich wieder zu Hause bin. Mehr, als ich dachte. Mein Hotelzimmer lag vielleicht an einem italienisch anmutenden Innenhof, aber es hatte weder meine Wand mit den Polaroid-Fotos noch den Stapel *Vogue* auf meinem Nachttisch, in denen ich die schönsten

Doppelseiten mit Eselsohren markiert habe, noch den kleinen hölzernen Schmuckbaum, den Lizzie mir zum fünfjährigen Bestehen von Girls Forever geschenkt hat. (Trotz ihrer unangenehm spitzen Momente verschenkt sie jedes Jahr zum Jahrestag unseres Debüts traditionelle Geschenke – Papier für das erste Jahr, Baumwolle für das zweite und so weiter.) Ich habe das alles vermisst, sogar Jiyoons unordentliche Zimmerhälfte, mit dem Durcheinander auf ihren Bücherregalen und der Gewichtsdecke, die schon seit Wochen auf dem Boden liegt, weil sie behauptet, sie sei zu schwer zum Aufheben. Ich stelle meinen Koffer in den Schrank und rolle mich auf meinem Bett zusammen. Ich schlage nicht einmal die Decke zurück, mir fallen sofort die Augen zu.

Ein paar Minuten später erhebt sich in der Küche ein Stimmengewirr. Die anderen müssen vom Geruch nach Shakshuka aufgewacht sein – seit Sumin es entdeckt hat, hat sie das Management gebeten, jedes Wochenende welches liefern zu lassen. Als mir der Duft in die Nase steigt, knurrt mein Magen hörbar. Der Bagel, den ich im Flugzeug gegessen habe, hat wohl nicht ausgereicht. Na ja, auspacken und schlafen kann ich vielleicht später. Essen nicht.

Ich komme in die Küche, als sie sich gerade an den Tisch setzen. Sie zucken zusammen, und Sunhee fährt vor Schreck fast aus der Haut.

»Oh mein Gott, Rachel, hast du mich erschreckt.« Sie drückt sich eine Hand auf die Brust. »Willkommen zurück!«

»Danke.« Ich lächle ihr kurz zu.

»Schöne Frisur, Sum«, sagt Ari und rückt sich einen Stuhl zurecht. Sumin hat sich die Haare auf dem Kopf zu einem Knoten zusammengebunden, der ein bisschen mehr nach Vogelnest aussieht als nach einem absichtlichen Messy Bun, aber sie sieht trotzdem süß aus. Sie gähnt und setzt sich neben Ari. Offensichtlich ist sie noch zu müde, um zurückzustänkern.

»Oh, wir haben diese tolle Spülung in den Gift-Bags von Nell Kramer bekommen. Entwirrendes Feuchtigkeitsserum«, sage ich zu Sumin, die sich gerade Omija-Tee einschenkt. »Du kannst es gerne benutzen, wenn du willst.«

»Ach bitte, Rachel, wir sind gerade erst aufgestanden«, sagt Lizzie und lässt sich auf ihren Stuhl auf der anderen Tischseite fallen. »Kannst du uns nicht wenigstens fünf Minuten Zeit geben, bevor du anfängst, mit Paris anzugeben?«

»Ja, wirklich.« Mina macht den Kühlschrank auf und nimmt eine Flasche Mineralwasser heraus. »Während du im Urlaub warst, haben wir anderen gearbeitet, weißt du?«

Oh. Autsch. Mir war nicht klar, dass es als Angeben zählt, jemandem Spülung anzubieten. Und außerdem hat DB mich sowieso nur fliegen lassen, weil es eine Lücke in unserem Zeitplan für Girls Forever gab. Ich weiß genau, dass die anderen an nichts Wichtigem gearbeitet haben, während ich weg war.

»Was habt ihr so gemacht, während ich weg war?«, versuche ich das Gespräch auf neutraleren Boden zu lenken.

»Gestern Abend waren wir im 902 was trinken«, meldet sich Sunhee zu Wort.

Aha. Das erklärt die übertriebene Reizbarkeit. Die Tequila-Cocktails im 902 sind tödlich. Mit Sicherheit haben heute Morgen alle Kopfschmerzen.

»Cool«, sage ich mit einem wissenden Lächeln. »Was habe ich noch verpasst?«

»Ich habe für eine Nebenrolle in *When I Loved You* gedreht«, sagt Mina stolz. »Anscheinend wissen sie jetzt schon, dass der Film durch die Decke gehen wird. Und sie haben in letzter Minute das Skript umgeschrieben und meine Rolle vergrößert, weil die Schauspielerin, die die weibliche Hauptrolle spielt, so langweilig ist.«

»Das ist ja toll!«, sage ich. Mein Herz wird ganz leicht, als ich das höre. Ich freue mich so für Mina, weil sie damit ihrem Traum ein wenig näherkommt. »Und dein Dad war einverstanden?«

»Ich brauche keine Erlaubnis von meinem Dad«, zischt sie, aber der Stolz auf ihrem Gesicht verblasst ein wenig. »Außerdem«, spricht sie weiter. Sie sieht jetzt wieder fröhlicher aus, ihr ist offensichtlich etwas eingefallen, »er musste mich quasi spielen lassen, als er gehört hat, wer auch dabei ist.«

»Ah, okay. Ist das nicht der Film, in dem Jason die Hauptrolle hat?«, frage ich.

»Und Song Geonwu«, fügt Mina hinzu. »Man weiß einfach, dass alles, wo er mitspielt, richtig gut wird. Als ich am Set war, hat er einen Eiswagen und einen Kaffeestand organisiert, damit dem Cast und der Crew nicht die Energie ausgeht. Es war so süß. Er ist in Wirklichkeit ganz anders als im Fernsehen. Richtig bodenständig. Aber trotzdem heiß, natürlich.«

Eunji schaut Mina neidisch an. »Und *ich* mache ein Shooting mit der *Vogue*«, sagt sie und setzt sich neben Lizzie.

»Ja, das wissen wir, Eunji«, sagt Lizzie knapp. Eunji ignoriert das und greift mit einem selbstzufriedenen Lächeln nach einem Fläschchen Yakult. Es ist seltsam, zu sehen, wie die drei versuchen, sich gegenseitig auszustechen. Normalerweise bilden sie immer eine Front gegen den Rest von uns.

Moment mal.

Gerade erst wird mir etwas klar.

Eunji hat das Shooting mit der *Vogue* bekommen?

DB hat also das Angebot nicht nur ohne mein Wissen

für mich abgelehnt, sie haben es auch noch *jemand anderem* gegeben? Ich kann es nicht fassen.

»DB hat mir letzte Woche von dem Shooting erzählt«, fährt Eunji fort, als hätte Lizzie nichts gesagt. »Es ist das erste Mal, dass ein K-Pop-Idol eine Doppelseite bekommt. Ich kann nicht fassen, dass sie mich dafür wollten.« Sie versucht vielleicht, bescheiden zu klingen, scheitert aber kläglich. Hinter ihr verdreht Mina die Augen. Eunji hat vielleicht nicht den besten Stil, aber wir wissen alle, dass die Medien sich einig sind: Eunji ist die Bestaussehendste von uns. »Am Dienstag habe ich das Fitting für die Kleider, die ich beim Shooting trage«, fügt sie hinzu.

Mina kommt mit ihrem Mineralwasser an den Tisch. Ihr Kiefer ist angespannt, und ihre Augen blitzen. »Wo wir gerade von Kleidern sprechen, ich habe gesehen, dass Hajoon eine neue Montblanc-Uhr hat. Was ist denn da los, konnte sich deine Familie keine Rolex leisten?«

Eltern machen das manchmal – sie bestechen das Management, damit ihre Töchter irgendetwas bekommen. Aber normalerweise spricht niemand es so direkt an wie Mina. Aber na ja, normalerweise ist niemand je so direkt wie Mina.

»Sunhee hat auch ziemlich coole Sachen gemacht«, meldet sich Youngeun zu Wort.

Jiyoon, die gerade mit ihrem Haar in einem Handtuchturban aus dem Badezimmer gekommen ist, stupst Sunhee grinsend in die Seite. »Ja! Sunhee hostet eine neue Radioshow für SOAR Drama and Entertainment. Erzähl schon, Sun.«

Sunhee wird rot und lächelt. »Ich hoste ihre neue Talkshow. Sie wollen eine ganz persönliche Atmosphäre schaffen, in denen Künstler und Künstlerinnen darüber sprechen, was sie in ihrer Kreativität antreibt.«

»Ich habe doch immer schon gesagt, du hast genau das richtige Gesicht fürs Radio, Sun«, sagt Lizzie hämisch.

Sunhees Lächeln verblasst, und Youngeun tätschelt sie am Arm. »Du machst das garantiert toll«, sagt sie. Wenn es um Sunhee geht, ist unsere Gruppe immer zweigeteilt: Die einen hacken mehr auf ihr herum, weil sie die Jüngste ist, die anderen nehmen sie aus demselben Grund in Schutz. Youngeun ist vielleicht sehr ruhig, aber wenn es darum geht, unsere Maknae zu verteidigen, kann sie fuchsteufelswild werden.

»Auf jeden Fall«, stimme ich zu. »Was für eine tolle Chance für dich!« Und das meine ich auch wirklich so. Sunhee wird das super machen. Sie ist vielleicht nicht die offensichtlich Hübscheste der Gruppe, aber sie ist unglaublich liebenswert. Sie hat die perfekte Persönlichkeit fürs Fernsehen – oder eben auch fürs Radio. Ich wünschte, sie würde das mehr so sehen, statt alles derart an sich heranzulassen, was die anderen sagen.

Aber ich kann nicht umhin, mich daran zu erinnern, warum diese Radioshow mir so bekannt vorkommt. Es ist die Show über die Mr. Park, der Manager von SOAR, auf der Party in Shanghai mit mir gesprochen hat. Er hat gesagt, dass er sich bei DB melden würde, aber danach habe ich nie wieder etwas davon gehört. Bis jetzt. Anscheinend hat das DB-Management entschieden, Sunhee statt mir diese Chance dazu zu geben.

Ich freue mich wirklich für sie, aber ich kann nicht anders, als auch ein bisschen sauer auf DB zu sein. Das ist das zweite Mal, dass sie tolle Gelegenheiten, die eigentlich für mich bestimmt waren, an andere Gruppenmitglieder weitergegeben haben. Erst die *Vogue* und jetzt die Radiosendung von SOAR. Sie nehmen offensichtlich die Angebote, die für jemand Bestimmten von uns reinkommen, und verteilen sie so, wie es ihnen gerade passt. Einerseits verstehe ich ja, dass sie möchten, dass diese Dinge möglichst gleichmäßig zwischen uns verteilt werden. Ich denke an die Stapel an Fanpost und wie jede von uns gar nicht anders kann, als abzuschätzen, wer die meiste Post bekommen hat und wer die wenigste. Es ist klar, dass sie zu diesem Konkurrenzkampf auf keinen Fall beitragen möchten, wenn sie es verhindern können. Andererseits ist es eine ziemlich ruppige Erinnerung daran, dass alles in meinem Leben von DB abhängt. Alles, was ich mir vornehme, muss erst von DB abgesegnet werden, sonst kann ich es gleich vergessen.

Ich denke darüber nach, was Carly Mattsson mir gesagt hat. Ich denke daran, wie selbstbewusst sie von ihrem Leben gesprochen hat, davon, wie es ihr gelungen ist, die richtige Balance für sich zu finden, und wie sie die Dinge tut, die sie glücklich machen. *Würde es dich glücklich machen?* Das hat Alex mich gefragt, in Bezug darauf, ob ich in die Modebranche einsteigen möchte.

Ja, wird mir klar. Es würde mich glücklich machen.

Aber ich brauche gar keinen weiteren Gedanken daran zu verschwenden, bevor ich nicht mit den wichtigsten Menschen in meinem Leben gesprochen habe.

Mit DB.

»Vielen Dank, dass Sie sich mit mir treffen, Mr. Noh. Ich weiß, dass Ihr Terminkalender sehr voll ist.«

Mr. Noh lehnt sich in seinem braunen Lederschreibtischstuhl zurück und schlägt die Beine übereinander. »Kein Problem, Rachel. Du weißt doch, dass du hier immer willkommen bist.«

Es ist schwer, ihm das zu glauben, so, wie er mich durch seine Brillengläser anschaut. Als wollte er direkt in mein

Gehirn hineinsehen. Ich habe seit Jahren kein Einzelmeeting mit Mr. Noh mehr gehabt, und ich bin definitiv ein bisschen aus der Übung. Man muss die perfekte Balance halten – den nötigen Respekt vor dem Management und Mr. Noh selbst zeigen, aber auch für sich einstehen und nicht zu leicht nachgeben. Ich muss das verlangen, was ich fair finde, und er muss ein vernünftiger, großzügiger Boss sein, mir aber ebenfalls deutlich zeigen, dass er das Sagen hat.

»Was gibt es denn?«, fragt er.

»Ich würde gerne eine Modelinie designen.« Ich habe beschlossen, dass es am besten ist, nicht um den heißen Brei herumzureden. Das ist auch so eine Regel für die Meetings mit Mr. Noh: Verschwende auf keinen Fall seine Zeit. Meine Beine wollen unter dem Tisch immer wieder anfangen zu zittern, aber ich zwinge mich, ruhig zu bleiben, und fahre fort. »Wie Sie wissen, habe ich mich immer schon für Mode interessiert, und bei meiner Reise nach Paris ist mir klargeworden, dass ich das Potenzial habe, mehr daraus zu machen. Ich möchte Ihnen versichern, dass es nichts an meiner Arbeit mit Girls Forever ändern würde, es wäre nur nebenher. Girls Forever ist definitiv meine oberste Priorität. Also so wie Mina mit ihrer Schauspielerei oder Sunhee mit der Radioshow.« Ich habe im Voraus geplant, diese Dinge zu erwähnen, damit Mr. Noh meine Bitte nicht einfach beiseiteschieben kann. Er lässt die anderen diese Nebenaktivitäten machen, warum dann nicht auch mich?

»Na ja …«, beginnt Mr. Noh. Ich weiß ganz genau, dass er jetzt sagen wird, dass Mode etwas völlig anderes ist. Filme und Radiosendungen sind schließlich gang und gäbe in unserem Metier, aber es gibt bisher kein K-Pop-Idol mit einer eigenen Modemarke. Jedenfalls nicht, dass ich wüsste. Ich sehe, wie mein Traum mir zu entgleiten droht. Zeit für die durchschlagenderen Argumente.

»Oder Eunjis Shooting mit der *Vogue* ...« Ich lasse das so stehen.

Mr. Nohs Gesichtsausdruck verrät nicht, dass ich recht habe, aber ich weiß, dass er an unser Gespräch vor Singapur zurückdenkt, bei dem er einfach so getan hat, als gäbe es keine Zusammenarbeit mit der *Vogue*. Ich kann fast hören, wie es in seinem Gehirn rattert, als er über die Vor- und Nachteile meines Vorhabens nachdenkt. Okay, ich bin nicht zum Schachspielen hier. Ich muss dafür sorgen, dass er sieht, dass es wirklich mein Traum ist und dass es für ihn keine negativen Folgen haben würde.

»Und ich würde der Firma einen Anteil meines Gewinns mit der Modemarke anbieten.« Ich mache meine Tasche auf und hole den Entwurf eines Vertrags heraus, den ich mit Alex aufgesetzt habe. »Während der gesamten Laufzeit meines Vertrages mit DB geht ein Teil des Gewinns an DB. Mr. Noh, Girls Forever ist meine oberste Priorität, und daran wird nichts etwas ändern«, fahre ich mit ernster Stimme fort. »Wenn überhaupt, würde es uns eher helfen, ein noch größeres Publikum zu erreichen, falls ich mit meiner Linie Erfolg habe.«

Mr. Noh legt die Finger unter dem Kinn zusammen und denkt nach. Ich halte den Atem an.

Ich habe meine Argumente gut dargelegt. Ich habe an seinen Geschäftssinn appelliert. Es gibt einen klaren finanziellen Vorteil für die Firma. Unsere Ziele ergänzen sich, sie widersprechen sich nicht.

Jetzt kann ich nur warten.

Und hoffen.

Und ...

»Okay«, sagt er endlich. »Wir wissen das Angebot über die Anteile zu schätzen. Es passt zu dir, eine eigene Modelinie zu kreieren. Ich wüsste nicht, was dagegensprechen sollte.«

Ich atme aus, und die Angst verlässt meine Brust. Ich neige den Kopf. »Vielen Dank.«

»Wir könnten sogar eine offizielle Marke im Hause DB daraus machen, wenn du möchtest«, sagt er enthusiastisch. »Dann bleibt alles unter einem Dach.«

Ich zögere. Ich denke daran zurück, wie verunsichert ich war, während Alex in meinem Notizbuch geblättert hat. Mr. Noh ist einverstanden, weil wir alle einen Vorteil haben würde, wenn es funktioniert ... Aber was, wenn nicht? Was, wenn ich so richtig auf die Nase falle? Ich möchte immer noch, dass Modedesign ein sicherer Ort für mich ist, an dem ich Spaß haben und mich ausprobieren kann, wie ich Alex erklärt habe. Der Druck, für DB zu arbeiten, würde bedeuten, dass es gleich von Anfang an perfekt sein muss. Ich versuche, meine Stimme fest klingen zu lassen, als ich ihm antworte.

»Ich bin sehr dankbar für Ihr Angebot, Mr. Noh, aber ich möchte erst mal sehen, was ich alleine erreichen kann. Ich bin wirklich noch in der ... Sondierungsphase.« Eher die *Ich-habe-keine-Ahnung-was-ich-hier-eigentlich-mache-Phase*, aber das muss er ja nicht wissen. Außerdem würde es sich nicht richtig anfühlen, DB von Anfang an so viel Kontrolle über mein Unternehmen zu geben. Ich habe ihnen gerne die Anteile angeboten, um ihnen zu zeigen, dass Girls Forever mir wichtig ist, aber ich möchte trotzdem, dass es mein Unternehmen ist, nicht das von DB. »Wäre es in Ordnung, wenn ich das unabhängig von DB mache?«

Er sieht skeptisch aus – und wir wissen beide, warum. Wie um alles in der Welt soll ich das überhaupt schaffen? Es ist am wahrscheinlichsten, dass es ein nettes, kleines Hobby ist, das es nie aus meinem Zimmer herausschafft. Aber er blinzelt, lässt sich keinerlei Emotion anmerken und sagt schließlich: »Warum nicht. Ich werde Mr. Han beauftragen, sich um die Details zu kümmern. Aber ich möchte sehen, dass du dein Bestes gibst. Deine Linie ist vielleicht keine DB-Marke, aber du bist trotzdem ein Star unseres Labels, und alles, was du tust, fällt auf uns zurück. Verstanden?« Das bedeutet: *Mach dich nicht zur Lachnummer. Und uns auch nicht.*

»Natürlich«, sage ich. Ich sprudle fast über vor Freude und vor Angst, ungefähr zu gleichen Teilen. Er hat ja gesagt. Er hat ja gesagt! »Sie wissen ja, dass ich immer mein Bestes gebe, und das wird bei diesem Projekt nicht anders sein.«

Abends sitze ich mit den anderen im Wohnzimmer. Wir essen Choco-Pies und schauen uns einen Singwettbewerb an. Während einer Werbepause erzähle ich allen von meinem Meeting mit Mr. Noh. Sie schnappen nach Luft, und Youngeun greift nach der Fernbedienung und schaltet den Ton aus. Einen Moment lang sitzen alle nur schweigend da.

»Deine eigene Modelinie«, sagt Youngeun endlich. »Das ist ... Wow.«

Ich werde rot. Ich wollte keine große Sache daraus machen, weil es noch so früh ist, aber die anderen wissen eben, wie viel es bedeutet, wenn man Mr. Nohs Erlaubnis für so etwas bekommt.

»Ich freue mich so darauf. Ich habe schon so viele Ideen«, sage ich. »Aber ich habe auch Angst. Ich kann kaum glauben, dass er wirklich ja gesagt hat.«

Mina nickt langsam. »Ja, das ist wirklich ... unerwartet«, sagt sie kühl. »Aber ich schätze, es ergibt durchaus Sinn. Schließlich stellst du wirklich manchmal süße Outfits zusammen.«

»Ja! Du hast wirklich Talent für Mode!« Sunhee sieht ehrlich begeistert aus. »Das wird super!«

»Danke, Sun.« Ich bin ihr sehr dankbar, dass sie sich so freut.

»Sunhee hat recht«, stimmt Jiyoon zu. »Das passt perfekt zu dir.«

»Ich hoffe nur, ich schaffe es auch, es wirklich gut zu machen.« Ich hole tief Luft.

Youngeun nickt ermutigend, dann greift sie nach der Fernbedienung, um den Ton wieder anzumachen. Aber Lizzie kommt ihr zuvor: »Wow, Rachel. Eine Realityshow, ein Duoalbum und eine Modelinie? Das ist echt viel. Ich hoffe nur, du bekommst das alles unter einen Hut.« Ihr sarkastischer Tonfall verrät, dass sie das nicht wirklich hofft.

»Es wird doch keinen Einfluss auf deine Performance bei Girls Forever haben, oder?« Mina presst die Lippen zusammen.

Ich hatte mir gedacht, dass Mina sich vor allem Gedanken um die Gruppe machen würde. Wie sie schon gesagt hat: *Wenn eine von uns Mist baut, stehen wir alle schlecht da.* Ich kann ihr nicht übel nehmen, dass sie sich Sorgen macht. Ich tue etwas noch nie Dagewesenes, und alles, was ich tue, wird zwangsläufig einen Einfluss auf die Gruppe haben – und damit auch auf sie.

»Keine Sorge«, sage ich bestimmt. »Girls Forever ist immer noch meine oberste Priorität. Ich weiß vielleicht noch nicht alles, aber das weiß ich ganz sicher.«

Jetzt herrscht wieder Schweigen, diesmal ist es noch angespannter als zuvor. Irgendwann räuspert sich Sumin. »Ach, Rachel, kann ich mir eigentlich immer noch diese Haarkur von dir ausleihen, die du in Paris bekommen hast?«

»Ja, klar«, sage ich. Dann überkommt mich eine Woge

der Dankbarkeit für diesen schönen Moment und die Unterstützung der Gruppe. »Du kannst sie sogar ganz haben.«

»Wirklich?« Sie lächelt. »Danke.«

»Also, wie war es in Paris?«, fragt Ari.

»Ja, hast du komische Sachen gegessen?«, fragt Sumin. »Escargohrs oder so?«

Ari runzelt die Stirn. »Das heißt Escargots.«

»Hab ich doch gesagt.«

»Nein, hast du nicht. Du hast irgendwas von Ohren geschwafelt.«

Und dann zanken sie sich wie immer wie ein altes Ehepaar, Mina beschwert sich, weil sie den Fernseher nicht hören kann, und Eunji verdreht die Augen. Aber man sieht ihr an, dass sie sich eigentlich freut, dass alles beim Alten ist. Es mag viel Neues vor mir liegen, aber manche Dinge verändern sich wohl nie.

Kapitel Elf

Am ersten Tag der siebten Klasse hat meine Mathelehrerin, Ms. Pan, uns im Klassenzimmer herumgehen lassen. Wir sollten allen, denen wir begegnen, eine interessante Sache über uns erzählen. Ich war zu diesem Zeitpunkt seit drei Jahren in Korea, und meine alten Fun-Facts – *Ich bin gerade aus New York hierhergezogen. Ich bin K-Pop-Trainee. Ich habe eine kleine Schwester* – waren nichts Neues mehr für meine Klasse. Außerdem war ich dreizehn, und man wollte schon irgendetwas sagen, das den anderen zeigt, dass man etwas Besonderes ist. Es musste cooler sein und erwachsener, als das, was die anderen sagten. Wie Mindy Koo, die erzählt hat, dass sie sich im Sommer ein Piercing hatte stechen lassen, oder Ara Choi, die ihren Geburtstag mit guten Sitzplätzen auf einem Beyoncé-Konzert gefeiert hatte. Ich saß also da und wartete voller Angst auf den Moment, in dem ich etwas sagen musste, und plötzlich hatte ich alles, was ich je gemacht hatte – ob es jetzt interessant war oder nicht – komplett vergessen. Und jetzt, wo ich hier am Set sitze, um eine Folge Dal TV zu drehen, geht es mir ganz genauso.

Das Interview ist bisher wirklich gut gelaufen. Ryu Daehyun ist einer meiner Lieblingshosts. Er ist lustig und herzlich, und er sorgt immer dafür, dass wir lachen und uns wohlfühlen. Allerdings stellt er auch manchmal wie aus dem Nichts ernstere Fragen, wie zum Beispiel: »Wie kann K-Pop die Welt verändern?«, oder: »Was ist eine Organisation oder eine Sache, die euch etwas bedeutet?« Also war ich auf meinem Stuhl erstarrt, als er ansetzte: »Also, ihr Lieben, jetzt habe ich noch eine letzte Frage«, und mich gefragt, ob jetzt wohl wieder etwas Tiefgründiges kommt.

Aber stattdessen sagt Daehyun nur: »Wenn ihr euch in einem Wort beschreiben müsstet – ja, Sunhee, nur ein Wort!« Er lacht, als die Kamera zu Sunhee schwenkt, die schon den Mund aufgemacht hat, um zu protestieren. In dieser Folge ist es zum Running Gag geworden, dass Sunhee gerne redet. Daehyun hat sogar die Zeit gestoppt, wie lange sie reden kann, ohne Luft zu holen. Es sind siebenundsechzig Sekunden. Als das allgemeine Gelächter verstummt ist, fährt er fort. »Okay, ein Wort, um euch selbst zu beschreiben. Los.«

»Leidenschaftlich«, sagt Mina.

»Ehrlich«, fügt Jiyoon hinzu. Es stimmt, aber es ist auch Kalkül. Sie hat manchmal immer noch mit dem Vorfall in Singapur zu kämpfen.

»Süß!« Sunhee drückt die Hände an ihre Wangen und bringt Daehyun zum Lachen.

Das Mikrophon wird weitergegeben, und alle sagen ihr Wort. Mir war nicht klar, dass ich nicht mehr zuhöre, bis ich spüre, wie mich jemand in die Seite stupst. Ich drehe mich um und sehe, wie Sumin mir das Mikrophon hinhält.

»Okay, Rachel Kim, welches Wort würdest du wählen, um dich zu beschreiben?«

Ich mache den Mund auf, dann mache ich ihn wieder zu. Ups. Ich war völlig in die Erinnerung an mein Face-Time-Date mit Alex vertieft. Gestern Abend haben wir zusammen ein Bob-Ross-Tutorial auf YouTube geschaut und auf Microsoft Paint mitgemalt. Die Ergebnisse waren richtig schlecht und unglaublich lustig. Und ich habe komplett vergessen, über mein Wort nachzudenken.

Komm schon, Rachel.

Sag einfach ein Wort – irgendein Wort. Es ist nur eine bescheuerte Talkshow, es hat keinen echten Einfluss auf das wirkliche Leben. Außerdem, was soll das überhaupt für eine Frage sein? Niemand kann sich selbst in nur einem Wort beschreiben. Aha, das ist ein gutes Argument …

»Befolgt keine bescheuerten Regeln.« Ich zähle jedes Wort an meinen Fingern ab. Es ist wirklich ganz lustig, denn wahrscheinlich bin ich diejenige in der Gruppe, der die Regeln am wichtigsten sind. Ich möchte nie jemandem zu nahetreten oder riskieren, dass DB mir nicht mehr vertraut. Aber dann denke ich an den Rat, den Carly mir in Paris gegeben hat. Ab und zu ist es okay, die Regeln zu brechen. Dadurch hat man erst so richtig Spaß.

»Ooooh«, macht Daehyun mit erhobenem Zeigefinger. »Sieht aus, als hätten wir es hier mit einer echten Rebellin zu tun!«

Ich zucke mit den Schultern und lächle unschuldig. *Wer? Ich?* Dann macht Daehyun ein paar abschließende Bemerkungen und beendet die Sendung.

Als die Kameras aus sind, gehen wir alle zurück in den Green Room, um unsere Sachen zu holen, bevor wir zurück in die Villa fahren. Alle gehen schnurstracks zu ihrer Tasche. Youngeun fischt einen einfachen Kräuterlippenbalsam aus ihrer Umhängetasche und beschwert sich darüber, wie das Licht im Studio sie immer austrocknet. Lizzie hat sofort den mit ihren Initialen gravierten Klappspiegel in der Hand und überprüft, ob ihr Make-up noch sitzt. Auf der anderen Seite des Raums sammelt Jiyoon den Inhalt ihrer vollgestopften Stofftasche zusammen. Die zerknüllten Taschentücher und Allergiemedikamente sind auf dem halben Tisch verteilt. Wenn Daehyun wirklich etwas über Girls Forever herausfinden will, sollte er uns einfach fragen, was sich in unseren Taschen befindet. Damit würde er so viel mehr herausbekommen als mit einem Wort.

Und dann habe ich eine tolle Idee.

Schon seit Wochen denke ich darüber nach, wie ich meine erste Kollektion aufziehen soll. Ich brauche ein Thema, einen Anker oder einen originellen Blickwinkel, aber bisher hat sich alles, was mir eingefallen ist – die Jahreszeiten! Ein Regenbogen! Tiere! – einfach nur langweilig und ausgelutscht angefühlt. Und dann ist da ja auch noch die eigentliche Frage, aus was die Kollektion genau bestehen soll. Basierend auf meinen Gesprächen mit Carly habe ich festgestellt, dass es am einfachsten wäre, mit einer limitierten Accessoirelinie anzufangen, um erst mal in der Branche Fuß zu fassen. Aber das lässt mir trotzdem noch allerhand Auswahl, mit welchen Accessoires ich anfangen soll. Schuhe? Sonnenbrillen? Uhren?

Aber ja klar! Warum ist mir das nicht eher schon eingefallen? Ich sollte Taschen nehmen. Eine Handtasche ist so ziemlich das persönlichste Accessoire, das es gibt, weil sich darin die Dinge befinden, ohne die es absolut nicht geht. Ich denke an meine Balenciaga. Ein Teil von dem, was sie so besonders macht, ist das, wofür sie steht: wie sehr ich Mode liebe und dass ich Alex begegnet bin. Ich möchte Taschen designen, die anderen Menschen etwas bedeuten können. Ich möchte, dass sie diese Erfahrung machen können, die perfekte Tasche für genau den Moment ihres Lebens zu finden, in dem sie sich gerade befinden.

Und plötzlich kann ich sie vor mir sehen – eine Reihe von Taschen, jede inspiriert von einem wichtigen Moment in meinem Leben. Meine Kindheit in New York.

Wie ich gescoutet wurde und nach Korea gezogen bin. Meine Jahre als Trainee. Die erste Tour von Girls Forever … Natürlich kann das Design nicht zu offensichtlich sein – die Linie muss ja sozusagen alle ansprechen, nicht nur mich. Aber ich hoffe sehr, dass mir dieser Fokus auf diese besonderen Erinnerungen helfen wird, meine gesamte Kreativität in mein Projekt zu stecken. Und dann wird vielleicht irgendwann irgendwo ein Mädchen an einem Schaufenster vorbeilaufen und ihren eigenen lebensverändernden Moment erleben. Und die Tasche wird dann ihre Erinnerungen und Erfahrungen in sich aufnehmen.

Ich haste sofort zu meiner eigenen Tasche (eine alte Chloé Faye, die ich zum Dreh mitgebracht habe, weil ich die Balenciaga nicht unbeaufsichtigt lassen wollte), die auf einem Make-up-Stuhl in der Ecke steht. Ich schnappe mir mein Handy und schreibe Alex, um ihn zu fragen, ob er mir die Daten von ein paar Kontakten im Accessoirebereich geben kann.

Alex: Klar, ich kann dir ein paar Namen geben. Hast du dich für eine Richtung entschieden?
Ich: Ja, ich habe endlich eine Idee. DIE IDEE.
Alex: Super!! Sind es Schneeschuhe für Katzen? Bitte sag mir, dass es Schneeschuhe für Katzen sind ;)
Ich: Lol. Wir facetimen, wenn ich zu Hause bin. Danke noch mal für die Kontakte!!
Alex: Sehr gerne xx

»Hallo, Mädels«, sagt Mr. Han, der den Green Room gerade in dem Moment betritt, in dem ich mein Handy wieder zurück in die Tasche stecke. Wir grüßen alle zurück. Sein Blick bleibt an mir hängen. »Ah, Rachel – genau nach dir habe ich gesucht.« Er kommt zu mir und klopft mir leicht auf den Rücken. »Ich wollte dir Bescheid sagen, dass wir mit dem Vertrag zu deiner Modelinie fertig sind. Er sollte vor Ende des Tages in deinem Postfach sein.«

»Danke!«, sage ich. »Sobald ich ihn gesehen habe, überarbeite ich ihn und unterschreibe.«

»Perfekt – oh, Youngeun, mit dir wollte ich auch sprechen.« Er winkt sie zu sich.

»Ja, Mr. Han?«, sagt sie erwartungsvoll.

»Du musst die Cake-Pops aus dem Verkauf der Bäckerei deiner Eltern nehmen«, sagt er. »Die, die so aussehen wie Glowsticks. Wir haben dir nie das Copyright für die Girls-Forever-Glowsticks übertragen, also ist das verwirrend für die Fans. Die Bäckerei muss heute Abend aufhören, sie zu verkaufen, sonst könnte es rechtliche Probleme geben.«

»Rechtliche Probleme? Aber es sind doch nur Cake-Pops!«, platzt es aus ihr heraus. Dann reißt sie die Augen auf, weil ihr klarwird, dass sie Mr. Han widersprochen hat.

»Dann kann es ja nicht so schwer sein, sie einfach nicht mehr zu verkaufen, oder?«

»Ja, wahrscheinlich ...« Sie tritt von einem Fuß auf den anderen. »Haben Sie über meine Idee mit dem YouTube-Channel nachgedacht? Ich habe schon ein paar Videoentwürfe aufgeschrieben ...«

Mr. Han lächelt entschuldigend. »Tut mir leid, aber DB hat entschieden, dass daraus nichts wird. Das gab es einfach noch nie, dass eins unserer Idols einen YouTube-Channel hat.«

Youngeun wirft mir einen Blick zu. Dann sagt sie vorsichtig: »Aber eine Modelinie hatte auch noch nie jemand ...«

Jetzt starren mich alle an. Ich fühle mich, als hätte sie mich gerade vor einen fahrenden Bus geschubst.

»Das ist etwas anderes«, antwortet Mr. Han. »DB hat schon öfter zugelassen, dass Gruppen Kleider als Merchandise verkaufen. Aber Youngeun, bitte lass dich das nicht davon abhalten, in deiner Freizeit zum Spaß zu backen. Abgesehen von den Cake-Pops ist das völlig in Ordnung für uns.«

Das ist ein bisschen herablassend, aber Mr. Hand winkt uns zu und geht Richtung Tür, bevor Youngeun etwas erwidern kann. »Ich muss los, aber wir sehen uns später.«

Wir alle schweigen, bis Jiyoon einen Blick auf ihre Armbanduhr wirft. »Die Autos müssten jetzt da sein.«

Youngeun seufzt. »Ihr müsst ohne mich fahren. Ich komme später nach. Es gibt da ein paar Cake-Pops, die ich aufessen muss.«

Kapitel Zwölf

»Oooh, Unni, was für eine tolle Farbe!«

Leah schaut von ihrem weichen Sessel zu mir herüber, als die Fußpflegerin anfängt, pfirsichfarbenen Glitzernagellack auf meine Zehennägel zu pinseln.

»Ich habe gerade gedacht, dass ich besser etwas Knalligeres genommen hätte, so wie deinen.« Ich bewundere ihre lindgrünen Zehennägel.

»Nein, diese Farbe passt viel besser zu dir. Klassisch und elegant ...«

»Entschuldigt die Unterbrechung.« Ich zucke zusammen. Der Regisseur steht vor uns, er hat sich seine Kopfhörer um den Hals gehängt. »Ich wollte nur Bescheid sagen, wenn ihr mit der Pediküre fertig seid, fahren wir zur nächsten Location.«

Ach ja. Das hier ist nicht einfach nur ein Pediküre-Date mit meiner kleinen Schwester.

Wir filmen für unsere Realityshow.

Selbst, wenn mehrere Kameras auf unsere Gesichter fixiert sind, ist es viel zu einfach, zu vergessen, dass wir am Set sind, wenn ich mit Leah rede. Ehrlich gesagt, ist es ein wenig seltsam, darüber nachzudenken, dass irgendwelche Leute diese normalen, alltäglichen Momente zwischen uns sehen werden. Sosehr ich meinen Fans mit dieser Show auch eine wirklich persönliche Erfahrung bieten wollte, komme ich einfach nicht umhin zu denken, dass ich diesem Wunsch gerade nicht gerecht werde. Die Hälfte der Zeit fühle ich mich wie ein Zombie.

Der April verging wie im Flug. Ich wusste kaum, wo mir der Kopf stand, bei all den Meetings mit Produktionspartnern, Anrufen bei potenziellen Outlets und stundenlangem Zeichnen. Ich habe nämlich neben neben den Dreharbeiten angefangen, an meiner Modelinie RACHEL K. zu arbeiten. Es war wirklich aufregend, meine Kreativität so ausleben zu können, aber es macht mich auch nervös.

In derselben Zeit hat Mina die ganze Presse für *When I Loved You* gehabt. Der Film soll Ende des nächsten Monats erscheinen. Sunhee hat zum ersten Mal ihre Radiosendung aufgenommen, Eunji hat nach dem Shooting mit der *Vogue* zwei weitere Aufträge als Model gebucht, Ari ist mitten in den Previews für die bevorstehende Aufführung von *Wicked* in Seoul, und sogar Youngeun hat mehr Zeit im Café ihrer Eltern verbracht, neue (von DB genehmigte) Rezepte kreiert und dabei geholfen, Kundschaft anzulocken.

Es ist toll, zu sehen, wie die anderen ihre Träume leben, aber es ist auch irgendwie seltsam, dass wir Zeit dazu haben, unsere eigenen Interessen abseits des K-Pop zu verfolgen. Jetzt, wo Girls Forever so richtig erfolgreich ist, können wir uns längere Pausen zwischen unseren Auftritten und Alben erlauben. Die Fans scheinen sogar umso begeisterter zu sein, wenn wir nach einer längeren Pause wieder auf Tour gehen. Ich weiß, dass unsere +EVERs uns noch enthusiastischer unterstützen werden, wenn wir im Herbst in LA die Bühne betreten!

Leah und ich watscheln mit unseren Zehentrennern zu den Trockengeräten. Als wir wieder sitzen, bekomme ich eine Nachricht auf mein Handy. Ich werfe einen Blick auf den Bildschirm und grinse.

»Warum lächelst du denn so?«, fragt Leah.

»Es ist ...« Ich halte inne und mache mir bewusst, dass die Kameras laufen. »Appa.«
Sie schaut belustigt drein. »Ah ja. Klar.«
Ich schaue hinüber zu den Kameras. Heute ist nur ein Kameramann da, mit einer freien Kamera auf der Schulter. Von dort, wo er steht, wird er den Bildschirm meines Handys nicht sehen können, also halte ich das Handy Leah hin, damit sie die Nachricht lesen kann.

Alex: Ich laufe gerade an einem Tiergeschäft vorbei, und mir ist der perfekte Name für eine schwarzweiße Katze eingefallen ... Armani. Oder Ar-Miau-Ni?

Ich: Hör auf. Was ist das nur mit deiner Familie und Katzen? Bist du nicht allergisch?

Alex: Moment mal. Willst du damit sagen, dass nicht alle Menschen juckende Augen und einen kratzigen Hals bekommen, wenn sie ein Fellknäuel knuddeln? Ich glaube, ich habe ein Problem.

Ich: Das nennt man eine krankhafte Obsession. Katzen und Kalauer.

Alex: Also, was machst du gerade? Ich bin wieder in London, es ist drei Uhr nachts und ich lese mir seitenweise langweilige Berichte durch und esse scharfe Cheetohs. Ich wünschte, ich hätte jemanden, mit dem ich sie teilen könnte.

Alex: Eine Katze meine ich.

Ich: : O Scharfe Cheetohs mag ich am liebsten!

Ich: Hier ist es Morgen. Ich lasse mir die Zehennägel machen. Ungefähr in der Farbe von scharfen Cheetohs.

Ich kichere und Leah verdreht die Augen, aber auf liebevolle Art. »Ihr seid doch bescheuert. Auf die bestmögliche Art, natürlich.«

Eine weitere Nachricht von Alex:

Alex: PS: Ich vermisse dich.
Ich: Ich dich auch. Hast du nicht zufällig einen Lieblingsschuster in Seoul, den du bald wieder aufsuchen möchtest?
Alex: Ich werde schon eine Möglichkeit finden. Ich habe dich wirklich gerne in der Tasche überall dabei, aber ich möchte dich in 3D sehen, nicht immer nur in 2D.

Leah macht einen Dackelblick. »Ooohhh«, sagt sie. »Er liebt dich definitiv.« Ich stupse sie an, damit sie vorsichtig ist, aber nur leicht, damit unser Nagellack nicht verwischt. »Appa, meine ich!«, fügt Leah hinzu. »Appa liebt dich so sehr.«

Wir versuchen beide erfolglos, uns das Lachen zu verkneifen.

Der Regisseur ruft Schnitt und sagt dem Kameramann, dass sie genug Material haben. Sobald er anfängt, das Material wegzupacken, drehe ich mich zu Leah um und spreche ein bisschen freier.

»Übrigens, schau dir mal diese Nachrichten an, die Appa mir immer mitten in der Nacht schickt.« Ich scrolle durch meine Nachrichten, um es ihr zu zeigen.

»Iih, Rachel! Too much information!« Leah tut entsetzt und hält sich die Augen zu.

»Der echte Appa.« Ich gebe ihr einen Klaps auf die Schulter.

»Oh, ja. Er arbeitet wieder viel zu lange.« Leah verdreht die Augen. »Du kennst ihn ja. Wenn Appa sich erst mal in ein Projekt vertieft hat, kann er nicht mehr aufhören. Und mit der großen Eröffnungsfeier nächste Woche ...«

»Eröffnungsfeier?«

»Apex«, antwortet Leah. Ich blinzle. »Der Sportkomplex? Appas neuer Job?«, fügt sie hinzu, als sie die Verwirrung auf meinem Gesicht sieht. »Ich dachte, das hat er dir erzählt.«

Moment mal, was? Appa hat einen neuen Job? Mein letzter Stand war, dass er als Anwalt für die Choo Corporation arbeitet, die Firma von Minas Dad. Leah bringt mich auf den neuesten Stand. Das Management von Apex – einem neuen, modernen Sportkomplex mit Fitnessstudio und Spa hier in Seoul – ist auf Appa zugekommen und hat angefragt, ob er die rechtlichen Angelegenheiten abwickeln würde. Die Chance, seine Erfahrung als Anwalt mit seiner ersten großen Liebe, dem Sport, zu kombinieren, hat er sich natürlich nicht entgehen lassen. Ich zerbreche mir den Kopf darüber, wie ich diese wichtige Entwicklung einfach verpassen konnte.

Vor ein paar Wochen haben wir kurz miteinander gesprochen, aber ich musste einen Anruf vom Produktionsteam für meine Handtaschen annehmen. Hat er in dem Telefonat seinen neuen Job erwähnt? Die Nachrichten, die ich mitten in der Nacht von ihm bekomme, sind für Appa ganz normal. *Glow läuft im Radio. Ich denke an dich, meine talentierte Tochter!!*, dann ein Herz-Emoji, ein Daumen-hoch-Emoji und, unerklärlicherweise, ein Einhorn-Emoji. Apex oder seine neue Arbeit hat er mit keinem Wort erwähnt. Aber vielleicht liegt das nur daran, dass ich ihm nie die Chance gegeben habe. Ich spüre den Stich eines schlechten Gewissens in meiner Brust, als ich daran denke, wie ich diese Nachrichten so oft einfach ignoriere oder im besten Falle kurz like.

»Mach dir keine Gedanken.« Leah spürt, was in mir vorgeht. »Er weiß doch, wie viel du zu tun hast.«

Aber Leah hat auch viel zu tun. Ihr Leben als Debüt-Idol ist mindestens genauso hektisch wie meins, aber sie scheint trotzdem alles mitzubekommen. Ich schätze, das ist eben der Vorteil, wenn man zu Hause wohnt. Mein

Magen krampft sich zusammen, als ich daran denke, dass ich mich noch isolierter fühlen würde, wenn ich Leah nicht hätte, die mir zumindest manchmal etwas erzählt.

»Na ja, hab für mich ein Auge auf ihn, okay?«, bitte ich sie. Dann mache ich noch ein Selfie von uns beiden und schicke es Appa, zusammen mit ungefähr hundert Herzchen. Ich nehme mir fest vor, ihn und Umma zu besuchen, sobald ich nur kann.

Zwanzig Minuten später sind unsere Zehen endlich trocken genug, und wir machen uns fertig, um zum Mittagessen zu gehen. »Hey, Unni«, sagt Leah plötzlich. Sie schaut auf ihr Handy, während wir unsere Mikrophone abnehmen und sie der Tontechnikerin zurückgeben. »Musst du gerade eigentlich in einer Probe sein?«

»Was? Nein. Warum denn?«

Sie zeigt mir ihr Handy. Alle acht Gruppenmitglieder von Girls Forever drängen sich für ein Selfie zusammen, halten Peace-Zeichen und Finger-Herzen hoch. Ari steht ganz vorne. *Schnelles Selfie vor der Probe! Sollen wir jetzt anfangen zu singen?* Hat sie daruntergeschrieben.

Moment, was? Ich reiße Leah das Handy aus der Hand und zoome heran. Ja, sie sind definitiv im Proberaum von DB, und das Foto ist definitiv von heute. Ich weiß, dass Ari dasselbe gestreifte T-Shirt mit dem roségoldenen Amulett getragen hat, als ich heute Morgen das Haus verlassen habe. Ich habe noch nie eine Probe verpasst. Zu diesem Zeitpunkt unserer Karriere haben wir überhaupt nur noch vergleichsweise wenig Proben. Sie werden nur eingeplant, wenn etwas Großes ansteht oder wenn wir einen ganz neuen Song lernen müssen. Ist es das, was ich verpasse? Wie konnte das passieren? DB hätte doch keinen Dreh für die Realityshow auf einen Probentag gelegt.

»Ich rufen meinen Manager an«, sage ich und nehme mein eigenes Handy in die Hand.

»Hallo?«, antwortet Jongseok.

»Hi, Jongseok«, sage ich. »Ich habe gesehen, dass die anderen gerade proben. Stand für heute eine Probe auf dem Plan?«

»Nein«, antwortet er. »Nicht offiziell. Diese Probe müssen sie selbst geplant haben. Gibt es sonst noch etwas, womit ich dir helfen kann?«

»Können Sie kurz warten?« Ich stelle mich stumm. »Es ist nur eine inoffizielle Probe«, sage ich zu Leah.

Sie liest meinen Gesichtsausdruck. »Möchtest du hin?«

Ich muss nicht, aber irgendwie fühlt es sich seltsam an, dass die anderen ohne mich eine Probe geplant haben. Vielleicht haben sie mir nicht Bescheid gesagt, weil sie wussten, dass wir heute drehen, aber mein Bauchgefühl sagt mir, dass da mehr dahintersteckt. Mein Bauchgefühl sagt mir, ich sollte hingehen.

»Ich glaube, ich sollte«, sage ich. »Aber was ist mit unserem Dreh? Die Crew wird richtig sauer sein.«

»Ich kümmere mich darum«, sagt Leah. »Ich sage dem Regisseur, dass ich Krämpfe habe und mich ein bisschen hinlegen muss. Man sieht ihm sofort an, dass er mit ›Frauenproblemen‹ nichts zu tun haben möchte, er wird nicht weiter fragen.« Sie verdreht die Augen. »Wie viel Zeit brauchst du? Eine Stunde? Zwei?«

»Ich weiß es nicht. Ich habe keine Ahnung, was da los ist.«

»Sag mir einfach Bescheid«, sagt sie.

Ich umarme sie kurz. »Danke sehr, Leah.«

»Hab dich lieb!«, sagt sie und lächelt. Dann verzieht sie vor Schmerz das Gesicht und greift nach ihrem Bauch.

»Ich fühle mich nicht so gut …«, sagt sie und geht zum Stuhl des Regisseurs. Oh, sie ist gut! Sie hat sich wohl das ein oder andere von den ganzen K-Dramen abgeschaut, die sie immer schaut.

Ich stopfe meine Füße zurück in die Stiefel – so viel dazu, dass diese Pediküre ein bisschen halten sollte – und schalte mich wieder zu Jongseok. »Können Sie mich abholen und zu DB fahren?«

Als Jongseok mich abgesetzt hat, laufe ich direkt zum Proberaum. Die anderen drehen sich überrascht zu mir um, als ich hineinplatze.

»Rachel.« Mina stemmt die Hände in die Seiten. »Wir dachten schon, du hast uns vergessen.«

Vergessen? Ich kann doch nichts vergessen haben, was sie mir nie gesagt haben – außer sie haben mir etwas gesagt?

»Habe ich nicht«, sage ich vorsichtig. »Was habe ich verpasst?«

»Wir haben gerade erst angefangen«, sagt Youngeun.

»Schön, dass du uns durch deine Anwesenheit beehrst.« Lizzie runzelt die Stirn. »Ich hoffe, das wird nicht zur Gewohnheit, jetzt, wo du andere, wichtigere Dinge zu tun hast.«

Ich schüttle den Kopf und ignoriere die Schärfe in Lizzies Stimme. »Ihr wisst doch, dass es nichts Wichtigeres für mich gibt als die Gruppe. Aber los jetzt, proben wir. Lasst uns keine Zeit verlieren.«

Die anderen murmeln zustimmend, und wir fangen an zu proben. Wir konzentrieren uns zuerst auf den Gesang. Ich versuche immer noch, wieder zu Atem zu kommen, und die ersten paar Strophen sitzen nicht richtig, aber es dauert nicht lange, bis ich mich nahtlos ins Gesamtbild einpasse und mit Leichtigkeit die neuen Harmonien singe. Ich bin so erleichtert, dass ich nicht die ganze Probe verpasst habe, aber als wir fertig sind, beschließe ich, noch ein paar Minuten länger zu bleiben, um aufzuholen, was ich verpasst habe. Die anderen gehen zu den Verkaufsautomaten in der Eingangshalle, aber Sunhee bleibt noch.

»Bleib nicht mehr zu lange, Rachel«, sagt sie. »Wir fahren wahrscheinlich bald zurück in die Villa. Komm doch mit.«

»Ich muss zurück zu meinem Dreh mit Leah.« Ich schüttle den Kopf. Ich bin ziemlich erschöpft. »Es ist ein enger Zeitplan.«

»Ja, ich habe nicht erwartet, dass wir heute proben«, gibt Sunhee zu. Sie zuckt mit den Schultern. »Lizzie hat heute Morgen um den Raum gebeten, weil sie sich in den Harmonien unsicher war. Jetzt klingt sie aber toll, oder?«

Ich blinzle. Es war Lizzie? Sie ist eine der besten Sängerinnen, sie war sich noch nie unsicher mit irgendwelchen Harmonien.

»Aber ihr wusstet doch, dass ich heute für die Show drehe – das stand im Plan.« Ich hoffe, dass Sunhee mir mehr darüber sagen kann, warum Lizzie die Probe angesetzt hat, als ich nicht da war.

Aber sie zuckt nur wieder mit den Schultern. »Bei ihr war in letzter Zeit wirklich viel los. Vielleicht hat sie deine Show einfach vergessen.«

Ja, klar. Ich denke an all die passiv-aggressiven Bemerkungen, die Lizzie von sich gegeben hat, seit Leah und ich angefangen haben, zu drehen. Offensichtlich ist sie immer noch sauer, weil sie es nicht geschafft hat, ihre eigene Schwester in die DB-Familie zu holen.

Ich winke Sunhee zum Abschied und packe meine Noten zusammen. Ich werde nicht mit der Realityshow aufhören, nur weil Lizzies kleine Schwester, Esther, kein K-Pop-Idol ist. Und ich werde auch nicht aufhören, meine Modelinie zu designen, nur weil Youngeun nicht ihre Glowstick-Cake-Pops verkaufen darf. Genauso erwarte ich ja auch nicht von Sunhee, dass sie ihre Radiosendung aufgibt, nur weil ich keine bekommen habe. Unsere individuellen Projekte sind, na ja, eben individuell. Wir sollten uns nicht gegenseitig sabotieren, wenn eine von uns Erfolg hat, genauso wenig, wie wir uns übereinander lustig machen sollten, wenn bei einer von uns etwas nicht klappt.

Ich durchquere die Lobby und lasse mich zurück ans Set fahren. Unterwegs denke ich darüber nach, Lizzie zu schreiben. Allerdings scheint mir das ein Gespräch zu sein, das wir besser persönlich führen sollten. Wir müssen es irgendwie schaffen, das hinter uns zu lassen. Aber in der Zwischenzeit wird mir eines klar: Wenn ich alles, was ich mir vorgenommen habe, schaffen möchte, dann muss ich mich mehr konzentrieren als je zuvor. Wenn das bedeutet, dass ich jeden Morgen meine Manager anrufen muss, um sicherzugehen, dass nicht kurzfristig etwas von einem der anderen Girls-Forever-Mitglieder geplant worden ist, dann mache ich das eben.

Als ich an diesem Abend nach Hause komme, möchte ich mich nur noch unter der Bettdecke verkriechen und erst im Sommer wieder herauskommen. Leah war wirklich toll und hat es geschafft, mir ein paar Stunden für die Girls-Forever-Probe zu verschaffen. Dann, als wir mit dem Dreh fertig waren, hat DB uns ins Studio bestellt, um an unserem Album zu arbeiten. Wir probieren verschiedene Duette aus. Ich hatte bisher noch nicht den Mut, ihnen von meinem eigenen Song zu erzählen – dem, bei dem Mina mir geholfen hat. Heute Abend haben wir ein paar Klassiker aufgenommen. Um ehrlich zu sein, es war keine besonders gute Session. Ich war unkonzentriert, weil ich immer noch über das Drama mit der Probe nachgedacht habe, und die Trainer haben uns ständig widersprüchliche Anweisungen gegeben. Erst haben sie uns angeschrien, weil wir zu viel vom Originalsong abgewichen sind, dann war es ihnen wieder zu langweilig und nicht originell genug. Der einzige Gedanke, den ich jetzt, wo ich endlich auf Zehenspitzen die Villa betrete, noch habe, ist: Gott sei Dank habe ich gestern Wäsche gewaschen. Heute Abend brauche ich definitiv einen kuschligen, frischen Schlafanzug.

Jiyoon schläft schon, als ich in unser Zimmer gehe und meine Nachttischlampe anmache.

»Rachel, bist du das?« Jiyoon macht ein Auge auf. »Oh Mann. Wie spät ist es? Was machst du?«

»Es ist schon spät«, sage ich sanft. »Schlaf weiter.«

Ich ziehe mir meinen Schlafanzug an, dann mache ich meinen Schrank auf, ganz vorsichtig, damit die Scharniere nicht quietschen. Ich möchte meinen Karoblazer aufhängen, dann bin ich plötzlich wie erstarrt.

Meine Balenciaga-Tasche ist weg.

Ich stelle sie immer genau dorthin, auf das oberste Regalbrett. Ich sollte jetzt von ihrem wunderschönen Blau begrüßt werden, starre aber stattdessen ein zerknittertes Moschino-T-Shirt, das ich nie trage, und eine Schachtel Tampons an. Ich lasse mich auf die Knie fallen, suche hektisch den Boden ab und durchwühle meine Kisten mit Schuhen und Schals. Wo ist die Tasche? Ich weiß, dass ich sie hiergelassen habe.

Ich schaue hinüber zu Jiyoon. Ihre Augen sind zu, aber ich weiß nicht, ob sie wieder eingeschlafen ist.

»Jiyoon«, flüstere ich. »Weißt du, wo meine Tasche ...«

»Was zum Teufel soll das, Rachel?« Sie blinzelt langsam und verzieht das Gesicht. »Wenn du schon so spät nach Hause kommst, dann sei doch wenigstens so nett und weck mich nicht auch noch auf.« Sie dreht sich um, so dass sie mit dem Rücken zu mir liegt, und zieht sich ein Kissen über den Kopf. »Und könntest du bitte das Licht ausmachen?«

Einen Moment lang habe ich ein schlechtes Gewissen. Auch wenn es schon ein paar Monate her ist, weiß ich, dass die Trennung Jiyoon immer noch mitnimmt. Es ist besonders schlimm, weil der Skandal ab und zu wieder in den Schlagzeilen auftaucht, und sie von DB zu der Trennung gezwungen wurde. Ich habe mitbekommen, wie sie geweint oder in ihr Kissen geschnieft hat, wenn sie dachte, dass ich schlafe, und ich weiß auch, wenn man so was durchmacht, ist das Einzige, was ein wenig hilft, guter Schlaf.

Aber gleichzeitig würde ich sie auch am liebsten so richtig aufwecken, sie schütteln und fragen, ob sie etwas über die verschwundene Balenciaga weiß. Ich möchte durch die Villa rennen, an Türen klopfen, alle Lichter anmachen, bis ich weiß, wer meine Tasche genommen hat und warum. Ich möchte Antworten auf die Frage, warum sie versucht haben, eine Probe zu planen, die ich verpassen musste.

Aber ich bin einfach zu erschöpft – und zwar körperlich und mental –, um mitten in der Nacht eine solch dramatische Szene zu machen.

Ich knipse das Licht aus und schleiche mich aus dem Zimmer, um Alex anzurufen. Schreiben reicht jetzt einfach nicht.

Er geht beim zweiten Klingeln dran. »Hallo?«

»Hi«, flüstere ich und ziehe vorsichtig die Tür hinter mir zu. Dann lehne ich mich an die Wand und rutsche daran herunter, bis ich auf dem Boden sitze.

»Was ist los?«, fragt er sofort.

»Woher weißt du denn, dass etwas los ist?«

»Das habe ich daran gehört, wie du ›Hi‹ gesagt hast. Du klingst wie I-Aah von Winnie Pooh.«

Das bringt mich zum Lachen. Ich erzähle ihm von dem Fiasko mit der »Last-Minute«-Probe, dann gebe ich zu, dass die Balenciaga weg ist. Es ist mir peinlich, aber ich bekomme langsam, aber sicher einen Kloß im Hals, und mir steigen Tränen in die Augen.

»Tut mir leid«, schniefe ich. »Ich habe einfach das Gefühl, dass diese ganzen Sachen mich langsam fertig machen, weißt du? Es ist wirklich viel los auf der Arbeit, und dann ist da noch die Realityshow und die Modelinie, die ich machen will. Ich fühle mich richtig schlecht, wenn ich mich über diese ganzen tollen Sachen beschwere, aber ich spüre, dass ich anfange, die Kontrolle zu verlieren. Ich möchte mich abends einfach nur ausruhen, damit ich am nächsten Tag wieder fit bin, aber wenn ich mit acht anderen in einem Haus wohne, gibt es dafür einfach keine Garantie. Ich vermisse es, zu Hause zu wohnen, und ich vermisse meine Eltern. Ich kann mich nicht mal daran erinnern, wann ich sie zuletzt gesehen habe, und wir leben in derselben Stadt.« Ich hole tief Luft und wische mir die Augen. »Sorry«, sage ich wieder. »Das war viel.«

»Also als Allererstes solltest du dich nicht für deine Gefühle entschuldigen«, sagt Alex. »Und zweitens hast du völlig recht. Das ist viel. Und außerdem: Es ist doch keine Kleinigkeit, einfach deine Tasche zu nehmen. Und zu versuchen, es so aussehen zu lassen, als würdest du Girls Forever nicht mehr ernst nehmen, ist definitiv auch keine Kleinigkeit. Damit haben sie wirklich eine Grenze überschritten, Rachel.«

Es klingt so logisch, wenn er das sagt. Es ist nicht richtig.

Ich denke an das, was Carly Mattsson mir gesagt hat. Sind das noch gutmütige Neckereien, oder ist das ein Zeichen der Verbitterung? Haben die anderen wirklich nur nicht daran gedacht, dass ich drehe, oder haben sie absichtlich versucht, mir zu schaden?

»Das wird schon wieder«, sage ich endlich. »Es ist wahrscheinlich nur eine Person«, füge ich hinzu und denke an Lizzie. Sie war schon immer hinterhältig, vielleicht sogar noch mehr als Mina. Bei Mina weiß ich zumindest, dass sie so rücksichtslos ist, weil sie wirklich so hohe Erwartungen an sich selbst und die Menschen um sich herum hat. Bei Lizzie ist es einfach nur platte Vergeltung. »Es ist nicht die ganze Gruppe«, sage ich zu Alex. »Wenn ich erst sicher bin, wer es ist, und mit ihr geredet habe, dann legt sich das schon wieder.«

»Bist du sicher?«, fragt er.

»Ja«, antworte ich, aber ich kann selbst den Zweifel in meiner Stimme hören.

»Und was machst du heute Abend?«, fragt er.

Das ist eine gute Frage. Was mache ich heute Abend? Mein Gehirn ist so müde, dass ich keinen klaren Gedanken fassen kann, geschweige denn eine Entscheidung treffen. »Kannst du mir ein paar Antwortmöglichkeiten geben?«, frage ich schwach.

»Aber klar«, sagt er sanft. »A) Sei Hurricane Rachel und weck alle auf, um Antworten zu verlangen.« Das bringt mich wieder zum Lachen. »B) Geh wieder ins Bett und versuch, Jiyoons Schnarchen auszublenden. C) Geh für eine Nacht ins Hotel, damit du wirklich deine Ruhe hast und wieder einen klaren Kopf bekommst.«

»Danke«, sage ich leise. »Option C klingt perfekt.«

»Gut, weil ich dir nämlich gerade ein Zimmer im Park Hyatt reserviert habe.« Ich höre, dass er lächelt, als er das sagt.

»Du kennst mich wirklich gut.« Ich bin erstaunt, aber selbst nach diesem schlimmen Abend schaffe ich es zu lächeln.

Vielleicht besser als irgendwer sonst.

Es macht mir ein wenig Angst, darüber nachzudenken. Dass wir uns so schnell so nahe waren. Ganz ehrlich, vielleicht liegt es auch daran, dass unsere Beziehung vor allem über Nachrichten und Anrufe gewachsen ist, dass wir uns so schnell so vertraut waren. Wenn ich Alex schreibe, mache ich mir keine Sorgen darüber, wie morgens meine Haare aussehen oder ob ich mir zu viel von dem Popcorn nehme, das wir uns im Kino teilen. Ich kann einfach komplett ich selbst sein, ohne all die Unsicherheiten, mit denen man sonst manchmal zu kämpfen hat. Es ist, als wäre es leichter, sich verletzlich zu machen, wenn man auf diese Weise voneinander abgeschirmt ist. Selbst jetzt, wo ich mit verwischter Wimperntusche und Schnuddelnase im Wohnzimmer auf dem Boden sitze, fühle ich mich komplett sicher. *Ich liebe ihn.*

Moment mal, WAS?

Wo kam denn *dieser* Gedanke auf einmal her? Aber es ist, als hätte mein Gehirn sich komplett selbstständig gemacht. *Ich liebe ihn, ich liebe ihn, ich liebe ihn* ... Aber das meine ich nicht wirklich so. Das kann ich nicht so meinen. Oder doch? Ich kenne den Kerl doch erst seit zwei Monaten. Ich habe schon längere Beziehungen mit einer Gel-Maniküre geführt.

Ich muss unbedingt dieses Telefonat beenden, bevor mir noch diese drei Wörter – die ich definitiv nicht wirklich so meine – herausrutschen. Ich bedanke mich noch mal bei ihm und lege auf. Dann versuche ich, das wilde Klopfen in meiner Brust unter Kontrolle zu bekommen. Dann schleiche ich mich wieder in mein Zimmer, schlüpfe in einen Jogginganzug und Sneakers, werfe meine Schlafshorts zusammen mit meinem Waschbeutel in eine Stofftasche und verlasse das Haus.

Als ich eingecheckt, mich gewaschen und mich ins Bett gelegt habe, fühle ich mich völlig ausgelaugt. Erschöpft. Tot. Am Ende. Ich will gerade das Licht ausmachen, als mein Handy ein Geräusch von sich gibt.

Alex: Gut angekommen?
Ich: Gut angekommen und bereit zum Schlafen. Würde mich lieber persönlich bei dir bedanken. Erklär mir noch mal, warum du in Hongkong wohnst?
Alex: Ich könnte dir jetzt sagen, dass das so ist, weil Hongkong das Finanzzentrum Asiens ist, aber in Wirklichkeit ist es einfach nur wegen dem Café OX. Für diese Ochsenschwanzsuppe würde ich auch auf dem Mars wohnen.
Ich: Wenn du das sagst …
Alex: Verlass dich nicht auf das, was ich sage. Komm her und probier die Suppe selbst. Lane Crawford will ein Meeting wegen deiner Linie. Kannst du in der zweiten Maiwoche herkommen?

Ich springe aus dem Bett und schreie still vor mich hin. Dann hüpfe ich auf und ab. Das ist wirklich riesig. Bisher habe ich nur bei einem koreanischen Kaufhaus Erfolg gehabt. Ich hätte mir nicht träumen lassen, dass meine Taschen *international* verkauft werden.

Und die Gelegenheit, Alex zu sehen, ist vielleicht noch aufregender als das Geschäftliche. Ich würde ihn besuchen, wo er wohnt, vielleicht sogar seine Freunde kennenlernen. Bisher haben wir uns nur auf neutralem Boden getroffen – Singapur und Paris –, wo wir beide nur Reisende waren. Mit ihm bei sich zu Hause Zeit zu verbringen, fühlt sich nach einem großen Schritt an. Ich freue mich genauso sehr darauf, wie ich Angst davor habe.

Tief durchatmen, Rachel. Ein. Und aus.

Ich setze mich wieder hin. Ich rufe mir in Erinnerung, dass Hongkong wirklich riskant ist. Es wimmelt dort nur so von Paparazzi. Aber wenn ich aus geschäftlichen Gründen reise, sollte sich eigentlich alles andere leicht erklären lassen. Selbst, wenn jemand Fotos von uns zusammen macht.

Ich tue gelassen und schreibe endlich zurück:

Ich: Ich schaue mal auf meinen Zeitplan und sage dir Bescheid, wenn es sich einrichten lässt.
Ich: PS: Sieh zu, dass du scharfe Cheetos dahast.

Kapitel Dreizehn

Die Pailletten sind überall. Und ich meine *überall*.

Wir haben gerade ein Fitting für die Kostüme für das Multigroup-Konzert im Juni, wo wir unsere neueste Single »Midnight Prism« performen werden. Das Kostümkonzept ist wirklich ziemlich cool. Wir werden die Bühne in diesen glatten, eng anliegenden, langen schwarzen Kleidern betreten. Dann, wenn wir zum Refrain kommen, machen wir einen Haken an der Seite auf, und unter dem schwarzen Kleid kommt ein in einer Regenbogenfarbe schimmerndes Minikleid zum Vorschein. Das Ganze steht dafür, dass man auch in der dunkelsten Nacht Freude und Farben finden kann. Ich betrachte mich in dem hohen Spiegel, während die Stylistin mein violettes, trägerloses Minikleid anpasst. Die Pailletten sind nicht alle richtig festgenäht und regnen auf meine Füße hinunter, wann immer ich mich bewege. Ich weiß jetzt schon, dass ich noch tagelang violette Pailletten an Stellen finden werde, an denen wirklich keine Pailletten sein sollten.

Ich werfe einen Blick nach rechts, wo eine andere Näherin Lizzies Taille ausmisst und ihr aquamarinfarbenes Paillettenkleid anpasst. Ich habe viel darüber nachgedacht, wie ich mit der »spontanen« Probe von gestern umgehen soll. Ich weiß, dass ich Lizzie darauf ansprechen muss, aber ich weiß einfach nicht, wie ich das am besten anstelle.

Und die andere Sache, die seit gestern jede einzelne meiner Gehirnzellen in Anspruch nimmt – die mit gewissen Gefühlen, die ich vielleicht, oder vielleicht auch nicht, für Alex habe –, die habe ich vorerst komplett aus meinen Gedanken verbannt. Es ist einfach zu viel. Ich kann nicht darüber nachdenken, während eine fünfundsiebzigjährige Frau Glitzerstoff unter meinen Brüsten feststeckt.

Die Näherin hat sich alle Maße aufgeschrieben und sagt mir, dass ich mich wieder umziehen kann. Aber ich beschließe, erst mal den Kontakt zu Lizzie herzustellen.

»Hey, Lizzie?«

Sie dreht sich zu mir um und verzieht das Gesicht, weil die Nadeln, mit denen ihr Kleid abgesteckt ist, sie piken.

»Ähm, hi«, fahre ich unsicher fort. »Ich habe mich nur gefragt, wie es Esther geht. Ihr versteht euch richtig gut, oder? Ich weiß, wie schwer es sein kann, wenn man nicht bei seiner Schwester ist.« Ich habe beschlossen, die Probe nicht direkt anzusprechen. Vielleicht war Lizzie sich wirklich mit den Harmonien unsicher. Und außerdem, wenn es tatsächlich ihre Absicht war, dass ich die Probe verpasse, ist es trotzdem besser, wenn ich an der Wurzel des Problems ansetze, statt mich auf etwas zu konzentrieren, was ich sowieso nicht mehr ändern kann.

Lizzie schaut mich ungläubig an. »Du weißt also, wie das ist, ja?«, sagt sie. »Komisch. Ich dachte, du verbringst vierzehn Stunden am Tag mit deiner Schwester, um eine Realityshow zu drehen.«

Mist. Sie hat recht. Ich rudere zurück, will ihr gerade zustimmen, sagen, dass Leah und ich wirklich Glück haben, als sie mir ins Wort fällt und weiterspricht. »Oder davor. Ich dachte, du warst diejenige, die zu Hause bei ihrer Schwester wohnen durfte, statt ins Traineehaus zu ziehen und sie so gut wie nie zu sehen.«

Damit hat sie schon wieder recht, auch wenn ich es nicht fassen kann, dass sie deswegen immer noch sauer auf mich ist. Ich spüre, wie sich meine Wangen röten und schäme mich, weil ich die wertvolle Zeit, die ich in den letzten Wochen mit Leah hatte, als selbstverständlich angesehen habe. Ich dachte, Lizzie und ich haben etwas gemeinsam, aber in Wirklichkeit habe ich viel mehr Glück gehabt als sie.

Ich mache den Mund auf, um mich zu entschuldigen, eine bessere Formulierung dafür zu finden, dass ich mich in Lizzies Situation hineinversetzen kann, aber Lizzie zischt nur die Schneiderin an – »Sind wir fertig?« – und schreitet von dannen, als diese nickt.

»Ihre Eltern lassen sich scheiden«, sagt Sumin und stellt sich in ihrem orangefarbenen Paillettenkleid neben mich. »Für ihre Schwester ist es anscheinend gerade richtig schwer.«

Ich wirble zu Lizzie herum, die jetzt mit Eunji auf der Couch sitzt. Ich hatte keine Ahnung. Warum hat sie es mir nicht einfach gesagt? Ich denke an die letzten paar Monate zurück. Wie oft bin ich vom Dreh nach Hause gekommen und habe begeistert von den Aktivitäten mit Leah erzählt und wie sehr sich unsere Eltern auf die Show freuen. Ich fühle mich richtig mies.

»Lass sie einfach ein bisschen in Ruhe, sie kriegt sich schon wieder ein«, sagt Sumin.

Ich würde so gerne zu Lizzie gehen und mich entschuldigen, aber ich versuche, auf Sumin zu hören. Vielleicht braucht sie wirklich einfach ihre Ruhe.

In diesem Moment ruft Youngeun aus der Maske, wo sie in den Magazinen geblättert hat, die dort ausliegen. »Hey, schaut euch das an.« Sie dreht das Magazin um und hält es für uns hoch. »*Entertainment Daily* hat eine Fanumfrage gemacht, und Girls Forever hat sechsundachtzig

Prozent der Stimmen bekommen.« Wir scharen uns um das Magazin, um selbst nachzusehen.

»Sechsundachtzig?« Sunhee runzelt die Stirn. »Das ist noch nicht mal eine Zwei plus.«

»Das ist doch etwas ganz anderes als eine Punktzahl bei einem Test, Dummchen.« Mina verdreht die Augen und nimmt Youngeun das Magazin ab. »Es standen über zwanzig Girlgroups zur Wahl. Die Gruppe auf dem zweiten Platz hat nur neun Prozent der Stimmen …«

»Ha! Ist schon scheiße, wenn man scheiße ist, Butterscotch«, wirft Jiyoon dazwischen. Sie schaut Mina über die Schulter.

»… und alle anderen haben weniger als ein Prozent. Wir haben das Ding absolut dominiert.« Mina lächelt zufrieden und reicht mir das Magazin.

Ich überfliege die Seite und weiter unten, sehr viel weiter unten, sehe ich Akaris Gruppe, Teen Valentine, mit mageren 0,3 Prozent. Ich werfe Sumin das Magazin zu. Es sieht vielleicht nur wie eine läppische Fanumfrage aus, aber Agenturen nehmen so etwas sehr ernst. Abgesehen von Girls Forever vertritt DB auch acht der anderen Gruppen in den Top Ten. JVC, Akaris Agentur, hat nur vier, und sie sind alle weiter unten gelandet. Bei ihnen wird die Lage mit Sicherheit für ein paar Tage sehr angespannt sein. Ich wünschte, ich könnte Akari eine Nachricht schicken, sie unterstützen, aber unsere Freundschaft hat sich in den letzten fünf Jahren so sehr aufgelöst, dass ich nicht einmal ihre aktuelle Nummer habe.

»›Ich liebe Girls Forever, weil Lizzies Dance-Breaks immer total Next-Level sind‹, sagt Clare aus Melbourne«, liest Sumin vor. »›Sie ist definitiv meine Nummer eins. Sorry, Eunji!‹«

Lizzie grinst, als Eunji ihr den Ellbogen in die Seite stößt. »Keine Sorge, Eunji, alle sagen immer noch, dass du heiß aussiehst.« Sie tätschelt Eunji spielerisch den Hintern.

»Das macht das neue silberne Haar«, sagt Youngeun, als Eunji anfängt zu grinsen. »Du siehst so sexy aus, Khaleesi.«

Eunji kam mit wunderschönen silber-platinblonden Wellen vom *Vogue*-Shooting zurück. Ich gebe zu, als ich ihren neuen Look gesehen habe, war ich kurz ziemlich eifersüchtig. Das hätte mein Shoot sein sollen! Aber vor allem nach meinem Gespräch mit Lizzie heute Morgen weiß ich ganz sicher, dass ich einfach dankbar für die Möglichkeiten sein muss, die ich habe, und nicht traurig wegen denen, die ich nicht bekommen habe.

Und ich bin zwar immer noch sauer, weil meine Balenciaga-Tasche weg ist, aber diese Dosis Verhältnismäßigkeit und die ruhig durchgeschlafene Nacht unter der wunderbaren, temperaturregulierenden Bambusbettwäsche im Park Hyatt haben dafür gesorgt, dass ich mich ein wenig besser fühle. Mir ist klargeworden, dass die anderen nicht wissen, wie viel mir die Tasche bedeutet. Wie könnten sie auch? Sie denken, dass es irgendein Geschenk von irgendeinem Fan ist, und ich habe diese Ansicht ja auch nie korrigiert. Wahrscheinlich hat sie sich nur jemand ausgeliehen, ohne zu fragen. Es wäre ja nicht das erste Mal. Und trotzdem. Ich würde so langsam wirklich gerne wissen, wo die Tasche ist ... Ich räuspere mich und gebe mir Mühe, meine Stimme locker klingen zu lassen. »Hey, hat zufällig eine von euch meine Balenciaga-Tasche gesehen? Sie ist aus meinem Zimmer verschwunden.«

»Meinst du die blaue, die dir ein Fan geschickt hat?« Ari zupft an den Ärmeln ihres gelben Minikleids und schlüpft in unglaublich hohe Plattform-Pradas. »Ich habe sie nicht gesehen.«

Ganz kurz denke ich darüber nach, den anderen die Wahrheit zu sagen – dass die Tasche nicht nur von irgendeinem Fan ist, sondern von jemandem, der mir wichtig ist. Aber das mit Alex fühlt sich immer noch so wertvoll und neu an – wir haben nicht mal offiziell die Beziehung »definiert« –, dass ich ihnen nichts sagen möchte. Es ist fast so, als würde ich geradezu Probleme heraufbeschwören, wenn ich etwas sage. Wenn ich mir mit Alex zu sicher bin, könnte sich das Universum gegen uns verschwören und ihn mir wegnehmen. Es ist dieselbe Angst, die mein Herz jedes Mal wild klopfen lässt, wenn ich mir vorstelle, wie ich in ein paar Wochen in Hongkong aus dem Flugzeug steige. Dass es wirklich so sein wird, darüber kann ich fast nicht nachdenken.

Die anderen zucken mit der Schulter und schütteln den Kopf. »Hast du die nicht mit nach Paris genommen?«, fragt Eunji. »Vielleicht ist sie am Flughafen verlorengegangen.«

Die Wut steigt mir in die Kehle. Ich habe die Tasche seit Paris mindestens dreimal dabeigehabt, und die anderen wissen das ganz genau. Eunji selbst hat vor ein paar Tagen noch die Quaste am Reißverschluss bewundert. Eine von ihnen muss die Tasche genommen haben. Es ist ja nicht so, als wären ihr plötzlich Beine gewachsen, um von ganz allein aus meinem Schrank zu verschwinden. Aber ... Carlys Worte hallen in meinem Kopf wider. Pass gut auf, dass du den Unterschied zwischen harmlosen Streichen und echter Verbitterung erkennst. Gestern Abend war ich mir sicher, dass wir im Bereich der Verbitterung angekommen waren, aber jetzt schient es eher so zu sein, dass diejenige, die meine Tasche genommen hat, sie sich nur ausgeliehen hat und es mir jetzt vor allen anderen nicht sagen möchte. Weil ich jetzt so eine große Sache daraus gemacht habe.

Alex hat mir gesagt, dass ich als Erstes auf meine psychische Gesundheit achten muss. Und ich weiß, dass er recht hat. Aber ich werde ja auch nicht sauer, wenn Leah, ohne zu fragen, meine Sachen nimmt. Warum sollte es bei meinen Gruppenmitgliedern also anders sein? Wir sind vielleicht nicht verwandt, aber sie sind doch auch irgendwie meine Schwestern. Ich weiß, dass Leah und ich einzigartig sind. Wir streiten uns fast nie. Ich glaube, zum Teil liegt das daran, dass der Altersunterschied zwischen uns so groß ist. Das bedeutet, dass wir einander nie wirklich den Platz wegnehmen konnten – bei Freundschaften oder Jungs zum Beispiel. Wenn wir, so wie ich und die anderen von Girls Forever, fast im gleichen Alter wären, würden wir sicher viel mehr streiten. Das ist ganz normal unter Schwestern. Es sind nur Streiche, keine Verbitterung.

»Okay.« Ich hole wieder tief Luft. »Na ja, wenn alle die Augen offen halten könnten, wäre das wirklich super.«

»Kay«, sagt Lizzie. Sie hängt ihr aquamarinblaues Kleid auf und zieht ihre Balmani-Jeans wieder an.

»Machen wir«, fügt Youngeun hinzu.

Ich schätze, besser wird es momentan wohl nicht. Ich schäle mich aus meinem abgesteckten violetten Minikleid. Eine Handvoll Pailletten bilden eine glitzernde Pfütze zu meinen Füßen, als ich meinen weißen Kaschmirpullover und den schwarzen Minirock wieder anziehe. Ich bin heute Morgen im Hotel richtig früh aufgestanden und wieder nach Hause gegangen, bevor die anderen wach waren. Ich war schon fertig angezogen und abfahrbereit, als die anderen erst gähnend in die Küche geschlurft sind und sich Gläser mit Overnight-Oats aus dem Kühlschrank geholt haben, um sie unterwegs zu essen.

Dann, gerade als wir die Umkleide verlassen wollen, kommt eine unserer Managerinnen herein.

»Rachel?«, fragt sie. »Mr. Noh würde dich gerne in seinem Büro sehen, wenn du hier fertig bist.«

»Oooohhhh«, macht Jiyoon dramatisch, als wäre ich gerade zum Schuldirektor zitiert worden. »Da bekommt jemand Ärger«, sagt sie mit Singsangstimme.

Ich verdrehe die Augen, aber mein Magen krampft sich trotzdem zusammen. Bekomme ich Ärger? Hat er jetzt schon seine Meinung zu meiner Modelinie geändert? Vielleicht mache ich mir zu viele Gedanken. Das letzte Mal, als ich zu einem privaten Meeting mit Mr. Noh gerufen worden bin, hat er meiner Schwester und mir eine Realityshow angeboten. Es könnte also auch etwas Gutes sein.

»Ich komme sofort«, sage ich, und die Managerin nickt und geht zurück in Mr. Nohs Büro. Ich mache mich schnell fertig und verlasse die Umkleide. Es gibt nur eine Möglichkeit herauszufinden, was Mr. Noh will.

Sobald ich Mr. Nohs Büro betrete, weiß ich es.

Es ist nichts Gutes.

Das sehe ich an Mr. Nohs hartem Blick und auch daran, dass Mr. Han ebenfalls da ist und im Zimmer hin- und herläuft. Als ich eintrete, bleibt er stehen.

Ich verbeuge mich. »Annyeonghaseyo, Mr. Noh, Mr. Han.«

»Setz dich«, sagt Mr. Noh. Sein Ton ist genauso hart wie sein Gesichtsausdruck.

Ich setze mich und lege die Hände im Schoß zusammen. Ein paar schreckliche Sekunden lang ist es ganz still. Die Stimmung im Raum ist so angespannt, dass ich quasi spüren kann, wie meine Schultern sich verspannen. Und dann sagt Mr. Han endlich etwas.

»Hast du letzte Nacht in einem Hotel geschlafen?«, fragt er.

Ich blinzle. Ich weiß nicht, was ich erwartet habe, aber das hier war es jedenfalls nicht. »Ja«, sage ich langsam.

»Der Rezeptionist des Park Hyatt hat es an *Reveal* geleakt«, sagt Mr. Han. »Es gibt Gerüchte, dass du dort warst, um dich heimlich mit deinem Freund zu treffen.«

Das Herz schlägt mir bis zum Hals, aber ich kontrolliere meine Gesichtszüge. Von Mr. Han ausgeschimpft zu werden, der oft eher wie ein Kollege ist als wie ein Vorgesetzter, ist irgendwie noch schlimmer, als so etwas von Mr. Noh zu hören. Jede Spur von Freundlichkeit ist aus Mr. Hans jungem Gesicht gewichen. Sein Mund ist eine gerade, dünne Linie, seine Augen eiskalt. Mr. Noh schweigt, beobachtet mich aber mit Adleraugen. Sein Gesichtsausdruck verrät nichts darüber, was in ihm vorgeht. Ich habe das Gefühl, mich wieder in einem unserer Schachspiele zu befinden. Ich arrangiere mit Bedacht meine Gesichtszüge. *Was haben sie behauptet?* Und nicht: *Ach du Scheiße, wissen sie von Alex?* Ich kann diese Gerüchte einfach abstreiten. Ich bin definitiv nicht in dieses Hotel gegangen, um mich mit meinem Freund zu treffen. Schließlich war Alex gar nicht dort, und Alex ist auch *nicht* mein Freund. Wir haben diese Begrifflichkeiten noch nie miteinander verwendet. Das ist genau so, wie wenn DB sich weigert, Jiyoons Beziehung mit Jin anzuerkennen, weil es keine Fotos gibt, die beweisen, dass zwischen ihnen etwas *Romantisches* war. Trotzdem. Es fühlt sich an, als würde ich nur aufgrund einer juristischen Finesse meiner Strafe entgehen.

»Das ist doch lächerlich«, sage ich. Ich klinge selbstbewusster, als ich mich fühle. »Ich war ganz alleine im Hotel. Ich habe dort geschlafen, weil unsere Aufnahme länger gedauert hat und ich zu Hause niemanden stören wollte.« Das ist vielleicht nicht die ganze Wahrheit, aber fast. Es war spät, als wir fertig waren. Das müssten sie ja wissen, schließlich waren sie beide bis fast zwei Uhr morgens mit mir im Studio. Sie müssen ja nicht wissen, dass ich nach Hause gefahren bin und dann wegen einer verschwundenen Tasche geweint habe.

Ich spüre immer noch Mr. Nohs abschätzigen Blick auf mir. Ich schlucke schwer. Endlich sagt er etwas.

»Das, was du sagst, mag ja stimmen, aber du hättest trotzdem wissen müssen, wie das nach außen hin aussieht«, sagt er kalt. »Du bist jetzt lange genug in diesem Business, um zu wissen, wie es läuft. Was du getan hast, war egoistisch und rücksichtslos.«

Ich senke den Blick. Er liegt nicht ganz falsch. Ich weiß wirklich, wie es läuft. Meine Gedanken wandern zu Alex. Wenn die Paparazzi jetzt schon wegen einem potenziellen geheimen Freund herumschnüffeln, nur, weil ich eine Nacht alleine in einem Hotel verbracht habe, was soll ich dann tun, wenn ich mich wieder in derselben Stadt befinde wie er? Die Medien werden uns in Hongkong keine Sekunde lang aus den Augen lassen. Ich würde es nicht aushalten, wenn das, was mit Jiyoon und Jin passiert ist, mit Alex und mir passieren würde. Selbst ein unschuldiges Foto, auf dem wir nur zusammen zu sehen sind, könnte das Ende unserer Beziehung bedeuten. Und wenn ich erwischt würde, wäre das nicht nur schlecht für mich selbst. Unsere ganze Gruppe würde dann schlecht dastehen und DB auch. Ich denke an das Ranking und die Fanumfrage. Es ist offensichtlich, dass Girls Forever zurzeit die beliebteste Girlgroup der K-Pop-Szene ist. Unsere Fans haben hohe Erwartungen an uns, und denen sind wir bisher immer gerecht geworden. Ich kann sie alle – meine Gruppenmitglieder, die Firma und die Fans – nicht enttäuschen. »Es tut mir so leid, Mr. Noh.« Ich schaue ihn an, meine Wangen brennen vor Scham. »Es wird nicht wieder vorkommen.«

Er nickt kurz und endgültig. »Wir sind enttäuscht von dir, Rachel. Heute kommst du mit einer Verwarnung davon, aber ein solches Betragen ist inakzeptabel. Verstanden?«

»Ja, Mr. Noh.«

»Du kannst jetzt gehen.«

Ich stehe auf, um zu gehen, dann halte ich inne, weil mir noch etwas eingefallen ist. »Ich sollte Ihnen noch sagen, dass Lane Crawford in Hongkong an meiner Modelinie interessiert ist, deshalb sollte ich bestenfalls in ein paar Wochen für ein Meeting dorthin reisen. Denken Sie, das könnte in meinen Zeitplan eingearbeitet werden?«

Mr. Noh reißt die Augen auf. Ich sehe, dass er beeindruckt ist. Ich spüre ein kleines bisschen Erleichterung, weil ich mein Versprechen, mit meiner Linie DB gerecht zu werden, halten konnte.

»Das sollte kein Problem sein«, sagt er. »Es freut mich, dass du dein Unternehmen so ernst nimmst.«

Ich lächle stolz. »Danke, Mr. Noh.« Dann verbeuge ich mich zum Abschied.

»Oh, und Rachel, vergiss nicht«, sagt Mr. Noh, gerade, als ich das Büro verlassen will, »wir zählen alle auf dich. Enttäusch uns nicht.«

Kapitel Vierzehn

Enttäusch uns nicht.

Diese Worte höre ich wieder und immer wieder, während der nächsten paar Wochen, sogar auch dann noch, als aus dem koreanischen April – kalter Wind, dicke Jacken etc. – Mai wird, und viele der Bäume in der Stadt zu blühen beginnen. Der Mai ist einer der schönsten Monate in Seoul, und das frühlingshafte Wetter erfüllt mich mit Inspiration für meine Designs. Florale Motive! Pastelltöne! Seersucker!

Aber trotz all der Aufregung und auch während der Vorbereitungen auf meinen Flug nach Hongkong, mache ich mir weiterhin Sorgen. Dieses Meeting mit Lane Crawford ist wirklich wichtig, und es muss einfach perfekt laufen. Der Flug dauert dreieinhalb Stunden, und ich verbringe ihn komplett damit, mir Karteikarten für meine Präsentation zu schreiben.

Als wir auf dem Hongkong International Airport landen, wartet Alex bereits in seinem Auto auf mich, damit ich schnell von dort wegkomme. Weil er normalerweise keine Aufmerksamkeit von den Medien bekommt, denken wir, dass ihm niemand folgen oder ihn erkennen wird. Aber er hat mir auch gesagt, dass er »auf alles vorbereitet« sei, was auch immer das heißen soll. Dennoch trage ich eine riesige Sonnenbrille und eine Schirmmütze, die ich mir tief ins Gesicht gezogen habe. So weit, so gut.

Um ganz sicherzugehen, parkt Alex auf dem Dauerparkplatz und schreibt mir, wo ich ihn finde. Ich rutsche auf den Vordersitz und ziehe die Sonnenbrille aus, dann werfe ich einen Blick in den Rückspiegel.

»Alles gut so weit?«

»Ich glaube schon.« Er dreht sich wieder zu mir um und lächelt. »Hi.«

»Hi.« Ich lächle zurück. Er beugt sich über die Mittelkonsole und dann küssen wir uns, und ich kann die Energie zwischen uns spüren.

»Hab was für dich«, sagt er und greift über meine Beine hinweg, um das Handschuhfach aufzumachen.

Er holt eine kleine Tüte scharfe Cheetos hervor, auf die er eine Schleife geklebt hat.

Ich fange an zu lachen und gebe ihm noch einen Kuss.

»Wow, was für ein Service. Das wird Ihrer Uber-Bewertung definitiv zugutekommen, Sir.«

Ich kann nicht aufhören zu lächeln, nicht einmal, als ich feststelle, dass mir die Kappe vom Kopf gerutscht ist. Was macht das schon? Ein Teil von mir wünscht sich, wir könnten einfach den Rest des Wochenendes genau hier auf diesem Parkplatz verbringen.

Wir fahren auf die Straße.

Plötzlich bemerken wir beide gleichzeitig eine schnelle Bewegung im Rückspiegel. Um den Dauerparkplatz zu verlassen, müssen wir an einem der Drop-off-Points vor dem Terminal vorbei. Einige Leute, die an den Eingangstüren auf ihre Autos gewartet haben, rennen auf den Van zu, der hinter uns parkt. Ich sehe, wie einer von ihnen in seine Umhängetasche greift und eine Kamera hervorholt.

Oh mein Gott. Wie ist das überhaupt möglich? Können die zaubern? »Alex, das sind Paparazzi!«, sage ich panisch. »Das muss für jemand anderen sein, oder?«

»Oh Shit«, sagt Alex. »Ist das Risiko nicht wert. Schnall

dich an, Rachel, es wird vielleicht ein bisschen ungemütlich.«

Ich greife nach meinem Sicherheitsgurt, während er uns durch den Verkehr schlängelt. Und zu meinem Schrecken folgt uns der Van sofort, überholt links und rechts, um uns auf den Fersen zu bleiben.

»Shit, Shit, Shit«, sage ich. »Sie folgen uns.«

Alex drückt fester aufs Gas und beschleunigt. Andere Autos fangen an zu hupen, während wir von Spur zu Spur wechseln. Mein Herz klopft wie wild.

»Keine Sorge, ich bin ein sehr guter Fahrer«, sagt Alex.

Ich drehe mich um, um zu sehen, ob der Van noch hinter uns ist. »Sie kommen näher!«

Alex drückt einen Knopf auf dem Touchscreen, um jemanden anzurufen. Es tutet, und wen auch immer er da anruft, nimmt sofort ab.

»Alex?«, sagt eine Männerstimme.

»Hi, Daniel. Siehst du, was los ist?«

»Sehe ich.«

»Wer ist das?«, frage ich.

»Ein Freund. Er ist mit mir zum Flughafen gefahren, falls so etwas passiert. Siehst du den roten Honda hinter uns?«

Ich habe mich so sehr auf den Van konzentriert, dass mir der rote Honda, der direkt hinter uns geblieben ist, gar nicht aufgefallen ist. Er hat einen kleinen Vorsprung vor den Paparazzi, aber sie sind fast gleichauf.

»Der Plan?«, fragt Daniel.

»Der Plan«, antwortet Alex. »Rachel, halt dich fest.«

Die Leitung wird unterbrochen, und Alex fährt von der Autobahn ab und in die Stadt. Daniel und die Paparazzi folgen uns, als wären ihnen sämtliche Ampeln völlig egal. Ich halte mich an den Griffen fest, als hinge mein Leben davon ab, mein Herz rast, und ich fange an zu schwitzen.

So furchteinflößend das auch alles ist, ich kann nicht umhin, den Adrenalinrausch auch ein kleines bisschen zu genießen. Wenn ich das später Leah erzähle! Eine Verfolgungsjagd durch Hongkong! Sie wird begeistert sein. Wenn ich lebend hier herauskomme, jedenfalls.

Alex biegt scharf links in eine schmale Gasse ab. Daniel ist direkt hinter uns, und der Van mit den Paparazzi direkt hinter ihm. Die Gasse wird immer schmaler, ich habe das Gefühl, dass wir jeden Moment stecken bleiben könnten. Oh mein Gott, oh mein Gott. Das schaffen wir nie.

Dann tritt Daniel plötzlich auf die Bremse. Der rote Honda kommt zum Stehen, und der Van stößt fast mit ihm zusammen, hält aber gerade noch rechtzeitig an. Daniels Auto blockiert die Gasse, sie ist zu schmal, als dass der Van an ihm vorbeifahren könnte. Sie stecken fest und müssen jetzt rückwärts aus der Gasse fahren, um einen anderen Weg zu finden. Bevor wir um eine Ecke biegen und entkommen, sehe ich noch im Rückspiegel, wie der Fotograf aussteigt und mit der Hand auf die Motorhaube des Vans schlägt.

Alex und ich stoßen beide einen Siegesschrei aus.

»Ich kann nicht glauben, dass das gerade wirklich passiert ist!«, schreie ich. Das hat er also gemeint, als er sagte, er sei »auf alles vorbereitet«.

»Ich hab doch gesagt, dass ich ein guter Fahrer bin.« Er lacht und schlägt mit den Händen aufs Lenkrad. »Wow. Das hat Spaß gemacht.«

Während wir uns weiter und weiter von der Gasse entfernen, beruhigt sich mein Puls langsam wieder. Ich lege mir die Hand auf die Brust, um meinen Herzschlag zu fühlen, und drehe mich zu Alex um. »Als du gesagt hast, dass wir zusammen alles schaffen können, hast du es wirklich ernst gemeint, oder?«

Alex grinst. »Klar. Du und ich gegen den Rest der Welt, Rachel. Na ja, und gute Freunde wie Daniel natürlich.«

Ich muss lachen. Ich und Alex gegen den Rest der Welt. Mit ihm an meiner Seite fühle ich mich wirklich, als könnten wir alles schaffen.

Wilde Verfolgungsjagden zum Beispiel.

Alex hatte zwar angeboten, dass ich bei ihm wohnen kann, während ich in Hongkong bin, aber ich habe trotzdem ein Zimmer im Four Seasons gebucht. Das ist einfach sicherer, vor allem jetzt, wo die Paparazzi wissen, dass ich da bin. Die Verfolgungsjagd am Flughafen hat mir wirklich deutlich gemacht, dass ich auf dieser Reise besonders vorsichtig sein muss. Sosehr ich mir auch wünsche, Hand in Hand mit Alex über die vielen Märkte zu schlendern, freue ich mich fast genau so sehr darauf, das Wochenende einfach in seiner Wohnung zu verbringen, in seinen Büchern zu blättern und mich über seine farblich sortierten Müslischachteln lustig zu machen. Sein Freund Daniel hat uns geholfen, mich sicher vom Hotel zur Wohnung zu bringen. Er ist vorausgefahren und hat Ausschau gehalten, und sogar angeboten, ein Ablenkungsmanöver einzuleiten, wenn wir eines brauchen.

Es ist wirklich süß, wie gerne er seinem besten Freund helfen will. Als er angefangen hat, zu beschreiben, wie er die Paparazzi mit von Silvester übrig gebliebenen Feuerwerkskörpern ablenken würde, musste Alex der Sache ein Ende bereiten. »Okay, 007, ich denke, wir kommen jetzt alleine klar.« Sein Tonfall hat deutlich gemacht, dass das nicht das erste Mal ist, dass er Daniel ein wenig bremsen muss, und irgendwann finde ich heraus, dass Alex und Daniel sich seit einem misslungenen College-Streich kennen. Es ging irgendwie um einen bösartigen Hasen, eine kostbare Geige und einen Tutor für die Aufnahmeprüfung für das Jurastudium.

Am Sonntagabend sind wir in Alex' Wohnung und versuchen, Ochsenschwanzsuppe zu kochen, weil es zu riskant ist, ins OX-Café zu gehen. Plötzlich flucht Alex lautstark und rennt aus der Küche.

»Was ist? Hab ich was falsch gemacht?« Ich weiche sofort vom Ofen zurück. Ich habe Alex gewarnt, dass ich nicht gerade eine Profiköchin bin, aber er hat darauf bestanden, dass ich es schon schaffen werde, das Rindfleisch und das Gemüse umzurühren.

»Nein, überhaupt nicht«, ruft er von nebenan. »Ich hab etwas vergessen. Meine Großmutter hat heute Geburtstag, und wir haben ein Videotelefonat mit der ganzen Familie.«

Ich mache den Herd aus und komme gerade ins Wohnzimmer, als er sich mit seinem Laptop auf die Couch setzt und einen Blick auf die Uhr wirft.

»Oh, gut«, sagt er. »Wir sind nur fünf Minuten zu spät.«

»Wir?«, frage ich zögernd. »Du willst, dass ich deine Familie kennenlerne?«

»Natürlich!«, sagt er. Er konzentriert sich immer noch darauf, sich einzuloggen. Dann hält er inne, die Finger dicht über der Tastatur, und dreht sich zu mir um. »Aber du musst natürlich nicht, wenn es dir lieber ist. Ich verstehe das vollkommen.«

Ich gebe Alex einen Kuss auf die Wange. »Wenn du ihnen vertraust, tue ich es auch.«

Ich habe Schmetterlinge im Bauch, als Alex das Video startet. Ich habe noch nie die Familie eines Mannes kennengelernt, mit dem ich ausgehe. Außer vielleicht dieses eine Mal, als ich in Kanada mit Jasons übermütigen Tanten zu Abend gegessen habe, aber das war nichts Offizielles. Ich schiebe mir die Haare hinter die Ohren und streiche mein T-Shirt glatt. Es hat Tomatenmarkflecken. Ich wünschte, ich hätte Zeit gehabt, ein ordentliches Outfit anzuziehen. Alex' Großmutter, seine Eltern und Brüder erscheinen auf dem Bildschirm.

Und dann sind da noch etwa ein Dutzend Tanten und Onkel, Cousins und Cousinen.

Ich erstarre. Als er gesagt hat, dass er ein Videotelefonat mit seiner Familie hat, war mir nicht klar, dass er seine ganze Familie meint. Ich vertraue Alex schon, und ich möchte seiner Familie auch vertrauen, aber meine K-Pop-Überlebensinstinkte schlagen Alarm. Was ist, wenn jemand einen Screenshot macht und an *Reveal* verkauft? Was, wenn jemand ein Gruppenfoto auf Instagram postet, und jemand ihn findet? Was, wenn? Was, wenn? Was, wenn?

»Halmoni!«, sagt Alex. »Alles Gute zum Geburtstag.«

Alex' Großmutter hat genau das gleiche Lächeln wie er. Um ihre Augen bilden sich Fältchen, und auf ihrer linken Wange erscheint ein Grübchen. Sie winkt fröhlich in die Kamera. »Alex! Schön, dich zu sehen!« Ich sehe zwei ihrer drei Katzen, die auf ihrem Schoß sitzen. So groß, wie die graue ist, gehe ich davon aus, dass das Fats Domino ist.

»Tut mir leid, dass ich zu spät komme«, sagt Alex. Er räuspert sich und grinst, dann wirft er mir einen Blick zu. »Das ist meine Freundin Rachel.«

Freundin?

Es fühlt sich plötzlich viel zu heiß im Zimmer an, als würde ich immer noch am Herd stehen und mein Gesicht direkt in den heißen Dampf aus dem Topf halten. Er hat mich noch nie seine Freundin genannt. Jedenfalls nicht, wenn ich dabei war. So nahe wir uns auch in den letzten paar Monaten gekommen sind, und so stark, wie meine Gefühle für ihn auch sind, scheint mir dieses Label doch ein verfrühter, zu großer Schritt zu sein. Damit bewege ich mich von etwas, was ich *wahrscheinlich* eher nicht tun sollte zu etwas, was ich *definitiv* nicht tun sollte. K-Pop-Idols können keine *Freundin* sein.

Ich spüre Alex' Blick auf mir und mir wird klar, dass alle darauf warten, dass ich etwas sage.

»Annyeonghaseyo«, sage ich schnell und neige den Kopf. »Schön, euch alle kennenzulernen. Halmoni, alles Gute zum Geburtstag.« Mein Herz klopft wie wild. Ich schaue auf die kleinen Kästen mit all den Jeons, die sich eingewählt haben, und sehe wie ein paar der jüngeren Familienmitglieder miteinander flüstern und sich gegenseitig anstupsen. Aus einem der Kästchen höre ich ein besonders lautes Flüstern, »Girls Forever!«. Ein etwa zehnjähriges Mädchen mit Pferdeschwanz sitzt auf dem Schoß ihrer Mutter. Dann wird ihnen klar, dass ihr Mikrophon an ist, und sie schalten es schnell stumm. Na ja, damit ist die Katze wohl aus dem Sack.

»Hallo, Rachel!«, sagt Alex' Mutter und lenkt damit die Aufmerksamkeit von meinem offensichtlichen Fan ab. Ich erkenne sie sofort wieder, weil Alex mir Familienfotos gezeigt hat. Sie hat eine ruhige, beruhigende Ausstrahlung, und ich fühle mich sofort sicherer, weil sie da ist. »Alex hat uns so viel von dir erzählt. Herzlichen Glückwunsch zu deiner neuen Linie.«

Ich neige wieder den Kopf. »Vielen Dank. Alex hat mich wirklich sehr unterstützt.«

»Hallo! Hallo! Tut mir leid, dass ich zu spät komme. Alles Gute zum Geburtstag, Umma.« Ein großer Mann mit strubbeligem Haar und einem lockeren Hemd duckt sich ins Bild, während er mit seiner Webcam kämpft. So unordentlich, wie er aussieht und wie die anderen die Augen verdrehen, bekomme ich den Eindruck, dass er häufiger zu spät zu Familienfeiern kommt.

»Mein Onkel Hugh«, flüstert Alex mir zu.

»Die Arbeit ist ein echter Albtraum. Alle fusionieren

und kaufen, als wäre es bald aus der Mode«, sagt Hugh rasch. »Also, was habe ich verpasst?«

Kurz schweigen alle, dann meldet Alex' Mutter sich zu Wort. »Alex hat uns gerade seine Freundin Rachel vorgestellt.«

»Oh, super. Wo bist du denn, Rachel? Wie schaffe ich es, dass alle gleichzeitig angezeigt werden?«

»Galerieansicht, Onkel Hugh!«, sagt das Mädchen mit dem Pferdeschwanz.

Neben mir fängt Alex an zu lachen, und ich kann ebenfalls nicht länger an mich halten. »Ich bin hier drüben, Mr. Jeon«, sage ich kichernd. »Schön, Sie kennenzulernen.«

»Ah, da bist du ja. Schön dich kennenzulernen. Also, Rachel, was machst du beruflich? Auch im Finanzwesen wie mein Neffe hier?«

Wieder herrscht kurz Schweigen. Ungläubige Gesichter füllen die kleinen Kästchen, und das Mädchen mit dem Pferdeschwanz sieht richtig beleidigt aus.

»Ähm, ich bin Sängerin«, sage ich zögernd.

»Oh, wie schön! Viel Glück damit! Es kann ja sehr schwierig sein, im Entertainmentbereich Fuß zu fassen. Ich kenne einen vom College, vierundfünfzig, und er singt immer noch in Cafés. Irgendwie traurig, wenn ich recht darüber nachdenke. Oh, Nora, ich habe gehört, dein Fußballspiel letztes Wochenende war super!«

Damit konzentriert sich das Gespräch auf die Zwillinge Nora und Jeremy, Alex' Cousine und Cousin aus Seattle, die abwechselnd ihre Fußballpokale und neuen Stollenschuhe in die Kamera halten. Während der nächsten halben Stunde versuche ich, mich zu entspannen und den Gesprächen zuzuhören, aber das Wort *Freundin* klingt mir immer noch in den Ohren.

Irgendwann sagt Halmoni, dass Elvis jetzt sein Insulin

braucht, und der Anruf wird beendet. Alex klappt den Laptop zu und nimmt meine Hände in seine.

»Wie war das? Ich hoffe, es war nicht zu viel«, sagt er. »Niemand hat es aufgezeichnet oder so, versprochen. Meine Mom hat allen vorher Bescheid gesagt. Sie verstehen das. Na ja, außer Onkel Hugh, offensichtlich, aber ich glaube, bei ihm bist du auf der sicheren Seite.«

Ich schüttle den Kopf und lächle. »Darum mache ich mir keine Sorgen.« Und das stimmt. Ich habe mir vielleicht während des Gesprächs Sorgen über unseren Beziehungsstatus gemacht, aber ich habe trotzdem gespürt, dass seine Familie wirklich nett und respektvoll war. Weder Alex' Mom noch seine Halmoni und nicht einmal seine kleine Cousine Nora würden uns verraten. »Deine Familie ist wirklich toll«, sage ich zu Alex.

Er lächelt zurück. »Ja, das stimmt.«

Einen Moment lang verliere ich mich in Alex' Augen, stelle mir vor, wie wir zusammen zu noch mehr Jeon-Familienfeiern gehen, wie gut Alex' Mom und Umma sich verstehen würden, wie Nora außer sich vor Freude wäre, wenn sie Zeit mit Leah verbringen könnte … Wäre es wirklich so falsch, wenn ich zulasse, dass ich seine Freundin werde? Ihn meinen Freund zu nennen und ihn mit nach Hause zu bringen, damit er Appa kennenlernt?

Bling! Bling!

Die Uhr an Alex' Ofen klingelt, weil die Suppe fertig ist. Und gleichzeitig spüre ich, wie meine wunderschönen Träume zerplatzen wie Seifenblasen. *Enttäusche uns nicht,* hat Mr. Noh gesagt. Ich denke an Kang Jina und Jiyoon, die ihren Herzen gefolgt sind und dafür teuer bezahlt haben: Kang Jina hat ihre Karriere als Idol verloren, Jiyoon ihren Freund.

✦

Ich muss hier raus. Meine Gedanken sind das reinste Chaos. Ich sollte mich darauf konzentrieren, wie ich meine Taschen an Lane Crawford verkaufen kann, und mich nicht in irgendwelchen Phantasien verlieren, die nie wahr werden können, solange ich DB-Idol bin.

Ich springe auf, schnappe mir meine Jacke von der Lehne eines Esszimmerstuhls und schaue mich nach meiner Tasche um.

»Hey, wo willst du denn hin?« Alex steht im Türrahmen des Wohnzimmers und runzelt verwirrt die Stirn. »Willst du nicht die Suppe probieren, für die du so hart gearbeitet hast?«

»Ich habe gerade gesehen, wie spät es ist.« Ich weiche seinem Blick aus. Ich habe ein schlechtes Gewissen, weil ich unsere Pläne einfach so ignoriere, aber ich weiß, dass es so am besten ist. Ich kann nicht zulassen, dass mich etwas ablenkt. Meine Arbeit muss an erster Stelle stehen. »Ich muss für morgen noch einiges vorbereiten. Ich hole mir besser was beim Zimmerservice im Hotel.« Endlich entdecke ich meine Tasche am Griff der Eingangstür und hänge sie mir um. »Aber wir sehen uns morgen, oder?«

»Klar.« Er sieht immer noch verwirrt aus.

»Super, bis dann!«

Ich reiße die Tür auf und bin schon halb den Flur entlanggelaufen, als ich Alex' Stimme höre. »Tschüs.«

Kapitel *Fünfzehn*

In meinem ersten Jahr als Trainee hatte ich ein Meeting mit dem DB-Management. Die elfjährige Rachel war so nervös, dass sie, als sie entlassen wurde und endlich ihre Fäuste entspannen konnte, tiefe, halbmondförmige Abdrücke auf ihren Handflächen entdeckte. Es hat fast den ganzen Tag gedauert, bis sie wieder verblasst waren. Selbst heute sind Treffen mit dem Management manchmal noch furchteinflößend. Aber bei DB weiß ich wenigstens, was mich erwartet. Mr. Han ist der Entspannteste, aber das bedeutet nicht, dass man ihn unterschätzen sollte. Ms. Shim schaut einem immer direkt in die Augen, ist aber meistens fair. Mr. Lim ist sehr rechthaberisch, macht aber auch viel eher Komplimente.

Aber Meetings in der Modeindustrie? Ich habe keine Ahnung, wie die ablaufen.

Die Sekretärin schaut mich über ihren Bildschirm hinweg an. »Sagen Sie Bescheid, falls Sie doch noch Kaffee oder Tee möchten.«

»Vielen Dank, alles gut«, sage ich. Noch mehr Kaffee wäre jetzt definitiv die falsche Entscheidung. Ich habe schon zu viel Koffein intus, nachdem ich mich morgens mit Alex im Café des Hotels getroffen habe.

Ich hatte immer noch ein schlechtes Gewissen, weil ich am Vorabend so hastig aufgebrochen bin, auch wenn Alex nichts dazu gesagt hat. Als ich gefragt habe, wie die Suppe war, hat er versucht zu lächeln und gesagt: »Sie war wirklich gut. Ich wünschte, du hättest probiert.«

Wir haben Eiskaffee bestellt (ich hatte gehofft, dass es mit Strohhalm unwahrscheinlicher ist, dass ich mir etwas über mein wohlüberlegtes Outfit schütte), und Alex hat mich mit meinen Karteikarten ausgefragt, bis es Zeit war, dass ich mich auf den Weg zu Lane Crawford mache.

»Du schaffst das schon«, sagte er, als wir uns dem glänzenden Glasgebäude näherten. »Wir sehen uns danach im Four Seasons.«

»Du kommst nicht mit?«, fragte ich erschrocken. Ich hatte angenommen, dass ich Alex im Meeting an meiner Seite haben würde, zur Unterstützung.

»Nein, ich habe das Meeting nur arrangiert. Ich sorge dafür, dass ihr euch alle zur selben Zeit im selben Raum befindet. Und dann übernehmt ihr.« Dann hat er mich zuversichtlich angelächelt. »Denk daran, Rachel, das hier ist deine Vision. Niemand kennt diese Linie besser als du. Das wird super.« Er gab mir einen flüchtigen Kuss und war weg.

An der Rezeption von Lane Crawford schaue ich wieder auf die Uhr. Das Meeting hätte vor zwanzig Minuten beginnen sollen.

Endlich führt mich die Sekretärin in einen eleganten Konferenzsaal mit hohen Fenstern, durch die man einen tollen Blick auf die Bucht hat. Eine Frau in einem schicken Hosenanzug, die ihr Haar in einem eleganten, tiefen Pferdeschwanz trägt, steht auf, um mich zu begrüßen. Sie geht zwei Schritte am Mahagonitisch entlang und schüttelt mir dann die Hand. »Sie müssen Rachel Kim sein. Ich bin Celeste Nguyen, Akquise-Chefin für Lane Crawford Hongkong. Es ist schön, Sie kennenzulernen.«

Ich lächle und achte darauf, selbstbewusst die Schultern zu straffen, gerate innerlich aber in Panik. Ich dachte, ich würde mit Richard Chang sprechen, der ebenfalls in der Akquise ist, allerdings weiter unten. Auf ihn habe ich mich vorbereitet, und seine Laufbahn habe ich auf Karteikarten gedruckt und den ganzen Abend lang auswendig gelernt. Ich weiß, dass Richard gesteppte Taschen mag und dass er findet, die Farbe Chartreuse sei das Schlimmste, was der Modewelt je passiert ist. Über Celeste weiß ich rein gar nichts.

»Richard hatte einen Notfall, also habe ich das Meeting übernommen«, erklärt Celeste.

»Super!«, sage ich fröhlich. »Ich meine, nicht das mit dem Notfall, natürlich, aber …« Ich forme meine Lippen zu einem leichten Lächeln. *Beruhige dich, Rachel!*

»Also«, sagt Celeste, setzt sich wieder und bedeutet mir, dasselbe zu tun. »Rachel Kim. Sie haben einen wirklich beeindruckenden Lebenslauf als Mitglied von Girls Forever.«

Ihr Gesichtsausdruck ist neutral, und ihr Ton sagt auch nicht mehr aus. Ist sie ein heimlicher Fan? Findet sie unsere Musik schrecklich? Hat sie einfach fünf Minuten vor dem Meeting meinen Namen gegoogelt?

»Wir hatten schon einmal eine Celebrity-Modelinie«, fährt Celeste fort. »Kennen Sie die Ong-Schwestern?«

Ich nicke. Christine Ong hat in einigen der bekanntesten asiatischen Filmen mitgespielt, und Michelle Ong ist zwar selbst keine Schauspielerin, aber sie ist mit einem berühmten Schauspieler verheiratet. Na ja, genau genommen haben sie nie offiziell geheiratet. Ich erinnere mich an ein Interview, in dem Michelle gesagt hat, dass sie ihren Partner zwar liebt, sich aber nicht auf ein einziges Label beschränken möchte, weil Begriffe wie »Mann und Frau« viel zu viele verschiedene Bedeutungen und komplizierte Erwartungen mit sich bringen würden. Ungefähr so, wie es mir damit geht, dass Alex mich seine

Freundin genannt hat. Ich liebe die Absicht dahinter, aber der Begriff ist für mich als K-Pop-Idol viel zu aufgeladen.

»Also, es war auf jeden Fall eine sehr interessante Erfahrung, mit den Ongs zu arbeiten.« Celeste schaut mich erwartungsvoll an, und mir wird klar, dass ich ihr überhaupt nicht zugehört habe.

»Das ist wirklich toll«, sage ich.

Sie zieht eine Augenbraue hoch. »Sie finden es toll, dass Christine sich mit Michelle gestritten hat und dann Stunden vor dem Launch versucht hat, ihre Linie aus unseren Kaufhäusern zu nehmen?«

Mein Magen verkrampft sich. »Nein, natürlich nicht«, sage ich rasch. »Ich meinte nur, es ist wirklich toll, wie viel Erfahrung Sie haben und dass Sie alles in den Griff bekommen, wenn es darauf ankommt. Das macht es mir so viel leichter, Ihnen meine Designs anzuvertrauen.«

Erst als ich es bereits ausgesprochen habe, wird mir klar, dass sich das so anhört, als müsste Celeste mir etwas beweisen, und nicht, als wollte in Wirklichkeit *ich* ihr etwas verkaufen.

Sie winkt ab. »Es war schon in Ordnung. Sie hatten nur neun Stücke in ihrer Kollektion – ich habe noch nie gesehen, dass jemand eine Marke mit so wenigen Teilen lancieren möchte. Selbst wenn Christine es geschafft hätte, den Launch abzusagen – ich glaube nicht, dass jemand diese Linie je besonders ernst genommen hat. Sie war einfach so klein.«

Ich versuche, den Kloß in meinem Hals hinunterzuschlucken. Ich habe noch weniger als neun Teile. Ich habe nur sechs. Ob das wohl ein Problem sein wird? Plötzlich wird mir klar, dass ich keine Ahnung habe, was für eine Accessoirekollektion normal ist. Sechs hat sich wie eine gute Zahl angefühlt, vor allem für große Statementteile wie meine Taschen, aber vielleicht hätte ich mich besser informieren sollen.

Celeste verschränkt ihre Finger ineinander. »Also, was hat Sie inspiriert? Warum wollten Sie in den Modebereich?«

»Ich mag Mode schon, seit ich ganz klein war«, sage ich. Endlich kann ich meine Geschichte erzählen. Meine Nerven beruhigen sich etwas, als ich Celeste erkläre, wie ich im Modebereich gelandet bin. Das ist der Teil meiner Präsentation, den ich nicht üben musste. Und ich brauche dafür auch keine Karteikarten. »Ich habe zwar eine Karriere in der Musik verfolgt, aber ich bin nicht nur Sängerin und Tänzerin. Ich bin Performerin, und ein Teil einer Performance ist das, was man trägt. Es liegt so viel Kraft darin, welche Kleidung und welche Accessoires man sich aussucht.«

Celeste nickt. »Zeigen Sie mir bitte Ihre Markenübersicht und Ihre Proben.«

Ich hole meine Prototypen und erkläre ihr die Herstellung und die Farbauswahl. Jede ist kräftig und einzigartig, aber sie ergänzen sich gut. Ich habe schon so oft über diese Taschen gesprochen, dass es mir leichtfällt, alles zu erklären.

»Und weil man den Riemen abnehmen kann«, sage ich, als ich die Tasche vorstelle, die von meinen Traineejahren inspiriert ist, »kann man die Tasche überall verstauen.«

Celeste hält inne und streicht mit der Hand über das Leder. »Das ist wirklich sehr schön«, sagt Celeste. »Kann ich die anderen Taschen auch noch sehen?«

»Es sind nur sechs«, sage ich zögernd.

Zwischen Celestes Augenbrauen bildet sich eine Falte. »Aha, so ist das.«

Ich hätte definitiv mehr recherchieren sollen.

»Der Plan ist, für die nächste Saison Hunderte Handtaschen zu designen«, sage ich plötzlich, obwohl ich gleichzeitig denke: *Hunderte?! Was habe ich mir nur dabei gedacht?* Hoffentlich versteht Celeste, dass das eine künstlerische Übertreibung war – außer, wenn es wirklich die Norm ist, für die erste Kollektion Hunderte von Handtaschen zu produzieren? Mir schwirrt der Kopf. Es hat so viel Spaß gemacht, die Taschen zu designen, dass mir nicht klar war, wie wenig ich mich mit der geschäftlichen Seite auskenne.

»Aber sprechen wir doch erst mal über diese Saison.« Celeste ignoriert meine potenziell lächerliche, potenziell völlig normale Bemerkung über die Hunderte von Handtaschen. »Wie liefern Sie?« Celeste wirft einen Blick auf die Übersicht.

»Ich möchte etwas liefern, das sich für den täglichen Gebrauch eignet, aber trotzdem ein echtes Statement ist«, sage ich selbstbewusst.

Aber Celeste sieht verwirrt aus.

»Ich meinte die Lieferzeit«, sagt sie. »Wie schnell können Sie die Handtaschen liefern, falls wir uns dazu entscheiden, sie zu führen?«

»Ich kann sie so schnell liefern, wie Sie sie brauchen«, antworte ich. Es ist mir peinlich, dass ich Celeste missverstanden und dadurch offenbart habe, wie wenig ich weiß.

»Das müssen Sie nicht mit Ihrem Produktionsteam absprechen?« Celeste zieht die Augenbrauen hoch.

Mist. Das muss ich natürlich. Was mache ich hier nur? Lieferzeiten versprechen, ohne überhaupt die logistischen Gegebenheiten zu kennen? »Äh, ja«, sage ich verlegen. »Mit dem genauen Zeitplan müsste ich mich später wieder an Sie wenden.«

Celeste lächelt. Aber ist es ein echtes Lächeln, oder möchte sie nur freundlich sein? »Warum lassen Sie diese Prototypen nicht bei mir, und mein Team kann sie sich noch einmal ansehen. Wir können in ein paar Wochen wieder miteinander sprechen – vielleicht haben Sie dann eine genauere Vorstellung Ihrer Logistik und der Pläne für die nächste Saison?«

Ich nicke und zwinge mich zu einem Lächeln. Celeste bringt mich zurück zur Rezeption. Ich bin dankbar, dass sie überhaupt angeboten hat, sich die Taschen genauer anzusehen. Das Einzige, was dieses Meeting ihr gezeigt hat, ist, dass ich eine komplette Anfängerin bin.

Auf dem Rückflug schmiede ich einen Plan. Ich habe das Meeting mit Lane Crawford vielleicht versaut, aber ich muss das einfach abhaken. Für die Zukunft muss ich einfach sicherstellen, dass ich immer zu 100 % vorbereitet bin und zu hundert Prozent professionell auftrete. Und ob ich jetzt Alex' feste Freundin bin und was das alles bedeutet … Na ja, darüber kann ich auch nicht zu viel nachdenken. Es geht einfach nicht. Es steht zu viel auf dem Spiel, als dass ich zulassen könnte, dass mich das ablenkt.

Wieder zurück in Seoul stürze ich mich in meine Aufgaben. Unsere Performance bei dem Multigroup-Konzert ist jetzt schon in einem Monat, und Girls Forever probt wieder regelmäßig und viel. Sunhee wird bei dem Konzert nicht dabei sein, weil es mit einer Preisverleihung für die Radiosendung kollidiert, an der sie teilnehmen muss, also proben wir sämtliche Choreos auf acht statt neun Tänzerinnen um. Haarschwung. Schulterzucken, Hüfte, andere Seite. Während der Drehs für die Realityshow mit Leah versuche ich, mich einfach zu entspannen und die Zeit zu genießen. Ich weiß, dass das Team ohnehin vor allem daran interessiert ist, unsere Beziehung einzufangen, wie sie wirklich ist. Trotz alledem habe ich am Set eine Endlosschleife an Anweisungen im Kopf: Ignorier die Kamera, aber pass auf, dass du immer im Bild bist. Bestell nie wieder Risotto zum Mittagessen, das letzte Mal hattest du danach Kräuter zwischen den Zähnen, und die Leute hatten im Internet so richtig Spaß daran. Nicht müde aussehen. Nicht gestresst aussehen. Nicht, nicht, nicht bei laufender Kamera Alex erwähnen.

Ich habe mir unzählige Wecker auf meinem Handy gestellt, um sicherzugehen, dass ich zu jedem Termin fünf Minuten zu früh dran bin. Ich verpasse keine einzige Probe. Ich verspäte mich zu keinem einzigen Anruf mit Lotte, der koreanischen Kette, die meine Handtaschen ins Sortiment nehmen wird. Ich trinke vor jedem Zwölf-Stunden-Dreh mit Leah drei Espressi hintereinander. Ich darf in keinem Bereich nachlassen. Ich muss rund um die Uhr mein Bestes geben. Ich muss DB zeigen, dass ich all meine Verpflichtungen wahrnehme, dass ich das alles schaffen kann. Und, vielleicht noch mehr als alles andere, muss ich es mir selbst beweisen.

»Unni, geht es dir gut?«, fragt Leah, als wir uns im Studio treffen, um Aufnahmen für unser Album zu machen. »Du siehst wirklich müde aus.«

»Mir geht es gut. Alles gut.«

Sie runzelt die Stirn, als würde sie mir nicht wirklich glauben, aber sie fragt nicht weiter. Stattdessen hält sie einen Halter mit zwei Iced Lattes hoch und reicht mir einen der Becher. »Hier. Hab ich dir geholt.«

Ich würde am liebsten anfangen zu weinen. »Danke, Leah!« Ich reiße das Papier vom Strohhalm und trinke in einem Zug den halben Becher aus. Der Brain-Freeze ist echt schmerzhaft, aber kalte Flüssigkeiten kann ich einfach nicht in normaler Geschwindigkeit trinken. Für einen solchen Luxus habe ich keine Zeit.

Endlich sind wir mit der Aufnahme fertig, und ich haste zurück in die Villa, um mich auf den Abend vorzubereiten. Wir sind zur Premiere von When I Loved You eingeladen, und das Hair-and-Make-up-Team, das DB für uns bestellt hat, ist schon seit zwei Stunden in der Villa. Normalerweise bekommen wir so viel Unterstützung nur bei Preisverleihungen und dergleichen, aber ich schätze, Minas Leinwanddebüt ist eine Ausnahme. Als ich nach Hause komme, ist das Wohnzimmer die reinste Glamourzentrale. Überall beleuchtete Spiegel und Frisierstühle. Die meisten Mädchen sind schon fertig – Sumin zieht gerade ein paar zarte Hängeohrringe an, und Ari schlüpft in ihre Manolos. Eunji starrt sich im Spiegel an. Sie sieht ein bisschen blass aus und zieht immer wieder ihren Lippenstift nach. Es ist schon eine Weile her, seit wir auf einem roten Teppich gestanden haben – und wir haben ihn ganz sicher noch nie mit dem Song Geonwu geteilt. Alle wollen so gut wie möglich aussehen.

Ich ziehe meinen Seidenmorgenmantel von Fleur du Mal an und versuche, ein paar Red Bean Doughnuts aus der Noe Bakery hinunterzuschlingen, während mir ein Stylist Lockenwickler ins Haar dreht.

»Wenn du zu schnell isst, bekommst du einen Blähbauch.« Mina hebt eine Augenbraue. Mit ihrem glatten Pferdeschwanz, dem dramatischen Lidschatten und dem schulterfreien Jumpsuit sieht sie umwerfend aus, aber ich spüre, dass sie hinter ihrer coolen Fassade genauso nervös ist wie wir alle. Ihr Dad wird heute Abend bei der Premiere sein, und auch wenn sie das nie zugeben würde, weiß ich, dass sie ihn mit ihrer schauspielerischen Leistung beeindrucken möchte. Man weiß immer, wann Mina nervös ist, weil sie dann alles daransetzt, genau in dem Bereich, in dem sie unsicher ist, komplett selbstbewusst zu wirken. Es ist wirklich beeindruckend. Sie hat uns die ganze Woche lang daran erinnert, dass zwar die ganze Gruppe zur Premiere eingeladen ist, aber nur sie als Cast-Mitglied die VIP-Behandlung erfahren wird. Und jetzt ist sie fertig hergerichtet und bereit für den roten Teppich. Ganz ehrlich, ich bin erleichtert. Es ist schön, zu einem Event zu fahren, bei dem ich einfach nur anwesend sein kann, ohne auf der Bühne zu stehen und sämtliche Blicke auf mir zu haben. Viel entspannter als das wird mein Leben in nächster Zeit nicht mehr, und ich freue mich darauf. »Ich lege dir eine Spanx aufs Bett«, sagt Mina und geht in ihr Zimmer. Ich weiß wirklich nicht, ob sie mir tatsächlich einfach helfen will oder ob das ein verletzender Kommentar sein soll.

Eine Visagistin bückt sich zu mir, um mit meinem Gesicht anzufangen, und tupft mir immer mehr Concealer unter die Augen. Meine Augenringe müssen ja wirklich schlimm sein. Als mein Make-up fertig ist, kommt der Stylist zurück und sagt mir, dass die Lockenwickler noch zehn Minuten drinbleiben müssen, also gehe ich in mein Zimmer, um mein Kleid anzuziehen. Ich greife gerade nach der Kleiderhülle im Schrank – und versuche dabei den immer noch leeren Platz meiner Balenciaga zu ignorieren –, als mein Handy klingelt. Ein FaceTime-Anruf. Ich lege das Kleid aufs Bett, schließe die Tür ab (sorry, Jiyoon) und nehme ab.

»Wow, toller Look! So Lisa Simpson«, sagt Alex, als er die Lockenwickler in meinem Haar sieht.

Nach meinem Meeting mit Celeste von Lane Crawford hat Alex mich zum Flughafen gefahren, damit ich meinen Rückflug nach Seoul erwische. Ich war schweigsam und verschlossen, und Alex hat gespürt, dass es am besten war, mich in Ruhe zu lassen. Ich gebe es nicht gerne zu, aber in dem Moment war ich tatsächlich sauer auf ihn. Warum hat er mir nicht gesagt, dass er nicht mit zum Meeting kommen würde? Es hat mich wirklich aus dem Konzept gebracht, dass ich das erst so kurz vor dem Meeting erfahren habe. Und warum hat er mich vor seiner ganzen Verwandtschaft seine Freundin genannt, ohne vorher mit mir darüber zu sprechen? Wenn ich ganz ehrlich bin, dann war es in Wahrheit das, was mich bei meinem Meeting auch so abgelenkt hat. Aber sobald ich mich vor dem Securitycheck mit einem flüchtigen Kuss auf die Wange und einem knappen »Tschüs« von ihm verabschiedet hatte, wusste ich, dass er meinen Ärger nicht verdient hat. Ich war sauer auf mich selbst, weil ich das Meeting versaut hatte. Dafür konnte ich niemandem außer mir selbst die Schuld geben. Bevor das Flugzeug abhob, schickte ich ihm eine ganze Reihe von Nachrichten, bedankte mich dafür, dass er das Meeting für mich organisiert hatte und entschuldigte mich dafür, dass ich so missmutig gewesen war.

Jetzt, als Alex' grinsendes Gesicht auf meinem Handybildschirm auftaucht, habe ich also das Gefühl, dass wir die angespannte Stimmung hinter uns gelassen haben. Das ganze Beziehungsthema mag ich immer noch nicht angeschnitten haben, aber wir sind einfach wieder Alex und Rachel – und vorerst ist das die einzige Definition, die ich brauche.

»Danke. Lisa Simpson ist mein größtes Vorbild in Sachen Styling. Was für eine Ikone. Wusstest du das noch nicht?«, sage ich ernst.

Er lacht, aber dann wird sein Gesichtsausdruck wieder ernst. Aber das ist nur gespielt, das weiß ich genau. Ich kann Alex wirklich gut einschätzen. »Hör zu, ich muss dir etwas ziemlich Schlimmes sagen.«

»Ja, was ist denn?« Ich lächle.

»Ich weiß, dass das quasi eine Todsünde ist. Schließlich bin ich Koreaner. Aber ich habe noch nie Soondubu gegessen.«

Ich schnappe übertrieben nach Luft und tue schockiert.
»Ich weiß, ich weiß ...«, sagt er. »Kennst du ein gutes Restaurant? Ich dachte, wir könnten nächste Woche zusammen hingehen, wenn ich in Seoul bin.«
Dieses Mal schnappe ich wirklich nach Luft.
»Wenn du was?«
»Eine kurzfristige Geschäftsreise.« Alex grinst über das ganze Gesicht.

Ich weiß genau, wo ich mit ihm hinmöchte – es gibt eine Million Dinge, die ich ihm zeigen will, Menschen, die ich ihm vorstellen möchte. Leah hat meinen Eltern von Alex erzählt, sobald wir aus Singapur zurückgekommen sind. Seitdem lässt mir Umma keine Ruhe mehr, weil sie unbedingt ein Foto von ihm sehen möchte oder seine Grundschulzeugnisse oder wissen möchte, was sein Lieblingsessen ist ... Wenn sie wüsste, dass Alex nach Seoul kommt, dann würde sie bei seiner Landung ganz sicher mit einem Schild, auf dem sein Name steht, in der Ankunftshalle am Incheon Airport auf ihn warten. Und, ganz ehrlich, ich würde mich freuen, wenn er meine Familie kennenlernen könnte, und ich würde ihm gerne zeigen, wie mein Leben vor dem K-Pop war. Ich möchte ihm meine alte Schule zeigen, wo ich die Zwillinge kennengelernt habe. Ich möchte mit ihm zum Dongdaemun Night Market, die Mukja Golmok entlangschlendern und nach den besten Dumplings Ausschau halten. Und Livemusik auf Owls Rooftop mit ihm hören.

Aber wie viel davon ist tatsächlich möglich? Hier werden wir überall beobachtet. Es hat sich wie ein großer Schritt angefühlt, Zeit mit Alex bei ihm zu Hause in Hongkong zu verbringen. Mit ihm hier in Korea zu sein, wäre einfach unglaublich.

»Wenn du dir Sorgen um die Paparazzi machst«, sagt Alex, dem mein Gesichtsausdruck nicht entgangen ist,

»ich kenne jemanden in Seoul. Sie kann mit uns mitkommen, wenn wir draußen unterwegs sind. Dann wären zwei Frauen und ein Mann auf den Fotos, falls jemand welche macht, und es wäre viel weniger verdächtig.«

Ich schüttle den Kopf. »Ich möchte Zeit mit dir alleine verbringen.«

»Wir überlegen uns was«, sagt er ermutigend.

»Hast du schon was von Lane Crawford gehört?« Celeste hatte gesagt, dass wir in ein paar Wochen wieder miteinander sprechen würden, aber seitdem herrscht Funkstille.

Alex' Gesicht wird wieder ernst. Dieses Mal ist es echt. »Noch nicht«, sagt er sanft. »Aber das muss nicht heißen, dass sie sich dagegen entschieden haben. Vielleicht sind sie einfach noch nicht dazu gekommen, sich die Designs noch mal anzuschauen.«

Mein Herz wird schwer. Oder vielleicht haben sie sich die Designs auch angeschaut und dann beschlossen, dass ich nicht einmal eine Antwort wert bin. So, wie ich mich bei dem Meeting angestellt habe, würde mich das nicht besonders überraschen. Aber traurig wäre ich trotzdem. Ich hätte nicht zulassen sollen, dass ich mir solche Hoffnungen mache. Internationale Präsenz für meine allererste Linie? Was habe ich mir nur dabei gedacht?

Der Türgriff wackelt. »Rachel!«, ruft Jiyoon. »Warum ist hier abgeschlossen?«

»Ups, war keine Absicht!«, rufe ich. »Ich muss los«, flüstere ich Alex zu und lege auf.

Als wir bei der Premiere ankommen, posieren wir für ein Gruppenfoto. Ich streiche mein Kleid glatt – ein eng anliegendes, cremefarbenes trägerloses Maxikleid mit gerüschtem Bund und Beinschlitz an der Seite – und schiebe mir meine Locken über die Schulter, bevor ich in die Kamera lächle. Nach sechs Jahren habe ich gelernt, wie ich der Welt ein strahlendes Lächeln schenken kann, selbst wenn ich mich innerlich lieber zum Weinen in einer Ecke zusammenrollen würde. Nach dem Gruppenfoto läuft Mina zu Park Yuhwa, die im Film ihre Mutter spielt, obwohl im echten Leben nur zehn Jahre zwischen ihnen liegen. Während Mina mit Yuhwa posiert, gehen wir anderen in den Veranstaltungssaal. Ich spüre die kühle Luft der Klimaanlage, als mir Sumin die Tür aufhält und möchte nichts lieber, als der warmen Mailuft zu entkommen, als ich höre, wie jemand meinen Namen ruft.

»Rachel! Hi!«

Ich drehe mich um und sehe, wie mir Maxwell Li-Harris zuwinkt. Er hält eine Kamera in der Hand. Der Fotograf der *Vogue*, den ich in Paris kennengelernt habe! Ich winke zurück, als er auf mich zukommt.

»Schön, dich wiederzusehen!«, sage ich. »Was machst du denn in Seoul?«

Er zeigt auf seine Kamera. »Arbeiten, natürlich.« Er lacht. »Für dieses Feature über koreanisches Entertainment, das sich langsam, aber sicher einen Weg in den Westen bahnt. Ich habe Anna gebeten, dass ich herkommen und hier in Seoul fotografieren darf. Es ist schon viel zu lange her, dass ich ein gutes, dreieckiges Kimbap aus dem 7-Eleven gegessen habe.«

Ich lache. »Es gibt doch sicher bessere Kimbaps?«

Er zuckt mit den Schultern. »Ist einfach was anderes, wenn man es im 7-Eleven kauft.« Er tritt einen Schritt zurück, um mein Outfit zu bewundern. »Du siehst übrigens toll aus. Diese Farbe steht dir wirklich gut! Und die Haarspangen!«

Ich berühre die großen goldfarbenen Balkenspangen, die ich mir ins Haar gesteckt habe, nachdem der Stylist die Lockenwickler rausgenommen hatte und ich mir ein bisschen zu sehr wie ein Pudel vorgekommen war. Sie reduzieren das Volumen ein wenig.

»Oh, danke schön.«

»Diese Kombi aus Creme und Gold ... Du passt perfekt zu den männlichen Hauptrollen!«, sagt er aufgeregt. »Ich muss euch zusammen fotografieren.«

»Oh«, sage ich überrascht, als er mit mir zu Jason und Song Geonwu geht, die für die Kameras posieren. Ich möchte eigentlich gar nicht noch mehr Fotos machen, aber die Pflicht ruft.

»Rachel!«, sagt Jason, als er mich entdeckt. Er trägt einen cremefarbenen Anzug mit einem mattgoldenen Hemd. Wir sind wirklich zufällig perfekt aufeinander abgestimmt. »Wie schön, dass du es geschafft hast! Hast du Sena schon gesehen?« Er schaut in Richtung roter Teppich, wo Sena gerade ein Interview mit dem *Star* abschließt. Ihr knallrotes Haar leuchtet im Kontrast zu ihrem perlmuttschimmernden Kleid. Sie zwinkert uns zu, und ich winke flüchtig zurück.

»Rachel Kim von Girls Forever?« Song Geonwu lächelt und verbeugt sich zur Begrüßung. Wow. Er sieht genauso aus wie auf der Leinwand. Groß und muskulös, mit einem schiefen Grinsen und einem auffälligen Schönheitsfleck unter dem rechten Auge. Er riecht nach Zitrusfrüchten. Er trägt einen schnittigen schwarzen Anzug mit einem cremefarbenen Hemd darunter. »Schön, Sie endlich kennenzulernen«, sagt er, hält dabei aber seine Zähne zusammen und lächelt ein strahlendes Lächeln. Ich bemerke, dass Maxwell schon angefangen hat, uns zu fotografieren, und lächle ebenfalls. Als Maxwell eine Pause macht und sich die Bilder auf dem Bildschirm seiner Kamera anschaut, fährt Geonwu ungezwungener fort. »Ich habe die tollsten Sachen über Sie gehört.«

Hat er? Von wem? Mina hat mich ganz sicher nicht vor ihm gelobt. Ob es wohl Jason war?

»Ihr seht alle perfekt aus!«, ruft Maxwell. »Könnt ihr euch für die nächsten Shots ein bisschen enger zusammenstellen?«

Jason und Geonwu machen beide einen Schritt auf mich zu, und Geonwu legt den Arm um meine Taille, während Jason einen Arm um meine Schultern legt. Aus dem Augenwinkel sehe ich, wie der Rest der Gruppe auf mich wartet, damit wir zusammen auf die Party gehen können. Sie warten nicht nur, sie beobachten mich ganz genau. Minas Augenbrauen ziehen sich immer mehr zusammen, je länger ich zwischen den Stars ihres Filmes stehe.

Sobald Maxwell fertig ist, verabschiede ich mich von Jason und Geonwu und gehe rasch zu den anderen. »Danke fürs Warten«, sage ich.

Die Stimmung hat sich spürbar verändert. Mina, die auf dem Weg hierher nicht aufhören konnte, bis über beide Ohren strahlend über den Film zu reden, ist jetzt stinksauer. Selbst Lizzie und Eunji werfen mir missbilligende Blicke zu.

»Also wirklich, Rachel, musst du mir gerade heute die Show stehlen?«, murmelt Mina, als wir den Kinosaal betreten. Ihr Blick schwenkt zur Seite, wo Mr. Choo in der Schlange für die Herrentoilette steht. Er hat die Arme vor der Brust verschränkt und sieht ganz und gar nicht glücklich aus. Oh nein. Hat er das spontane Fotoshooting auch mitbekommen? Ich weiß, wie viel dieser Abend Mina bedeutet. Und wie wichtig es ist, dass sie morgen in den Schlagzeilen zu sehen ist – nicht nur wegen ihr selbst, sondern auch damit ihr Vater ihren Traum, Schauspielerin zu werden, endlich ernst nimmt.

»Nein, Mina, es tut mir leid«, sage ich ernsthaft. »Heute geht es definitiv um dich. Das war Maxwell, ein Fotograf, den ich in Paris getroffen habe, und …«

»Schon wieder Paris?« Lizzie verdreht die Augen. »Wir haben's kapiert, Rachel. Du warst in Paris. Du hast coole Leute kennengelernt. Du musst das nicht bei jeder Gelegenheit erwähnen.«

»Wirklich«, sagt Eunji und sieht jetzt noch wütender aus als Mina und Lizzie zusammen. Sie sieht tatsächlich nicht nur wütend aus, sondern auch traurig. »Was gibt dir das Recht, dir einfach alles zu nehmen, was du willst?«, zischt sie. Dann ziehen sich ihre Brauen kurz zusammen, als wäre das nicht ganz das, was sie sagen wollte. Mina wirft ihr einen seltsamen Blick zu, dann murmelt Eunji: »Ich meine Minas Rampenlicht. Das kannst du dir doch nicht einfach nehmen.«

Bevor ich antworten kann, um zu versuchen, es wiedergutzumachen, sind meine acht Gruppenmitglieder schon ohne mich in den Saal verschwunden.

Kapitel Sechzehn

Während der gesamten Premiere beobachte ich teils die Mina, die auf der Leinwand nach einem Autounfall um den toten Song Geonwu weint, und teils die echte Mina, die drei Sessel von mir entfernt sitzt. Aus dem Augenwinkel sehe ich, wie ihre Wut langsam verraucht. Sich selbst auf der großen Leinwand zu sehen, scheint sie zu beruhigen. Ich muss wirklich zugeben, dass Mina ziemlich gut ist. Ich freue mich sehr, dass sie es geschafft hat, diese Chance zu ergreifen, obwohl sie wusste, dass das ihrem Vater ganz und gar nicht gefallen würde.

Weiter von mir entfernt in der Sitzreihe höre ich ein leises Schluchzen. Eunji laufen die Tränen das Gesicht hinunter. Und klar, die Szene, in der Geonwu seinem Vater sagt, dass er ihn nie vergessen wird, ist bewegend, aber doch nicht *so* bewegend. Diese Tränen und ihr Ausbruch von eben – das bedeutet definitiv, dass hier etwas ganz und gar nicht stimmt. Sie hat sich in letzter Zeit ohnehin seltsam verhalten. Sie läuft Mina nach, seit wir alle Trainees waren, aber sie hat noch nie so scharf mit mir gesprochen wie Lizzie. Sie hat mir sogar immer etwas leidgetan. Sie ist ein bisschen wie Sunhee – sie ist sich ihres eigenen Wertes nicht bewusst. Sie ist tatsächlich eine der auffallendsten Schönheiten der Gruppe, und trotzdem scheint sie zu glauben, dass sie sich an Lizzie und Mina hängen muss, um Macht über uns andere zu haben.

An der Situation mit Lane Crawford kann ich vielleicht nichts ändern, und auch meine Gefühle für Alex werde ich heute nicht endgültig sortieren können, aber ich kann versuchen, eine Verbindung zu Eunji aufzubauen.

Ich bin so in Gedanken versunken, dass ich gar nicht mitbekomme, dass der Film vorbei ist, bis ich zusammenzucke, weil um mich herum alle aufspringen, jubeln und klatschen. In unserer Reihe wird es besonders laut, als Minas Name in den Credits auftaucht.

Bei der After-Show-Party gehe ich zu Eunji.

»Können wir reden?« Ich berühre sie sanft an der Schulter.

Erst denke ich, dass sie meine Hand abschütteln wird, aber nachdem sie kurz gezögert hat, seufzt sie resigniert und nickt. Ich gehe mit ihr zu der weichen dunkelblauen Ledersitzbank in einer ruhigen Ecke.

»Ist ... ist irgendetwas mit dir, Eunji?«

Sie spielt mit dem Notenanhänger ihrer Kette und weicht meinem Blick aus. Ihre eleganten Schlüsselbeine scheinen mir noch stärker hervorzutreten als sonst. Hat sie abgenommen?

»Also«, ich lehne mich zurück. »Ich weiß, dass wir nicht immer die besten Freundinnen waren, aber ich frage, weil ich dich in letzter Zeit kaum wiedererkenne, und ich ... na ja, ich mache mir Sorgen um dich.«

Sie wirft mir einen kurzen Blick zu, dann schaut sie wieder weg und blinzelt unter Tränen.

»Eunji?«, frage ich sanft.

Sie presst die Lippen zusammen, und ihr laufen die Tränen die Wangen hinunter, obwohl sie sich offensichtlich alle Mühe gibt, sie aufzuhalten. Sie schaut sich um, um sicherzugehen, dass uns niemand zuhört, und senkt die Stimme. Ich rücke näher an sie heran, damit ich sie hören kann.

»Es ist Song Geonwu«, sagt sie. »Wir sind ... zusammen.«

Oh. Das habe ich nicht kommen sehen. Ich erinnere mich daran, wie Eunji immer richtig angespannt gewirkt hat, wenn Mina von ihrer Rolle bei *When I Loved You* erzählt hat. Sie war nicht eifersüchtig auf die Rolle. Sie war eifersüchtig auf die Zeit, die Mina mit ihrem Freund verbringen konnte. Ich weiß nicht, wie ich sie am besten trösten soll. Ich weiß auch nicht, wie viel ich von meinem eigenen Liebesleben preisgeben sollte.

»Oh, wow, Eunji.« Ich streichle ihr den Rücken. »Das muss wirklich schwer sein. Wie lange seid ihr denn schon zusammen?« Ich denke darüber nach, wo sie sich begegnet sein könnten. »Und wie schafft ihr es, einander zu sehen?«, füge ich hinzu. Sie und Geonwu haben vielleicht den Vorteil, dass sie in derselben Stadt leben, aber er ist viel bekannter als Alex. Wenn ich mir nicht mal vorstellen kann, Alex auf sichere Art und Weise zu treffen, wenn er in Seoul ist, habe ich wirklich keine Ahnung, wie Eunji es geschafft hat, unentdeckt zu bleiben.

»Ach, wen interessiert das schon.« Eunji tupft sich mit dem Handballen die Augenwinkel ab. »Das ist jetzt sowieso sinnlos. Ich mache Schluss.«

»Warum?«, frage ich.

»Ach komm schon.« Eunjis Stimme ist belegt. »Hast du gesehen, wie er dich angeschaut hat? Und wie er dir die Hand auf den Rücken gelegt hat? Er steht auf dich, das ist offensichtlich.« Sie presst die Handballen auf ihre Augen und lässt die Schultern hängen. »Ich hätte wissen müssen, dass er ein Player ist.«

Oh Eunji. Ich nehme sie in die Arme und drücke sie fest. »Hey. Hey. Das stimmt nicht. Er steht nicht auf mich. Es war einfach nur ein Foto, weil wir zufällig passende Outfits anhatten. Und außerdem …«

Ich lasse meine Hände auf Eunjis Schultern liegen, als ich mich wieder aufsetze. Sie war ehrlich zu mir. Das mindeste, was ich tun kann, ist es, auch ehrlich zu ihr zu sein, vor allem, wenn es dabei hilft, dieses Missverständnis aufzuklären und ihr Vertrauen in ihre Beziehung wiederherzustellen. Ich kann es gar nicht mit ansehen, wie traurig sie ist.

»Es gibt da jemanden, mit dem ich in letzter Zeit ausgehe«, gebe ich zu. »Er heißt Alex. Also habe ich gar kein Interesse an jemand anderem.«

Eunji reißt die Augen auf. »Was? Wirklich?«

»Ja.« Ich trinke einen Schluck Champagner und warte. Worauf ich warte, weiß ich nicht ganz genau. Halb erwarte ich, dass Mr. Noh hinter der Bar hervorspringt und »Hab ich dich!« schreit. Dass ich jemand anderem als Leah von meinem Liebesleben erzählt habe, müsste doch dafür sorgen, dass mich augenblicklich der Blitz trifft.

Aber Eunji grinst über das ganze Gesicht und sagt: »*Rachel!* Ich hatte ja *keine* Ahnung!«, sonst passiert nichts.

Ich lächle zurück. »Na ja, du weißt ja, wie das ist …«

Und in diesem Moment wird mir klar, dass Eunji tatsächlich weiß, wie das ist. Ich habe mir die ganze Zeit so viel Mühe gegeben, das mit Alex geheim zu halten, habe mir Sorgen gemacht, dass es diese zerbrechliche Beziehung zwischen uns kaputt machen könnte, wenn ich anderen davon erzähle. Daran, dass es mir etwas von der Last von meinen Schultern nehmen könnte, wenn ich es einem der anderen Mädchen erzähle, hätte ich nicht gedacht.

»Oh mein Gott.« Eunji sieht jetzt lebendiger aus, als ich sie seit langem gesehen habe. »Wir sollten ein Doppeldate planen!«

Ich ersticke fast an meinem Champagner, und die Kohlensäure schießt mir in die Nase. Wie zum Teufel sollen wir denn das hinbekommen? Aber Eunji sieht so glücklich aus, und ich fühle mich mehr mit ihr verbunden, als in all den Jahren, die ich sie schon kenne, also möchte ich diesen Moment nicht verderben.

»Okay, ja. Das wäre toll. Ich hatte noch nie ein Doppeldate.«

Wir trinken aus und gehen zurück auf die Party, aber bevor wir bei den anderen ankommen, legt Eunji mir die Hand auf den Arm und bleibt stehen. Sie holt tief Luft. »Rachel, es tut mir wirklich leid wegen eben. Ich habe mir einfach viel zu viele Gedanken gemacht, weißt du? Beziehungen sind manchmal echt schwer, vor allem, wenn man berühmt ist.«

Ich nicke. »Das verstehe ich.« Und zwar so was von.

Eunji öffnet zögerlich ihre Arme. Ich lächle und gehe einen Schritt auf sie zu, dann umarmen wir uns.

Jetzt muss mir nur noch ein guter Plan für ein streng geheimes Doppeldate einfallen, mit dem größten Film- und Fernsehstar Koreas und zwei Neuntel der größten K-Pop-Girlgroup der Welt.

Gar kein Problem.

DOPPELDATE-ZEITPLAN

6:00 – Rachel kommt ins Restaurant, geht in Privatraum C.

6:03 – Alex kommt ins Restaurant, tut so, als würde er Anruf annehmen. Bleibt nah am Empfangstisch, bis Eunji ankommt.

6:05 – Eunji kommt ins Restaurant, geht sofort zur Damentoilette. Rachel schreibt Eunji, wenn die Luft rein ist.

6:08 – Geonwu kommt ins Restaurant, geht in Privatraum F.

6:10 – Alex trifft Rachel in Privatraum C.

6:13 – Geonwu geht von Privatraum F in Privatraum C.

6:15 – Rachel schreibt Eunji, dass sie in Privatraum C kommen soll.

An alle: Reservierung unter dem Namen Kim Yumi. Privatraum für vier ist ganz hinten im Restaurant gebucht. Wenn es Zeit ist, geht auf direktem Weg dorthin, keine Zwischenstopps!

Eunji und ich planen unser Doppeldate auf die Sekunde genau. So furchteinflößend es auch ist, dass wir alle vier uns in einem Zimmer aufhalten werden, muss ich doch zugeben, dass es wirklich Spaß macht, mit Eunji geheime Pläne zu schmieden. Es fühlt sich an, als würden wir eine Operation in *Ocean's*-Größenordnung planen. Wir verbringen Stunden damit, uns verschiedene Restaurants in unauffälligen Stadtvierteln mit Privaträumen anzuschauen, bevor wir uns für das Marigold House entscheiden. Das Restaurant ist schön, aber abseits vom allgemeinen Trubel, gut versteckt in Gangbuk. Es ist trotzdem ein Risiko, daran besteht kein Zweifel, aber ich habe ein gutes Gefühl beim Marigold House. Das Personal dort hat schließlich schon viel größere Geheimnisse bewahrt. Es gibt Gerüchte, dass der Premierminister dort geheime Meetings abgehalten hat, wenn er einen wichtigen Gesetzesentwurf verhandeln musste, ohne dass etwas geleakt wird. Außerdem kennt Eunji die Besitzerin aus der Grundschule und schwört, dass sie cool bleiben wird. Ich bin immer noch ziemlich nervös wegen dem Ganzen, aber Eunji und ich haben unser Bestes gegeben, damit unser Doppeldate so geheim wie nur möglich bleibt. Und mich tröstet die Tatsache, dass Alex und ich es geschafft haben, in Hongkong den rasenden Paparazzi zu entkommen. Da wird es uns doch wohl möglich sein, hier in Seoul ein ruhiges Abendessen zu genießen.

Unsere Zeitpläne zu koordinieren, damit wir nicht gleichzeitig ankommen oder gar miteinander gesehen werden, ist eine echte Tortur. Alex macht sich wirklich gut dabei, und er sagt mir immer wieder, dass ihm die ganze Heimlichtuerei nichts ausmacht. Er freut sich wirklich darauf, Eunji kennenzulernen. Ich weiß, dass das vor allem daran liegt, dass ich meine Beziehung zu Alex geheim gehalten habe, aber es ist trotzdem komisch, darüber nachzudenken, dass noch niemand von Girls Forever Alex kennengelernt hat und umgekehrt – dass zwei so wichtige Teile meines Lebens einfach keine Schnittmenge haben.

Endlich ist der Abend gekommen. Ich habe viel zu lange für mein Outfit gebraucht und mich letztendlich für ein einfaches weißes T-Shirt, eine schwarze Lederleggins und eine kurze Moto-Jacke entschieden – weil es leider wichtiger ist, unauffällig auszusehen als glamourös.

Teil eins von *Mission Doppeldate* läuft wie geschmiert. Wir kommen zu unterschiedlichen Zeiten an, genau wie geplant, und zwanzig Minuten nachdem ich aus meinem unauffälligen schwarzen Auto gestiegen bin (okay, also nicht ganz wie geplant), sitze ich mit Alex, Eunji und Geonwu am Tisch und wundere mich darüber, dass wir es wirklich geschafft haben.

Ich fühle mich, als wäre ich in eine Art Paralleluniversum eingetreten, während wir lachen und reden und schwarzen Kabeljau, gegrilltes Hähnchen mit hausgemachter Chilisoße, Waldpilze auf klebrigem Malzreis und Thunfischsteaks mit dünnen Birnenscheiben essen.

»Wow, das hier ist so gut.« Alex nimmt sich eine Gabel voll Thunfisch. »Ich würde allein hierfür wieder nach Korea kommen.«

»Du hast gesagt, du wohnst in Hongkong, oder?«, sagt Geonwu. »Ich war mal für ein Fan-Meeting dort. Wirklich toll.«

»Sag mir Bescheid, wenn du das nächste Mal dort bist«, sagt Alex. Sie kennen sich seit fünf Minuten und verhalten sich jetzt schon wie die besten Freunde – obwohl einer von beiden der größte Herzensbrecher von Korea ist. Aber vielleicht ist Alex einfach so. Er fühlt sich so wohl in seiner Haut, dass er damit allen um sich herum die Möglichkeit gibt, sich ebenso wohlzufühlen.

Gerade, als ich das denke, greift er nach meiner Hand und streicht mit den Fingern sanft über meinen Handrücken. Er schaut mich mit diesen tiefgründigen braunen Augen an.

»Wow«, sagt Eunji. Sie schaut uns an, als wären wir alles, was sie sich je gewünscht hat. »Wie lange seid ihr schon zusammen?«

Ich halte inne, eine Gabel mit gegrilltem Hähnchen kurz vor meinem Mund. Zusammen. Zählt das erste Treffen in Singapur? Paris, wo wir uns zum ersten Mal geküsst haben? Hongkong vor ein paar Wochen, wo er mich zum ersten Mal seine Freundin genannt hat?

Aber während mein Gehirn diese ganzen Möglichkeiten durchgeht, fällt Alex die Antwort leichter. »Drei Monate.«

Eunji reißt die Augen auf. »Drei Monate. Für K-Pop-Verhältnisse ist das so gut wie für immer.«

»Wirklich?«, fragt Alex. »Na ja, ich weiß ja nicht, wie du das siehst, Rach, aber wenn es nach mir geht, bleiben wir noch sehr viel länger zusammen. Wir fangen gerade erst an.« Er schaut mir in die Augen. Und es ist, als könnte ich wirklich mein Für-immer darin sehen. Es ist schön und wirklich überwältigend. Ich unterbreche den Blickkontakt und stopfe mir das Hähnchenfleisch von meiner Gabel in den Mund. Meine Wangen röten sich, und mir steigen Tränen in die Augen, aber das liegt nur daran, dass die Chilisoße so scharf ist. Alex spricht so selbstverständlich von unserer Beziehung, aber für mich ist es so, als wäre da ein fünfhundert Kilo schwerer Gorilla, der in einer Ecke des Raumes herumlungert und FREUNDIN auf seine Stirn tätowiert hat. Die Hälfte von mir will den Gorilla einfach ignorieren und die Zeit mit Alex genießen, aber die andere Hälfte weiß, dass das nicht geht.

Ich schlucke das Fleisch hinunter und wende mich wieder an Eunji und Geonwu. »Also, wie habt ihr euch kennengelernt?«

Eunji lächelt verschmitzt. »Er hat anscheinend monatelang versucht, meine Nummer herauszubekommen. Er hat einen Freund, der uns beide kennt, immer wieder gebeten, ein Date zu planen.«

»Nicht monatelang«, sagt Geonwu entrüstet. »Ein paar Wochen. Und dann noch ein paar Wochen.«

»Ich bin mir ziemlich sicher, dass ein paar Wochen und noch ein paar Wochen Monate ergibt«, neckt ihn Eunji.

Wir lachen alle, als Geonwu rot wird und mit den Schultern zuckt.

Den ganzen Abend lang greift Geonwu immer wieder nach Eunjis Hand und verschränkt seine Finger mit ihren. Es sieht so natürlich aus, als würde er das schon sein ganzes Leben lang machen, und ich sehe, wie glücklich es Eunji macht. Sie sieht so lebendig aus, und die beiden wirken richtig verliebt. Allerdings ist Geonwu ja auch Profi darin, richtig verliebt auszusehen, schließlich verdient er damit seinen Lebensunterhalt. Ich schüttle den Kopf. Nicht jetzt, Rachel. Mach die schöne Stimmung nicht kaputt.

»Erzähl ihnen von deinem neuen Auftrag, Babe«, sagt Geonwu aufgeregt.

Eunji lächelt schüchtern. »Ich habe gerade herausgefunden, dass ich ein Shooting für die neue Duftlinie von SK Amore mache. Das wird so toll.«

»Das ist ja super!«, antworte ich. »Du machst das sicher toll.«

Als es Zeit wird, zu gehen, machen wir es genauso wie bei der Ankunft: alle einzeln, um jeweils ein paar Minuten gestaffelt. Das Restaurant zu verlassen, ohne Aufmerksamkeit auf uns zu ziehen, ist Teil zwei unserer Mission, und ich hoffe so sehr, dass es so glattläuft wie Teil eins. Geonwu geht als Erstes. Dann, vierzehn Minuten später, Eunji. Alex und ich sitzen nebeneinander, behalten die Uhrzeit auf unseren Handys im Auge und warten weitere fünfzehn Minuten.

»Also, bist du sicher, dass du keinen Abendspaziergang am Han machen kannst?« Alex zieht fragend die Augenbraue hoch, aber ich weiß, dass er nur Spaß macht. Wir haben uns schon darauf geeinigt, dass wir keine unnötigen Risiken eingehen können, während er hier ist. Allerdings wird er mich zurück zur Villa fahren, also haben wir noch mindestens zwanzig Minuten zusammen.

»Wirklich verlockend.« Ich seufze. »Aber wir haben heute Abend wahrscheinlich schon mehr als genug riskiert. Wenn das so weitergeht, werde ich noch komplett paranoid. Und glaub mir, es macht nicht besonders viel Spaß, mit einer paranoiden Rachel unterwegs zu sein.«

»Es macht immer Spaß, mit dir unterwegs zu sein, paranoid oder nicht.« Er wirft einen Blick auf die Uhr. »Zeit, zu gehen. Wir sehen uns gleich.«

Er grinst und gibt mir einen Kuss auf die Wange, dann geht er Richtung Tür, aber bevor er sie aufmachen kann, greife ich nach seinem Arm, drehe ihn um und drücke meine Lippen auf seine.

Er lacht leise, als wir uns wieder trennen. »So viel zum Thema streng koordinierter Zeitplan.«

Und dann küsst er mich wieder, langsam und süß, und erinnert mich an all die vielen kleinen Momente, die wir wegen der Distanz zwischen uns nie haben werden.

»Jetzt machen wir wirklich den Zeitplan kaputt«, sage ich.

»Wir sehen uns im Auto.« Er lässt mich los. Dann ist er weg.

Als es auch für mich Zeit ist, zu gehen, ziehe ich den Kragen meiner Moto-Jacke hoch und setze mir eine Schirmmütze auf. Ich versuche wirklich, so wenig wie möglich nach Rachel auszusehen. Dann verlasse ich das Restaurant und steige sofort in das davor wartende Auto. Alex hat einen Wagen mit extra dunkel getönten Scheiben gemietet, nur, um auf Nummer sicher zu gehen. Als ich mich auf den Vordersitz neben ihn setze, wage ich einen kurzen Blick zurück. Keine Paparazzi in Sicht. Wir fahren los, und ich kann nicht glauben, dass es wirklich so einfach war. Teil zwei der Mission, erfolgreich abgeschlossen.

Ich lasse mich erleichtert in meinen Sitz sinken.

»Zufrieden?« Alex wirft mir einen Seitenblick zu.

»Sehr.«

»Du warst wirklich nervös wegen heute Abend, oder?«

Ich drehe mich zu ihm um. Er lächelt, aber er sieht auch besorgt aus. Ich streiche sanft die Falte zwischen seinen Augenbrauen glatt.

»Ist schon okay«, sage ich. »Es hat gut funktioniert. Viel besser, als ich dachte. Ich hoffe, dass das bedeutet, dass wir uns öfter sehen können, wenn du in Seoul bist, ohne dass wir die ganze Zeit so aufpassen müssen.«

Er lächelt und nimmt meine Hand. »Das wäre schön. Aber mir macht es wirklich nichts aus, wenn wir uns heimlich sehen müssen.« Ich strahle ihn an. Ich bin ihm wirklich dankbar, dass ihm das ganze Drama, das entsteht, wenn man mit jemandem wie mir zusammen ist, so wenig auszumachen scheint. »Es ist sogar irgendwie heiß«, sagt er.

Ich gebe ihm einen spielerischen Klaps auf den Arm, und er lacht.

»Hey«, sagt er deutlich ernster und streicht mit dem Daumen über meinen Handrücken. »Direkt bevor ich ins

Restaurant gekommen bin, habe ich eine E-Mail von Celeste bekommen. Ich wollte es dir nicht beim Abendessen sagen. Celeste hat geschrieben, dass sie am Launchtag deine Designs für die nächste Saison sehen möchte. Wenn du das versprechen kannst, nehmen sie deine ersten sechs Taschen ins Sortiment auf.«

Ich bin so abgelenkt davon, wie sich Alex' weiche Haut auf meiner anfühlt, dass es ein paar Sekunden dauert, bis mein Gehirn diese Information verarbeitet hat. Lane Crawford nimmt meine Linie ins Sortiment auf? Ich quietsche und mache einen kleinen Freudentanz auf meinem Autositz. Alex lacht und tanzt mit, so gut das am Lenkrad eben geht, dann runzelt er die Stirn. »Hör zu. Das sind wirklich tolle Neuigkeiten, und ich freue mich wahnsinnig für dich, aber du musst wissen, dass sie für das nächste Jahr viel von dir erwarten. Dreimal so viel, wie du ihnen beim ersten Meeting gezeigt hast.«

Ich hole tief Luft. Ich möchte nicht, dass irgendwelche Sorgen diesen schönen Abend verderben, aber meine Brust fühlt sich plötzlich ganz eng an. Dreimal so viel? Das sind achtzehn Taschen. Ich habe fast zwei Monate für die sechs Designs gebraucht, die ich jetzt habe. Kann ich in der gleichen Zeit achtzehn neue Handtaschen designen? Zusätzlich zu allem anderen, was in meinem Leben gerade los ist?

»Hey, du schaffst das.« Alex hat gespürt, dass ich kurz davor bin, zu hyperventilieren. »Die Designs müssen lange nicht so ausgereift sein wie die, die du Celeste schon präsentiert hast.« Er nimmt wieder meine Hand. »Ich werde die ganze Zeit über für dich da sein. Und du kannst sogar einfach die Skizzen einreichen. Sie werden trotzdem begeistert sein. Ich habe dein Notizbuch gesehen. Du bist brillant, du bist kreativ, und du hast definitiv Talent.«

Es ist schön, wie er mir Mut zuspricht, und es ist schön, seine Hand zu halten.

Viel zu schnell halten wir vor der Villa. Ich schaue wehmütig aus dem Fenster und seufze wieder. »Ich wünschte, du würdest länger bleiben. Es war so kurz.«

»Ich auch.« Alex macht den Motor aus.

Ich lächle und beuge mich vor, um ihn zu küssen. Seien Lippen sind warm, und als seine Hände an meiner Taille entlangwandern, lasse ich mich tiefer in den Kuss fallen. Ich lege die Hand in seinen Nacken, und er zieht mich näher an sich, jetzt noch dringlicher. Wir küssen und küssen und küssen uns, bis ich anfange, wieder die Anwesenheit des Fünfhundert-Kilo-Gorillas zu spüren. Ich zwinge mich, mich aus dem Kuss zurückzuziehen.

»Ich muss reingehen«, sage ich leise. Meine Stirn liegt an seiner.

»Mm-hmm, ja«, antwortet er. Seine Stimme klingt heiser.

Wir bleiben ein paar Sekunden lang so sitzen und hören einander beim Atmen zu. Dann nimmt er meine Hände und küsst meine Finger.

»Gute Nacht, Rachel.«

»Gute Nacht, Alex«, flüstere ich.

Ich steige aus dem Auto. Es ist Juni, und eine warme Brise bewegt mein Haar. Ich drehe mich wieder um und werfe ihm eine Kusshand zu, dann renne ich nach drinnen, bevor die Magie dieses so gut wie perfekten Abends mir entgleiten kann.

Als ich am nächsten Morgen aus der Dusche gehüpft bin und mich angezogen habe, stehen die anderen schon alle in der Küche. Alle außer Eunji.

»Schläft Eunji noch?«, frage ich Lizzie, die mit ihr das Zimmer teilt.

»Sie ist eben rausgegangen«, sagt Lizzie. »Warum?«

»Nur so«, antworte ich. Ich wollte sie fragen, wie der Rest des Abends mit Geonwu war. Gerade, als ich ihr eine Nachricht schreiben will, bekomme ich selbst eine.

Von Mr. Noh.

Mr. Noh: Rachel, bitte komm SOFORT in die DB-Zentrale.

Mein Magen verkrampft sich.

Mr. Noh schreibt mir fast nie persönlich, und er hat mich noch nie »SOFORT« ins DB-Gebäude bestellt. Es muss etwas Ernstes sein. Ich renne in mein Zimmer, binde meine noch nassen Haare zu einem Knoten zusammen und schlüpfe rasch in Jeans und ein gestreiftes T-Shirt. Auf dem Weg zu DB lese ich Mr. Nohs Nachricht immer wieder und suche nach irgendwelchen Zeichen, worum es gehen könnte.

Aber sobald ich sein Büro betrete, weiß ich, was los ist.

Eunji ist schon da. Sie sitzt auf dem Sofa, und ihr laufen Tränen über das Gesicht.

Wir schauen uns in die Augen.

Sie wissen es, flüstert sie.

Kapitel Siebzehn

Fotos. So viele Fotos.

Mr. Noh hat den Bildschirm seines Computers umgedreht, damit wir sie sehen können. Da ist Geonwu, der das Restaurant verlässt und dem Valet ein Trinkgeld gibt. Er steigt in seinen weißen Bentley. Dann, nur wenige Minuten später, verlässt Eunji das Restaurant. Sie hat versucht, mit ihrer riesigen schwarzen Sonnenbrille ihre Identität zu verbergen, aber ein paar Bilder später sieht man, wie sie die Sonnenbrille abnimmt, bevor sie sich zu Geonwu ins Auto setzt. Es ist definitiv Eunji. Aber an den Fotos ist nichts Romantisches. Es sind einfach nur zwei Menschen, die zusammen Auto fahren, völlig unschuldig ...

Mr. Noh klickt weiter. Eunji und Geonwu bei Waffle Scoops. Er leckt an ihrem Eis. Das Foto ist so scharf, dass ich die Oreostückchen darin sehen kann. Und dann das Schlimmste: Ein Foto, wie sie sich küssen. Mehrere Fotos.

Mir läuft ein Schauer den Rücken hinunter. Sosehr mir Eunji auch leidtut, der Gedanke, der mein Gehirn wirklich erfüllt, ist: *Das hätten wir sein können.*

Aber es sind nicht wir. Ich halte den Atem an, als Mr. Noh die letzten Fotos, die *Reveal* ihm geschickt hat, anklickt, aber es sind keine von mir und Alex dabei. Die meiste Zeit hasse ich den Fünfhundert-Kilo-Gorilla zwar, aber jetzt bin ich sehr dankbar für seine ständige Anwesenheit. Wenn er nicht rund um die Uhr meine Gedanken beherrschen würde, hätten Alex und ich auch vergessen können, was auf dem Spiel steht. Wir hätten erwischt werden können.

Plötzlich wird mir klar: Deshalb war es so leicht für uns, gestern Abend das Restaurant zu verlassen. Nicht, weil wir Glück hatten und einfach keine Paparazzi da waren. Es war, weil die Paparazzi schon damit beschäftigt waren, Eunji und Geonwu zur Eisdiele zu folgen, als wir ins Auto stiegen.

Ich werfe einen Blick auf Eunji. Ich habe sie noch nie so aufgelöst gesehen. Ihr Gesicht ist fast weiß, und sie lässt die Schultern hängen, als würde sie versuchen, sich so klein wie möglich zu machen. Sie wischt sich immer wieder die Tränen weg, aber es kommen sofort neue nach. Mir tut wirklich das Herz weh. Oh Mann, ich kann mir nicht einmal vorstellen, wie schlimm das für sie sein muss. Na ja, das ist nicht wahr. Ich kann es mir vorstellen, und ich stelle es mir vor, jedes Mal, wenn ich mit Alex zusammen bin. Die Worst-Case-Szenarien überschlagen sich in meinem Kopf. Eunji erlebt gerade meinen schlimmsten Albtraum.

»*Reveal* schreibt, wenn du zugibst, dass du ein Date mit Geonwu hattest, werden sie nicht alle Fotos veröffentlichen«, sagt Mr. Noh. Sein Mund ist eine schmale, gerade Linie. »Sie werden nur die nehmen, auf denen du zu ihm ins Auto steigst.«

Das scheint Eunji ein kleines bisschen aufzuheitern.

Aber Mr. Noh fährt fort. »Wenn du einen Vertrag unterschreibst, dass sie exklusiv über eure Beziehung berichten dürfen.«

Eunji lässt wieder die Schultern hängen.

»Wenn du dich dazu entscheidest, wird DB natürlich ebenfalls ein Statement machen, dass deine Beziehung mit Song Geonwu bestätigt«, schließt Mr. Noh.

Eunji beißt sich auf die Lippe. Eine Beziehung öffentlich zu machen, ist ein großer Schritt, vor allem, wenn man dazu noch nicht bereit ist.

»Ich würde dir ans Herz legen, gut über diese Entscheidung nachzudenken, Shin Eunji«, sagt Mr. Noh. »Es ist der einzige Weg, dein Image zu schützen. Es ist schon genug beschädigt. SK Amore hat mich heute Morgen angerufen und deinen Auftrag abgesagt.«

Eunji schaut auf. Sie sieht schockiert aus. Ich kann nicht fassen, dass SK Amore schon Bescheid weiß, aber ich schätze, schlechte Nachrichten – oder viel eher: skandalöse Nachrichten – verbreiten sich eben besonders schnell. Eunji zeigt auf mich. Ihre Stimme zittert. »Was ist mit Rachel? Sie war auch da. Muss sie gar nichts zugeben?«

»Es gibt keine Fotos von Rachel«, sagt Mr. Noh. »Keine Fotos, kein Geständnis.«

Eunji fällt die Kinnlade herunter.

»Aber wenn das, was Eunji sagt, stimmt, Rachel«, Mr. Noh schaut mich durchdringend an, »dann passt du besser gut auf. Ich habe dich heute Morgen hierherbestellt, um dich zu warnen und damit du mit eigenen Augen sehen kannst, welche Folgen ein solches Betragen hat. Du möchtest doch nicht, dass es dir wie deiner Freundin Eunji ergeht.«

Ich schlucke schwer und neige den Kopf. »Ja, Mr. Noh. Ich verstehe.« Ich habe so ein schlechtes Gewissen, ich kann Eunji nicht einmal anschauen, als sie den Vertrag unterschreibt, der besagt, dass *Reveal* über sie schreiben darf. Das hier ist nicht fair, das weiß ich ganz genau.

Sobald wir Mr. Nohs Büro verlassen haben, greife ich nach ihrer Hand. »Eunji ...«

Sie zieht ihre Hand weg. Ihr Gesicht ist immer noch tränennass. »Das ist so bescheuert! Wir waren beide mit unserem Freund im Restaurant. Warum kommst du damit durch und ich nicht? Warum passiert dir nie etwas Schlechtes?«

Ihre Stimme wird mit jedem Wort lauter. Sie ist wirklich wütend.

»Es tut mir leid, Eunji.« Ich lasse meine Hand wieder sinken. Glaubt sie das wirklich? Dass mir nie etwas Schlechtes passiert? Es stimmt, ich habe sehr viel Glück gehabt, und ich bin auch sehr dankbar für all die Möglichkeiten, die ich bekommen habe, aber es ist ja nicht so, als würde ich einfach sorglos durch ein perfektes Leben tanzen. Ich mache den Mund auf, um wieder eine Verbindung zu Eunji herzustellen, aber bevor ich noch ein Wort sagen kann, dreht sie sich auf dem Absatz um und läuft davon.

Was, wenn es beim nächsten Mal ich bin?

Das ist die Frage, über die wir alle ständig nachdenken. Zuerst Jiyoon. Jetzt Eunji. Wer wird die Nächste sein, deren geheime Beziehung ans Licht gezerrt wird? Niemand spricht die Frage aus, aber ich weiß, dass wir alle darüber nachdenken. Die Stimmung in der Villa ist angespannt. Ständig fliegen nervöse Blicke in Eunjis Richtung. Als ich einmal mitten in der Nacht ins Bad gehe, höre ich aus Sumins Zimmer ein eindringlich geflüstertes Telefongespräch. Lizzies Gesichtsausdruck, als sie *Reveal* durchblättert und zum tausendsten Mal den Artikel über Eunji und Geonwu liest, spricht Bände. *Was, wenn ich auf diesen Fotos wäre?*

Und ich spüre es stärker als irgendwer sonst. Alex und ich sind jetzt schon zweimal fast erwischt worden. Dreimal, wenn man das Fanfoto in Singapur mitzählt, als wir uns gerade erst kennengelernt haben. Das Doppeldate war komplett leichtsinnig, und es ist einfach nur ein unverschämtes Glück, dass ich jetzt nicht an Eunjis Stelle bin.

Als der Artikel erschienen ist, hat Alex mich sofort über FaceTime angerufen, aber ich habe nicht abgehoben und ihm stattdessen eine schnelle *Kann-jetzt-nicht-reden*-Nachricht geschickt. Ich muss ein bisschen Distanz zwischen uns bringen, die Grenzen wieder aufbauen, die ich so leicht vergesse, wenn ich mit ihm zusammen bin. Ich habe mit Feuer gespielt, und es ist nur eine Frage der Zeit, dass ich mir die Finger verbrenne.

Drei Tage lang versuche ich, mit Eunji zu reden, aber sie weigert sich, mit mir allein zu sein. Sie verlässt sofort jedes Zimmer, das ich betrete und wirft mir dabei böse Blicke zu. Eunji spricht eigentlich mit niemandem, nicht mal mit Mina oder Lizzie. Die Einzige, mit der sie in letzter Zeit noch spricht, ist Jiyoon. Die beiden standen sich noch nie besonders nahe, aber es ist klar, dass Eunji weiß, dass Jiyoon besser als alle anderen verstehen kann, was sie gerade durchmacht. Ich versuche, sie beide zu unterstützen, aber es kommt mir so vor, als wäre jede Kleinigkeit, die ich tue, völlig unerwünscht. Ich versuche, allen aus dem Weg zu gehen, bleibe in meinem Zimmer und konzentriere mich auf die achtzehn neuen Designs, die ich entwerfen muss. Aber es ist nicht besonders angenehm, in meinem eigenen Zuhause nur noch auf Zehenspitzen zu gehen und das Gefühl zu haben, dass ständig jemand sauer auf mich ist.

Als wir bei unserem Multigroup-Konzert ankommen, ist die Stimmung immer noch angespannt.

»Heute versaust du besser nicht die Choreo, Sumin«, sagt Ari. Sie zieht gerade ihr langes schwarzes Kleid über das gelbe, paillettenbesetzte Minikleid. Sie macht öfter solche Bemerkungen, und meistens sind es nur harmlose Sticheleien, aber heute klingt sie wirklich bösartig. »Du verpasst immer den Takt beim letzten Schritt im Refrain. Es ist wirklich der leichteste Schritt der ganzen Choreo, und trotzdem schaffst du es, ihn falsch zu machen.«

»Entschuldigung?« Sumin schaut Ari finster an. »Wie wäre es, wenn du dich um deinen eigenen Kram kümmerst? Jedes Mal, wenn du den Ton in der zweiten Strophe schief singst, bluten mir die Ohren.«

Ari macht den Mund auf, um etwas zu erwidern, aber Mina unterbricht sie. »Könnt ihr zwei jetzt endlich mal die Klappe halten? Ich bekomme Kopfschmerzen.« Sie schaut erst Ari und dann Sumin böse an.

Ausnahmsweise bin ich ganz Minas Meinung.

Ich muss mal kurz hier raus. Mein Haar, Make-up und Outfit sind schon fertig, also schleiche ich mich aus der Umkleide in den Backstagebereich, gerade als SayGO ihr Set anfängt. Perfektes Timing.

Leah und ihre Gruppenmitglieder sehen in ihren schwarz-weißen Sportjacken und Springerstiefeln einfach zu süß aus. Ich grinse und mache ein Foto von Leah, als sie in der Mitte der Bühne ihr Solo tanzt.

»Genießt du die Show?«, sagt eine Stimme hinter mir.

Ich drehe mich um und sehe Jason, der in einer roten Lederjacke und lockeren schwarzen Jeans auf mich zukommt. Ich lächle und stecke mein Handy wieder ein.

»Hey! Du siehst toll aus«, sage ich. »Bist du als Nächstes dran?«

»Ja. Aber ich bin ganz schön nervös.« Er nickt in Richtung Bühne. »Deiner kleinen Schwester kann man nicht so leicht das Wasser reichen.«

Ich lächle und denke darüber nach, dass die elfjährige Leah alles gegeben hätte, um diese Worte aus Jasons Mund zu hören. Ach was, die elfjährige. Der sechzehnjährigen Leah würde es ganz genauso gehen.

»Viel Glück da draußen«, sage ich. »Das wird super.«

Er zwinkert mir zu. »Ist es doch immer, oder?«

Der gute alte, selbstbewusste Jason. Ich schaue zu, wie er auf die Bühne geht und unterwegs seine Gitarre von einem Ständer nimmt.

»Versucht da jemand, eine Romanze wieder anzufachen?«

Ich springe etwa einen halben Meter in die Luft, als ich Minas Stimme höre.

»Was?«, frage ich dann. »Nein, natürlich nicht. Das ist doch schon ewig her.«

»Gut.« Minas Blick bohrt sich in meinen. »Es wäre nämlich so ziemlich das Blödeste, was du tun kannst, dich jetzt auf ein anderes Idol einzulassen, das weißt du doch, oder?«

Ich nicke, sage aber sonst nichts dazu. Eunji war während der letzten drei Tage so verschlossen, dass ich mir ziemlich sicher bin, dass sie den anderen noch nicht erzählt hat, dass ich bei ihrem Date mit Geonwu dabei war. Und dass ich auch fast mit einem Mann erwischt worden wäre. *Das Blödeste, was ich tun kann?* Mina, du hast ja keine Ahnung. Wenn sie wüsste. »Jetzt komm schon«, sagt sie. »Die Stylisten möchten uns alle noch mal sehen, bevor wir rausgehen.«

Wir gehen wieder in die Umkleide, bleiben aber stehen, als wir Mr. Noh entdecken. Er steht mit jemandem vom Management des Fernsehsenders MNet, der das Konzert live überträgt, vor der Tür. Mina und ich werfen einander einen Blick zu, dann gehen wir unauffällig ein paar Schritte näher ran, damit wir hören können, worüber sie sprechen.

»Auf keinen Fall.« Mr. Noh flüstert zwar, aber sehr laut. »Ich habe Ihnen doch gesagt, dass das völlig inakzeptabel ist.«

»Na ja, sie sind jetzt bereits hier. Und sie stehen für in zehn Minuten auf dem Plan.« Der Manager schaut auf die

Liste auf seinem Clipboard. »Was soll ich Ihrer Meinung nach machen? Ihnen sagen, dass sie nicht auftreten sollen?«

Mina und ich schauen uns entgeistert an. Von wem sprechen sie da?

»Ja«, sagt Mr. Noh. »Das ist genau das, was Sie ihnen sagen sollten.«

»Seien Sie doch vernünftig, Youngchul.« Der Manager verdreht die Augen.

»Sagen Sie N&G ab. Es tut mir wirklich leid, aber sonst muss ich meine Künstlerinnen abziehen.«

»Welche Künstlerinnen?« Der Manager wirft einen nervösen Blick auf die Girls-Forever-Umkleide.

»Alle.« Mr. Noh klingt endgültig, und aus meiner Erfahrung weiß ich, dass er es ernst meint, wenn er diesen Ton anschlägt.

Der Manager starrt ihn einen Moment lang an, murmelt dann: »Gut. Na gut«, und eilt dann in eine andere Umkleide, wo N&G jetzt wahrscheinlich schlechte Nachrichten bekommen.

Ich stehe wie angewurzelt da und versuche, diese Szene zu verarbeiten. Es ist klar, dass DB N&G den Auftritt gestrichen hat. Weil DB dadurch, dass sie so viele erfolgreiche Gruppen vertreten, so viel Macht hat, können sie uns quasi als Druckmittel einsetzen und dafür sorgen, dass Gruppen wie N&G keine Chance mehr haben, wenn sie DB verlassen. Jetzt ergibt es viel mehr Sinn, dass wir in den letzten Jahren so wenig von ihnen gehört haben. Sie haben sich gar nicht verzogen, um an ihrem neuen Sound zu arbeiten – DB hat verhindert, dass sie Auftritte bekommen. Es ist eine deutliche Mahnung daran, was wir alle zu verlieren haben. Wenn DB einem übel will, hat man keine Chance.

»Komm schon«, sagt Mina, als wir für den letzten Kostümcheck wieder in die Umkleide schlüpfen. Ich sehe die

Besorgnis auf ihrem Gesicht, aber dann versteckt sie sie rasch hinter einem glatten, unbekümmerten Gesichtsausdruck.

Das Licht auf der Bühne wird gedimmt, als wir auf die Bühne gehen und uns in Formation aufstellen. »Midnight Prism« hat viele anspruchsvolle Moves, und ich mag den charakteristischen Schritt zur Seite beim Refrain am liebsten. Es sieht aus, als würden wir alle gleichzeitig rutschen. Sogar ohne Tanzausbildung kann man diesen Schritt leicht imitieren, und es macht mir immer wieder Freude, ihn in Fanvideos zu sehen. Ich gehe in meine erste Pose, Rücken zum Publikum, einen Arm über den Kopf gehoben, die Hand zierlich nach unten. Das Adrenalin pumpt durch meine Adern, wie jedes Mal direkt vor einem Auftritt.

Dann geht das Licht an, die Musik ertönt, und das Publikum rastet aus.

Los geht's.

So angespannt es innerhalb der Gruppe in letzter Zeit auch war, auf der Bühne sind wir perfekt aufeinander abgestimmt. Sogar Ari und Sumin tanzen die Choreo fehlerfrei, lächeln professionell, so dass alles ganz leicht aussieht.

Ich genieße alles und lasse mich komplett in die Performance fallen. Mir wird klar, wie sehr ich unsere Auftritte während der letzten paar Monate vermisst habe. Als der Refrain näher rückt, bereite ich mich in Gedanken darauf vor, das lange schwarze Kleid aufzumachen und es hinter mich zu werfen, wenn wir mit dem Move zur Seite anfangen. Wir haben das eine Million Mal geübt, damit wir alle genau gleichzeitig das Kostüm wechseln und die schwarzen Kleider weit genug wegwerfen, damit niemand auf dem Stoff ausrutscht. Jiyoon wäre bei einer Probe einmal fast der Länge nach hingefallen, weil Youngeuns Kleid unter ihren Füßen noch rutschiger war als eine Bananenschale. Aber jetzt sind wir Profis. Wir könnten das im Schlaf. Wir haben es bei der Probe tausendmal perfektioniert, und jetzt können wir unsere harte Arbeit endlich unseren Fans zeigen.

Der Moment kommt, und ich schiebe locker den Haken zurück, um mein glitzerndes violettes Paillettenkleid zu präsentieren. Das Publikum schnappt nach Luft und jubelt, als wir uns völlig unerwartet in einen glitzernden, bunten Regenbogen verwandeln. Ich werfe das Kleid hinter mich und fange mit dem Seitwärtsmove an, als plötzlich ...

Schmerz.

Ein unerträglicher Schmerz in meinem linken Fuß.

Ich schaue nach unten und sehe, wie Eunji links von mir den spitzen Absatz ihres Stilettos in meinen linken großen Zeh drückt. Ich schnappe vor Schmerz nach Luft, stolpere und stoße fast auf der anderen Seite mit Youngeun zusammen. Glücklicherweise fange ich mich rechtzeitig, bin sofort wieder in Formation und verwandle meinen Gesichtsausdruck in etwas, das hoffentlich wie einer dieser Oohh!-Smileys aussieht. Wir tanzen alle weiter, und mein Bühnenlächeln sitzt, aber mein Zeh ist heiß und pocht schmerzhaft, und ich muss ständig blinzeln, damit mir nicht die Tränen in die Augen steigen.

Was zum Teufel war das? Hat Eunji das mit Absicht gemacht?

Ich werfe ihr einen kurzen Seitenblick zu, aber sie lächelt und tanzt, als ob nichts wäre. Ist ihr überhaupt klar, was sie gerade getan hat? Sie muss doch gemerkt haben, dass sie auf meinem Fuß gestanden hat.

Wir beenden die Performance ohne weitere Unfälle und stehen unter Applaus und Jubel aus dem Publikum in unserer Abschlusspose. Ich schaue auf das Meer aus lächelnden Gesichtern hinaus und sehe auch die leuchtenden Girls-Forever-Haarbänder, die unsere +EVERs gerne auf unseren Konzerten anziehen. Einen Moment lang verschwindet der Schmerz in meinem Fuß, und ich schwebe auf meiner Begeisterung für unsere Auftritte und dafür, dass wir die Fans so glücklich machen können. Aber auf dem Weg hinter die Bühne sind die Schmerzen sofort wieder da. Und als ich sehe, dass Mr. Noh auf uns wartet, verdoppeln sie sich sogar noch.

»Rachel, was war das denn?«, fragt er streng. »Du hast einen Schritt verpasst und bist fast auf die Nase gefallen!«

»Es tut mir leid, Mr. Noh.« Ich beiße mir auf die Unterlippe. Mein Zeh ist schon richtig angeschwollen, das spüre ich genau.

»Du solltest besser zusehen, dass du für das große Konzert in LA topfit bist.« Seine Brauen ziehen sich bedrohlich zusammen. Dann wirft er den anderen einen Blick zu. »Das gilt übrigens für euch alle. Ihr seid eine Gruppe. Wenn eine von euch schlecht dasteht, fällt das auf euch alle zurück.«

»Ja, Mr. Noh«, sagen die anderen beschämt.

Was für eine Katastrophe. Ich versuche immer wieder, Eunjis Blick zu begegnen, aber genau, wie schon in den letzten drei Tagen, weicht sie mir ständig aus. Mein Zeh pocht. Bereits jetzt ist um den Nagel herum etwas Blut eingetrocknet. Der Nagel sieht blaulila aus. Hoffentlich fällt er nicht ab.

Als wir uns fertig umgezogen haben und wieder in den Backstage-Bereich gehen, joggt Jason zu mir hinüber. Er hat sein Bühnenoutfit gegen einen gemütlichen weißen

Oversize-Hoody eingetauscht. »Sehen wir uns auf der After-Show-Party?«

Ach ja. Die After-Show-Party. Ich zögere. Leah geht hin, und die anderen von Girls Forever auch. Aber ganz im Ernst: Das Einzige, worauf ich jetzt Lust habe, ist nach Hause fahren, mich auf die Couch legen, Eis auf meinen Fuß packen und Tee trinken. Dabei würde ich mir Designs für Lane Crawford ausdenken. Ich sehe, wie Eunji mit Mina und Lizzie bei den Geländewagen steht, die uns zur Party bringen sollen, mit ihnen tuschelt und kichert. Als sie einsteigen, stolpert Lizzie überdramatisch über ihre eigenen Füße. Das soll wohl so aussehen, wie mein Beinahe-Unfall auf der Bühne. Eunji und Mina lösen sich wieder in Gelächter auf.

»Ich glaube, ich fahre heute einfach nach Hause, Jason.«

»Alles klar.« Er hebt kurz die Hand und winkt mir zum Abschied.

Ich winke zurück, dann gehe ich zu den Managern. Ich hoffe, dass Jongseok mich nach Hause fahren kann.

Im Auto lasse ich die Schultern hängen und denke darüber nach, was Mr. Noh gesagt hat. Er hat nicht unrecht. Wir müssen wirklich zusehen, dass wir wieder in Form kommen. Das Konzert in LA ist schon in ein paar Monaten, und es wird unser erster großer Auftritt seit der Glow Asia Tour. Wenn wir nicht mal bei einer kleinen Performance wie heute Abend einen einzigen Song hinbekommen, wie sollen wir dann gemeinsam ein ganzes internationales Konzert überstehen?

Ich seufze und greife nach meinem Handy. Als ich den Bildschirm entsperren möchte, sehe ich fünf verpasste

Anrufe von Appa. Mein Herz fängt an zu rasen. Warum wollte er mich so dringend erreichen? Er hat mich ewig nicht mehr angerufen und jetzt gleich fünf verpasste Anrufe?

Ich rufe sofort zurück.

Er hebt beim ersten Klingeln ab. »Rachel?«

»Appa, hi. Ist alles in Ordnung?«

»Mehr als nur in Ordnung.« Ich höre, dass er lächelt. Mein Puls beruhigt sich wieder, und mein Gehirn hört auf, mich mit Gedanken an Krankenhausbetten, Brände und andere Katastrophen zu bombardieren.

»Ist das Rachel? Erzählst du es ihr?«, höre ich Ummas Stimme im Hintergrund. »Stell mal auf Lautsprecher, damit ich mitreden kann.«

Eine Sekunde später höre ich beide Stimmen gleich laut.

»Rachel, hörst du mich?«, fragt Umma.

»Hi, Umma, ja, ich bin hier. Was ist denn?«

»Erzähl du es«, sagt Appa.

»Nein, du«, sagt Umma.

Ich klopfe mit den Fingern auf mein Bein, und mein unverletzter Fuß hüpft nervös auf und ab. »Kann mir bitte jemand sagen, was los ist? Ich halte das nicht mehr aus!«

»Okay, zusammen«, sagt Appa. »Drei, zwei, eins …«

»Wir sind nach Cheongdam-dong gezogen!«, schreien sie wie aus einem Munde.

»Was?!«, rufe ich. »Wie meint ihr das? Cheongdam-dong, also das Viertel, in dem ich wohne?«

»Genau fünf Minuten von dort, wo du wohnst, genau genommen«, sagt Appa triumphierend. »Wir wollten wirklich näher bei dir wohnen, also habe ich extra hart gearbeitet, um genug Geld zu sparen und die Wohnung zu kaufen.«

Wow. Wohnraum in Cheongdam-dong ist nicht billig. Ich denke an all die nächtlichen SMS von Appa zurück. Er muss immer noch im Büro gewesen sein, wenn er sie geschickt hat. Ich kann nicht fassen, dass er so hart gearbeitet hat, nur damit sie näher bei mir wohnen können.

»Es war wirklich nicht leicht, es vor dir geheim zu halten, vor allem für Leah.« Umma lacht. »Sie hat die ganze Zeit gefragt, wann sie es dir sagen darf, aber wir wollten, dass es eine Überraschung ist.«

Mir treten Freudentränen in die Augen. »Oh mein Gott. Ich kann nicht fassen, dass ihr jetzt in der Nähe wohnt! Das sind wirklich tolle Neuigkeiten. Wann seid ihr umgezogen?«

»Letzte Woche. Wir haben gerade alles fertig bekommen«, sagt Appa. »Wir wollten, dass alles fertig ist, wenn wir es dir sagen. Wann kannst du vorbeikommen und dir die Wohnung anschauen?«

»Schreib mir die Adresse«, sage ich. »Ich kann jetzt gleich kommen!«

Sobald ich aufgelegt habe, beuge ich mich in meinem Sitz vor, um mit Jongseok zu sprechen. »Könntest du mich doch woanders absetzen?« Ich lächle.

»Kein Problem. Wo soll's denn hingehen?«

»Nach Hause.«

Kapitel Achtzehn

Das Erste, was mir auffällt, als ich Ummas und Appas neue Wohnung betrete, ist der Geruch nach warmem Kimchi mit Reis, frisch vom Herd, mit einem Spiegelei darauf.

»Iss, iss«, sagt Umma und schiebt mich zu dem rustikalen Tisch aus Walnussholz in der Küche. »Wenn ich gewusst hätte, dass du heute kommst, hätte ich etwas Besseres vorbereitet!«

»Nein, nein, das hier ist perfekt.« Allein der Geruch nach Ummas Essen ist so tröstlich, dass ich mich am liebsten darin einwickeln will wie in einer weichen Decke. »Aber warte mal, ich möchte zuerst die Wohnung sehen!«

»Wir zeigen dir später alles«, sagt Umma bestimmt und setzt mich auf einen Stuhl. »Jetzt iss erst mal.«

Wenn Umma einem sagt, dass man essen soll, hat es keinen Sinn, zu diskutieren. Ich nehme mir einen Löffel und probiere als Erstes den gebratenen Reis. Oh, himmlisch. Wann war das letzte Mal, dass ich eine liebevoll zubereitete, hausgemachte Mahlzeit gegessen habe? Es ist natürlich nicht so, dass es mir als Idol an gutem Essen fehlt. Allein in den letzten fünf Monaten habe ich in Shanghai leckere, dampfend heiße Xialongbao gegessen, In Singapur Chili-Krabbe, die so frisch war, dass sie quasi von meinem Teller hätte laufen können, und in Paris absolut dekadentes Mousse au Chocolat. Aber keine dieser

Mahlzeiten – und keiner dieser Orte – können mit einer einfachen, liebevoll zubereiteten Mahlzeit zu Hause mithalten. Selbst wenn das »Zuhause« mir noch völlig neu ist.

Ich schaue mich von meinem Platz in der Küche aus in der Wohnung um und versuche, so viele Details wie möglich wahrzunehmen. Die Wohnung ist sowohl größer als auch neuer als unsere alte Wohnung, mit großen Fenstern und einer tollen Aussicht auf die Lichter der Stadt. Aber ich bin wirklich froh, dass meine Familie die meisten unserer alten Möbel mitgebracht hat. Der Teppich mit den ausgefransten Kanten, das weiße Sofa, das Umma gekauft hat, als Leah zwölf war, weil sie fand, dass wir alt genug waren, um sie nicht schmutzig zu machen. Ich weiß noch, wie ich fast sofort meine Bananenmilch darauf verschüttet habe. Das Wohnzimmer ist voll von Appas Zimmerpflanzen, die grünen Blätter strecken sich nach oben zu den Familienfotos an der Wand. Ich folge mit meinem Blick der grünen Ranke einer Porzellanblume, die sich um eins meiner Lieblingsfotos von Leah schlingt: das, auf dem ihr beide oberen Schneidezähne ausgefallen sind. Obwohl es eine neue Wohnung ist, fühlt sich alles so vertraut an, dass mir das Herz weh tut.

»Was ist mit deinem Fuß passiert?«, fragt Appa, als er meinen roten, angeschwollenen Zeh entdeckt.

»Eins der Mädchen ist beim Auftritt aus Versehen draufgetreten.« Ich schiebe den linken Fuß hinter meine rechte Wade. Ich will nicht, dass Appa sich Sorgen macht. »Es ist schon viel besser.«

Er schnalzt ungeduldig mit der Zunge. »Trotzdem. Ich hole dir Eis.« Er hat schon den Gefrierschrank aufgemacht, bevor er den Satz beendet hat.

Früher habe ich es immer gehasst, wenn Umma und Appa so ein Getue um mich gemacht haben, aber heute sauge ich es begierig in mich auf und lasse zu, dass Umma mir Wasser nachschenkt und Appa sich um meinen Zeh kümmert. Ich schaue den beiden die ganze Zeit zu und präge mir ihre Gesichter ein. Es ist wirklich schon so lange her, dass ich sie zuletzt gesehen habe. Das muss an Weihnachten gewesen sein? Aber nein, Moment. Da waren wir auf Tour. Ich weiß noch, wie ich von meinem Hotel in Taipei über FaceTime mit ihnen gesprochen habe. Ich habe versucht, nicht zu weinen, als ich ihnen zugesehen habe, wie sie in unserer alten Wohnung die Geschenke ausgepackt haben. Wenn ich sie jetzt so anschaue, habe ich dass Gefühl, dass sie älter geworden sind. Ummas Gesicht hat mehr Falten, als ich in Erinnerung hatte, und Appas Haar wird definitiv immer grauer. Ich glaube, ich habe nie darüber nachgedacht, dass auch für sie die Zeit vergeht, während sie für mich vorbeifliegt. Mir wird klar, wie viel Zeit mit ihnen ich verpasst habe.

»Bereit für die komplette Tour?«, fragt Appa, sobald ich den letzten Löffel voll Reis gegessen habe. Er ist voller Energie und sieht plötzlich so sehr wie der junge Profiboxer aus, der Appa in meiner Kindheit war, dass ich fast laut lachen muss.

»Auf jeden Fall«, antworte ich.

Sie zeigen mir das Wohnzimmer, das Schlafzimmer und Leahs Zimmer. Ich sehe, dass sie kein bisschen ordentlicher geworden ist, seit sie klein war, aber ihr Zimmer ist definitiv kein Kinderzimmer mehr – keine NEXT-BOYZ-Poster, kein Sternchenmuster auf der Bettdecke und keine Kuscheltiere. Okay, ihr Plüschhase sitzt nach wie vor neben ihrem Kissen.

Im Flur hängt die Kunst, die Appa und Umma während ihrer Ehe angesammelt haben. Vintage New-Yorker-Cover, Kohlezeichnungen von Seoul und eine Karikatur von ihnen beiden, die sie bei ihrem ersten Date auf dem

Boardwalk auf Coney Island haben machen lassen – und auf dem Ummas Stirn doppelt so groß ist wie der Rest ihres Gesichts. Alles in diesem Haus erzählt eine Geschichte. Ich kann mir kein perfekteres Zuhause für meine Familie vorstellen.

»Das hier ist das Gästezimmer«, sagt Appa und führt mich ins letzte Zimmer der Wohnung. »Aber wir hoffen, dass du es als dein Zimmer ansiehst, wenn du zu Besuch kommst.«

Er macht die Tür auf und tritt zurück, damit ich als Erstes eintreten kann, und ich reiße begeistert die Augen auf. Ein Glas mit frischem Flieder – meiner Lieblingsblume – steht auf dem Nachttisch. Ich atme den frischen Duft meiner Lieblings-Baies-Kerze von Diptyque ein und stelle mir vor, wie Umma sie sofort angezündet hat, als sie und Appa nach unserem Telefonat aufgelegt haben. Unter dem Fenster steht ein großer Tisch mit Bambusoberfläche, darauf ein Kaffeebecher voller frisch angespitzter Bleistifte.

»Wir dachten, den Tisch kannst du gebrauchen, wenn du deine Designs zeichnest«, sagt Umma. Sie macht eine der Schubladen auf und zieht ein kleines, flaches Zeichenbrett heraus. Sie schaltet es an und es leuchtet sanft. »Und das hier – falls du mal etwas abpausen möchtest. Das habe ich online gelesen.«

»Oh!«, ruft Appa dazwischen. »Und ich muss dir von diesem tollen kleinen Diner erzählen, den ich nur ein paar Blocks vom Cheongdam Park entfernt entdeckt habe!«

Ich spüre, wie mir Tränen in die Augen steigen, während Appa erzählt, dass man sein Spiegelei in diesem Diner in einer besonderen Form bestellen kann – ein Wal zum Beispiel oder ein Stern. Ich weiß, dass Cheongdam-dong nicht ihr Lieblingsviertel in Seoul ist. Ich weiß noch, wie mein Dad immer über die Luxuskarossen gelästert hat, die hier die Straßen säumen, wenn er mich in meiner Traineezeit zu DB gebracht hat. Mercedes. Maserati. BMW. Er konnte sie leicht identifizieren, aber ich habe damals schon gemerkt, dass der Pomp des vermögendsten Stadtteils von Seoul ihm unangenehm war. Als ich mein Debüt hatte, habe ich die ganze Familie im Class zum Essen eingeladen. Ich war so stolz, dass ich mir das leisten konnte, und ich weiß, dass sie dankbar waren, aber Appa hat die ganze Zeit Witze darüber gemacht, dass er nicht wusste, welche Gabel er benutzen sollte, und Umma hat gegrummelt, wie lächerlich die Preise seien. Besonders für meine Mom ist dieser Umzug ein großer Schritt. Sie ist der Inbegriff von Funktionalität und Einfachheit, und Cheongdam-dong ist das ... definitiv nicht. Ich kann nicht fassen, dass sie das alles auf sich genommen haben, nur, um in meiner Nähe zu sein. Obwohl mich das wahrscheinlich nicht derart überraschen sollte. Schließlich haben sie ihr ganzes Leben in New York geopfert und sind nach Korea gezogen, damit ich meinen Traum leben konnte. Auf die andere Seite der Stadt zu ziehen, passt also eigentlich genau ins Bild. Sie sind einfach die besten Eltern der Welt.

Die Tür fliegt auf, und ich höre Leahs Stimme im Flur. »Unni, bist du da? Ich bin zu Hauuuuuse!«

Ich renne zu ihr. Wir kreischen, als wir einender sehen, und sie rennt zu mir und schlingt mir die Arme um den Hals.

»Wie war die After-Show-Party?«

»Gut, gut ... Heaven hat zu viel Champagner getrunken, und dann haben wir überall nach ihrem Handy gesucht, weil sie dachte, dass sie es verloren hat. Dabei war es die ganze Zeit in ihrer Tasche. Wie immer. Aber jetzt komm schon!« Sie breitet die Arme aus und dreht sich im Kreis. »Was sagst du zu dieser Wohnung?«

»Es ist total perfekt«, sage ich. »Ich kann nicht glauben, dass ihr es mir nicht gesagt habt!«

Leah strahlt, und Umma und Appa kommen auch zu uns. »Im Überraschen bin ich wirklich gut. Also, schläfst du heute Nacht hier?«

Ich werfe einen Blick zurück über meine Schulter in das Zimmer mit dem Flieder und der Tasse voller Bleistifte. Es fühlt sich schon jetzt mehr nach einem Zuhause an, als die Villa das je könnte. Und es ist so nah …

»Na ja«, sage ich. »Wie würdet ihr es finden, wenn ich stattdessen ganz einziehe?«

An diesem Abend bleibe ich lange wach und zeichne an meinem neuen Tisch, dann schlafe ich in einem Schlafanzug ein, den ich mir von Umma ausgeliehen habe. So gut habe ich schon lange nicht mehr geschlafen. Am nächsten Morgen sitzen Appa und ich mit Schüsseln voll Kongnamul Guk am Küchentisch. Umma hat es für uns vorbereitet, bevor sie zu ihrem frühen Seminar an der Ewha gefahren ist. Ich versuche, kein schlechtes Gewissen zu haben, weil ihr Weg zur Arbeit jetzt noch weiter ist. Leah ist auch schon weg, aber Appas neues Büro ist nahe genug, dass er mit mir frühstücken kann.

»Ist alles in Ordnung, meine Tochter?«, fragt er. Ich schaue auf meine Suppe hinunter und schiebe mit den Essstäbchen die Sojasprossen hin und her. »Du siehst aus, als würdest du dir viele Gedanken machen. Du bereust deine Entscheidung doch nicht, oder?«

»Nein, ich bereue sie nicht«, antworte ich. »Ich frage mich nur, was die anderen sagen werden.«

»Die anderen von Girls Forever«, sagt Appa verständnisvoll.

Ich nicke. »Und die Medien.« Gestern Abend hat sich alles so richtig angefühlt, aber sobald ich heute Morgen aufgewacht bin, hat es mir davor gegraut, es den anderen zu erzählen. Es stimmt zwar, dass die kleinen Unannehmlichkeiten beim Zusammenleben mit acht anderen Menschen angefangen haben, mir auf die Nerven zu gehen. Außerdem war die Stimmung in der Villa in den letzten Tagen besonders angespannt, wegen allem, was mit Eunji passiert ist. Aber wenn ich ganz ehrlich bin, ziehe ich gar nicht von etwas *weg*. Ich ziehe zu etwas hin. »Ich weiß nicht genau«, sage ich zu Appa. »Ich schätze, ein Teil von mir denkt, dass ich es einfach in der Villa aushalten sollte, obwohl es mir hier jetzt schon so viel besser geht. Ich möchte niemanden enttäuschen. Und ich will nicht, dass es so aussieht, als würde ich aufgeben.«

Er schaut mir fest in die Augen. »Wenn es eine Sache gibt, die ich über dich weiß, dann, dass du kein Mensch bist, der aufgibt. Du machst es einfach nur auf deine Art, das war schon immer so.«

Ich schlucke den Kloß in meinem Hals hinunter und nicke. »Danke, Appa.«

Er lächelt. »Und jetzt iss deine Suppe.«

Irgendwie war diese einfache Zusammenfassung von Appa genau das, was ich gebraucht habe. Nach dem Frühstück nehme ich all meinen Mut zusammen und mache mich auf den Weg in die Villa. Früher oder später muss ich mich den anderen sowieso stellen, und ich muss auch meine Sachen holen. Auf dem ganzen Weg dorthin (na ja, die ganzen fünf Minuten, die es dauert, von der neuen Wohnung zur Villa zu laufen) denke ich wieder und immer wieder darüber nach, wie ich es ihnen sagen soll. Aber egal, wie sehr ich auch versuche, den richtigen Ton zu treffen, ich kann mir einfach nicht vorstellen, wie die anderen reagieren werden. Es gibt nur einen Weg, das herauszufinden.

Sobald ich die Villa betrete, höre ich die anderen im Wohnzimmer miteinander reden, ich höre Geschirr klappern und den Fernseher im Hintergrund. Ich hole tief Luft. Und los.

Ich betrete das Wohnzimmer und winke. »Hi, Mädels. Guten Morgen.«

Alle erstarren und schauen mich an. Sie sind für einen gemütlichen freien Morgen zu Hause angezogen, in zerknitterten Pyjamas und Messy Buns.

Lizzie schiebt ihre Brille hoch und reißt die Augen auf. »Sieht aus, als hätte da jemand eine lange Nacht gehabt«, sagt sie. »Kommst du jetzt erst nach Hause?«

»Ja, genau, Rachel, wo warst du?« Mina beäugt mich über den Rand ihrer Kaffeetasse. Sie grinst. »Warst du betrunken auf der After-Show-Party und hattest einen One-Night-Stand mit jemandem im Hotel?«

Bevor ich ihr sagen kann, dass ich nicht mal auf der After-Show-Party war, funkt Eunji dazwischen. »Jetzt komm schon, Mina«, sagt sie. »Vertrau Rachel doch mal. Das würde sie ihrem Freund doch nie antun.«

Stille senkt sich über den Raum.

Löffel fallen klappernd zurück in Schüsseln. Augen werden aufgerissen.

Das Einzige, was noch zu hören ist, ist die Werbung für Bacchus Energydrinks, die im Hintergrund läuft.

»*Ihrem Freund?*«, sagt Sumin endlich.

Scheiße.

Für die anderen klingt es vielleicht so, als würde Eunji mich verteidigen, aber ich sehe an ihrem Gesichtsausdruck, dass sie ganz genau weiß, was sie da tut. Dass sie weiß, dass ich meine Beziehung mit Alex lieber geheim halten würde, und es dem Rest der Gruppe trotzdem verrät.

»Ja, meinem Freund«, antworte ich, obwohl es sich immer noch komisch anfühlt, Alex so zu nennen. »Er heißt Alex. Wir haben uns in Singapur kennengelernt, und seitdem schreiben wir.«

»Wow«, sagt Sunhee mit glänzenden Augen. »Ich kann nicht fassen, dass du ihn in Singapur getroffen hast. Da hat Jiyoon ...«

Sie verstummt und schaut Jiyoon, die wie erstarrt dasitzt, entschuldigend an. Sie muss den Satz nicht beenden. Wir wissen alle, dass das der Abend war, an dem Jiyoon erwischt wurde.

»Dann warst du an dem Abend in Singapur also doch mit einem Mann zusammen.« Mina stemmt die Hände in die Seiten. Ich denke daran, wie ich es ihr damals erklärt habe. Dass ich mit jemandem, den meine Freundinnen kennen, Kaffee trinken war. Na ja, damals war das ja auch alles. Aber ich sehe natürlich, wie es jetzt aussieht. Vor allem wegen dem, was an dem Abend mit Jiyoon passiert ist.

»Ja«, sage ich langsam. »Gemeinsame Freundinnen haben uns einander vorgestellt. Damals waren wir nur befreundet. Es ist erst später eine Beziehung daraus geworden.« Ich weiß nicht genau, warum es mir wichtig ist, das zu erklären, vor allem, weil Jiyoons Gesichtsausdruck sehr deutlich macht, dass das für sie keinen Unterschied macht. »Aber egal«, sage ich rasch. »Bei ihm war ich gestern Abend nicht.« Jetzt oder nie. »Ich war bei meiner Familie, und es gibt etwas Wichtiges, worüber ich mit euch sprechen möchte.« Ich hole tief Luft. »Ich werde aus der Villa ausziehen und wieder zu Hause bei meiner Familie leben. Ich weiß, dass das plötzlich kommt, aber meine Eltern haben vor kurzem eine Wohnung ganz in der Nähe gekauft, und sie haben ein Zimmer für mich eingerichtet. Es wird nichts an meinem Einsatz für Girls Forever ändern oder an anderen Projekten mit DB. Im Gegenteil, ich glaube, es ist sogar besser so. Ein kompletter Neustart.« Ich bin so nervös, dass es mir schwerfällt, mit Reden aufzuhören. Ich presse die Lippen aufeinander und lächle. »Also, was meint ihr?«

Einen Moment lang herrscht angespanntes Schweigen.

Dann räuspert sich Jiyoon. »Wow. Du hast so ein Glück, dass deine Familie in der Nähe wohnt.« Ich stelle einen Hauch Neid in ihrer Stimme fest. »Es muss schön sein, diese Möglichkeit zu haben.«

»Wenn ich ehrlich bin, hätte ich auch nichts dagegen, bei meiner Familie zu wohnen«, fügt Youngeun hinzu. »Das wird sicher eine tolle Veränderung für dich, Rachel.«

Ich nicke. Ich bin wirklich dankbar, dass Youngeun so ruhig geblieben ist. Ich mache mich auf den Weg in mein Zimmer, aber bevor ich es zur Tür schaffe …

»Aber lass uns noch mal über deinen Freund reden«, sagt Sunhee. »Wie ist er so? Hast du ein Foto?«

Fast.

»Er ist wirklich süß und lieb«, sage ich zögerlich. Es fühlt sich komisch an, so kurz nach dem Skandal um Eunji und Geonwu über Alex zu reden. Und so, wie Eunji die Lippen zusammenkneift, weiß ich, dass es auch für sie immer noch ein wunder Punkt ist. Ich wiegle also ab. »Ich habe nicht viele Fotos. Es ist schließlich eine Fernbeziehung.«

»Na ja, herzlichen Glückwunsch, Rachel«, sagt Mina. »Zu der Beziehung und zu deinem Umzug. In deinem Leben tut sich gerade ganz schön viel.«

»Danke, Mina«, sage ich langsam. Sie sagt nichts mehr, aber irgendwie traue ich dem Frieden nicht. Sie haben die Neuigkeiten überraschend gut aufgenommen. Aber es macht mir Sorgen, dass sie jetzt von Alex wissen. Sie würden meine Beziehung doch nicht öffentlich machen, oder? Ich vermute, dass mehr als eine von ihnen heimlich eine Beziehung führt. Besonders Lizzie und Sumin sahen ziemlich besorgt aus, als Eunjis Beziehung mit Geonwu ans Licht kam. Sie würden doch nicht wollen, dass noch mehr Girls-Forever-Mitglieder mit heimlichen Beziehungen die Aufmerksamkeit der Medien auf sich ziehen, oder? Das würde ja unweigerlich auch Aufmerksamkeit auf sie selbst lenken.

»Okay, na ja, ich gehe dann mal packen.« Ich gehe auf direktem Wege in mein Zimmer, bevor sie mich noch mehr über Alex ausfragen können.

Ich räume meine Schubladen und Schränke aus. Meine Eltern haben mir ein paar leere Umzugskisten angeboten, aber ich wollte zuerst sehen, ob nicht alles in meine Reisekoffer passt. Ich rolle gerade T-Shirts, Socken und Pyjamas zusammen, als ich plötzlich spüre, dass ich nicht mehr alleine bin. Ich schaue auf und erwarte, Jiyoon zu sehen, aber es ist Eunji.

Ihr Gesicht ist ausdruckslos. Sie steht einen Moment lang schweigend da. »Du ziehst also wirklich aus?«, fragt sie dann.

»Ja.« Ich rolle ein paar Wollsocken zusammen.

»Du zerbrichst unsere Schneekugel.« Eunji macht einen Schmollmund. Es klingt allerdings nicht wie eine Anschuldigung, sondern eher wehmütig. Ich schaue wieder auf und sehe eine kleine Gefühlsregung in ihren Augen.

»Eunji«, sage ich, und ihre Unterlippe fängt an zu zittern. Ich greife nach ihrer Hand und ziehe sie neben mich auf Jiyoons Bett (meines ist voller Kleider). »Es tut mir so leid, was passiert ist. Es war so unfair. Es hätten genauso gut Alex und ich sein können, und ganz ehrlich, es war einfach nur Pech, dass du und Geonwu als Erstes rausgegangen seid und erwischt wurdet.« Ein Schauer läuft mir den Rücken hinunter, wie immer, wenn mir das klarwird. »Wahrscheinlich hat eine der Kellnerinnen Geonwu erkannt und *Reveal* angerufen. Wie hätten wir das wissen sollen?« Ich lege vorsichtig den Arm um ihre Schulter, und auch, wenn sie sich anspannt, rückt sie zumindest nicht von mir ab. »Es tut mir so leid, dass das passiert ist. So, so leid. Ich kann nicht fassen, wie unfair das alles ist.«

»Ja.« Sie schaut weg. Ihre Stimme bricht. »Es ist wirklich unfair.«

»Aber bitte sei doch nicht sauer auf mich. Wir brauchen einander, um das alles zu überstehen. Die, auf die wir wirklich wütend sein sollten, sind die Medien«, sage ich nachdrücklich. »Dafür, dass sie uns zwingen, Beziehungen öffentlich zu machen, wenn wir noch nicht bereit dazu sind. Und …«, jetzt spreche ich automatisch leiser, als könnte Mr. Noh hören, über was wir in der Villa sprechen, »… und auf DB, dafür, dass sie dabei mitmachen. Wie schwer kann es schon sein, einfach keinen Kommentar abzugeben? Ich weiß, dass DB das Beste für uns will und nur versucht, uns zu beschützen, so, wie das in unserem Business eben üblich ist, aber ich wünsche mir oft, dass sie unsere Privatsphäre ein bisschen besser verteidigen würden. Und … wenigstens zwingen sie dich nicht, dich von Geonwu zu trennen, so wie bei Jiyoon und Jin.«

»Ja, wahrscheinlich.« Sie lässt die Schultern sinken. Die Wut ist aus ihrem Körper gewichen, und sie sieht jetzt einfach nur noch traurig aus. »Oh Mann. Das habe ich nun davon, dass ich mit jemandem zusammen bin, der so bekannt ist wie ich. Noch viel bekannter, sogar. Ich hätte mir einen Niemand aussuchen sollen, so wie du. Dann wäre es leichter gewesen, unentdeckt zu bleiben.«

Ich weiß, dass sie irgendwie recht hat, aber trotzdem. Ist ihr nicht klar, wie unhöflich es ist, Alex einen Niemand zu nennen? Na ja. Jetzt ist nicht der richtige Zeitpunkt, um das anzusprechen.

»Was macht er noch mal?«, fragt Eunji. »Finanzwesen, oder?«

Ich nicke. »Er macht die Investitionen für Modefirmen. Er hat mir auch sehr bei der Vermarktung meiner Handtaschenkollektion geholfen.« Als ich das sage, huscht mein Blick automatisch zu meinem offenen Schrank, zu der Lücke, wo sonst immer meine Balenciaga-Tasche gestanden hat.

Aber Halt.

Nicht gestanden hat.

Sie steht da.

Die blaue Balenciaga-Tasche ist wieder da.

Sie steht auf dem obersten Regalboden, genau da, wo ich sie zuletzt gesehen habe.

Aber sie sieht definitiv nicht so aus wie damals.

Das Leder hat Risse und auf der Vorderseite ist ein Fleck, der wie Tinte aussieht. Sie wurde definitiv benutzt, und zwar nicht gerade vorsichtig. Ich springe auf und streiche mit den Fingern über das kaputte Leder. Meine Brust zieht sich schmerzhaft zusammen.

»Oh Baby«, flüstere ich. »Wer hat dir das angetan?«

Ich bin hin und her gerissen. Einerseits bin ich unglaublich erleichtert, dass die Tasche wieder da ist. Andererseits bin ich wütend, dass sie überhaupt jemand genommen hat. Ich lasse eine verwirrte Eunji auf dem Bett sitzen und marschiere mit der Tasche in der Hand ins Wohnzimmer. Ich weiß, dass es wahrscheinlich dumm ist, mich am letzten Tag, an dem ich mit den anderen zusammenwohne, darüber aufzuregen. Aber wenn ich eine Antwort darauf finden möchte, wer sich meine Tasche ausgeliehen hat, dann muss es jetzt sein.

»Leute, ernsthaft. Wer hat sich die ausgeliehen?« Ich versuche, nicht zu wütend zu klingen. »Kommt schon. Es ist keine große Sache, aber bitte, sagt es mir doch einfach.«

»Also wirklich, Rachel«, sagt Lizzie. »Du beschuldigst uns an deinem letzten Tag hier des Diebstahls?«

»Ich habe nicht ...«, setze ich an.

»Ich kann nicht glauben, dass du wirklich auszieht, Rachel.« Sunhee schaut mich mit traurigen Augen an.

Ich schlucke meine Wut hinunter. Stimmt. Es gibt Wichtigeres. Ich muss mich darauf konzentrieren, dass ich ausziehe und was für eine große Veränderung das für alle ist. Ich läute damit quasi das Ende einer Ära ein, also muss ich der Situation jetzt mit Großmut begegnen.

»Das wird schon, Sunhee«, sage ich. »Ich glaube, wenn überhaupt, kommen wir uns noch näher. Eine Person weniger, mit der man sich um die Dusche streiten muss, wird Wunder wirken, versprochen.«

»Kann sein«, sagt Sunhee niedergeschlagen.

»Oh, und Lizzie.« Ich drehe mich zu ihr um.

Sie zieht misstrauisch eine Augenbraue hoch, weil ich sie direkt anspreche. »Ich weiß, wie wichtig dir deine Schwester ist. Falls du auch nach Hause ziehen möchtest, würde ich dich bei DB definitiv unterstützen.« Lizzie schaut zu Boden. Sie sieht aus, als hätte sie ein schlechtes Gewissen.

»Und hey«, sagt Jiyoon fröhlich. »Man muss das positiv sehen. Ich habe jetzt ein eigenes Zimmer!«

»Wir sollten uns mit den Einzelzimmern abwechseln«, sagt Sumin rasch. Das ist ein Streit, den wir immer wieder haben. Die Villa hat fünf Zimmer, und wir sind zu neunt.

Das bedeutet, dass alle sich ein Zimmer mit jemandem teilen, außer Mina, die das einzige Einzelzimmer bekommen hat. Jedenfalls bis jetzt.

»Ich bin nach Jiyoon dran!« Ari hebt blitzschnell die Hand.

»Nicht fair, ich wollte mich auch gerade melden!«, sagt Sumin.

Während sie fröhlich weiterstreiten, schaue ich auf das brüchige Leder meiner Tasche hinunter. Man sagt ja, dass Abwesenheit die Zuneigung stärkt. Ich hoffe, dass das wirklich auch auf uns zutrifft.

Kapitel *Neunzehn*

**GIRLS FOREVER, NICHT MEHR FOREVER:
RACHEL KIM BEREITET SICH AUF SOLOKARRIERE VOR!**

Wir haben uns in Girls Forever verliebt, als sie vor fast sechs Jahren in die K-Pop-Szene hineingeplatzt sind und alles gehörig aufgemischt haben. Hat ein halbes Jahrzehnt Rachel Kim gereicht, um sich von der Gruppe zu entfernen? Eine gruppennahe Quelle erzählt uns: »Rachel ist schon seit längerem unzufrieden mit den acht anderen Girls – sie hat die Dreiecksbeziehung mit Jason und Mina nie wirklich verwunden und hat seit Jahren die anderen dazu gezwungen, sich zwischen ihr und Mina zu entscheiden.« Eine weitere Zeugin sagte uns, dass sie einen epischen Streit in der Villa mitgehört hat: Anscheinend ist Rachel gestern Abend mit all ihren Koffern zur Tür hinaus gestürmt ...

Das ist nur eine der lächerlichen Geschichten, die die Klatschpresse gedruckt hat, seit ich wieder nach Hause gezogen bin.

Zur Schadensbegrenzung hat DB unzählige Fotoshootings und Werbeanzeigen für uns neun gebucht, um dafür zu sorgen, dass die Welt uns immer noch als große, glückliche Familie sieht.

»Haltet durch, Mädels«, sagt Mr. Han bei unserem letzten Shooting. »Euer Zeitplan wird bald wieder normal, aber es ist jetzt wichtig, dass ihr zusammenhaltet. Das Vertrauen der Öffentlichkeit in Girls Forever ist in letzter Zeit schon genug erschüttert worden.«

Ich runzle die Stirn. Ich finde diesen Kommentar nicht ganz fair. Ich weiß, dass die Firma mehr Macht hätte, um die Medien zu beeinflussen, als Mr. Han wahrscheinlich gerne zugeben will.

»Und denkt dran, meine Damen«, warnt Mr. Noh, der zusätzlich zu Mr. Han ans Set gekommen ist. »Ihr wollt euren Fans jetzt keinen Grund geben, sich Sorgen um euch zu machen, wenn sie eigentlich euer Comeback feiern sollten.« Na ja, das ist zumindest ein Gedanke, der mir einleuchtet. Es ist jetzt Ende Juni, aber ich weiß, dass der September und damit unser Konzert in LA schneller da sind, als uns lieb ist. Wir müssen es schaffen, eine gute Leistung zu bringen, für +EVER. Unsere Fans haben uns die ganze Zeit über unterstützt, und wir wollen sie jetzt nicht enttäuschen.

Die gute Nachricht ist, dass es innerhalb der Gruppe wirklich besser läuft, seit ich ausgezogen bin. So zermürbend unser Zeitplan auch in letzter Zeit ist, ich habe bemerkt, dass ich mich jedes Mal freue, die anderen zu sehen, wenn ich am Set ankomme, um schon wieder ein anderes Kostüm zu shooten. Ich interessiere mich auch immer brennend dafür, was am Vorabend in der Villa so los war.

»Oh mein Gott, das hättest du sehen sollen«, sagt Ari begeistert, als wir uns schwarz-weiße Rennanzüge für eine Autowerbung anziehen. »Die Erdbeermilch war überall. Ich habe noch nie gesehen, dass Lizzie so gelacht hat.«

»Sie haben definitiv gekuschelt«, flüstert Sunhee, während ein Make-up-Artist für das Coca-Cola-Shooting unsere knallroten Lippen nachzieht. »Ernsthaft, es war so süß. Jiyoon war der kleine Löffel. Aber sag Mina nicht, dass ich es dir gesagt habe.«

Wenn ich abends von einem langen Arbeitstag mit Girls Forever nach Hause komme, ist Umma sofort mit einer Tasse Malztee und einem aufgewärmten Teller zur Stelle. An den Wochenenden esse ich mit Appa sternförmige Omeletts und helfe Leah, für SayGOs erstes chinesisches Album die Texte auf Mandarin auswendig zu lernen. Und wenn ich nicht mit Girls Forever arbeite oder Zeit mit meiner Familie verbringe, sitze ich an meinem Bambusarbeitstisch in meinem neuen Zimmer und zeichne Skizzen für meine neue Linie.

Als ich erfahren habe, dass Lane Crawford meine Kollektion nur nimmt, wenn ich die Designs für die nächste Saison fertig habe, sobald die ersten sechs Taschen in die Läden kommen, dachte ich wirklich, dass ich das auf keinen Fall schaffe. Aber als sich der Juni dem Ende zuneigt, stelle ich fest, dass ich auf wundersame Weise schon die Hälfte der verlangten achtzehn Taschen designt habe. Ich weiß nicht, ob es daran liegt, dass ich jetzt mehr Abstand von den Spannungen in der Villa habe, daran, dass ich von meiner liebevollen Familie umgeben bin, oder an dem perfekten Arbeitsplatz, den Umma mir geschaffen hat, aber es ist wirklich so, als hätte mein Umzug nach Hause eine wahre Flut an Kreativität ausgelöst. Die Ideen strömen so schnell aus mir heraus, dass der Bleistift kaum mithalten kann. Der Launch meiner Marke rückt immer näher, und es wird wahrscheinlich trotz allem so richtig knapp, aber ich habe zum ersten Mal das Gefühl, dass ich das hier tatsächlich schaffen kann.

»Ooh, die sieht cool aus!« Leah schaut mir über die Schulter. »Welche ist das?«

Ich arbeite an einer Serie, die von unserem Umzug nach Korea und meinen Jahren als Trainee inspiriert ist. Es sind elegante, rechteckige Minitaschen mit abnehmbaren Riemen, die sowohl als Cross-Body als auch als Clutch getragen werden können. Es wird verschiedene Farben und verschiedene Riemen geben, so dass man sie so zusammenstellen kann, wie man möchte. Ich habe mich in meinen Jahren als Trainee so sehr verändert, und ich möchte, dass die Taschen dieses Gefühl von Wachstum und Weiterentwicklung widerspiegeln.

»Ah, das verstehe ich!«, sagt Leah, nachdem ich ihr die Inspiration für das Cross-Body/Clutch-Konzept erklärt habe. »Die Tasche kann vom Alltag zur Abendmode übergehen, genauso wie du dich von einem normalen Mädchen zu einem K-Pop-Star entwickelt hast.«

»Ja, genau«, lache ich.

»Die hier ist wunderschön.« Leah greift nach einer Handvoll Fotobeispiele von einem Shooting mit dem Lotte-Kaufhaus. Sie machen eine große Werbekampagne für den Markenlaunch in Korea. Ich schaue Leah über die Schulter, um mir das Bild anzusehen, das sie meint – ein Bild von mir vor einem leuchtend weißen Hintergrund, mit einem breiten Lächeln auf dem Gesicht, wie ich versuche, eine dreieckige Tasche auf meinem Kopf zu balancieren. »Das ist die New-York-Tasche, oder?«, fragt Leah. Ich nicke. Mit dem Design hatte ich die größten Schwierigkeiten. Ich habe mir so viele Gedanken über die Anhänger für den Reißverschluss gemacht. Es sollte nach New York aussehen, ohne kitschig zu werden. »Du musst mir unbedingt eine zurücklegen«, sagt Leah. »Die ist wirklich cool geworden.«

Ich grinse. »›Nostalgisch, aber frisch‹, hat Celeste sie genannt.« Seit Alex mir gesagt hat, dass Lane Crawford meine Taschen nimmt, war ich ständig mit Celeste und ihrem Team in Kontakt. Obwohl er genau genommen ein Investor der Marke ist, wollte ich nicht, dass Alex zwischen mir und Lane Crawford vermittelt. Vor allem jetzt ...

In diesem Moment vibriert mein Handy, und mein Herzschlag beschleunigt sich. Jedes Mal, wenn er mir schreibt, ist es, als würde ein Radar aus meinem Handy heraus pulsieren. *Hey, schaut alle her! Rachel Kim schreibt mit einem Jungen! Und sie hat ihn sogar geküsst! Und er nennt sie seine Freundin!* Die Medien spekulieren so viel mehr, seit Eunjis Skandal ans Licht gekommen ist und ich aus der Villa ausgezogen bin. Es fühlt sich immer unmöglicher an, Zeit mit Alex alleine zu verbringen. Aber jedes Mal, wenn ich ihm schreibe oder über FaceTime mit ihm spreche, wird der Wunsch stärker, ihn in echt zu sehen. Ich versuche also, beides weniger oft zu tun, einfach nur, um mich nicht zu sehr in Versuchung zu bringen. Ich weiß, dass ich offen zu Alex sein sollte. Ich sollte ihm sagen, dass ich mir nicht sicher bin, ob ich unsere Beziehung schon offiziell machen soll. Allerdings ist meine eigene Meinung dazu so voller Konflikte, dass ich nicht einmal wüsste, wie ich auch nur anfangen sollte, ihm zu erklären, was ich empfinde. Es ist also einfacher, ihn auf Distanz zu halten.

Meine Finger schweben schon über dem Handy, um

Sorry, ich war beschäftigt

zu schreiben, aber als ich auf mein Handy schaue, sehe ich, dass die Nachricht gar nicht von Alex ist.

Yujin: Hey du – nächsten Dienstag Kaffee in der DB Zentrale?

Es ist schon lange her, dass ich mit der Mentorin meiner Traineezeit gesprochen habe, aber Chung Yujin ist noch immer dieselbe. Sie ist offen, ehrlich und kurz angebunden, aber gleichzeitig herzlich und einladend. Ihre Augen leuchten vor Neugier, und ihr Haar ist neonblau. Wir sitzen unter den großen weißen Sonnenschirmen an den glänzenden Glastischen im DB-Café auf der Dachterrasse des Gebäudes und trinken Iced Coffee.

»Hört sich an, als würde es bei dir richtig gut laufen«, sagt Yujin, als ich ihr endlich alles erzählt habe, was bei mir los ist.

»Auf jeden Fall gut und definitiv viel.« Ich lache. »Und die Marke startet Anfang August, danach wird also noch mehr los sein.« Ich denke an die Materialien fürs Marketing, die ich noch genehmigen muss, und den Launchtag selbst, der für mich vor allem aus Interviews bestehen wird. Darauf muss ich mich während des nächsten Monats vorbereiten. »Und dabei habe ich die ganzen Gruppen-Werbespots, die BD in letzter Zeit für Girls Forever in Auftrag gegeben hat, noch gar nicht erwähnt.«

»Ah, ja, ihr habt euch in letzter Zeit wirklich keine Pause gegönnt.« Yujin zieht die Augenbraue hoch. »Und ich habe gehört, du bist wieder nach Hause zu deiner Familie gezogen?«, fügt sie hinzu. Ihr ist sicher der Zusammenhang zwischen meinem Umzug und der ganzen Gruppenwerbung klar.

»Hast du das von DB gehört oder von *Reveal*?« Ich verziehe das Gesicht. »Sie schreiben die ganze Zeit irgendwelchen Mist über mich.«

Yujin stellt ihr Glas ab und beugt sich zu mir vor. Sie sieht nachdenklich aus. »Hör zu, Rachel. Die Welt hat ein Auge auf dich geworfen. Das weißt du, oder? Du weißt, dass das daran liegt, dass *Reveal* und die anderen Outlets dich so genau beobachten. Vor allem jetzt, wo du all diese aufregenden neuen Projekte planst.«

Ich werde rot. Einerseits freue ich mich, dass sie das sagt, aber es ist irgendwie auch peinlich.

»Und es ist wirklich toll, du hast diesen ganzen Erfolg definitiv verdient«, fährt Yujin fort. »Aber wenn ich in all meinen Jahren eines gelernt habe, dann, dass der Wettbewerb innerhalb einer Gruppe schnell in ernsthafte Missgunst umschlagen kann. Vor allem, wenn eine Gruppe einen gewissen Grad an Erfolg erreicht hat. Zuerst arbeitet ihr alle zusammen und versucht, ganz nach oben zu kommen. Aber wenn ihr erst mal dort angekommen seid, ist es nicht ungewöhnlich, wenn einzelne Mitglieder versuchen, innerhalb der Gruppe nach oben zu gelangen. Ihr seid jetzt wie lange zusammen? Fünf Jahre?«, fragt Yujin.

»Sechs«, sage ich. »Jedenfalls nächsten Monat. Aber ganz ehrlich, Yujin, zwischen uns ist alles in Ordnung. Seit ich ausgezogen bin, ist es sogar viel besser als vorher. Du weißt ja, wie die Medien sind. Die machen aus allem eine große Sache. Wenn sie nicht über irgendeine große Verschwörung berichten können, sind sie einfach nicht zufrieden.«

Yujin sieht nicht überzeugt aus. »Wo wir gerade beim Thema sind ...« Ihre Brauen ziehen sich zusammen, und sie nagelt mich mit ihrem Blick fest, wie eine Traineekünstlerin, die bei der Probe mit ihrem Handy erwischt worden ist. »Mir wurde erzählt, dass du zusammen mit Eunji bei einem gewissen Dinner warst?«, fragt sie vielsagend.

Ihre Worte hängen einen Moment lang in der Luft, und mir wird plötzlich klar, dass das hier vielleicht nicht einfach nur ein freundschaftliches Treffen ist. Vielleicht hat DB Yujin geschickt, um mich zu warnen. Ich trinke einen langen Schluck von meinem Iced Coffee, bevor ich antworte. »Ja, war ich«, sage ich. »Aber ...« Ich halte inne und versuche, meine Worte mit so viel Bedacht wie möglich zu wählen. So nahe, wie ich mich Yujin auch immer

gefühlt habe, sie gehört trotzdem zum DB-Management.
»Du musst dir keine Sorgen machen, Yujin. Ich ... habe alles im Griff.«

Klar. Wenn *alles im Griff* bedeutet, dass ich Alex aus dem Weg gehe, damit ich mich nicht weiter mit der Situation befassen muss, dann stimmt das schon.

Ich hole tief Luft und schaue Yujin in die Augen. »Ich verstehe, welche Verantwortung ich der Gruppe gegenüber trage und auch als DB-Idol.« Das stimmt, und ich weiß auch, dass es das ist, was Yujin hören muss, um Mr. Noh einen positiven Bericht zu liefern.

»Na ja, dann ist ja gut.« Yujins Gesichtsausdruck wird etwas weicher. »Aber du weißt ja genauso gut wie ich, dass es nicht immer auf dasselbe hinausläuft, wie die Dinge wirklich sind und wie sie nach außen hin scheinen. Und in unserem Business ist Letzteres genauso wichtig, wenn nicht sogar wichtiger.«

Sie lehnt sich in ihrem Stuhl zurück und schaut sich im Café um. Auf der Dachterrasse scharen sich Trainees, Idols und das halbe Management, trinken Lattes und essen Gebäck. Auf den ersten Blick sieht es so aus, als würden die Leute einfach nur eine entspannte Kaffeepause machen, aber ich bin mir sicher, dass die meisten von ihnen mindestens genauso ernste Gespräche führen, wie Yujin und ich gerade. Wie sie schon gesagt hat: Der äußere Schein gibt nicht immer die Realität wieder.

»Ich hab's!«, sagt sie plötzlich und schlägt mit der Hand auf den Glastisch. »Du solltest nächsten Monat eine Party zum Jahrestag von Girls Forever geben. DB hat mit Sicherheit auch etwas geplant, aber wenn du die Führung übernimmst, könnte das ein deutliches Zeichen dafür setzen, dass die anderen dir wichtig sind, egal, wo du wohnst, und egal, mit welchen anderen *Projekten* du dich gerade sonst noch beschäftigst.« Sie schaut mich wieder vielsagend an, und ich werde rot, als mir klarwird, dass sie damit auch Alex meint. »Es würde zeigen, dass Girls Forever deine oberste Priorität ist.«

Ich trinke den letzten Schluck von meinem Iced Coffee und denke über ihren Vorschlag nach. Yujin hat recht. Mit ihr hier zu sitzen, hat so viele Erinnerungen an meine Zeit als Trainee wachgerufen, und in fast allen davon kommt Akari vor. Es tut weh, zu wissen, dass diese Freundschaft meinetwegen kaputt gegangen ist. Ich kann nicht zulassen, dass dasselbe mit Girls Forever passiert. Momentan sind es nur die Medien, die darauf spekulieren, dass es einen Bruch zwischen mir und Girls Forever gibt, aber ich weiß nur zu gut, wie viel Macht die Medien haben. Man muss eine Geschichte nur oft genug lesen, dann glaubt man sie auch irgendwann. Ich möchte nicht, dass die anderen Zweifel bekommen, dass Girls Forever mir wichtig ist. Eine Jubiläumsparty auszurichten, wird den anderen zeigen, wie wichtig sie mir sind. Und es wird den Medien hoffentlich auch etwas anderes geben, worüber sie berichten können.

Ich lächle Yujin an. »Ich bin dabei.«

»Du siehst heute Abend wirklich toll aus, Rachel«, sagt Jongseok, als ich in meinem klassischen weißen Hosenanzug auf den Rücksitz klettere. Ich trage dicke goldene Kreolen und habe eine große Einkaufstasche über der Schulter hängen.

Genau wie Yujin es sich gedacht hatte, hat DB es sehr gerne gesehen, dass ich die Rolle der Gastgeberin für das Girls-Forever-Anniversary-Event übernehme – und sie haben auch dafür gesorgt, dass alle Medienoutlets es mitbekommen. Während der letzten drei Wochen habe ich stundenlang Menüs zusammengestellt (Sumin ist gegen Erdbeeren allergisch, Jiyoon hasst Artischocken) und Zeitpläne verglichen (die Party durfte auf keinen Fall mit Sunhees Radiosendung, Aris Musical oder Minas Schauspielaufträgen kollidieren; es müssen unbedingt alle neun von uns anwesend sein, das hat DB so angeordnet). Und natürlich habe ich gleichzeitig auch noch meine eigenen Pläne für den Markenlaunch fertiggestellt, der jetzt irgendwie auch schon in einer Woche stattfindet! Bevor ich mich heute Abend auf den Weg ins Restaurant gemacht habe, habe ich den letzten meiner achtzehn Entwürfe für die zweite Saison bei Lane Crawford abgeschickt. Es hat mehr als nur eine mit Hilfe von Honig-Butter-Chips durchgearbeitete Nacht gebraucht, um damit fertig zu werden, aber ich habe es geschafft. Als ich heute Nachmittag die E-Mail an Celeste abgeschickt habe, hat es sich angefühlt, als hätte mir jemand eine schwere Last von den Schultern genommen. Ich weiß, dass das Dinner heute Abend genauso für die Medien stattfindet wie für uns, aber ich kann es trotzdem kaum erwarten, mit den anderen zu feiern und mich endlich ein bisschen zu entspannen.

Als wir vor dem Restaurant halten, bekomme ich eine Nachricht auf mein Handy.

Alex: Alles Gute zum Jahrestag!

Mein Herz flattert ein bisschen, als ich die Nachricht lese. Ich weiß natürlich, dass er den Jahrestag von Girls Forever meint, aber trotzdem – die Nachricht lässt mich sofort an eine Zukunft denken, in der wir unseren eigenen Jahrestag feiern. Ich spüre das Gemisch aus Sehnsucht und schlechtem Gewissen in mir aufsteigen, das ich mittlerweile fast immer habe, wenn ich an Alex denke. Es gibt so viel, was ich ihm sagen möchte – über uns, über unsere Zukunft, meine Ängste, meine Hoffnungen. Aber es scheint einfach nie der richtige Moment zu sein. So viele andere Dinge fordern ständig meine Aufmerksamkeit, und die Paparazzi könnten uns an jeder Ecke auflauern. Ich schicke ihm vorerst eine Reihe Herz-Emojis, dann stecke ich mein Handy wieder in die Tasche.

Als ich ankomme, wartet die Presse schon vor dem OASIS411. Ich bleibe im Auto, bis die anderen da sind, damit wir zusammen das vornehme Restaurant betreten können. Es sieht aus wie ein Palast. Das OASIS411 ist das komplette Gegenteil vom Marigold House, wo Eunji und ich unser Doppeldate hatten. Es ist protzig und High End und wenn man hierherkommt, dann will man definitiv gesehen werden. Oder man will Promis sehen. Die Gruppe kommt kurz nach mir an und die Kameras spielen verrückt. Unsere Begrüßungsumarmungen werden tausendfach fotografisch festgehalten, und wir stehen noch kurz draußen im warmen Juniwind und freuen uns auf unsere Feier. Wir posieren zur Feier des Tages sogar für ein offizielles Gruppenfoto, bei dem wir uns alle gegenseitig die Arme um die Schultern legen. Dann winken wir den Paparazzi zu und verschwinden im Restaurant.

Wir werden sofort in ein Privatzimmer geführt, aber anders als beim Doppeldate mit Eunji hat dieses hier deckenhohe Fenster. Es würde mich nicht überraschen, wenn da draußen im Gebüsch noch mehr Paparazzi herumkriechen würden, die hoffen, durch das Glas noch einen Blick auf uns erhaschen zu können. Aber sobald die Tür zugeht, verebbt die aufgedrehte Stimmung. Wir sitzen erst mal schweigend da. Es ist, als hätte die gespielte Zuneigung, die wir während der letzten Wochen bei all diesen Fotoshootings und Drehs an den Tag legen mussten, uns jeden Sinn für echte Freundschaft geraubt.

Nach ein paar angespannten Sekunden fragt Mina: »Warst du noch shoppen, bevor du hergekommen bist, oder was?« Sie nickt in Richtung der Einkaufstasche, die neben meinem Stuhl auf dem Boden liegt.

»Muss schön sein, wenn man Zeit zum Shoppen hat«, sagt Lizzie kühl. »Ich habe heutzutage kaum noch Zeit zum Schlafen, aber Rachel macht die Galeria unsicher.« Ich will ihr gerade widersprechen, als genau in diesem Moment die Kellnerin hereinkommt und uns das Menü vorliest, das ich für heute Abend arrangiert habe. Als sie die Vorspeise vorliest, gegrillten Heilbutt, lacht Jiyoon kurz auf. Mir rutscht das Herz in die Hose. Ich habe mir so viel Mühe beim Menü gegeben und extra die Sachen ausgesucht, die die anderen mögen. Aber vielleicht lag ich trotzdem daneben?

»Sorry«, sage ich, als die Kellnerin wieder weg ist. »Wenn jemand den Heilbutt nicht mag, kann die Küche sicher etwas anderes machen ...« Ich möchte, dass dieser Abend perfekt wird, und zwar nicht für die Medien, sondern für uns. Sechs Jahre sind wirklich eine große Leistung für eine K-Pop-Gruppe, und das sollten wir gebührend feiern.

»Nein, nein«, lacht Jiyoon. »Ich liebe Heilbutt. Das hast du toll ausgesucht, Rachel. Ich musste nur an diese Seafood-Werbung denken, die wir in unserem dritten Jahr gedreht haben. Wisst ihr noch?«

»Die mit den lebenden Hummern?«, fragt Youngeun. »Sunhee wollte einen als Haustier mit nach Hause nehmen.« Sie kneift Sun in den Arm.

»Ich wollte nicht ...«, fängt Sunhee an, aber Jiyoon fällt ihr ins Wort.

»Also entschuldige mal, aber wie kommt man überhaupt darauf, dass das eine gute Idee sein könnte?«

Ari bekommt einen Lachanfall. Sie hält sich immer

noch vor Lachen den Bauch, als eine Kellnerin hereinkommt und Teller mit dem Amuse-Bouche herumreicht, Kirschtomaten-Auberginen-Chutney auf Crostini.

»Okay, die Hummer waren schlimm, aber die waren mir immer noch lieber als die geschmolzene Schokolade, in der wir uns für Pepero-Day wälzen mussten«, sagt Sumin. »Das war echt unhygienisch.«

»Oh mein Gott, das hatte ich ja völlig verdrängt«, stöhnt Lizzie. »Das war wirklich schlimm.«

Leah und ich fanden es immer toll, einander am Pepero-Day Schachteln der in Schokolade getauchten Keksstäbchen zu schenken, aber nachdem ich mich wortwörtlich als menschlicher Pepero-Keks verkleiden musste, ist mir die Lust daran ein wenig vergangen.

»Mir wird immer noch ein bisschen schlecht, wenn ich Pepero sehe«, gibt Mina zu. Dieses Mal fangen wir alle an zu lachen, und Ari hält sich noch fester den Bauch und fleht uns an, aufzuhören.

»Ernsthaft, mir tut der Bauch weh!«, sagt sie.

Das bringt uns nur noch mehr zum Lachen. Der erste Gang wird gebracht: wunderschön präsentierte Miniportionen von mit Safranrisotto gefülltem Tintenfisch, Rindfleisch-Kürbis-Consommé mit Ravioli und Austern mit Tuna Crudo. Wir essen und schwelgen weiter in Erinnerungen, unseren schönsten gemeinsamen Momenten, den lustigsten, den schrecklichsten.

»Einer der furchtbarsten Momente war, als wir dachten, dass wir Sunhee am Flughafen in Taiwan verloren hätten.« Ich schlürfe elegant eine Auster. »Es war nicht mehr lange bis zum Flug. Wisst ihr noch, was wir für eine Panik hatten? Wir dachten, du wärst gekidnappt worden, Sun.«

»Tut mir leid.« Sunhee lacht und läuft rot an. »Ich hatte das Frühstück nicht vertragen.«

»Du hättest uns ja Bescheid sagen können, dass du aufs Klo gehst!«, sage ich lachend. »Mina hätte fast die Polizei gerufen!«

Mina verdreht die Augen, aber sie kann ein kleines Lächeln nicht verbergen, als sie Sunhee liebevoll anschaut.

»Für mich war der schrecklichste Moment, als dieses Mädchen ohnmächtig geworden ist, weil sie so aufgeregt war, uns zu treffen«, sagt Sumin. »Youngeun war drauf und dran, über den Tisch zu klettern und lebenserhaltende Maßnahmen einzuleiten.«

»Dafür ist der Erste-Hilfe-Kurs schließlich da«, sagt Youngeun ernsthaft.

»Stimmt, das weiß ich noch!«, sagt Ari. »Sie ist nach zehn Sekunden von selbst wieder aufgewacht und hat sich furchtbar geschämt, aber nachdem wir sie alle umarmt und ein Foto mit ihr gemacht haben, hat sie gesagt, es sei der beste Tag ihres Lebens.«

»Das war süß«, gibt Mina zu. »Unsere Fans sind die Besten.«

»Moment mal, wird Choo Mina da etwa gerade rührselig?«, fragt Eunji grinsend.

Mina zuckt mit den Schultern. Sie spießt eine ihrer Ravioli mit der Gabel auf und steckt sie sich in den Mund. »Das habt ihr aber nicht von mir.«

Der Abend vergeht wie im Fluge. Wir essen und lachen und erzählen Geschichten. Ich wünschte, die Medien könnten uns so sehen: entspannt und schlagfertig, und vor allem gelöst und offen. Wir erinnern uns an all die Momente, die wir schon miteinander geteilt haben, und genießen es so richtig, mit der ganzen Gruppe zusammen zu sein. Andererseits ist es vielleicht genau das, was Momente wie diesen so besonders macht. Sie gehören nur uns. Diese Mädchen gehen mir vielleicht manchmal auf die Nerven wie niemand sonst auf der Welt, aber letztendlich sind sie die einzigen Menschen, die während der letzten sechs Jahre wirklich alles mit mir durchgestanden haben. Wir sind wirklich eine Familie, ob uns das jetzt gefällt oder nicht. Und heute Abend, denke ich mir, als ich mich an unserem Tisch umsehe, heute Abend gefällt mir das sehr gut.

»Übrigens, ich dachte, ich sollte das wahrscheinlich allen sagen«, sagt Lizzie. »DB hat mir erlaubt, wieder zu meinen Eltern zu ziehen. Ich ziehe nächste Woche aus der Villa aus.« Ihr Blick begegnet meinem, nur ganz kurz, dann schaut sie wieder weg und trinkt einen Schluck.

»Ich auch«, sagt Youngeun. Sie dreht sich zu mir um und lächelt begeistert. »Meine Mom freut sich so. Und sie möchte, dass ihr alle bald mal im Café vorbeikommt. Ich glaube, sie hat sogar schon vierzehnmal Mr. Noh angerufen, um etwas auszumachen. Ihr könnt euch also schon mal darauf freuen, dass das bald in eurem Zeitplan stehen wird.« Sie verdreht die Augen, aber sie lächelt auch. »Na ja, wir müssen uns dafür jedenfalls bei dir bedanken, Rachel. Ich habe schon öfter darüber nachgedacht, nach Hause zu ziehen, aber wenn du es nicht zuerst gemacht hättest, hätte ich mich nie getraut, es anzusprechen. Danke für die Inspiration.«

Ich spüre eine Welle der Erleichterung. Nachdem ich immer und immer wieder gehört habe, wie viel Ärger mein Umzug DB bereitet hat, vor allem, wegen dem, was die Presse geschrieben hat, freut es mich umso mehr, dass er positive Auswirkungen für die Gruppe hatte. »Das ist ja toll«, sage ich. »Wirklich, wirklich toll. Und wo wir gerade von Inspiration sprechen …« Ich greife nach der großen Einkaufstasche und habe plötzlich Schmetterlinge im Bauch. Ich habe schon den ganzen Abend auf diesen Moment gewartet, aber jetzt bin ich plötzlich richtig nervös. »Ich habe ein Geschenk für euch.«

Eine nach der anderen ziehe ich acht Handtaschen aus der Einkaufstasche. »Das hier sind die Taschen aus meiner Linie. Sie sind alle inspiriert von wichtigen Momenten oder Phasen in meinem Leben. Und während der letzten sechs Jahre wart ihr alle bei jedem einzelnen dieser Momente dabei. Also wollte ich, dass ihr als Allererstes eine bekommt.« Ich lege die Taschen auf den Tisch und werde rot, weil ich so nervös bin. Ein kleines bisschen stolz bin ich vielleicht auch. Ich verteile die NYC-Tasche, die Traineetasche, die Erste-Tour-Tasche und meine Lieblingstasche, die, die ich die Rachel-jetzt-Tasche nenne. Sie ist butterweich und kugelrund, und sie soll mein jetziges Leben als globaler K-Pop-Star repräsentieren.

Ich kann nicht aufhören zu lächeln, während die anderen darüber streiten, wer welche Tasche bekommt. Ich freue mich so, dass sie ihnen gefallen. Die anderen sind manchmal so unberechenbar, dass ich meine Erwartungen bewusst klein gehalten habe, aber mir war bisher nicht klar, wie viel ihre Unterstützung mir bedeuten würde. Ich schaue zu, wie Eunji die Trainetasche anprobiert, die, die man als Clutch und als Cross-Body-Tasche tragen kann. Ich dachte, ich hätte mich während meiner sieben Jahre als Trainee viel verändert, aber ich sehe jetzt, dass die letzten sechs Jahre seit unserem Debüt mich mindestens genauso sehr geprägt haben. Aus mir ist eine vollständige Person geworden, die den K-Pop von ganzem Herzen liebt und gleichzeitig anderen Leidenschaften nachgehen kann.

Vollständig. Die perfekte Beschreibung für die Rachel-jetzt-Tasche. Das muss ich mir für das Werbematerial merken. Dann erinnere ich mich daran, dass ich mich jetzt besser einfach auf den Moment konzentrieren sollte. Auf unser Jubiläum. Ich kann nicht glauben, dass unser Debüt schon sechs Jahre her ist. Als ich mich noch mal im Raum umschaue, werden meine Augen ein bisschen feucht. Wir haben schon so viel zusammen durchgemacht, diese acht und ich.

Ich hebe mein Glas. »Auf sechs Jahre Girls Forever!
Wir stoßen an. »Und auf viele weitere!«

Kapitel Zwanzig

»Schsch, weck sie noch nicht auf.«
»Rutsch mal.«
»Okay, fertig? Auf drei?«
»ALLES GUTE ZUM LAUNCHTAG!«

Meine Augen fliegen zum Klang von Partyhupen auf, und ich sitze sofort kerzengerade im Bett. »Oh mein Gott, ich glaube, ich habe einen Herzinfarkt! Ihr habt mir vielleicht einen Schreck eingejagt.«

Alle lachen, während ich versuche, richtig wach zu werden und zu verstehen, was um mich herum los ist. Es regnet goldenes und pinkfarbenes Konfetti. Umma lehnt im Türrahmen, und Appa sitzt auf dem Stuhl an meinem Bambustisch. Am Fußende meines Bettes sitzen Leah, Hyeri und Juhyun eng aneinandergedrängt auf der Matratze. Sie haben Geburtstagshüte auf.

»Was ist das denn alles?« Ich muss lachen, als Leah mir einen rosafarbenen Geburtstagshut mit Goldrand aufsetzt.

»Wir feiern den Geburtstag von RACHEL K., ist doch klar«, sagt Leah. »An einem solchen Tag auszuschlafen, würde auch nur dir einfallen!«

»Leah, es ist doch erst acht!«

»Ich weiß, aber trotzdem. Wir sind schon seit Stunden wach und bereiten alles vor!«

»Juhyun und ich können leider nicht bleiben«, sagt Hyeri. Sie ist schon fürs Labor angezogen, eine einfache graue Hose, eine Bluse mit langen Ärmeln und ein Namensschild. »Aber wir mussten auf jeden Fall vorbeikommen, um dir alles Gute zu wünschen.«

»Du machst das garantiert so toll, Liebes!«, sagt Juhyun und gibt mir mit einem Arm eine halbe Umarmung. »Ich treffe mich gleich mit meiner Markenberaterin zum Kaffee, und dann schleppe ich sie sofort zur Apgujegong Rodeo Street, damit ich mir eine deiner Taschen kaufen kann. Ich habe schon den ganzen Vlog dafür geplant.«

»Aww, das müsst ihr doch nicht machen!« Ich lächle sie an, aber das ganze Getue ist mir auch ein bisschen peinlich.

»Willst du mich verarschen? Natürlich machen wir das!« Juhyun schaut mich an, als wäre ich verrückt geworden.

»Und außerdem«, sagt Hyeri. »Selbst wenn wir es nicht müssten – du weißt schon, wegen der Regeln für beste Freundinnen –, dann würden wir es trotzdem machen. Diese Taschen sind nämlich der Wahnsinn.«

»Na ja, wenn ihr unbedingt wollt.« Jetzt strahle ich über das ganze Gesicht. Zum millionsten Mal, seit wir uns in der vierten Klasse kennengelernt haben, wird mir klar, was ich für ein Glück mit meinen Freundschaften habe. In diesem Moment fängt Hyeris Apple-Watch an zu piepsen.

»Okay, jetzt müssen wir wirklich los, bevor ich definitiv zu spät komme.« Sie hüpft von meinem Bett.

»Gehen wir später zur Feier des Tages etwas trinken?«, fragt Juhyun, als sie mit Hyeri zur Tür geht.

Ehrlich gesagt habe ich es mir noch nicht erlaubt, so weit zu denken. Ich bin viel zu nervös – es gibt am heutigen Tag so viele unbekannte Größen. Aber ich nicke trotzdem und springe aus dem Bett, um die beiden Zwillinge richtig zu umarmen. Dann winke ich ihnen nach, als sie aus dem Zimmer eilen.

»Danke«, sage ich zu Leah und meinen Eltern, als wir wieder zu viert sind. »Das war wirklich lieb von euch.«

»Du hast so hart gearbeitet«, sagt Umma und nimmt mich in die Arme. »Wir konnten heute doch nicht einfach wie einen ganz normalen Tag beginnen lassen.«

»Wow. Unsere Tochter ist jetzt Designerin«, sagt Appa stolz.

Mir wird ganz warm ums Herz. Ich kann nicht fassen, dass ich es bis zum Launchtag geschafft habe. Gestern Abend habe ich stundenlang im Bett gelegen und über heute nachgedacht. Wie es sich wohl anfühlen wird, wenn ich jemanden mit meinem Design die Straße entlanglaufen sehe? Oder: Was, wenn niemand meine Taschen kauft? Ich habe mich hin und her gewälzt und mir vorgestellt, wie die Taschen auf den Regalen in den Kaufhäusern stehen und Staub fangen. Es stimmt zwar, dass ich das hier alleine mache, aber ich weiß auch, dass alles, was ich tue, auch auf Girls Forever und auf DB als Ganzes zurückfällt. Und als ich jetzt sehe, wie stolz mein Vater auf mich ist, wird mir klar, dass es mit meiner Familie nicht anders ist. Sie werden mich natürlich lieb haben, egal, was passiert – ob ich mit diesem neuen Abenteuer nun Erfolg habe oder komplett auf die Nase falle. Aber ich habe trotzdem panische Angst davor, sie zu enttäuschen.

Leah bläst in ihre Partytröte und reißt mich aus meinen kreisenden Gedanken. »Wir haben dir auch ein besonderes Frühstück gekauft, Unni!«, sagt sie strahlend. »Croissants mit Eiern und Käse von diesem neuen Brunchlokal auf der anderen Straßenseite.« Sie sagt »Croissant« mit einem übertriebenen französischen Akzent. »Sie sind weich und flockig und unglaublich gut – du musst unbedingt eins probieren, solange sie noch warm sind.«

»Ich kann die Butter jetzt schon schmecken«, grinse

ich. »Ich muss nur noch ganz schnell etwas erledigen. Ich komme gleich nach.«

Ich greife nach meinem Handy, als Umma, Appa und Leah mein Zimmer verlassen. Ich habe für heute schon einen Instagram-Post vorbereitet. Ich überprüfe ein letztes Mal das Foto von mir, auf dem ich alle sechs Taschen über der Schulter trage. Ich starre das Foto an und bin wirklich zufrieden mit dem Gesamteindruck. Die Taschen passen zusammen. Sie drücken etwas über Farben aus und über Launen und Stimmungen, und darüber, wie man ein gutes Leben führen kann. Und gleichzeitig sind sie alle komplett unterschiedlich und einzigartig. Deshalb war es auch sehr wichtig, welchen Hintergrund ich für das Foto wähle und welches Outfit ich trage. Letztendlich haben wir das Foto vor einem einfachen weißen Hintergrund gemacht und Blumen in den Farben der Taschen auf den Boden gestreut, und ich habe einen hellblauen, verwaschenen Jeansoverall an.

Hier sind eure neuen Favoriten: by Rachel K. steht in der Caption und dass man dem Account @rachel.k.shop folgen soll.

Ich hole tief Luft.

Los geht's.

Ich tippe auf *posten*.

Okay. Oh mein Gott, ich habe es gemacht. Sobald ich gesehen habe, dass das Bild wirklich gepostet wurde, mache ich mein Handy aus und schiebe es unter mein Kissen, damit ich nicht noch tausendmal draufschaue. Wenn ich das Handy nicht weggelegt hätte, würde ich mit Sicherheit die ganze Zeit das Bild neu laden, um sofort jede Reaktion zu sehen. Es juckt mir schon jetzt in den Fingern, das Handy wieder unter dem Kissen hervorzuholen, um zu sehen, wie viele Follower der neue Account schon hat, also gehe ich schnell aus dem Zimmer und setze mich zu den anderen an den Frühstückstisch.

Es gibt nichts Besseres, als den Tag mit einem Croissant zu beginnen. Sie sind buttrig und flockig, genau wie Leah gesagt hat, und ich schlinge die Hälfte meines ersten Croissants hinunter, bevor ich überhaupt einen Schluck Tee trinke – ein Earl Grey mit extra viel Vollmilch, mein Lieblingsgetränk für diese gemütlichen Morgen zu Hause. Für den Großteil des Frühstücks kann ich die nervösen Schmetterlinge in meinem Bauch ignorieren und einfach nur die Zeit mit meiner Familie genießen. Es ist wirklich schön, dass ich den Launch zuallererst mit ihnen feiern kann. Aber das Gebäck ist viel zu früh aufgegessen, und auch wenn bald eine Stylistin herkommt, um mich auf mein erstes Interview vorzubereiten, bin ich viel zu nervös, um mich zu entspannen. Ich biete also Leah an, ihr zu helfen, das Outfit für das nächste Meet and Greet mit Say-GO auszusuchen. Dann lasse ich mich auf das Sofa im Wohnzimmer fallen und zappe mich durchs Fernsehprogramm, ohne überhaupt mitzubekommen, was auf dem Bildschirm passiert. Irgendwann kommt Appa und fragt, warum ich eine Tierdoku schaue, und mir wird klar, dass schon eine ganze Weile lang die Paarungsrituale von Meerkatzen laufen.

Als ich mich schon fast nicht mehr zurückhalten kann und mein Handy unter meinem Kissen hervorholen möchte, kommt die Stylistin, Missy, und verfällt in einen Rausch aus Outfits und Make-up und Haarprodukten. Die ganze Zeit über ist mir nur allzu bewusst, dass auf meinem Instagram-Profil die ersten Reaktionen eintrudeln.

»Soll ich zuerst draufschauen«, fragt Missy, als wir fertig sind. Sie sieht genau, dass ich es fast nicht mehr abwarten kann, nach meinem Handy zu greifen. Jongseok wird in etwa fünf Minuten da sein und mich zu meinem ersten Interview in einem Café fahren, das kaum fünf Minuten von hier entfernt ist.

»Schon okay«, sage ich. »Ich mache das schon.«

Wenn es eines gibt, dass ich in meiner Zeit in der Entertainmentbranche gelernt habe, dann, dass man sich früher oder später ohnehin der Öffentlichkeit stellen muss. Das kann niemand anderes für einen übernehmen, egal, wie sehr man sich das auch wünschen mag.

In der allerletzten Sekunde schnappe ich mir mein Handy und gehe zur Tür. Als ich ins Auto steige, das draußen auf mich wartet, wage ich den ersten Blick auf den Bildschirm. Schon der Sperrbildschirm ist voller Nachrichten.

Plötzlich versucht das Frühstück, dass ich eben noch so genossen habe, sich einen Weg nach draußen zu bahnen. Die ganze Nervosität, die ich eben noch im Zaum halten wollte, überrollt mich.

Ich tippe rasch meine PIN ein und fange an, die Nachrichten zu lesen.

Carly Mattsson: Rachel, ich LIEBE deine Taschen! Herzlichen Glückwunsch!! Ich bin so stolz auf dich, und ich freue mich so xoxo.

Juhyun: Ähm, Rachel, deine Linie ist unglaublich! Ich gebe gerade vor allen bei Lotte damit an, dass ich mit der Designerin befreundet bin.

Hyeri: Ernsthaft! Ich bin während meiner Mittagspause kurz draußen gewesen. Ich kann mir keine von deinen Taschen aussuchen. Ich brauche sie alle. Unbedingt!

Mein Instagram-Post bekommt jede Sekunde so viele neue Likes und Kommentare, dass ich kaum mithalten kann. Ein Artikel lobt meine Taschen als »frisch und funktional«, und ein anderer feiert den »einzigartigen Blickwinkel«. Ich fange an, den Artikel von NYLON zu lesen:

RACHEL K. ist die erste Modelinie eines K-Pop-Idols. Wie erwartet zieht die Linie des Stars von Girls Forever (Koreas erfolgreichster Girlgroup – lesen Sie das Feature über ihren rasanten Aufstieg hier) jetzt schon Fans aus der ganzen Welt an, aber es ist offensichtlich, dass die Designs nicht nur K-Pop-Fans begeistern werden. Wenn es so weitergeht, sollte Ms. Kim sich darauf einstellen, dass sich zu den Fans, die sie wegen ihrer Musik hat, nun auch noch eine ganz eigene Gruppe von Fans gesellt, die ihr Debüt als neue Modedesignerin verfolgen.

Ich habe das Gefühl zu träumen. Ich hatte gehofft, dass die Linie kein totaler Flop wird, aber das hier ist besser als alles, was ich mir je hätte träumen lassen. Trotzdem, nur, weil die Taschen in den Kritiken gut wegkommen, heißt das noch lange nicht, dass sie auch gekauft werden.

Es war ja schon surreal, die Pressemitteilungen zu meinen Taschen zu lesen. Aber es ist noch viel unglaublicher, sie wirklich in den Läden zu sehen! Im Lotte-Kaufhaus beobachte ich aus der Schwimmabteilung heraus, wie eine Handvoll Besucher meine Taschen vor einem hohen Spiegel anprobiert. Als sie weg sind, gehe ich selbst hin. Als ich meine Designs hell beleuchtet auf den Regalen neben Prada und Fendi sehe, spüre ich die Aufregung und das Adrenalin in meinem Körper ganz deutlich. Ich kann nicht fassen, dass das alles gerade wirklich passiert.

Sie haben die Taschen wunderschön ausgestellt, mit Heißluftballons über dem Regal, an denen statt des Korbs je eine meiner Taschen hängt. Die Ballons selbst glitzern wie Kristalle. Sie hängen vor einem goldbestickten

Hintergrund. Ich mache schnell ein Foto, um es Alex zu schicken.

»Oh mein Gott, es ist Rachel!«

Als ich meinen Namen höre, drehe ich mich um und sehe eine Menschengruppe, die sich in meiner Nähe versammelt hat.

Mein Bodyguard tritt vor, um die Leute zurückzuhalten, als immer mehr Fans anfangen zu rufen und zu kreischen und mir zuzuwinken. »Hi, Rachel! Hi! Deine Taschen sind so toll!«

Ich winke mit beiden Händen zurück und lächle so breit, dass mir die Wangen weh tun. »Vielen Dank für eure Unterstützung!«, rufe ich.

Ich gehe an der Absperrung entlang und schüttle Hände und spreche mit den Fans. Da ist die junge Frau, die mir erzählt, dass sie sich eine RACHEL-K.-Tasche kauft, um den Abschluss ihres Jurastudiums zu feiern – und dass sie überhaupt nur Jura studiert hat, weil meine Musik sie dazu ermutigt hat, ihre Träume zu leben. Da ist das Mädchen, das noch auf der Highschool ist und mir erzählt, dass sie sich ihren allerersten Job gesucht hat, damit sie sich eine meiner Taschen kaufen kann. Sie arbeitet in einem Frozen-Joghurt-Café und hat in letzter Zeit eine Doppelschicht nach der anderen eingelegt. Ihre Mutter, die mit ihr in der Schlange steht, sagt mir mit einem Augenzwinkern, dass ich bisher die Einzige war, die ihre Tochter dazu bringen konnte, wirklich hart zu arbeiten. Alle sind so nett und so aufgeregt, dass ich völlig überwältigt bin.

Als ich mich wieder ins Auto setze, will ich einfach nur noch meinen Jogginganzug anziehen und im Bett eine große Schüssel Patbingsu essen …

Mein Handy vibriert und reißt mich aus meinen Rasureis-Träumen.

Eine Benachrichtigung erinnert mich daran, dass ich drei verpasste Anrufe von Alex habe. Ich rufe ihn sofort über FaceTime an. Er hebt sofort ab.

»Rachel?«, fragt er, sobald sein Gesicht auf dem Bildschirm erscheint. »Da bist du ja! Ich versuche schon die ganze Zeit, dich zu erreichen!«

»Ähm. Kannst du das alles glauben?« Ich schlage mir die Hand vor den Mund. Ich weiß wirklich nicht mehr, was ich sagen soll.

»Ja, kann ich!« Er lacht, und er strahlt so sehr, wie ich es bei ihm noch nie gesehen habe. »Ich kann es auf jeden Fall glauben. Deine Linie ist unglaublich, und du hast so verdammt hart gearbeitet. Gott, ich wünschte, ich könnte jetzt bei dir sein und mit dir feiern!«

»Ich auch«, sage ich wehmütig. Alex hat während der letzten Wochen in Hongkong festgesteckt und eine komplizierte Verhandlung geführt. Ehrlich gesagt war es so ziemlich das perfekte Timing, aber es ist natürlich auch irgendwie schade. Sosehr ich mir auch wünsche, diesen Moment mit ihm zu teilen: Die Presse ist mir heute den ganzen Tag noch nicht von der Seite gewichen, und es wäre definitiv unmöglich gewesen, Zeit miteinander zu verbringen, ohne erwischt zu werden.

»Also, hör zu, ich habe tolle Neuigkeiten«, sagt Alex. »Die ersten Zahlen von Lotte sind wirklich stark.«

»Wirklich?«, frage ich. »Wie stark?«

»So stark, dass du schon mal darüber nachdenken kannst, in ein, zwei Jahren deine eigene Boutique zu eröffnen.«

Meine eigene Boutique? Unfassbar. Ich spüre, wie das Adrenalin durch meine Adern pumpt – eine Mischung aus Aufregung und Angst. Diese Sache wächst, und zwar rasant. Und natürlich freue ich mich unglaublich darüber. Aber es ist auch furchteinflößend. Jetzt gibt es jedenfalls kein Zurück mehr. Was als kleines Gedankenexperiment angefangen hat, ist jetzt da draußen in der großen, weiten Welt. Es hat Schwung aufgenommen, und was immer als Nächstes kommt, ob gut oder schlecht, ich werde nicht immer die Kontrolle darüber haben, was als Nächstes passiert.

Kapitel Einundzwanzig

Ich dachte, ich wäre vor dem Launch schon beschäftigt gewesen. Ich weiß wirklich nicht, was ich mir dabei gedacht habe. Die Tage fliegen nur so vorbei, entweder arbeite ich mit Girls Forever, oder ich gebe Interviews über RACHEL K., designe oder koordiniere Bestellungen oder plane Social-Media-Kampagnen.

Fühlt es sich so an, wenn man alles hat, was man sich wünscht?

Das Verrückteste am Erfolg ist, dass die meisten Leute nicht wissen: Egal, wie perfekt der Moment ist, das Alltagsleben verändert sich nicht annähernd so sehr, wie man meinen könnte. Man beeilt sich immer noch, morgens rechtzeitig mit Duschen fertig zu werden, damit man nicht zu spät zu einem Termin kommt. Man ist trotzdem noch ungehalten, wenn man in einer übermäßig langen Schlange steht, um sich einen Iced Mocha to go zu kaufen. Man macht sich trotzdem noch Sorgen darüber, ob man auch den richtigen Eindruck hinterlässt. Man vermisst seine Familie. Man weiß trotzdem nicht, wie man mit der Angst zurechtkommen soll, die einem jedes Mal die Luft abschnürt, wenn man an die Zukunft denkt. Vor allem, wenn es um den wunderbaren Mann geht, der einen vor seiner ganzen Familie seine Freundin genannt hat, obwohl man dafür noch nicht wirklich bereit war.

Ich weiß, dass ich mit Alex über unsere Beziehung sprechen sollte. Darüber, dass dieses Wort mir jedes Mal, wenn er es verwendet, sowohl Freude als auch nagende Sorgen bereitet. Aber es fühlt sich gerade auch alles so gut an, dass ich nichts riskieren möchte. Meine Marke kommt besser an, als ich zu hoffen gewagt habe. Ich habe gerade den sechsten Jahrestag mit meiner Girlgroup gefeiert, und ich fühle mich ihnen so nahe wie lange nicht mehr. Ich lebe wieder zu Hause bei meiner Familie. Und, selbst wenn wir uns nicht so oft sehen, wie wir uns das wünschen würden, ich bin mit einem wunderbaren Mann zusammen. Ich möchte nichts davon mit schwierigen Gesprächen ruinieren. Zumindest für den Moment habe ich ein perfektes, wenn auch zerbrechliches Gleichgewicht gefunden. Als würde ich elegant zwölf Teller balancieren. Eine falsche Bewegung und ich verliere die Balance, die Teller fallen und es geht alles zu Bruch.

Es gibt auf der ganzen Welt keine Hitze, die so drückend ist wie die in Shanghai im August. Als ich aus dem Pudong Airport trete, spüre ich die hohe Luftfeuchtigkeit sofort, und der Schweiß prickelt auf meiner Haut. Ich würde so gerne duschen, aber dieses Mal gehen wir nicht ins Peninsula Hotel. In weniger als acht Stunden werden wir wieder im Flugzeug zurück nach Seoul sitzen.

Mein Zeitplan war diese Woche fast komplett mit DB ausgelastet, aber ich hätte um nichts in der Welt die Gelegenheit verpasst, meine neue Linie bei der Eröffnung von Lane Crawfords neuem Geschäft in Shanghai vorzustellen. Es ist normal, dass man manchmal etwas verpasst, weil man an mehreren Projekten gleichzeitig beteiligt ist – so, wie damals, als Sunhee das Multigroup-Konzert verpasst hat, weil sie zu der Preisverleihung für ihre Radiosendung musste, oder damals, als Mina Szenen für *When I Loved You* nachdrehen musste und dafür alle sieben Auftritte verpasst hat, die wir an dem Tag hatten. Aber jetzt, wo das Konzert in LA näher rückt, wollte ich keines der Werbeevents mit Girls Forever verpassen. Also habe ich DB gesagt, dass ich an einem Tag nach Shanghai und wieder zurückfliegen kann. Jetzt muss ich das nur noch überstehen.

Als wir bei Lane Crawford ankommen, führt Jongseok mich in den Green Room, damit ich mich vorbereiten kann. Celeste wartet dort schon auf mich und bespricht den Zeitplan für das Eröffnungsevent mit mir, während meine Stylistin mir die Haare zu einem eleganten, komplizierten Knoten dreht. Dann werde ich auf eine Bühne geführt, die mitten im Kaufhaus unter dem funkelnden Glasdach aufgebaut worden ist. Kameras blitzen auf in einem Meer aus Fans mit Girls-Forever-T-Shirts und leuchtenden Haarbändern. Ich präsentiere meine sechs Taschen und erkläre, was mich zu jedem Design inspiriert hat. Dann grüße ich noch die anderen Girls-Forever-Mitglieder zu Hause. Nach der Präsentation habe ich eine halbe Minute Zeit, um einen Espresso zu trinken und ein paar gebratene Schweinefleischdumplings hinunterzuschlingen, dann bin ich wieder im Green Room und gebe ein paar ausgewählten Medienoutlets Einzelinterviews. Mittlerweile fällt es mir leicht, zur Begrüßung zwischen Mandarin, Englisch und Koreanisch zu wechseln. Und dann, bevor ich das Ganze überhaupt richtig verarbeiten kann, bin ich wieder am Pudong Airport und steige in den Flieger nach Hause.

Ich wache auf, als wir vor Ummas und Appas Wohnung halten.

»Gute Nacht, Rachel«, sagt Jongseok, als er mich absetzt. »Bis morgen.«

Aber ich bekomme kaum mit, dass er überhaupt mit mir spricht. Ich schlafe schon fast wieder, als ich mich zur Tür und dann in den Aufzug schleppe. Mein Bett ruft mich wie mit Sirenengesängen, aber bevor ich mich hineinfallen lasse, setze ich mich noch an meinen Bambustisch, um eine E-Mail an Celeste zu schreiben und mich dafür zu bedanken, dass sie das Event organisiert hat. Doch bevor ich überhaupt nur meinen Laptop aufklappen kann, besiegt mich der Schlaf.

In unserem Debütjahr mussten wir mit Girls Forever einmal fünf Stunden mit dem Nachtbus von Seoul nach Jeonnam an der Südküste fahren. Wir wären normalerweise geflogen, aber es gab einen Streik des Flughafenpersonals, und DB hätte auf keinen Fall zugelassen, dass wir das Meet and Greet verpassen. Auf den Fotos, die uns bei der Ankunft zeigen, sieht man, dass ich den Kopf ganz schief halte, weil ich die ganze Nacht versucht hatte, ans Fenster des Busses gelehnt zu schlafen.

Heute Morgen fühlt sich mein Nacken zehnmal schlimmer an.

Ich wache über meinen Bambustisch gebeugt auf, und an meiner Wange klebt ein Stück feuchtes Papier.

Gott, wie viel Uhr es ist?

Ich tippe verschlafen mein Handy an, aber es ist leer. Klar. Ich habe es gestern Abend auch nicht mehr ans Ladegerät gehängt. Ich fische das Ladekabel aus meinem Handgepäck und warte nervös darauf, dass mein Handy wieder angeht. Ich will Alex anrufen und ihm vom gestrigen Tag erzählen. Abgesehen davon, dass wir am Launchtag kurz übers Geschäftliche gesprochen haben, haben wir gefühlt schon seit Wochen nicht mehr miteinander gesprochen.

Ich will einfach nur seine Stimme hören. Sein Lächeln zu sehen, sein Gesicht, auch wenn es nur über FaceTime ist, würde mir jetzt so guttun. Endlich erwacht mein Handy zum Leben. Ich will gerade Alex' Nummer wählen, als eine Benachrichtigung auf dem Bildschirm blinkt.

Heute 9:00 Uhr – GF Youngeuns Café

Einen Moment lang bin ich völlig verwirrt. Dann fällt es mir wieder ein.
 Youngeun hat uns bei unserem Dinner zum Jahrestag gesagt, dass ihre Mom wollte, dass wir ins Café kommen.
 DB hat es uns für diese Woche auf den Zeitplan geschrieben.
 Jongseok hat »bis morgen« gesagt, als er mich abgesetzt hat.
 Während mein Handy weiter hochfährt, taucht eine Serie verpasster Anrufe von meinem Manager auf dem Bildschirm auf: 8:45, 8:50, 8:55.
 Es ist jetzt 8:57.
 »Shit, shit, shit!«, rufe ich, renne durch die Wohnung, stopfe meine Füße in ein paar Nikes und fahre mir hastig mit einer Bürste durch die Haare. Vielleicht war es gut, dass ich am Tisch geschlafen habe, meine Haare sind nicht allzu zerzaust.
 »Die Wortwahl, Tochter!«, ruft Umma, als ich zur Tür hinausrenne.
 Jongseoks Auto steht mit laufendem Motor vor dem Haus, als ich zur Tür hinausstürme. »Sorry, sorry!«, rufe ich, als ich die Autotür hinter mir zuknalle. Jongseok sagt nichts, wirft mir aber im Rückspiegel einen vielsagenden Blick zu. Ich hole tief Luft, lehne mich in meinem Sitz zurück und hoffe, dass Jongseok ein paar Tempolimits überschreitet.

Als ich endlich bei Youngeuns Café ankomme, renne ich nach drinnen und bereite mich mental darauf vor, dass die anderen sauer auf mich sind, weil ich so spät komme. Aber die anderen scheinen sich wirklich zu freuen, dass ich da bin. Es ist fast gruselig, zu sehen, wie erfreut sie lächeln und wie freundlich sie mich zu sich winken.

Ich setze mich an den großen Tisch am Fenster und fühle mich wie das Mädchen in den Horrorfilmen, das keine Ahnung hat, dass es gleich von einem Verrückten mit einer Kettensäge ermordet wird.

»Hallo zusammen. Youngeun, es sieht toll aus«, sage ich und zeige auf die kleinen Marmeladengläser mit Wildblumen, die auf jedem der Tische stehen.

»Danke! Meine Mom hat sich wirklich Mühe gegeben, als sie herausgefunden hat, dass DB das Fotoshooting hier machen möchte.«

In diesem Moment entdecke ich die DB-Fotografen, die unauffällig im Café positioniert sind und angeblich ungestellte Fotos von unserem Treffen machen. Plötzlich wird mir klar, dass die anderen deswegen so gut gelaunt sind.

Sie lächeln für die Kameras.

Ein Grüppchen Fans hat sich um die Kaffeebar geschart. Sie sind zu weit weg, als dass sie hören könnten, worüber wir sprechen, aber definitiv nahe genug, dass sie uns immer wieder aus den Augenwinkeln anschauen und deutlich länger als nötig brauchen, um Zucker in ihre Milchkaffees zu rühren. Eine flüstert ihrer Freundin hinter vorgehaltener Hand etwas zu. Sie schaut kurz in meine Richtung, dann auf ihre Uhr. Die Fans haben definitiv gemerkt, dass ich zu spät gekommen bin.

Nach zehn Minuten übertrieben freundlichem Smalltalk sagt das Fototeam uns endlich, dass sie jetzt alles haben, was sie brauchen.

Sobald sie weg sind, wirbelt Youngeun zu mir herum.
»Was sollte das, Rachel?! Wo warst du denn bitte?«

Ihr unfreundlicher Tonfall überrascht mich. Youngeun ist sonst immer so kontrolliert und wohlüberlegt. Ich habe es noch nie erlebt, dass sie ihren Ärger so deutlich zeigt wie jetzt.

»Ich … Es tut mir wirklich leid!«, stammle ich. »Ich bin richtig spät aus Shanghai zurückgekommen und habe einfach vergessen, mir den Wecker zu stellen. Es tut mir wirklich leid, dass ich zu spät gekommen bin!«

»Du weißt, dass das Café mir wichtig ist«, sagt sie mit verschränkten Armen. »Wir haben dich alle unterstützt, als du deine Linie gestartet hast, und jetzt möchte ich einmal von dir unterstützt werden, und dann ist es dir nicht wichtig genug, um dir einen Wecker zu stellen?«

»Nein, Youngeun, so war das nicht. Ich wollte wirklich nicht …«

»Hier.« Sie wirft mir ein kleines Zellophanpäckchen zu. »Die hat meine Mom für alle dekoriert. Wir haben Fotos damit gemacht – jedenfalls die, die hier waren.«

In der Folie ist ein Keks eingewickelt, der detailgenau mit Zuckerguss dekoriert ist. Das bin ich. Ich in Keksform. Die anderen haben auch alle Keksporträts – Lizzies mit blassgelbem Zuckerguss für ihr blondes Haar, Sunhees mit vollen, rosigen Wangen. Ich kann nicht glauben, dass Mrs. Yoon sich so viel Mühe für uns gemacht hat. Ich schaue Youngeun an, aber ich weiß nicht, was ich sagen soll. Ich weiß nicht, wie ich mich entschuldigen soll. Aber bevor ich es überhaupt versuchen kann, steht Youngeun auf und stürmt in die Küche.

Ich lasse die Schultern hängen und trinke meinen Cappuccino. Er ist schon kalt geworden, und der Espresso hinterlässt einen bitteren Nachgeschmack in meinem Mund. Mina nimmt meinen Rachel-Keks und fängt an, ihn auszupacken. Ich versuche gar nicht erst, sie davon abzuhalten. »Also«, flüstert sie. »Deine Verpflichtungen für deine Modelinie werden nichts daran ändern, wie wichtig dir die Gruppe ist? Merkt man.« Dann beißt sie mir einfach den Kopf ab.

Ich verstecke mich ganze dreizehn Minuten lang im Badezimmer von Youngeuns Café und denke darüber nach, wie ich den anderen wieder unter die Augen treten kann. Vielleicht ist es besser, wenn ich hierbleibe und zulasse, dass die +EVERs im Café darüber nachdenken, was ich wohl für Verdauungsprobleme habe, weil ich so lange im Badezimmer bleibe. Irgendwann nehme ich all meinen Mut zusammen und beschließe, mich den anderen zu stellen. Es war wirklich überhaupt keine Absicht, dass ich verschlafen habe, aber es hat Youngeun verletzt, und dazu muss ich stehen. Als ich den Gang entlang wieder zurück zum Essbereich gehe, höre ich Stimmen vom Tisch am Fenster.

»Aber: ein paar kleine Taschen?«, sagt Lizzie. »Ich hätte nicht gedacht, dass das so gut läuft.«

Ich bleibe wie angewurzelt stehen und lehne mich an die Wand. Von hier aus können die anderen mich noch nicht sehen.

»Oh, ich weiß!«, seufzt Eunji. »Ja, klar, sie sind süß und alles, aber warum die ganze Welt deshalb so verrücktspielt, weiß ich wirklich nicht.«

Mir wird eiskalt.

»Es ist einfach Schwachsinn, das ist alles«, sagt Mina. Ich kann mir ganz genau vorstellen, wie sie dabei die Augen verdreht. »Mein Dad ist so sauer, weil DB ihr das erlaubt hat. Es ist etwas völlig anderes, als ab und zu bei einem Musical dabei zu sein oder bei einem Film. Das, was sie macht, ist ein kompletter Zweitjob!«

»Oder ein Karrierewechsel«, sagt Jiyoon. Sie klingt ein bisschen verbittert.

»Ich meine, wenn sie Modedesignerin sein will, okay«, sagt Youngeun. »Aber es sieht einfach so aus, als ob sie eine Sonderbehandlung bekommt. DB hat mich nicht mal einen kleinen YouTube-Channel machen lassen, aber Rachel darf eine internationale Modefirma eröffnen? Habt ihr mitbekommen, dass ihre Taschen auch in Hongkong verkauft werden?«

»Ich weiß. Ganz ehrlich, ich hätte nicht gedacht, dass Rachel ihre Modelinie wichtiger wird als die Gruppe, aber es fühlt sich irgendwie schon so an, oder?«, sagt Sunhee traurig.

»Ich habe das schon kommen sehen«, sagt Ari selbstzufrieden.

Sumin seufzt schwer. »Das bleibt zwischen uns, aber manchmal würde ich mir wirklich wünschen, dass nicht alles, was sie macht, immer so verdammt perfekt läuft. Sieht es nicht so aus, als müsste sie sich kaum anstrengen, und dann fallen ihr die tollsten Sachen einfach in den Schoß?« Ein zustimmendes Murmeln ertönt am Tisch.

»Und habt ihr dieses Interview gesehen, das heute Morgen lief?«, fragt Lizzie. »Girls Forever dies und Girls Forever das ... Ob sie wohl wirklich so loyal ist oder nur unseren Ruhm für sich ausnutzt?«

Ich stehe immer noch versteckt im Flur und spüre, wie ich rot werde. Ich bin wirklich verletzt, und zu meiner Überraschung spüre ich auch, wie mir Tränen in die Augen steigen. Von Mina und Lizzie habe ich eigentlich nichts anderes erwartet, aber ich dachte, Eunji und ich würden uns jetzt besser verstehen. Und die anderen ... Ich kann nicht fassen, dass sie denken, ich hätte Girls

Forever nur erwähnt, um von ihrem Ruhm zu profitieren. Das könnte von der Wahrheit gar nicht weiter entfernt sein. Ich bin Girls Forever wirklich so unglaublich dankbar, die Gruppe war und ist meine größte Inspiration. Diese Bemerkung hat mich besonders getroffen.

Ich fühle mich, als hätte ich einen Schlag in die Magengrube bekommen. Ich will gerade wieder ins Café gehen, als Lizzie sagt: »Keine Sorge. Wir haben einen Plan.«

Sie fängt an, den »Plan« zu beschreiben, aber sie spricht jetzt so leise, dass ich nicht mehr verstehen kann, was sie sagt. Ich trete ein bisschen näher und versuche, etwas zu hören, aber genau in diesem Moment schaut Mina auf und begegnet meinem Blick. Mist.

Mina stößt Lizzie den Ellbogen in die Seite, damit sie aufhört, zu reden. Ich schlucke schwer. Jetzt hat es keinen Sinn mehr, mich zu verstecken. Ich wische mir rasch die Tränen ab und trete aus dem Gang.

»Hi, Rachel.« Mina zieht die Augenbraue hoch. »Die Manager kommen in zehn Minuten, um uns abzuholen. Meinst du, du schaffst es, pünktlich da zu sein?«

Ich starre sie einen Moment lang an und hoffe, dass sie den Blick senkt. Aber sie starrt einfach nur zurück.

Irgendwann unterbreche ich den Blickkontakt und gehe zur Tür. »Ich warte draußen.«

Ich habe vielleicht als Erste weggeschaut, aber deshalb müssen sie mich noch lange nicht weinen sehen.

Kapitel Zweiundzwanzig

Hi, ich bin's. In letzter Zeit verpassen wir uns irgendwie immer. Okay, die Updates: Es sieht aus, als hätten wir endlich einen Vertrag für den Deal mit Shearson, also habe ich vielleicht bald wieder so was wie ein Leben. Ähm ... Halmoni hat der Katzenpullover, den du für sie ausgesucht hast, wirklich gut gefallen. Leider muss Elvis ein paar Pfund abnehmen, bevor er reinpasst, aber keine Sorge, sie hat ihm dieses Diätfutter gekauft, also ... Na ja, ich schätze, das einzige andere Update ist, wie sehr ich dich vermisse. Ruf mich an, wenn du kannst.

Ich höre mir Alex' Nachricht immer wieder an, während ich in der DB-Lobby auf Leah warte. Selbst als Sprachnachricht beruhigt mich seine Stimme, und ich brauche in letzter Zeit einfach unbedingt alles, was mich irgendwie beruhigt. Glücklicherweise war der furchtbare Cafébesuch das Letzte, was für diese Woche auf meinem Zeitplan stand, also habe ich wenigstens ein bisschen Zeit, bevor ich die anderen wiedersehen muss. Ich kann immer noch nicht fassen, was ich da gehört habe. Das Ganze hat mich völlig aus der Bahn geworfen. Einen Moment davor habe ich mich noch richtig schlecht gefühlt, weil ich Youngeuns großen Moment im Café verpasst habe, und dann hatte ich plötzlich das Gefühl, als würde mich jemand von hinten mit einem Küchenmesser erstechen.

Ich habe mir so lange Sorgen gemacht, dass meine Modelinie nicht erfolgreich genug werden könnte – Minas ständige Ermahnungen klingen mir immer noch in den Ohren: *Wenn eine von uns schlecht dasteht, fällt das auf uns alle zurück!* Aber ich hätte nie gedacht, dass die anderen denken könnten, meine Marke sei zu erfolgreich. Ich denke daran zurück, was Yujin gesagt hat, als wir uns zum Kaffee getroffen haben – dass selbst die besten Gruppen daran zerbrechen können, dass die Mitglieder versuchen, sich gegenseitig zu übertrumpfen. Ist es das, was gerade mit uns passiert?

Ich höre, dass ein paar Leute die Treppe herunterkommen und schaue auf. Ich erwarte Leah und die anderen von SayGO. Sie waren heute früh im Studio, und ich habe Leah versprochen, dass ich mit Red Bean Doughnuts auf sie warte, wenn sie fertig sind. Aber stattdessen sehe ich eine Gruppe verärgert aussehender Erwachsener.

»… sollte das besser ernst nehmen. Weißt du, wie viel Geld ich diesem Mann über die Jahre gegeben habe? Ich habe praktisch sein zweites Ferienhaus bezahlt!«, sagt ein Mann im blauen Anzug.

»Absolut. Und die Augenlid-OP, die ich seiner Frau zum halben Preis gemacht habe«, sagt eine Frau mit Bob und langem Pony. Irgendwas an ihr kommt mir bekannt vor, aber ich weiß einfach nicht genau, was es ist.

»Unni!« Als ich Leahs Stimme höre, drehe ich mich um und sehe sie und ihre Gruppe eine andere Treppe herunterkommen. »Bitte sag mir, dass du die Doughnuts dabeihast.«

Ich lächle und halte die Schachtel hoch. »Aber klar.«

Wir wollen gerade die Lobby verlassen, als mein Handy anfängt zu vibrieren. Ich drücke Leah die Schachtel mit den Doughnuts in die Hand und lasse fast mein Handy fallen, weil ich mich so beeile. Ich möchte auf keinen Fall noch einen Anruf von Alex verpassen. Aber es ist eine internationale Nummer, die ich nicht kenne. Normalerweise würde ich nicht rangehen, aber irgendwie hoffe ich, dass es Alex ist, der nur von einer anderen Nummer anruft. Ich setze mich auf eine Bank und nehme den Anruf entgegen.

»Hallo?«

»Hi. Ist da Rachel Kim?«, sagt eine Frau mit englischem Akzent.

»Am Apparat«, sage ich.

»Ich freue mich wirklich, dass ich Sie erreiche. Mein Name ist Cynthia Barnes«, sagt sie. »Ich bin Managerin bei Discipline.«

Ich setze mich kerzengerade hin. *Discipline Sportswear*. Das ist die Marke von Ollie Mattsson – Carlys Mann. »Ja, hallo. Wie kann ich Ihnen helfen?«

»Wir planen gerade ein Shooting in den Schweizer Alpen, um die neue Skikollektion zu bewerben, und wir würden uns sehr freuen, wenn sie für uns modeln würden.«

Ein Fotoshooting in den Schweizer Alpen? Für Ollie Mattssons Marke? Darüber muss ich kaum nachdenken. »Ja! Ich habe definitiv Interesse.«

»Wunderbar«, sagt Cynthia. »Wenn es gut läuft, hoffen wir auch, dass wir ein Event mit Ihnen und Ollie ausrichten können, bei dem Sie Fans treffen könnten und natürlich auftreten!«

Ein Fotoshooting und ein Solotreffen mit Fans? Wird sie mir als Nächstes noch kostenlose Choco-Pies für den Rest meines Lebens anbieten? Das ist nämlich so ziemlich das Einzige, was dieses Angebot noch besser machen könnte.

»Es tut mir leid, dass ich mich so direkt bei Ihnen melde«, fährt Cynthia fort und reißt mich damit aus meinen schokoladigen Träumen. »Ich habe heute früh versucht,

Ihr Management-Team zu erreichen, aber man hat mir gesagt, dass alle in einem Meeting sind, und na ja, ich wollte nicht warten. Die Pläne für das Fotoshooting sind schon ziemlich fortgeschritten – wir bräuchten Sie am fünfzehnten September in der Schweiz. Ich weiß, das ist ziemlich kurzfristig.«

»Äh, ja, etwas.« Ich beiße mir auf die Unterlippe. »Ich muss das nur mit meinem Management besprechen und sichergehen, dass ich Zeit habe.«

»Bitte tun Sie das und sagen Sie mir so schnell es geht Bescheid.«

Ich lege auf und starre eine Weile lang mein Handy an. Ich kann es nicht glauben. Ist das wirklich gerade passiert?

Ich erzähle Leah rasch, was los ist, dann laufe ich wieder ins Gebäude. Das Shooting mit Discipline ist schon in etwas über einem Monat. Ich habe keine Zeit zu verlieren.

»Entschuldigen Sie, Mr. Noh?« Ich klopfe leicht an seine offene Tür. »Tut mir leid, ich habe Ihren Assistenten nicht gesehen, und ich weiß, dass Jongseok heute mit seinem Hund beim Tierarzt ist …«

»Ah … ja.« Mr. Noh schaut von seinem Schreibtisch auf. Er scheint in Gedanken zu sein, winkt mich aber trotzdem hinein. »Komm rein, Rachel.«

»Ich habe gerade die Möglichkeit bekommen, ein Shooting mit Discipline Sportswear zu machen«, sage ich, sobald ich mich hingesetzt habe. »Sie bieten an, mich Mitte September für das Shooting in die Schweiz zu fliegen. Meinen Sie, wir könnten das irgendwie in meinen Zeitplan einarbeiten?«

Mr. Noh erstarrt. »Ich habe keine Anfrage von Discipline für dich bekommen«, sagt er.

»Sie haben mich direkt angerufen«, sage ich vorsichtig. »Sie sagte, das Management sei in einem Meeting gewesen?«

Irgendetwas hängt in der Luft, als Mr. Noh auf die Papiere auf seinem Schreibtisch hinunterschaut und sie dann hastig umdreht.

»Ja, na ja«, sagt Mr. Noh. »Du musst mir die genauen Daten nennen. Ihr fliegt am dreißigsten September für das Konzert nach LA, und natürlich kann keine andere Reise direkt davor liegen.« Ich nicke. »Aber«, fährt Mr. Noh fort. »Wenn das Timing aufgeht, und wenn du schon zugesagt hast … dann können wir sie nicht enttäuschen, oder?«

Ich seufze erleichtert und verbeuge mich. »Vielen Dank, Mr. Noh.«

Als ich gerade gehen will, hebt Mr. Noh die Hand und hält mich auf.

»Nur eine kleine Erinnerung, Rachel …« Seine Augen blitzen hinter den Gläsern seiner Brille, »… dass du deine Prioritäten im Auge haben solltest. Ich will doch sehr hoffen, dass du nicht vergisst, was deine oberste Priorität ist.«

Prioritäten. Das Wort spukt mir während der nächsten Wochen oft im Kopf herum.

Setze ich die richtigen Prioritäten? Gebe ich meinen vielen Verpflichtungen die Aufmerksamkeit, die sie verdient haben? Das Einzige, was mich ein kleines bisschen beruhigt, ist, dass die anderen ungewöhnlich ruhig sind. Das, was sie über meine Modelinie gesagt haben, tut immer noch weh, aber ich habe versucht, es nicht zu sehr an mich heranzulassen. Und glücklicherweise bin ich auch viel zu beschäftigt mit RACHEL K., um allzu viel darüber nachzudenken. Und trotzdem. Seit ich gehört habe, wie die anderen über einen »Plan« geflüstert haben, warte ich nervös darauf, dass sie ihn in die Tat umsetzen. Aber jetzt frage ich mich langsam, ob es nur ein kurzer Moment der Eifersucht war, der vorbeigezogen ist, während ich mich auf andere Dinge konzentriert habe.

Selbst, als sie das mit meinem Shooting für Discipline herausgefunden haben, waren sie überraschend entspannt.

»Discipline? Das ist doch die Sportmarke von Oliver Mattsson, oder? Cool!«, hat Jiyoon gesagt und irgendwie seltsam gelächelt. Der Rest der Mädchen schien zu sehr mit ihren eigenen Zeitplänen beschäftigt zu sein, und damit, wie sie alles unter einen Hut bekommen sollten. Vielleicht sind sie ausnahmsweise mal genauso beschäftigt wie ich und haben einfach keine Energie für Drama.

Vielleicht habe ich mir Sorgen um nichts gemacht.

Vielleicht haben sie an dem Tag im Café einfach nur Dampf abgelassen.

Und trotzdem, irgendetwas liegt mir schwer im Magen ... das Wissen, dass es nie, niemals so einfach ist, wenn es um Girls Forever geht.

»Hey, Jongseok«, sage ich, als er mich für eine Stimmprobe zu DB fährt.

»Ja, Rachel?«

»Ist dir aufgefallen, dass die anderen sich ein bisschen ... anders verhalten in letzter Zeit?« Wenn sie wirklich irgendwelche finsteren Pläne hätten, hätte Jongseok das vielleicht mitbekommen.

»Anders?«

»Du weißt schon, also ... sie halten mehr Abstand zu mir. Nicht so viel Drama wie sonst«, füge ich mit einem wissenden Lächeln hinzu. Ich begegne Jongseoks Blick im Rückspiegel. Er lächelt. Jongseok hat wahrscheinlich schon mehr unserer Dramen mitbekommen als irgendjemand sonst vom DB-Management. Aber das würde man nie von ihm denken, denn er ist auch derjenige, der immer einen kühlen Kopf behält. Das ist auch der Grund, aus dem ich über die Jahre sichergestellt habe, dass er derjenige ist, der für meinen persönlichen Zeitplan und meine Reisen zuständig ist, und niemand anderes vom Management.

»Ja, klar, das liegt bestimmt nur daran, dass ihre Eltern sie in letzter Zeit so auf Trab halten. Aber es ist schwer, mit dem mitzuhalten, was du erreicht hast!«

»Ihre Eltern? Wie meinst du das?«

Jongseok lacht leise. »Die Mädels – und ihre Eltern – haben sich ein paar Tage nach deinem Launch mit DB getroffen. Man konnte fast sehen, wie ihnen die Köpfe geraucht haben.«

Bei Jongseoks Worten denke ich sofort wieder an den Tag, an dem ich in der Lobby auf Leah gewartet habe. Die Frau mit dem Bob und dem Pony kam mir so bekannt vor. Und ich weiß jetzt auch, warum. Dieser starre Blick! Genau wie bei Lizzie, wenn ihr etwas nicht passt.

»Alle waren wirklich sauer, dass du die Möglichkeit bekommen hattest, eine Modelinie zu eröffnen. Sie haben behauptet, sie hätten nichts davon gewusst«, erklärt Jongseok.

»Oh mein Gott.« Ich kann nicht glauben, dass sie das gesagt haben. Alle bei Girls Forever wussten alles über meine Linie. Ich habe ihnen von jedem einzelnen Schritt erzählt, und es gibt auch genug Chat-Nachrichten, die das beweisen. Dann erinnere ich mich daran, wie die anderen im Café von einem Plan gesprochen haben ... *Das* müssen sie gemeint haben. »Was hat DB gemacht?«, frage ich Jongseok.

»Na ja, die Firma hat erklärt, dass du die Erlaubnis und die volle Unterstützung von DB hattest. Und dann haben sie gesagt, dass alle die Freiheit haben, ihre eigenen Firmen zu starten, wenn es das ist, was sie wirklich wollen.« Er zuckt mit den Schultern.

»Oh! Ich … Oh.« Ich bin so überrascht, dass ich keine zusammenhängenden Sätze mehr herausbringe. »Na ja, gut! Das freut mich, zu hören.« Als ich weiter darüber nachdenke, wird mir klar, dass das wahrscheinlich das Best-Case-Szenario ist. Alle haben die Freiheit und die Erlaubnis, ihren Träumen nachzugehen. Wenn ich alles haben kann, was ich will, dann sollten die anderen ebenfalls die Möglichkeit dazu bekommen.

Schließlich gewinnen wir alle, wenn eine von uns gewinnt, oder?

»Okay, Ladys, das war's«, sagt unser Stimmtrainer, als wir mit den neuen Songs auf der Setlist für das Konzert in LA fertig sind. »Ihr klingt wundervoll.«

Es stimmt, wir klingen wirklich toll. Die vollen Harmonien heute Abend haben sich wie die perfekte Metapher angefühlt. Vielleicht hat der Bruch zwischen uns endlich angefangen zu heilen. Und doch: Das, was Jongseok mir erzählt hat, geht mir einfach nicht mehr aus dem Kopf. Es ist klar, dass wir immer noch über einiges reden sollten. Glücklicherweise scheint es den anderen genauso zu gehen.

Sunhee hält mich nach der Probe auf und kommt langsam, fast schüchtern, auf mich zu. »Hey. Wir haben schon lange nicht mehr mit dir geredet. Wir haben das Gefühl, dass wir dich gar nicht mehr zu sehen bekommen. Willst du nicht heute Abend in die Villa kommen? Lizzie kommt

auch, und Youngeun – sie will Tteokbokki machen. Du solltest auch kommen, das wird wie in den guten alten Zeiten.«
»Okay.« Ich lächle schwach. Sunhee lächelt zurück. Ich bin froh, dass wir eine Gelegenheit bekommen, über die Sache mit den Eltern zu sprechen. Vielleicht war es nur ein Missverständnis, oder Jongseok hat es mir irgendwie komisch erzählt. Ich hoffe, dass es uns helfen wird, die Dinge zwischen uns geradezurücken, wenn wir heute Abend zusammen in der Villa sind. »Das klingt super. Ich gehe nur kurz nach Hause und dusche, dann sehen wir uns dort.«
»Super.« Sie wirft den anderen einen Blick zu, die jetzt schon in den Geländewagen sitzen und auf sie warten. »Ich freue mich schon.«

Ein paar Stunden später öffne ich die Tür zur Villa. Ich habe eine Schachtel Doughnut-Twists dabei, die Umma mir mitgegeben hat. Ich habe ihr gesagt, dass Youngeun Tteokbokki macht und es definitiv genug zu essen geben wird, aber meine Mutter würde mich nie mit leeren Händen zu einer Party gehen lassen. »Hallo, ich bin da!«, rufe ich.
Es herrscht Totenstille. Wie komisch. Ob sie noch nicht da sind? Ich habe Sunhee geschrieben, als ich im Auto saß …
Ich gehe ins Wohnzimmer und zucke zusammen. Die anderen stehen zusammen mitten im Raum, die Arme vor der Brust verschränkt, als wollten sie mich aufhalten. Es fühlt sich an, als wäre ich ans Set eines seltsamen, dystopischen Films gestolpert. Oder vielleicht auch eines Horrorfilms. Ihre Blicke begegnen meinem, aber als ich Sunhee anschaue, senkt sie ihren beschämt.

Das hier ist kein gemütlicher Abend. Es ist ein Angriff.

»Rachel, setz dich«, sagt Mina knapp. »Wir müssen reden.«

Sie zeigt auf die Couch. Ich setze mich langsam und stelle meine Schachtel mit Doughnut-Twists ab.

»Was ist los?« Ich schaue nach oben zu den anderen, die immer noch vor mir stehen. Mein Herz klopft wie wild in meiner Brust. Sie sehen aus wie eine unüberwindliche Wand. Ich habe mich noch nie so ausgeschlossen gefühlt.

»Wir haben darüber gesprochen, und wir haben alle das Gefühl, dass Girls Forever dir nicht mehr wichtig ist«, sagt Lizzie.

»Das stimmt nicht«, antworte ich. »Ich meine, ich weiß, dass ich in letzter Zeit sehr beschäftigt war, aber Girls Forever ist meine oberste Priorität. Das war schon immer so, und das wird auch immer so sein.«

»Na ja, es hat sich definitiv nicht so angefühlt. Also musst du es uns vielleicht beweisen«, sagt Mina. Sie wirft den anderen einen kurzen Blick zu und schaut dann wieder mich an. »Du wirst deine Marke pausieren müssen.«

Ich muss mich verhört haben.

»Pausieren?«, wiederhole ich.

»Ja«, sagt Mina fest. »Zumindest bis zum Ende unseres Vertrags mit DB.«

Mir dreht sich der Magen um. Das ist in vier Jahren. Meine Marke ist gerade erst bekannt geworden. Ich kann sie jetzt nicht einfach pausieren. RACHEL K. ist noch so neu, zu »pausieren« würde im Prinzip bedeuten, einfach aufzuhören. Und stellen sie mir gerade ernsthaft ein Ultimatum? Dass ich mich zwischen Mode und Girls Forever entscheiden muss?

»Ich … ihr … Das ist aber ein bisschen dramatisch, findet ihr nicht?«

»Wir wollen nur das Beste für die Gruppe. Du willst nur das Beste für dich«, beschuldigt mich Lizzie.

»Das ist nicht fair.« Ihre Worte haben mich getroffen. »Ihr habt auch alle andere Projekte. Minas Film. Aris Musical. Und außerdem«, ich spüre, wie ich langsam sauer werde, »wisst ihr und eure Eltern ganz genau, dass DB mir erlaubt hat, die Linie zu starten.«

Lizzie wirft Mina einen Blick zu. Ich glaube nicht, dass sie gewusst haben, dass ich von ihrem Meeting mit DB vor ein paar Wochen weiß. »Darum geht es doch gar nicht«, murmelt sie.

»Und außerdem fliegen wir nicht ständig für Modenshows und Fotoshootings um die halbe Welt«, meldet sich Sumin zu Wort. »Fliegst du nicht in ein paar Tagen in die Schweiz? Direkt vor unserem wichtigen Konzert?«

»Du bist den ganzen Sommer über zu spät zu unseren Veranstaltungen gekommen.« Ari stemmt die Hände in die Seiten. »Das war wirklich unhöflich, oder, Youngeun?«

Ich möchte mich verteidigen – abgesehen von dem Fotoshooting im Café bin ich zu keinem einzigen Termin zu spät gekommen. Jedenfalls nie mehr als ein, zwei Minuten. Und manche von den anderen haben sogar Events und Auftritte *verpasst*, weil sie etwas anderes im Zeitplan hatten. Warum bin ich jetzt diejenige, der das vorgeworfen wird? Andererseits muss ich zugeben, dass RACHEL K. in letzter Zeit sehr viel Platz in meinen Gedanken eingenommen hat. Seit dem Launch war einfach sehr viel los. Und dann ist da ja auch noch das Problem mit meiner Beziehung zu Alex und wie ich sie definieren möchte. Oder eben auch nicht. Zu versuchen, nicht darüber nachzudenken, nimmt ebenfalls viel Raum in meinen Gedanken ein. Ich bin natürlich trotzdem zu hundert Prozent an Girls Forever interessiert, aber vielleicht war ich ja nicht ganz so gut darin, alles unter einen Hut zu bekommen, wie ich dachte.

»Du bist einfach immer müde«, fügt Youngeun hinzu. »Du hast offensichtlich zu viel zu tun. Irgendetwas musst du früher oder später sowieso aufgeben.«

»Tut mir leid, Rachel, aber sie haben nicht unrecht«, sagt Jiyoon. Sie zuckt die Schultern. »Versuch, es nicht persönlich zu nehmen. Aber wir glauben wirklich, dass du eine Entscheidung treffen musst.«

Sunhee beißt sich auf die Unterlippe. Ich frage mich, ob sie mich vielleicht verteidigen wird, aber sie schweigt.

»Also!« Mina zieht die Augenbrauen hoch. »Wofür entscheidest du dich?«

Ich starre sie ungläubig an.

Sie sagen das, als hätte ich eine Wahl, aber ich werde mich natürlich nicht dafür entscheiden, Girls Forever zu verlassen. K-Pop ist mein Leben, seit ich mit elf gecastet wurde. Ohne K-Pop, ohne Girls Forever, wäre ich gar nichts. Außerdem, und das habe ich ja schon gesagt: Girlgroups sind wie ein Jengaspiel. Nimmt man einen Klotz weg, ist es sehr wahrscheinlich, dass alles in sich zusammenstürzt. Wenn ich gehen würde, wäre das auch äußerst schlecht für die anderen, und das möchte ich natürlich auch nicht. Mina sagt ja auch immer, dass der Fehler einer Einzelnen auf uns alle zurückfällt. Beides, sowohl wenn ich die Gruppe verlassen würde, als auch wenn ich einen Monat nach dem Launch meine Modelinie beenden würde, würde definitiv dafür sorgen, dass Girls Forever schlecht dasteht. Wir sind vielleicht gerade der absolute Star der Agentur, aber wenn die Beliebtheit von Girls Forever nachlässt, würde DB keine Sekunde lang zögern und die Gruppe auflösen. Und das Risiko wollen die anderen wirklich eingehen, indem sie mich vor die Wahl stellen?

»Ich werde etwas Zeit brauchen, um darüber nachzudenken«, sage ich.

Lizzie fängt an, mir zu widersprechen, aber Mina fällt ihr ins Wort. »Okay. Sag Bescheid, wenn du deine Prioritäten geklärt hast«, sagt sie.

Prioritäten.

Dieses Wort schon wieder.

Kapitel Dreiundzwanzig

»Ach du Scheiße, Rachel.«

»Leah!«, kreische ich und lasse meinen Highlighter-Pinsel fallen, als ich zu ihr herumwirble. »Du hast mich erschreckt!« Sie lehnt im Türrahmen des Badezimmers. Es ist sechs Uhr früh – ich dachte, ich wäre aus dem Haus, bevor sonst jemand wach ist. Mein Flug in die Schweiz geht sehr früh.

»Nein, du erschreckst mich. Ich wollte mich nur verabschieden und dir viel Glück für das Shooting wünschen, aber du bist in letzter Zeit immer so nervös. Was ist denn mit dir los?«

Ich zucke mit den Schultern und mache mit meinem Make-up weiter. »Ach gar nichts. Wir arbeiten einfach nur rund um die Uhr. Wir haben Ärger mit DB, weil wir diese neue Choreo immer wieder versauen«, erinnere ich Leah. »Sie haben quasi damit gedroht, das Konzert in LA abzusagen, wenn wir es nicht hinbekommen. Wir müssen richtig gut sein, das ist jetzt noch wichtiger als sonst, mit … du weißt schon, allem, was in letzter Zeit so los war.«

Sie nickt mitfühlend und setzt sich auf den Klodeckel. »Ja, das ist echt hart. Aber, Unni, nimm's mir nicht übel, du siehst aus, als wärst du von einem Doppeldeckerbus überfahren worden. Schläfst du überhaupt noch ab und zu?«

Ihre erschreckend spezifische Beschreibung bringt mich zum Lachen. »Na, vielen Dank auch, Leah.«

Sie lacht auch. »Ich meine ja nur, dass ich mir Sorgen um dich mache. Sei ehrlich. Geht es dir wirklich gut? Bist du sicher, dass da nicht noch etwas anderes ist, was du mir nicht erzählt hast?«

Verdammt, warum hat Leah so eine gute Intuition, was mich angeht? Natürlich ist da etwas, was ich ihr nicht erzählt habe. Es ist jetzt vier Tage her, dass Girls Forever mir dieses überaus freundliche Ultimatum gestellt haben. Seitdem ist mein Magen dermaßen verkrampft und verknotet, dass es mich überrascht, dass ich es überhaupt noch schaffe, Nahrung zu mir zu nehmen. Und Leah hat recht: schlafen kann ich auch nicht mehr.

Ich seufze und drehe mich wieder zu ihr um. »Okay, vielleicht etwas Kleines.«

»Ich wusste es.« Sie lehnt sich ans Waschbecken und grinst selbstzufrieden.

Ich gebe ihr einen freundschaftlichen Klaps aufs Knie. »Ich habe nichts erzählt, weil ich immer noch darüber nachdenke.«

»Soll ich dir wirklich alles einzeln aus der Nase ziehen? Worüber denkst du nach?«

Also erzähle ich es ihr. Von dem »Plan«, von dem ich in Youngeuns Café gehört habe. Von der Horde wütender Eltern bei DB. Und zuallerletzt von dem Ultimatum, dass die anderen mir gestellt haben. Sind sie einfach nur sauer, dass ich die Erste war, die eine Firma gegründet hat, oder machen sie sich wirklich Sorgen um mich und darüber, wie viel ich gleichzeitig stemmen will?

Und das Schlimmste ist: Spielt das überhaupt eine Rolle, wenn es sein könnte, dass sie recht haben?

»Woow, woow, Rachel, langsam«, sagt Leah, als ich bei diesem Teil meines Geständnisses ankomme. »Es tut mir wirklich leid, aber du bist viel zu naiv. Der einzige Mensch, der weiß, wie viel zu viel für dich ist, bist du. Sie sind mit dir in einer Gruppe, ja, schon klar, und es ist dir auch wichtig, was sie denken, aber du arbeitest doch nicht für sie. Du bist ihnen keine Rechenschaft schuldig. Glaubst du, dass alles, was du gerade machst, zu viel für dich ist?«

»Ich weiß es nicht«, sage ich ehrlich und spüre, wie es mir die Kehle zuschnürt. Shit. Du darfst jetzt nicht weinen. Ich habe keine Zeit mehr, mein Augen-Make-up neu zu machen, bevor es überhaupt getrocknet ist. »Und das Schlimmste ist, dass ich nicht einmal weiß, woher ich das überhaupt wissen soll. Die letzten paar Tage waren die Hölle. Die letzten paar Wochen, wenn ich ehrlich bin. Es tut mir leid, dass ich nichts gesagt habe. Ich will einfach keine Fehler machen. Ich möchte niemanden enttäuschen.«

Mir wird klar, dass mir im gesamten vergangenen Jahrzehnt eine Sache immer felsenfest klar war: dass ich ein K-Pop Star sein möchte. Aber als ich das erst einmal wusste, haben immer andere Leute die Entscheidungen für mich getroffen. Andere haben über meinen Erfolg, über mein ganzes Schicksal entschieden. Solange ich nach ihren Regeln spielte, kam ich vorwärts. Aber jetzt gibt es keinen genau vorgegebenen Plan mehr für die nächsten Schritte. Ich zeichne die Karte selbst. Während ich versuche, auf ihr meinen Weg zu finden. Und jetzt …

»Leah.« Ich spüre sowohl das Gewicht von allem, was ich gerade erzählt habe, als auch die Erleichterung darüber, dass ich es endlich jemandem erzählt habe. »Ich habe momentan die ganze Zeit über Angst. Ich habe Angst, alles, was ich habe, kaputt zu machen, andere zu enttäuschen, nicht die Beste zu sein. Das ist so viel Druck. Wie kann ich überhaupt wissen, dass der nächste Schritt der richtige ist? Er könnte auch völlig falsch sein.«

»Na ja, was meint Alex denn dazu? Der scheint dir immer gute Ratschläge zu geben.«

»Ich ...« Meine Stimme bricht, und ich kann es nicht einmal verbergen, vor allem nicht vor Leah.

»Rachel!« Leah packt mich bei den Schultern. »Ist das mit dir und Alex ... vorbei?«

»Nein, nein!«, versichere ich ihr rasch. »Das ist es nicht. Es ist nur – ich habe ihm auch nichts von alldem erzählt.«

»Aber warum?«, fragt Leah. »Das verstehe ich nicht. Warum würdest du nicht mit ihm über ...«

»Darum«, sage ich heftiger, als ich vorhatte. Ich lege meinen Augenbrauenstift weg und lehne mich neben Leah ans Waschbecken. »Weil ...«, fahre ich ruhiger fort, »weil ich diese Mädchen schon mein halbes Leben lang kenne, und Alex tut das nicht. Ich habe das Gefühl, dass ich es Girls Forever schulde, das hier alleine herauszufinden.« Alex hat mich immer in meinen Zielen unterstützt. Und er unterstützt auch Girls Forever. Aber ich habe das Gefühl, dass die anderen das nicht so sehen werden. Wenn Alex derjenige ist, der mir hilft, eine Entscheidung zu treffen – was auch immer das dann für eine Entscheidung ist –, werden die anderen mir das dann nicht auch noch übel nehmen?

»Also du ... du gehst ihm aus dem Weg, weil du noch nicht auf magische Weise die Antworten auf all deine Probleme gefunden hast, habe ich das richtig verstanden?« Leah sagt das völlig undramatisch und fasst einfach nur zusammen, was ich gerade gesagt habe. Dabei erinnert sie mich so sehr an Umma.

»Sozusagen.« Es ist so, dass ich quasi auf all seine Nachrichten mit *Megabeschäftigt gerade, aber lass uns bald darüber reden* geantwortet habe. Oder ich habe *Haha, auf jeden Fall, ich muss los* geschrieben. Er kann sich garantiert denken, dass irgendetwas nicht stimmt, aber er hat noch nicht danach gefragt. Ich vermisse ihn einfach so sehr und zu versuchen, in ein paar Nachrichten über diese ganzen schwierigen Dinge zu reden, reicht einfach nicht.

»Hat er es nicht verdient, zu wissen, wie du dich fühlst? Er ist doch dein fester Freund, oder etwa nicht?«

Und genau das ist sie, die Frage aller Fragen. Es ist offensichtlich, dass Alex mein fester Freund sein möchte – er sieht sich sogar schon als solcher. Und ich will das auch. Aber im echten Leben – in meinem echten Leben – ist das Wort *Beziehung* wirklich gefährlich. Juhyun hat immer gesagt: Auf der Highschool kann man sich nur für zwei Dinge entscheiden: Freunde, gute Noten oder Schlaf. Na ja, in der K-Pop-Welt muss man sich anscheinend zwischen seiner Gruppe, seiner Leidenschaft und seinem Liebesleben entscheiden. Und das fühlt sich an, als hätte mich jemand gefragt, welchen meiner Finger ich entbehren könnte. Aber letztendlich muss ich mir einfach nur überlegen, was meine Prioritäten sind.

»Ich ...« Ich kann mich gerade noch davon abhalten, ihr zu antworten. »Ich komme zu spät zum Flughafen. Danke fürs Zuhören. Ich hab dich lieb.«

»Ich hab dich auch lieb, Rach«, flüstert sie. »Du kriegst das schon hin. Das ist immer so.« Und dann gehe ich aus dem Badezimmer, schnappe mir meinen Koffer und mache die Wohnungstür hinter mir zu.

»Wir beginnen jetzt mit dem Boarding für Flug 872 nach Genf.«

Ich höre die Ansage über den Lautsprecher, als wir schon fast am Gate sind. Jongseok und ich scannen unsere Bordkarten ein, dann laufen wir die Gangway entlang.

Als wir heute am Flughafen ankamen, war die doppelte – nein, die dreifache Menge an Paparazzi dort. Sie verfolgen mich seit dem Launch von RACHEL K. noch mehr als sonst. Ich habe bei Nature Alley vorbeigeschaut, um mir wie gewohnt vor dem Flug einen Mandelmus-Chia-Smoothie zu holen, als eine Fotografin hinter der Espressomaschine hervorgeschossen kam und mich fotografiert hat. Normalerweise lasse ich mir am Flughafen gerne Zeit, wenn ich alleine unterwegs bin. Ich kaufe mir ein paar Zeitschriften, Kaugummi für den Flug und so weiter. In der Gruppe ist unser Zeitplan immer zu eng für einen solchen Luxus, also ist das dann immer etwas Besonderes für mich. Aber heute war ich froh, dass wir spät dran waren. Ich wollte es einfach nur so schnell wie möglich durch den Flughafen schaffen.

Endlich im Flugzeug, mit meinen Kopfhörern und meinem Lieblingskissen kann ich mich endlich ein wenig entspannen. Aber als ich meine Entspannungsmusik anmachen möchte, bekomme ich einen Media-Alert mit meinem Namen darin. Ich würde lieber den Flugmodus anmachen und die Meldung vergessen, bis wir gelandet sind, aber … das ist jetzt natürlich unmöglich. Ich klicke die Meldung sofort an.

RACHEL KIMS GEHEIMNISVOLLER LIEBHABER ENTHÜLLT?

Oh. Gott.

Monatelang haben im Internet alle darüber spekuliert, ob Rachel Kim, Lead-Sängerin von Girls Forever, heimlich einen Freund hat. Es spricht einiges dafür: die unerwartete Übernachtung im Hotel in Seoul diesen Frühling und die Gerüchte, dass sie angeblich auch bei dem Dinner-Date anwesend war, bei dem ihre Kollegin Shin Eunji mit Song Geonwu gesehen wurde. Es spricht also einiges dafür, dass es in Rachels Leben einen besonderen Menschen gibt. Aber Rachel ist noch nie gemeinsam mit einem geeigneten Mann fotografiert worden. Also, wenn es ihn gibt: Wer ist es? Na ja, nachdem wir einen Tipp von einer anonymen Quelle bekommen haben, glauben wir, dass Rachels geheimer Liebhaber eventuell der koreanisch-amerikanische Businessmogul Alex Jeon sein könnte. Rachel und er haben sich wiederholt zur selben Zeit in denselben Städten aufgehalten: In Singapur, als Rachel 1, 2, 3, Win! gedreht hat, in Paris, als sie für Nell Kramers Fashionshow dort war, und in Hongkong, als sie zu einem geschäftlichen Treffen mit Lane Crawford dort war. Besonders interessant ist, dass Mr. Jeons Firma bekanntermaßen in Ms. Kims Modelabel RACHEL K. investiert hat. Zwar gibt es keine fotografischen Beweise dafür, dass ihre Beziehung über das rein Geschäftliche hinausgeht, jedoch hat unsere anonyme Quelle versichert, dass das in der Tat der Fall ist. Was meint ihr, Leserinnen und Leser? Könnte dieser Alex Jeon für Rachel der Mann ihrer Träume sein?

Wenn mein Magen vorher schon verknotet war, dann ist er jetzt ein steinharter Ball aus Chiasamen und Entsetzen.

Diese »anonyme Quelle« ... es gibt nur zwei Gruppen von Menschen in meinem Leben, die von Alex wissen: unsere Familien und der engste Freundeskreis und meine Girlgroup. Und unsere Familien würden niemals Informationen über mich an die Klatschpresse rausgeben.

Aber kann es wirklich sein, dass eine der anderen von Girls Forever mir das antun würde? Vielleicht war es ein Versehen. Vielleicht ist jemandem vor der falschen Person das Falsche rausgerutscht ...

Oder die anderen sind der Meinung, dass nicht nur meine Modelinie verschwinden muss.

Vielleicht sind sie auch der Meinung, dass Alex ebenfalls verschwinden sollte.

Der Gedanke daran, mit ihm Schluss zu machen, sorgt dafür, dass mir ganz schlecht wird. Wie auch immer ich mich auch wegen des Ultimatums entscheide, ich muss diese Entscheidung bald treffen, bevor alles nur noch schlimmer wird.

Und es wird unweigerlich schlimmer werden. Denn das hier ist mein Leben, und so läuft das nun mal in meiner Welt, ob mir das nun passt oder nicht. Und niemand anderes wird mir diese Entscheidung abnehmen.

Als wir in unserem Hotel in Zermatt ankommen, ist es schon nach zehn Uhr abends. Nach koreanischer Zeit wäre es allerdings schon sechs Uhr früh am nächsten Morgen, also ist mein Körper müde und mein Kopf befindet sich auf der Umlaufbahn eines anderen Planeten. Vom Flughafen aus sind wir mit dem Zug ins autolose Dorf Zermatt gefahren, dann mit einer Gondelbahn in das Berghotel, das in der Nähe der Hütte ist, auf der das Fotoshooting stattfinden wird. Discipline hatte angeboten, mich mit dem Auto vom Flughafen abholen und direkt ins Hotel bringen zu lassen, aber damals hatte ich mich so darauf gefreut, mit dem Zug anzukommen, dass ich abgelehnt habe. Ich habe mir vorgestellt, wie ich bei unserer Ankunft die funkelnde Lichter der Stadt sehen würde. Ich muss wohl kaum erwähnen, dass ich diese Entscheidung jetzt bereue. Ich bin völlig erschöpft, sowohl körperlich als auch mental, und so schlecht gelaunt wie schon lange nicht mehr. Ich kann es kaum erwarten, ein heißes Bad zu nehmen und ins Bett zu fallen. Ich kann die atemberaubende Aussicht kaum genießen. Auf den Berggipfeln liegt selbst jetzt im September Schnee, und das Licht der untergehenden Sonne malt pfirsich- und lavendelfarbene Streifen an den Abendhimmel.

Als der Hotelpage gegangen ist, mache ich meinen Koffer auf und suche nach meinem Kaschmir-Hausanzug. Er ruft ganz deutlich nach mir. Ich habe schon meinen Pullover ausgezogen und will gerade mein Top aufknöpfen.

Klopf, klopf, klopf.

Was ist denn jetzt? Ich schaue von meinem Koffer auf. Ich hatte darüber nachgedacht, etwas beim Zimmerservice zu bestellen, aber soweit ich mich erinnere, habe ich das dann doch nicht gemacht … Allerdings bin ich so müde, dass ich nicht garantieren kann, dass ich mir nicht doch ein paar Pommes bestellt habe, um sie in der Badewanne zu essen.

Ich gehe zur Tür und mache sie einen Spaltbreit auf, aber da ist niemand. Entweder gibt es im Zermatterhof einen Geist, oder mein Schlafmangel ist schon so groß, dass ich mir Sachen einbilde.

Klopf, klopf, klopf.

Moment mal. Das Klopfen kommt ja gar nicht von der Tür. Es kommt … aus dem Schrank?

Ich gehe zum Schrank und greife auf dem Weg dorthin nach der Vase mit Astern, die auf dem Nachttisch steht. Wenn sich jemand in meinem Schrank versteckt – noch mehr Paparazzi? –, dann ziehe ich ihm oder ihr die Vase über den Kopf und renne weg. Dann wird mir klar, dass das total verrückt ist. Ich würde nie so etwas Extremes tun, egal, wie sehr ich die Paparazzi auch hasse.

Außerdem ist es ebenso wahrscheinlich, dass es wirklich ein Geist ist, der das Geräusch macht, und ich bin mir ziemlich sicher, dass Schläge mit Blumenvasen einem Geist ziemlich egal wären.

Ich hole tief Luft und öffne die Schranktür.

»Willst du mich damit erschlagen?«

»Gott!«, sage ich. Meine Hand verlässt kurz meine Brust, so dass meine Bluse offen hängt, aber ich halte sie schnell wieder fest.

»Nein, mein Name ist Alex Jeon – wir kennen uns. Aber ich höre das häufiger.« Mit einem frechen Grinsen streckt er mir die Hand hin. Er lehnt lässig im Türrahmen – und der Schrank scheint gar kein Schrank zu sein, sondern das benachbarte Hotelzimmer.

»Ich dachte, du wärst ein Geist ... Paparazzo«, korrigiere ich mich rasch. Ich stelle die Blumenvase ab und reibe mir die Augen. Ich verstehe einfach nicht, was hier passiert.

Wenigstens ist er so anständig, mir nicht zu sagen, ob er meinen BH gesehen hat, als ich die Bluse losgelassen habe.

Er zieht die Augenbrauen hoch. »Hast du gerade *Geist* gesagt?«

Ich werde rot und verdrehe die Augen, dann schlinge ich die Arme um ihn. »Oh mein Gott, ich freue mich so, dass du hier bist!« Es überrascht mich selbst, aber mir steigen Freudentränen in die Augen. Es ist schon so lange her, dass wir zusammen waren, und der Stress der letzten Wochen war wirklich brutal. Ihn hier zu sehen, sein Aftershave zu riechen, ist wie Balsam für meine zerfransten Nerven.

»Ich dachte, ich überrasche dich«, lacht er, als ich ihn förmlich erdrücke. »Es ist jetzt Monate her. Ist es okay, dass ich gekommen bin?«

»Was? Ja klar!« Ich schaue ihn an, als wären ihm plötzlich zwei zusätzliche Köpfe gewachsen. Wieso sollte das hier denn nicht okay sein? Aber dann fällt es mir ein. Der *Reveal*-Artikel. RACHEL KIMS GEHEIMNISVOLLER LIEBHABER ENTHÜLLT? Jemand in meinen engsten Kreisen hat der Presse Details über mich und Alex verraten. »Ich freue mich so, dass du hier bist!« Ich drücke ihn ein letztes Mal an mich. »Aber, ähm. Niemand hat dich gesehen, oder? Da war dieser Artikel ... Anscheinend hat jemand bemerkt, dass wir uns häufiger in der gleichen Stadt aufgehalten haben.«

Ich lasse mich aufs Bett fallen und knöpfe meine Bluse wieder zu. Der Kaschmir-Hausanzug muss warten.

»Ja«, antwortet er und setzt sich ans Fußende des Bettes. »Ich habe den Artikel gelesen. Aber erst, als ich heute Nachmittag in Genf gelandet bin.«

Genf. Schon wieder eine Stadt, die die Medien mit uns beiden in Verbindung bringen können.

»Alex ...« Ich stöhne auf und vergrabe das Gesicht in meinem Kissen.

»Ich habe sofort alle meine Social-Media-Accounts gelöscht«, sagt Alex schnell. »Ich hatte sowieso nur sieben Follower auf Instagram, alles Familie, da ist sowieso nichts zu sehen.«

Ich kann nicht anders, ich muss lachen. Ich drehe mich wieder zu ihm um. Selbst wenn alles um uns herum verrücktspielt, kann er mich immer noch aufheitern.

Ich schaue ihm in die Augen und sehe nichts als ehrliche Besorgnis. Alex ist vorsichtig. Das weiß ich. Es ist nur so, dass die Paparazzi und die Medien vor absolut nichts haltmachen, wenn es darum geht, persönliche Details über mein Leben herauszufinden und sie der ganzen Welt zu präsentieren.

Und seit die anderen mir das Ultimatum gestellt haben, fühle ich mich so schwach. Es ist wirklich überwältigend. Die Last auf meinen Schultern ist so groß geworden. Es ist ein unerwartetes Geschenk, dass Alex hier ist. »Danke«, flüstere ich.

»Du und ich gegen den Rest der Welt, oder?«

Er schaut mich erwartungsvoll an und wartet darauf,

dass ich das, was er gerade gesagt hat, bestätige. Mein Herz weiß, dass es die Wahrheit ist, aber mein Gehirn kann einfach nicht die Worte bilden. In Hongkong, als wir auf der Flucht vor den Paparazzi durch die Straßen flogen, war es so leicht, an diese Worte zu glauben – *du und ich gegen den Rest der Welt*. Aber in letzter Zeit fühlt es sich so an, als würde die Welt gewinnen.

»Okay ...«, sagt er schließlich. »Also soll ich das Fotoshooting morgen ausfallen lassen, damit es diskreter ist? Der ›geheimnisvolle Liebhaber‹ kann einfach im Hotel bleiben.« Er lächelt resigniert.

Wieder einmal zeigt er mir ganz deutlich, wie wichtig ich ihm bin. Er würde wirklich alles tun, nur, damit er hier bei mir sein kann.

»Nein, komm ruhig«, sage ich impulsiv. »Carly und Ollie freuen sich bestimmt schon darauf, dich zu sehen. Wir fahren in getrennten Autos und ...«

»Sehen uns bei der Hütte«, beendet er meinen Satz.

»Genau.«

»Okay. Gute Nacht, Rachel.«

Er bleibt kurz stehen, als wollte er mir einen Gutenachtkuss geben, wäre sich aber nicht sicher.

»Keine Sorge.« Ich trete einen Schritt näher. »Ich glaube, wir sind hier sicher vor Geistern und Paparazzi.«

Alex grinst und tritt ebenfalls auf mich zu. Unsere Lippen verbinden sich zu einem viel zu kurzen Kuss. Ich genieße immer noch mit geschlossenen Augen den Moment, als ich höre, wie er sich in sein Zimmer zurückzieht und die Tür schließt.

»Gute Nacht«, sage ich zu niemandem.

Ich mache mich bettfertig und grabe endlich den Kaschmiranzug aus meinem Koffer aus. Statt des luxuriösen Bades wasche ich mir nur rasch das Gesicht. Ich bin schon den ganzen Tag müde, aber als ich mich endlich ins

Bett lege, spielt mein Gehirn nicht mit. Ich liege wach, wälze mich hin und her und denke an Alex. Dass er hier ist, ist einfach die beste Überraschung überhaupt. Zum ersten Mal seit Tagen hatte ich das Gefühl, dass ich endlich wieder frei atmen kann. Aber jetzt, wo er auf der anderen Seite der Hotelwand liegt, mache ich mir plötzlich wieder Sorgen. Ich wünschte, ich hätte ihm von dem Ultimatum von Girls Forever erzählt. Es liegt immer noch wie ein schweres Gewicht auf meiner Brust und macht die ganze Situation noch komplizierter, als sie ohnehin schon ist. Ich wünschte, er wäre hier neben mir, statt in einem anderen Zimmer, damit wir uns im Schlaf festhalten können. *Ich wünschte, ich wünschte, ich wünschte.*

So etwas habe ich noch nie gefühlt. Es ist ein überwältigend starkes Wissen, dass Alex der Mensch für mich ist. Dass er *der eine* ist. Es ist wunderschön und furchteinflößend zugleich. Ja, da ist immer noch diese Stimme in meinem Hinterkopf, die mich warnt: Die Medien dürfen euch nicht erwischen. Lass nicht zu, dass sie alles kaputt machen, wofür du so lange gearbeitet hast. Aber zumindest jetzt, in diesem Moment, lasse ich nicht zu, dass die Angst mich überwältigt. Sie ist einfach eine von vielen Emotionen, die mich gerade erfüllen. Ich drehe mich um und knautsche mein Kissen zurecht. Neben der Nervosität empfinde ich auch Freude, Verwirrung, Aufregung und, vor allem, die reinste, stärkste Erschöpfung. Ich kuschle mich tiefer unter die Decke, denke an Alex' Grübchen und schöne Sportkleider und weichen weißen Schnee, und bevor ich weiter nachdenken kann, bin ich auch schon eingeschlafen.

Kapitel *Vierundzwanzig*

Als ich wieder nach Hause gezogen bin, fand Leah es lustig, sich heimlich in mein Handy einzuloggen und meinen Wecker durch ihre Stimme zu ersetzen, wie sie »Unni, wach auf! Unni, wach auf! Unni, wach auf!« in einer Endlosschleife ruft.

Ich stöhne und greife nach meinem Handy, um den Wecker abzustellen. Sobald Leahs Stimme verstummt ist, schaue ich mir meine Benachrichtigungen an – dann wird mir klar, was ich da mache. Ich wollte gerade schauen, ob Alex mir geschrieben hat, wie jeden Morgen. Aber natürlich hat er das nicht getan, weil er im Zimmer nebenan ist, und ich einfach klopfen könnte. Aber das alles fühlt sich immer noch … so unsicher an. Wenn man erst einmal zu wissen glaubt, dass jemand der Mensch ist, mit dem man sein Leben verbringen möchte, was tut man dann als Nächstes? Ich spüre, wie die Größe dieser Erkenntnis mir wieder die Kehle zuschnürt, aber ich kann jetzt nicht länger darüber nachdenken. Ich muss zu einem Fotoshooting.

Ich steige aus dem Bett, um mich fertig zu machen. Wir müssen richtig früh am Berg sein, bevor die Septemberluft den frischen Schnee matschig macht. Im Spiegel sehe ich die tiefen, dunklen Schatten unter meinen Augen. Verdammt. Die Maske wird vor einer echten Herausforderung stehen, wenn sie versuchen, die abzudecken.

Im Auto, das Discipline für mich gebucht hat, auf dem Weg zum Shooting bekomme ich eine Nachricht.

> Sunhee: Rachel, ich habe den Artikel über dich und Alex bei *Reveal* gesehen … Geht es dir gut?

Ich seufze, als sie den Artikel erwähnt, bin aber positiv überrascht, weil sie mich anscheinend unterstützt. Schließlich würde jemand, der mich skrupellos den Medien zum Fraß vorgeworfen hat, doch sicher nicht fragen, wie es mir geht, oder? Ich fange an, zurückzuschreiben, werde aber von weiteren Nachrichten unterbrochen.

> Sunhee: Gehst du mit der Beziehung an die Öffentlichkeit?
> Sunhee: Weiß DB Bescheid?
> Sunhee: Meinst du, du musst mit ihm Schluss machen?
> Sunhee: Hast du das hier gesehen?

Sie schickt mir einen Link zu einer Webseite, aber sie lädt nur sehr langsam.

Natürlich. Ich hätte es wissen sollen. Sie hat sich gar nicht wirklich Sorgen um mich gemacht. Sie liebt einfach nur das Drama. Und jetzt mache ich mir wieder Sorgen, ob eine von Girls Forever mich wirklich an die Presse verkauft hat. Aber ich möchte trotzdem wissen, was das »das hier« ist, von dem sie mir geschrieben hat. Ich habe schreckliche Angst, dass der Link Fotos von Alex und mir enthält oder sonst irgendeinen unausweichlichen Beweis, dass wir zusammen sind, aber es ist nur ein Forum, in dem alle möglichen Leute über den Artikel spekulieren und die wildesten Theorien aufstellen. Manche schreiben, dass man einfach meine Privatsphäre respektieren sollte. Manche schreiben, dass Alex und ich ein süßes Paar abgeben würden. Es gibt auch eine Person, die aus irgendeinem unerfindlichen Grund davon überzeugt ist, dass ich mit einem amerikanischen Popstar verlobt bin. Eigentlich ist alles wirklich respektvoll und hält sich im Rahmen, und ich bin mal wieder so dankbar, dass ich die besten Fans der Welt habe. Aber dann sehe ich den Thread, den Sunhee wahrscheinlich gemeint hat. Einige Fans sind davon überzeugt, dass Alex nur mit mir zusammen ist, weil er berühmt werden will.

Ich will Sunhee gerade antworten und schreiben, dass das alles nur Klatsch und Tratsch ist, aber dann halte ich inne. Es fühlt sich nicht richtig an, einfach zuzulassen, dass das Internet mit bösartigen Gerüchten über Alex gefüllt wird. Es war nicht seine Entscheidung, in der Öffentlichkeit zu stehen so wie ich. Aber gleichzeitig weiß ich, dass es darauf hinausläuft, unsere Beziehung zu bestätigen, wenn ich ihn jetzt verteidige. Und ich glaube nicht, dass er dafür schon bereit ist. Und ich bin es auch nicht. Ich seufze und stecke mein Handy in die Tasche. Ich bin alt genug, um zu wissen, dass es ganz entscheidend ist, wie etwas kommuniziert wird. Wenn ich Alex heute sehe, werden wir uns zusammen hinsetzen und alles besprechen.

Sobald ich an der Location ankomme – eine wunderschöne Skihütte in Gipfelnähe am Matterhorn –, werde ich direkt in die Maske gebracht. Nachdem mir in einem Anhänger Haare und Make-up gemacht wurden, betrete ich die Lounge. Ich trage den metallic-olivgrünen Parka, den Discipline bald herausbringen wird. Er passt zu ihrem High-Fashion-meets-high-Function-Look. Die Stylistin hat mir dazu einfache schwarze Leggings und fast militärisch anmutende Stiefel gegeben. Ich spüre, dass die Winterlinie von Discipline dazu da ist, sich stark zu fühlen. Und abenteuerlustig. Aber trotzdem modebewusst. Als könnte man eine schwarze Piste hinunterfahren und dann in einem Fünf-Sterne-Restaurant neben der Piste etwas trinken gehen. Ich versuche, diese Energie auszustrahlen, als ich zum Set laufe.

»Rachel, du bist da!« Carly Mattsson betritt die Lounge. Sie trägt denselben Parka wie ich, allerdings in Schwarz. Wir modeln heute gemeinsam, und ich bekomme sofort bessere Laune, wenn ich darüber nachdenke, dass ich mit der Carly Mattsson in aufeinander abgestimmten Outfits zusammenarbeiten werde.

Sie küsst mich zur Begrüßung auf beide Wangen und winkt einem bärtigen Mann hinter sich zu. »Das ist mein Mann, Ollie. Ollie, das hier ist Rachel Kim.«

»Ich freue mich so darauf, mit dir zusammenzuarbeiten, Rachel.« Ollie hat einen leichten schwedischen Akzent. Er schüttelt mir herzlich die Hand. »Ich habe schon so viel Tolles über dich gehört.«

»Freut mich auch«, sage ich. Ich frage mich, was er über mich gehört hat. Ob Alex wohl etwas erwähnt hat? Und wo ist er überhaupt? Gerade, als ich mich im Chalet umschaue, kommt er zur Tür herein.

»Guten Morgen zusammen«, sagt er. Ich habe vielleicht dunkle Ringe unter den Augen, aber Alex sieht aus wie ein Waschbär. Er hat wohl auch nicht besonders gut geschlafen. Er lächelt mich kurz an, aber das Lächeln erreicht nicht wirklich seine Augen. Und das Grübchen ist auch nicht zu sehen. Bevor ich zu ihm gehen kann, um mit ihm zu reden, geht er weg, um Jongseok und die Leute von Discipline zu begrüßen. Ich spüre, wie sich mein Magen vor Angst zusammenzieht. Ist etwas passiert? Noch ein Artikel bei *Reveal*?

Ich gehe auf Alex zu und reibe nervös den Saum meines Parkas zwischen meinen Fingern. Er spricht nicht mehr mit dem Personal, scheint jetzt aber in sein Handy vertieft zu sein. Ich bleibe zurück, ich möchte ihn nicht unterbrechen, falls er etwas Wichtiges für die Arbeit liest.

Aber dann steckt er plötzlich das Handy in die Tasche und verlässt die Hütte. Bevor ich ihm nachgehen kann, ruft mich der Fotograf. »Fertig, Rachel?«

»Auf jeden Fall!«, sagt meine Stimme, als käme sie von einem Roboter, der so programmiert ist, dass er wie ich klingt.

Aber sosehr die Roboter-Rachel auch versucht, sich darauf zu konzentrieren, das richtige Licht zu finden und den süßen Parka und die Thermoleggings vorzuführen, die echte Rachel ist immer wieder abgelenkt. Ich kann nicht umhin, zu bemerken, wie konzentriert und dynamisch Carly ist. Sie macht Ausfallschritte oder kickt mit ihren Stiefeln Schnee in die Luft ... Ich bin wirklich ein bisschen neidisch. Ich stehe stocksteif neben ihr, wie ... na ja, wie ein Roboter eben.

»Okay, Ladys, ein bisschen mehr Action, bitte«, sagt der Fotograf. »Können wir es jetzt mit den Skiern probieren?« Er macht eine kurze Pause, während wir uns die Ausrüstung anziehen. Alex und ein paar Manager bleiben im Hotel, während wir auf die Piste gebracht werden. Wir stehen oben auf einem kleinen Übungshügel, der mit Kunstschnee bedeckt ist. Auf den Fotos wird es so aussehen, als stünden wir auf einer richtig steilen Piste.

»Rachel, ein bisschen lockerer, bitte. Wir sind im Skiurlaub, nicht bei der Winterolympiade. Warum so ernst?« Ich versuche, über den Witz des Fotografen zu lachen und mich zu entspannen, aber das Roboter-Lächeln hat irgendwie auch meine Beine in zwanzig Kilo Metall verwandelt. Ich versuche, die Balance zu halten, während ich mich zu Carly umdrehe und mein gesamtes Gewicht auf den inneren Fuß verlagere, damit ich nicht wegrutsche ... Ich will ganz stillhalten, damit er das perfekte Foto machen kann. Nur, dass das »Stillhalten« anscheinend eher furchtbar angespannt aussieht. Das hier fühlt sich langsam an, wie eine wirklich schlechte Metapher für die Balance in meinem Leben.

»Okay, wir fühlen die frische Bergluft. Wir sind entspannt, wir sind … Rachel?«

Wie aufs Stichwort rutscht mein rechter Ski weg, als er »entspannt« sagt. Ich versuche verzweifelt, mein Gleichgewicht wiederzuerlangen – ich bin eigentlich ganz gut im Skifahren, das sollte also kein Problem sein –, aber ich bin so überrascht, dass meine Beine immer weiter voneinander wegrutschen und ich hinfalle. Mein rechter Stiefel löst sich aus der Bindung.

Als ich versuche, mich zu sammeln, knallrot im Gesicht, weil mir das Ganze so peinlich ist, wird mir klar, dass ich mir den Knöchel stärker verdreht habe, als ich dachte. Er zwickt, als ich wieder aufstehe. Allerdings nicht so sehr, dass ich verarztet werden müsste. Aber plötzlich umringt mich die gesamte Crew, um sicherzugehen, dass es mir gut geht. »Alles gut, nichts passiert«, sage ich immer wieder, in verschiedenen Sprachen. Aber alle behandeln mich, als wäre ich aus Glas. Zwei Männer heben mich tatsächlich hoch und tragen mich in die Hütte, Carly kommt nach, und Jongseok bietet an, eine Kühlkompresse zu holen.

Ich würde am liebsten um eine zweite bitten, damit ich mein tomatenrotes Gesicht dahinter verstecken kann, und zwar am besten gleich für immer. *Wenn es gut läuft, könnten wir ein Event mit dir planen!*, hatte Cynthia gesagt. Na ja, ich glaube, von diesem Solo-Fanmeeting kann ich mich verabschieden, denn es läuft offensichtlich überhaupt nicht gut. Carly, die ich so gerne beeindruckt hätte, ist extrem verständnisvoll und geduldig, aber ich weiß, dass ich das Shooting quasi ruiniert habe, und ich schaffe es gerade noch so, die Tränen zurückzuhalten. Ich bin so müde – die Wochen ohne Schlaf müssen langsam meine Beine erreicht haben. Vielleicht ist das wirklich ein Burnout. *Vielleicht*, denke ich wieder, *vielleicht hatten die anderen recht.* Wenn ich versuche, alles zu machen, kann es passieren, dass ich letztendlich nichts richtig hinbekomme.

Und vielleicht passiert gerade genau das.

Carly hat wahrscheinlich gemerkt, dass es mir nicht gut geht. Sie bittet darum, dass wir ein paar Minuten Pause machen und schlägt dann vor, dass wir ein paar einfachere Fotos machen, noch in unseren Outfits, aber einfach in der Lounge der Skihütte. »Der Tag ist noch nicht vorbei, oder?«, sagt sie. »Ich kann gut mit der Kamera umgehen. Was meinst du?«

Während die Crew Pause macht, sitzen nur wir beide auf den Ledersofas im Wintergarten, der für uns leer geräumt wurde. Ich habe meine Beine auf den niedrigen Couchtisch gelegt – meine Füße stecken jetzt in Schneestiefeln von Discipline.

»Bist du sicher, dass es dir gut geht?«, fragt Carly. Die Sonne bringt ihr Haar zum Leuchten wie einen Heiligenschein, und mir wird klar, dass hier wirklich die perfekten Lichtverhältnisse für ein Shooting herrschen. Ich hoffe, wir bekommen wenigstens ein paar anständige Fotos hin.

»Ja. Mein Ego wurde noch nie dermaßen von einem Übungsberg gekränkt, aber ansonsten ist alles gut.« Ich lache leise. »Wirklich, es ist mir einfach so peinlich. Ich hoffe, ich habe nicht alles kaputt gemacht.« Meine Stimme schwankt.

»Alles kaputt gemacht? Ach bitte.« Carly wirft lässig ihr Haar zurück. »Ich sollte dir von dem Tag erzählen, als wir bei einem Shooting *Wasserski fahren* sollten.«

»Ha! Das ist wirklich lieb von dir, aber du musst nicht beschönigen, dass ich es einfach versaut habe.«

»Ach Liebes, ich sage das nicht nur, damit du dich besser fühlst. Die Geschichte ist einfach zu lustig! Aber ganz ehrlich, ich muss sie dir gar nicht erzählen. YouTube kann das viel besser.« Sie ruft ein Video von vor sieben Jahren auf – eins, das einen unglaublichen Wackler, verknotete Beine, einen Bikini, der nicht dort bleibt, wo er hingehört und einen spektakulären Sturz ins Wasser enthält. Jemand hat ein GIF daraus gemacht, so dass der Sturz einfach wieder und immer wieder läuft, und zwar in Zeitlupe. Es ist ... furchtbar.

Und richtig lustig.

»Du kannst ruhig lachen«, sagt sie, und als sie meinem Blick begegnet – diese erwachsene, erfolgreiche Ikone, die alles ist, was ich mir zu sein wünsche – fangen wir beide an, völlig hysterisch zu kichern.

Als die Crew und der Fotograf zurückkommen, wischen wir uns die Lachtränen von den Augen. Unser Make-up wird rasch aufgefrischt, dann geht das Shooting weiter.

»Du warst wirklich tapfer«, sagt Carly, als wir fertig sind und nimmt mich in die Arme. »Wie geht es deinem Knöchel?«

»Schon viel besser, danke«, grinse ich. Wenigstens bin ich endlich ein bisschen entspannter. Die Roboter-Rachel, die versucht, die Allerbeste zu sein, ist verschwunden, und jetzt ist da einfach nur noch die echte Rachel, ob es den anderen nun passt oder nicht. Ich schaue mich um. »Du hast nicht gesehen, wo Alex hin ist, oder?«

»Alex?« Ollie tritt an die Seite seiner Frau. »Er musste zurück ins Hotel, um etwas Geschäftliches zu regeln, aber er hat mir gesagt, ich soll dir ausrichten, dass er dich um acht im Cloud Nine erwartet.«

»Cloud Nine?« Carlys Augen funkeln. »Da ist es so schön! Und das Essen ist super. Rachel, du musst dich schick machen! Aber nimm vielleicht nicht deine höchsten Absätze. Der Rest deines Aufenthaltes sollte nach Möglichkeit unfallfrei ablaufen. Ollie, bitte schau noch mal nach, ob sie das Rechteformular unterschrieben hat«, witzelt sie.

Ich lache, obwohl die Panik mir eiskalt im Magen sitzt. *Nicht erwischt werden.* »Mache ich«, antworte ich Carly. »Danke für die Nachricht, Ollie. Und danke, dass ihr alle so viel Geduld mit mir hattet. Ich weiß die Erfahrung mit euch und eurem Team wirklich zu schätzen. Es war unglaublich.« Und es stimmt. Selbst mit meinem verpatzten Anfang war es die Reise wert, schon allein, weil ich so viel Zeit mit Carly verbringen konnte. Ich habe versucht, so viel wie möglich von ihr zu lernen. Es hat sich gelohnt, selbst wenn ich nach dieser Katastrophe nie wieder als Model gebucht werde.

Cloud Nine um acht. Endlich.

Zeit, mich mit Alex auszusprechen und ihm alles zu erzählen, worüber ich nachgedacht habe.

Es ist Zeit für die Wahrheit.

Jetzt muss ich mich nur noch entscheiden, welche Wahrheit.

Du kriegst das schon hin, hat Leah gesagt, als ich heute Morgen gegangen bin. *Das ist immer so.*

Ich hoffe, sie hat recht.

Kapitel Fünfundzwanzig

Auf dem Boden meines Hotelzimmers liegen etwa 5.071 verworfene Outfits, und es ist jetzt 19:56 Uhr. Das Abendessen mit Alex ist in vier Minuten, und ich bin immer noch in Unterwäsche. Ich kann mich einfach nicht entscheiden. Mein Handy gibt einen Ton von sich.

Das ist sicher Alex, der sich fragt, ob ich ihn versetzt habe oder ob ich komplett den Verstand verloren habe. Vielleicht hat er gehört, wie schlecht es heute gelaufen ist, und ist enttäuscht von mir. Nach dem zweiten Teil des Shootings im Wintergarten fühle ich mich besser, aber ich frage mich, ob das nur an Carlys guter Laune liegt, die mich davon ablenkt, wie schlecht das Shooting wirklich war. Ich muss mich immer noch wegen Alex entscheiden und wegen der Modelinie, und ich kann einfach nicht. Ich bin wie erstarrt.

Ich stöhne und schaue auf mein Handy. Es ist jetzt 19:57 Uhr. Aber der Ton war gar nicht wegen einer Nachricht von Alex – die Nachricht ist von meiner Mom.

Wie geht es dir, meine Tochter? Ich denke an dich da oben in den Bergen. Ich hoffe, du hast auf der Piste gut auf dich aufgepasst. Hab dich lieb!

Tränen steigen mir in die Augen, und bevor ich es verhindern kann, habe ich auf ihren Namen geklickt, um sie anzurufen. »Umma«, sage ich, sobald sie abhebt.

»Rachel, ist alles in Ordnung?«

Ich atme schniefend aus, halb weinend, halb lachend. »Ich denke schon. Ich kann nicht fassen, dass du noch wach bist.«

»Es ist doch erst drei«, wiegelt sie ab, als sei nichts dabei, dass sie so lange wach geblieben ist, nur um mich zu fragen, wie es mir geht. Ich sollte wahrscheinlich nicht so überrascht sein. Meine Mutter ist schon immer für mich da gewesen, wenn ich sie am meisten gebraucht habe.

»Also, was ist los?«

Umma wartet am anderen Ende geduldig. Ich kann fast sehen, wie sie die Stirn runzelt, die Hände im Schoß gefaltet, während sie darauf wartet, dass ich bereit bin, ihr zu sagen, was los ist.

»Er ist der Richtige«, platze ich heraus.

Sie schweigt einen Moment lang, dann macht sie ein seltsames Geräusch, eine Mischung aus einem *tsk* und einem leisen Lachen. »Tochter, ich freue mich für dich.«

»Hat es sich so angefühlt? Mit Appa, meine ich?«

Bevor sie antworten kann, rede ich schon weiter. »Alex ist einfach alles für mich, aber ich habe Angst. Es fühlt sich so oft so an, als ob die Welt dagegen ist, dass wir zusammen sind. Und mit allem, was gerade los ist, das ist einfach alles viel zu viel, und ich weiß nicht, wie ich es ihm *sagen* soll und ...«

Ich höre auf zu reden, weil meine Mom anfängt zu *lachen*.

»Umma! Lachst du mich etwa aus? Ich meine es ernst!«

»Ich weiß, meine Tochter. Aber die Antwort ist, dass es so etwas wie eine absolute Sicherheit nicht gibt.«

»Was?« Ich setze mich auf und schlage mit der Faust auf die Matratze. »Hast du mich etwa mein ganzes Leben lang angelogen?«

Sie *tskt* wieder. »Nein, Rachel, nicht angelogen. Ich *wusste* in meinem Herzen, dass ich deinen Vater liebe.

Aber das bedeutet nicht automatisch, dass die Welt auch mitspielt. Du musst dir selbst und deinen Gefühlen vertrauen. Mit dem Kopf weiß man es nie. Mit dem Herzen schon.«

Ich sitze da und bin beleidigt, und gleichzeitig komme ich mir deswegen dumm vor, wie ein kleines Kind, dem gerade jemand gesagt hat, dass es keinen Nachtisch bekommt, bevor es nicht das Hauptgericht aufgegessen hat. Es ist 20:02 Uhr, und Alex, der wunderbare Alex, Alex, der mein Leben in eine Million und einer Weise schöner gemacht hat, aber der, wenn wir erwischt würden, auch das größte Risiko für alles ist, was mir wichtig ist … dieser Alex wartet unten in einem Restaurant auf mich.

»Umma, ich komme zu spät zum Essen mit Alex, und ich weiß nicht, was ich tun oder sagen soll. Ich weiß nicht mal, was ich anziehen soll.« Ich verhalte mich wie ein kleines Kind, das ist mir klar, aber ich will das Gespräch mit meiner Mutter einfach noch nicht beenden.

Sie lacht leise. »Ich kann dir nicht sagen, was du tun oder sagen sollst. Und du bist die Modeikone, nicht ich. Aber im Zweifel immer ein kleines Schwarzes. Jetzt mach dich fertig. Du solltest Alex nicht zu lange warten lassen.«

Und dann legt meine Mutter einfach auf. Sie ist wirklich die Königin des Outros.

Als Mitglied der größten K-Pop-Gruppe der Welt habe ich schon in den besten Restaurants der Welt gegessen, aber nichts kann mit der Aussicht im Cloud Nine mithalten. Sobald ich ankomme, führt mich eine Hostess auf eine abgeschiedene Terrasse hinter dem Restaurant, von der aus ich der Sonne dabei zusehen kann, wie sie hinter den hohen Bergen und sanften grünen Hügeln untergeht.

Lichterketten hängen an den Dachbalken und sorgen zusammen mit den Heizstrahlern für eine romantische Atmosphäre. Der Sitzbereich ist klein, nur drei weitere Tische, die alle leer sind. Als die Hostess mich an den Tisch führt, wird mir klar, dass ich im ganzen Restaurant keine anderen Gäste gesehen habe ...

Alex sitzt schon am Tisch in der Ecke und wartet auf mich. Er sieht in seinem blendend weißen Hemd und der silberblauen, schmalen Krawatte wirklich elegant aus. Er steht auf, als er mich sieht, und seine Augen werden immer größer, als ich näher komme. Ich trage ein verspieltes kleines schwarzes Kleid von Miu Miu mit Kristallknöpfen, einem gerüschten Ausschnitt und einem herzförmigen Kristallgürtel. Meine Haare habe ich zu einem hohen Flechtknoten gebunden, und dazu trage ich lange Perlenohrringe und hohe Schuhe.

»Du siehst toll aus«, sagt er endlich, genau in dem Moment, als ich »Die Krawatte steht dir wirklich gut« sage.

Wir lachen beide und werden rot. Dann setzen wir uns. Einen Moment lang ist es still, wir wissen anscheinend beide nicht, wo wir anfangen sollen.

»Also, ich habe gehört, dass das Essen hier ziemlich gut ist«, sagt er.

»Die Aussicht ist auch toll«, füge ich hinzu. »Wirklich schön.«

»Mm-hmm.«

Wir schweigen wieder. Oh Mann, ist das peinlich. Mein Magen schlägt Purzelbäume. Ich fummle an meiner Serviette herum und will gerade ein Gespräch über das Wetter anfangen, dass es heute doch wirklich sehr schön ist, als Alex mich rettet. »Ich habe uns eine Flasche Bordeaux bestellt«, sagt er. »Ich hoffe, das ist okay.«

»Ja, klar«, sage ich erleichtert. »Ich liebe Rotwein.« Oh mein Gott, reiß dich zusammen, Rachel. Und los. Jetzt oder nie. Ich muss ihm sagen, wie ich mich fühle. Dass ich mich verliebt habe. Dass er der Richtige ist. Aber zuerst muss ich ihm von dem Ultimatum erzählen. Und von allem, worüber ich zurzeit nachdenke. Ich muss eine Entscheidung treffen.

Ich wünschte, der Wein wäre schon da, damit ich wenigstens ein Glas in der Hand hätte. Ich sehe an Alex' Blick, dass es auch etwas gibt, worüber er reden möchte. Aber wir wissen wohl beide nicht, wie wir anfangen sollen.

»Ich habe gehört, dass der Rest des Shootings richtig gut gelaufen ist«, sagt Alex, als eine Kellnerin die Flasche gebracht, entkorkt und uns zwei Gläser Wein eingeschenkt hat. Er trinkt einen Schluck. »Wie geht es deinem Knöchel? Ich kann nicht fassen, dass ich nicht da war. Geht es dir gut?«

Gott sei Dank war er nicht da. Der Spagat, den ich auf dem Übungshügel hingelegt habe, hat sicher fast ein Loch in meine Leggings gerissen, während der Designer besagter Leggings dabei zugeschaut hat. Das war wahrscheinlich einer der zehn peinlichsten Momente meines Lebens, und das sagt diejenige, die während einer Probe Jason Lee auf die Schuhe gekotzt hat.

»Ich bin bei Tanzproben schon deutlich schlimmer gefallen.« Ich lächle und winke ab. Er braucht sich keine Sorgen zu machen. Ich schaue auf die Speisekarte. Es gibt eine Million Gerichte mit Fleisch – alles ist eine Lende von irgendetwas. Endlich sehe ich ein Gericht mit Gnocchi, das etwas leichter klingt. So nervös, wie ich bin, weiß ich nicht, ob ich ein Stück Fleisch hinunterbekommen würde. *Hey, Kellnerin, kann ich die Beilage* »Ich glaube, ich habe *eine Panikattacke«* mit dem *»Vielleicht-sollte-ich-mich-schleunigst-aus-der-Modewelt-zurückziehen-solange-ich-noch-kann«-Salat bekommen?*

Als wir bestellt haben, machen wir ein paar Minuten lang Smalltalk. Wir sprechen darüber, wie wir Skifahren gelernt haben. Ich in den Catskills, er in Killington, aber ich konzentriere mich die ganze Zeit nur darauf, nicht am ganzen Körper zu zittern. Ich erzähle ihm davon, wie Leah und ich immer Schweden mit der Schweiz verwechselt haben, bis wir sie in der Familie nur noch »Fleischklößchen« und »Käse« genannt haben. Alex lacht höflich, aber ich weiß, dass ich wirklich ziemlich verzweifelt nach Gesprächsthemen suche. Ich trinke noch einen Schluck Wein und stelle überrascht fest, dass mein Glas schon zu drei Vierteln leer ist. Na ja, ich schätze, es ist Zeit, einfach anzufangen. Vielleicht gibt es keinen höflichen oder natürlichen oder un-peinlichen Weg, aber ich muss es einfach ansprechen.

»Hey, also, wo warst du heute während des Shootings?«, frage ich. Mist. Ich habe mich nicht getraut und bin ausgewichen. Ich greife nach der Flasche und schenke mir Wein nach – Alex' Glas ist noch voller als meins, aber ich schenke ihm ebenfalls einen Schluck nach. Ich spüre, wie mir der Alkohol zu Kopf steigt. Ich muss vorsichtig sein. Heute Abend geht es nicht um »Käse« oder »Fleischklößchen«, es geht um die größte Entscheidung, die ich je treffen werde – und ich weiß immer noch nicht, wie ich das anstellen soll, obwohl ich gerade noch einen weiteren klitzekleinen Schluck Wein getrunken habe ...

»Na ja, ehrlich gesagt, ich habe mich hierum gekümmert.« Er nimmt sein Handy aus der Tasche und schiebt es mir hin. Ich blinzle überrascht. Es sind E-Mails, alle an Alex, von verschiedenen Medienoutlets. Ich überfliege ein paar Betreffzeilen und verstehe sehr schnell, dass sie ihn mit Fragen zu unserer Beziehung bombardiert haben und auch dazu, was er mit meiner Modelinie zu tun hat.

Er hat ungefähr eine Million Benachrichtigungen auf seinen sozialen Medien – Leute, die ihn beschuldigen, die Schneekugel von Girls Forever zerbrochen zu haben. Sie denken, dass ich aus der Villa ausgezogen bin, um mit Alex zusammenzuleben.

»Oh nein. Alex ...« Als Idol bin ich das alles gewohnt, aber Alex ist nur ein normaler Mensch. Ein »Zivilist«, wie Mina sie gerne nennt. Er musste sich noch nie mit so etwas beschäftigen, und das sollte auch gar nicht nötig sein. »Das tut mir so leid.«

Alex legt die Hand auf meine. »Wirklich, bitte mach dir keine Vorwürfe. Ich weiß, dass dieses ganze Zeug im Internet nichts bedeutet. Aber ich verstehe trotzdem, dass wir vorsichtig sein müssen. Ollie hat mir geholfen, das ganze Restaurant zu reservieren, damit wir heute Abend in Ruhe essen können, ohne uns Sorgen um die Paparazzi machen zu müssen. Und heute während des Shootings habe ich ein paar meiner Kontakte bei verschiedenen Medienoutlets angerufen und gefragt, ob sie meinen, dass ich ein Statement abgeben sollte oder so etwas. Ich wollte einfach das tun, was am besten für dich ist und für deinen Ruf. Ich wollte nichts Falsches sagen, ich wollte nichts kaputt machen. Wahrscheinlich hätte ich dich einfach fragen sollen.« Er lächelt verlegen, aber dann wird sein Blick wieder ernst. »Allerdings hat mir das Ganze auch gezeigt, dass wir komplett ehrlich zueinander sein müssen. Nicht nur jetzt in diesem Moment, sondern immer. Wenn wir das nicht tun, gibt es zu viel Raum für Missverständnisse. Es darf nichts zwischen uns stehen.«

Richtig. Missverständnisse. So wie, wenn eine Person um die halbe Welt fliegt, um mit einer anderen Person zusammen zu sein, und diese Person ihm dann fast eine Vase über den Kopf zieht.

»Trotz des *Reveal*-Artikels bin ich froh, dass du hier bist und dass du heute bei dem Shooting dabei warst. Unsere Beziehung hat mein Leben verändert, Alex. Ich ...«

»Rachel, ich muss dir etwas sagen.«

»Bitte sehr!« Die Kellnerin tritt genau in diesem Moment an unseren Tisch und stellt meinen Teller mit Gnocchi und seinen Hummer und Champagnersoße auf den Tisch.

»Danke.« Alex lächelt gequält.

Sobald sie weg ist, schauen Alex und ich einander an.

»Du wolltest etwas sagen?«

Aber Alex sieht plötzlich blass aus und gibt mir einen Wink. »Nein, nein, ich habe dich unterbrochen. Was wolltest du sagen?«

Ich hatte gehofft, hier und heute mit Alex offen über alles zu sprechen, ihm zu sagen, was ich denke und fühle. Aber jetzt habe ich plötzlich nicht mehr die geringste Ahnung, was ich sagen soll. Soll ich mit dem Ultimatum von Girls Forever anfangen? Dass ich darüber nachdenke, mich aus der Modewelt zurückzuziehen? Sage ich ihm, dass das hier – wir – eine weitere Sache ist, von der die anderen befürchten, dass sie zwischen mir und Girls Forever stehen wird? Wo zum Teufel soll ich nur anfangen? Ist diese ganze Unsicherheit ein Zeichen dafür, dass ich mir zu viel vorgenommen habe? Oder bin ich nur unsicher, weil ich zu viel darüber nachdenke?

Wenn ich Alex anschaue, bin ich mir nicht unsicher. Nicht bei ihm. Als Mensch ist er alles, was ich mir wünsche. Bei der Unsicherheit geht es um mich, nicht um ihn. Ich denke daran, was Umma gesagt hat. Man kann es nicht mit dem Kopf wissen, nur mit dem Herzen.

»Nein«, sage ich, um noch ein paar Sekunden länger meinem Herzen zuhören zu können. Vielleicht hat es ja inzwischen eine neue Erkenntnis für mich parat. »Ich, ähm, ich habe vergessen, was ich sagen wollte. Du zuerst, bitte.«

»Okay.« Sein Gesichtsausdruck wird wieder ernst, und er streckt mir die Hand hin. Ich lege meine Hand in seine. »Was ich sagen wollte, war ... ich bin dabei, mich in dich zu verlieben, Rachel.« Er hält die ganze Zeit Blickkontakt mit mir.

Ich höre auf zu atmen.

Er liebt mich.

Er drückt mir die Hand, und das schönste Lächeln der Welt bringt seine Augen zum Strahlen. All die *Vielleicht sollte ich* und *Wir würden besser* verschwinden komplett aus meinen Gedanken. Wenn er mich so ansieht, höre ich auf, darüber nachzudenken, was ich tun *sollte*. Ich höre überhaupt auf, nachzudenken. Ist es das, was Umma gemeint hat?

Mir wird klar, dass ich lächle. Ich strahle über das ganze Gesicht. Es hat sich schon sehr lange nicht mehr so gut angefühlt, zu lächeln. Es ist das komplette Gegenteil vom Roboter-Rachel-Lächeln. Ich kann nicht anders. *Sein* Lächeln ist ansteckend. Ich liebe die Fältchen in seinen Augenwinkeln. Ich liebe das Grübchen in seiner linken Wange. Ich liebe, wie seine Stimme die perfekte Mischung aus rau und liebevoll ist. Ich liebe alles an ihm.

Ich liebe ihn.

Es ist wirklich so einfach. Und jetzt ist der Moment da. Der Moment, in dem ich es ihm auch sage. Wenn ich ihm alles sage, was ich zurückgehalten habe, alles, was ich fühle. Oh mein Gott. Das hier ist wirklich groß. Okay, tief Luft holen. Lass es einfach raus.

»Alex, Ich ... ich ...« *Ich liebe dich. Es tut mir so leid, dass es* so kompliziert ist, mit mir zusammen zu sein. Ich weiß nicht, was ich hier mache, aber eines weiß ich ganz sicher. Du bist perfekt für mich. Du und ich gegen den Rest der Welt.« »Alex, ich liebe … diesen Wein!«

Ich kann es nicht sagen. Sosehr ich auch in meinem Herzen weiß, dass es stimmt – wenn ich die Worte ausspreche, kann ich nie wieder zurück. Dafür bin ich einfach noch nicht bereit. Glücklicherweise spielt er die Peinlichkeit des Moments herunter und verhält sich überhaupt nicht so, als hätte er gerade *ich liebe dich* gesagt, ohne dass es ihm zurückgesagt wurde. Wenn er verletzt oder traurig ist, versteckt er das wirklich gut – sein Grübchen ist immer noch voll präsent, als er mir ein Stück von seinem Hummer anbietet. Trotzdem suche ich in seinem Blick nach Anzeichen von Enttäuschung, und ich versuche, mit meinem Blick auszudrücken, dass ich dasselbe fühle, auch wenn ich es noch nicht sagen kann. Es ist mehr als klar für mich, dass ich nicht zulassen kann, dass die anderen von Girls Forever oder die Gerüchteküche der Presse uns in die Quere kommen. Jemanden, den man liebt, lässt man nicht so einfach im Stich.

Aber jetzt bin ich zumindest bereit, die anderen Dinge anzusprechen.

Nachdem wir erst mal Wasser bestellt haben, um wieder einen klaren Kopf zu bekommen, erzähle ich ihm endlich von dem Ultimatum mit RACHEL K. und dass die anderen mich zwingen wollen, mich zwischen der Mode und dem K-Pop zu entscheiden.

Alex lässt seine Gabel fallen. »Ein Ultimatum? Machst du Witze? Das klingt wie ein Arnold-Schwarzenegger-Film. Oh Mann, Rachel, diese Mädchen sollen doch angeblich wie *Schwestern* für dich sein, und sie wollen dich zwingen, dich zwischen zwei Dingen, die du liebst, zu entscheiden?«

Zwischen drei Dingen, die ich liebe, würde ich gerne sagen, aber ich tue es nicht.

»Na ja, ja, wenn du es so ausdrückst, klingt es wirklich ziemlich bösartig.«

Er schaut mir direkt in die Augen und ist plötzlich ganz ernst. »Also. Wenn du die Linie aufgeben möchtest, weil es zu schwer ist oder weil es dich nicht glücklich macht, dann ja, klar, auf jeden Fall. Aber wenn du einfach nur Angst hast, das Risiko einzugehen, oder schlimmer, wenn du Angst hast, was deine Gruppe davon hält, dann lass mich dir nur sagen, dass wir im Leben nie bekommen, was wir wollen, wenn wir unseren Ängsten nachgeben. Das hat mir meine Mom beigebracht.«

»Ich glaube, deine Mom und meine Mom würden sich gut verstehen«, sage ich und lächle.

»Lass mich dir eine Frage stellen.« Er lehnt sich zurück. »Macht Mode dich glücklich?«

»Die Antwort auf die Frage kennst du schon«, sage ich. »Ja, sehr. Es ist nur ...«

»Ich weiß, ich weiß. Du hast dich daran gewöhnt, nach den Regeln zu spielen, die andere für dich aufgestellt haben.«

Bäm. Genau das. »Nach den Regeln zu spielen ist das, was mir geholfen hat, an diesen Punkt zu kommen, Alex. Das kann ich nicht einfach ignorieren.«

»Das würde ich auch nie von dir verlangen, Rachel. Ich hoffe nur, dass du deinem Glück folgen kannst. Hör auf, auf andere zu hören, und hör auf dich selbst. Was sagt dein Herz?«

Puh. Erst meine Mom und jetzt auch noch Alex. Haben eigentlich alle ein *Wie-höre-ich-auf-mein-Herz-Handbuch* bekommen, nur ich nicht?

Mein Herz sagt, ich möchte ihm das Gesicht abknutschen.

Mein Herz sagt, ich liebe ihn.

Mein Herz sagt: Warum sollte ich mich einschränken, wenn ich alles haben kann, was ich will?

»Ich will auch nach meinen eigenen Regeln spielen«, sage ich. »Ich sollte das tun dürfen, was mich glücklich macht. Ich werde das tun, was mich glücklich macht.«

»Whoo!« Er reckt die Faust in die Luft, als würde er gerade ein Spiel schauen, und sein Team hätte ein Tor gemacht. Es wäre ein bisschen peinlich ... Wenn hier noch irgendjemand sonst in diesem Restaurant wäre, der es sehen könnte. Aber das ist ja glücklicherweise nicht so. Ich fange an zu lachen, und die Erleichterung durchströmt meinen ganzen Körper.

»Ich möchte auf uns anstoßen.« Er grinst immer noch, hat aber aufgehört zu lachen. »Weil ich glaube, dass wir gemeinsam mit allem fertigwerden können. Paparazzi. Online-Trolle. Hotelgeister. Lebensbedrohliche Unfälle in U-Bahnen und auf Skipisten. Alles davon. Du und ich, Rachel Kim. Gegen den Rest der Welt.«

Ich lache wieder. »Du bist wirklich seltsam.«

»Treib es nicht so weit, dass ich aufstehe und mit dem Löffel an mein Glas schlage«, warnt er mich. »Ich würde dich nicht blamieren wollen, vor ...« Er schaut sich auf der leeren Terrasse um. »Marta«, beendet er den Satz und nickt unserer Kellnerin zu.

»Okay, okay.« Ich lache und hebe mein Glas. Als ich ihm in die Augen schaue, spüre ich die Kraft in mir. Ich habe das Gefühl, dass nichts anderes mehr eine Rolle spielt. Weil ich weiß, dass es immer einen Weg geben wird, solange ich mit ihm zusammen bin. Auch wenn ich nicht alle Antworten habe. Vielleicht muss ich gar nicht alles wissen, um mir sicher zu sein. Hierin bin ich mir ganz sicher. »Auf uns.«

✻

Wieder zurück im Hotel sagen wir uns gute Nacht, bevor wir in unsere Zimmer gehen. Es sind kaum zwei Minuten vergangen, bis ich zur Zwischentür gehe und dreimal klopfe.

»Ich hoffe, das ist kein Geist!«, ruft er. »Ich habe gehört, in diesem Hotel spukt es.«

»Ha, ha«, sage ich.

Er macht die Tür auf und grinst. Er war wohl gerade dabei, seine Krawatte abzunehmen, denn sie hängt ihm noch locker um den Hals. Ich beiße mir auf die Lippe. Warum sieht das nur so sexy aus? Ich lehne mich an den Türrahmen und stemme eine Hand in die Seite.

»Ich habe eine Bitte«, sage ich.

»Okay, welche?«

»Könntest du mir den Reißverschluss aufmachen?«, frage ich mit Unschuldsmiene, drehe ihm den Rücken zu und streiche mein Haar zur Seite, das ich schon aus dem Flechtknoten befreit habe.

Ich kann mir vorstellen, wie sein Adamsapfel sich bewegt, als er schlucken muss.

»Klar«, sagt er und greift nach dem Reißverschluss. Ich spüre die Wärme seiner Finger auf meiner Haut, und eine Gänsehaut kriecht mir zusammen mit dem Reißverschluss den Rücken hinunter.

»Wie kommt es eigentlich, dass du so lange gebraucht hast, bis du etwas zu meinem Outfit gesagt hast, als ich ins Restaurant gekommen bin?«, frage ich. Ich weiß ganz genau, was ich da mache. »Ich habe mir wirklich Mühe gegeben, weißt du? Hat es dir nicht gefallen?« Ich blicke mit unschuldig aufgerissenen Augen über die Schulter.

Ein Lächeln zieht einen seiner Mundwinkel nach oben, er kommt einen Schritt auf mich zu und legt eine Hand an meine Hüfte. »Doch, es hat mir gefallen. Sogar zu sehr.

Es hat meinen Kopf komplett leer gefegt, ich konnte gar nicht früher etwas sagen.«

»Du Charmeur.«

»Es stimmt aber.« Er kommt näher, seine Lippen sind jetzt nur noch wenige Millimeter von meinen entfernt. Er schließt die Augen und küsst meinen Hals, nicht meinen Mund. Ein erneuter Schauer läuft mir den Rücken hinunter. »Aber du siehst immer gut aus, egal, was du anhast.«

Ich seufze, als er weiter meinen Hals küsst und schlinge die Arme um seine Schultern. Der Reißverschluss an meinem Kleid ist immer noch zur Hälfte geöffnet. Er begegnet meinen Lippen mit seinen, und ich erwidere den Kuss, erst sanft, dann leidenschaftlich. Meine Lippen werden weich und empfindsam, als er mich berührt.

Er zieht sich zurück und schaut mich an, sein Blick schwer vor Verlangen. Ich ziehe ihn an seiner Krawatte weiter in mein Zimmer. Er macht leise die Tür hinter sich zu, und wir fallen auf mein Bett, wo sich unsere Lippen aufs neue begegnen.

Letzte Nacht lag ich wach, habe ihn vermisst und mich gefragt, ob all meine Entscheidungen ein Fehler waren.

Heute Nacht ist das anders.

Ganz anders.

Kapitel Sechsundzwanzig

Auf dem Weg vom Flughafen beschließe ich, gar nicht erst nach Hause zu fahren. Ich bitte Jongseok, mich gleich zur Girls-Forever-Villa zu fahren.

Wie ich gehofft hatte, sind die meisten der anderen im Esszimmer und frühstücken. Es ist Wochenende, also haben sie Banana-Pancakes gemacht. Ich rufe rasch den Rest der Gruppe zusammen – glücklicherweise sind sowohl Youngeun als auch Lizzie zum Frühstück vorbeigekommen, also sind alle, mit denen ich sprechen muss, anwesend.

»Hast du dich entschieden?«, fragt Mina, sobald alle sitzen.

»Ja«, antworte ich und spüre, wie alle mich gebannt anstarren.

»Ich habe mir während der letzten paar Tage sehr viele Gedanken gemacht«, fahre ich fort, »und ich habe meine Entscheidung getroffen.«

Es wird totenstill.

»Ich werde weder mit meiner Modelinie aufhören, noch werde ich die Gruppe verlassen.«

Ich beobachte, wie die unterschiedlichsten Reaktionen über die Gesichter der Gruppe huschen. Es ist, als würden sie alle gleichzeitig ausatmen. Manche scheinen erleichtert, andere verständnisvoll zu sein. Wieder andere, wie Lizzie und Mina, sind sauer.

Lizzie verdreht die Augen. »Es scheint ja ganz so, als wären unsere Sorgen wirklich zu dir durchgedrungen«, sagt sie.

»Ich habe eure Sorgen sehr ernst genommen, glaubt mir«, schieße ich zurück. »Aber ich liebe diese beiden Dinge viel zu sehr, als dass ich eines davon aufgeben würde. Ich habe nie zugelassen, dass ich bei Girls Forever nicht mein Bestes gebe. Ich habe immer getan, was ich konnte, um euch nicht zu enttäuschen.«

Schweigen. Irgendwann kann Ari nicht mehr an sich halten.

»Du ignorierst also einfach alles, was wir dir gesagt haben? Du machst einfach weiter wie bisher?«, fragt sie. »Und du erwartest, dass wir einfach so … damit einverstanden sind?«

Ich muss fast lachen, als ich mich daran erinnere, wie ich dieselbe Entscheidung bei diesem blöden Fernsehinterview getroffen habe, als rein gar nichts auf dem Spiel stand.

»Ja, allerdings«, sage ich. »Genau das meine ich.«

Ich denke an das, was Leah gesagt hat. *Du bist ihnen keine Rechenschaft schuldig. Du arbeitest nicht für sie.*

»Warum können wir uns nicht einfach alle gegenseitig unterstützen?«, fahre ich fort. »Ganz ehrlich. Ich hoffe wirklich, dass wir über das hier hinwegkommen können, denn es ist dieses ganze Drama überhaupt nicht wert.« Ich räuspere mich. »Und ich weiß es wirklich zu schätzen, dass ihr euch Sorgen um mich gemacht habt, weil ich so viel zu tun hatte.« Ich halte inne – ich weiß nicht genau, wie ich es formulieren soll. Ich möchte sie nicht direkt beschuldigen, die Story über mich und Alex an *Reveal* geleakt zu haben, aber ich möchte klarstellen, dass ich so etwas nicht länger akzeptieren werde. »Aber bitte …« *Haltet euch verdammt nochmal aus meinem Privatleben raus.* Oh

Mann, so kann ich das nicht sagen. »Ihr solltet wissen, dass meine Beziehung zu Alex nicht zur Debatte steht. Und wir werden damit an die Öffentlichkeit gehen, wenn wir dazu bereit sind.« Ich schaue mich in der Gruppe um und versuche, zu sehen, ob irgendjemand zu erkennen gibt, woher der anonyme Tipp kam, aber die Gesichter bleiben alle ausdruckslos.

Ich seufze resigniert. Ich möchte mich auf den freien Stuhl am Frühstückstisch fallen lassen. Aber das tue ich nicht. Das hier ist nicht mehr mein Zuhause. Ich möchte mir einen Teller Pfannkuchen nehmen und Sirup darüberschütten und mit den anderen über K-Dramas reden. Ich möchte, dass alles wieder normal ist.

Ich möchte, dass wir alle glücklich sind.

So einfach ist das.

»Ich möchte einfach, dass wir alle glücklich sind«, sage ich. »Wirklich. Ich versuche einfach nur zu tun, was mich glücklich macht, und ich wünsche mir das auch für euch.« Auch wenn ich nach wie vor sauer auf sie bin, meine ich das wirklich so. »Wir bringen jetzt nur noch ein Album pro Jahr heraus. Wir haben mehr Zeit und den Luxus, unseren Leidenschaften nachzugehen. Ihr habt alle die Freiheit, eigene Projekte zu starten, auch Modelinien, wenn es das ist, was ihr euch wünscht. Ich würde euch tausendprozentig dabei unterstützen. Ich bitte euch nur, mich auch zu unterstützen.«

Die anderen sagen immer noch nichts, aber ich sehe, dass Sunhee Tränen in den Augen hat. Vielleicht bin ich ja doch zu ihnen durchgedrungen. Zu einigen jedenfalls.

Aber dann meldet sich Mina zu Wort. »Na ja, du hast es uns ja jetzt schon schwieriger gemacht. Es ist immer nur die erste Person, die etwas macht, die damit Erfolg haben kann. Daran hättest du denken sollen.«

Ich seufze. Das mag ja stimmen, aber wir haben alle

irgendetwas als Erste getan. Mina war die Erste, die bei einem Film mitgespielt hat. Sunhee ist die Erste, die eine Radiosendung moderiert. Außerdem habe ich nie irgendetwas getan, um ihnen zu schaden, und ich habe keine Lust mehr, darüber zu diskutieren.

»Ganz ehrlich, es ist wirklich egoistisch von dir, Rachel«, sagt Eunji überheblich. »Eine Modelinie zu starten. Jetzt werden andere Handtaschenmarken vielleicht nicht mit uns arbeiten, für Shootings oder Sponsoring – das wäre ein Interessenskonflikt. Ich wette, daran hast du auch nicht gedacht.«

»Genau.« Lizzie nickt. »Wenn wir gewusst hätten, was du vorhast, hätten wir dem nie zugestimmt.«

»Aber ihr habt es doch gewusst!«, schreie ich. Ich bin selbst überrascht davon. Ich habe versucht, während dieses Gesprächs einen kühlen Kopf zu bewahren, aber ich kann nicht zulassen, dass sie einfach immer weiter behaupten, sie hätten nichts von RACHEL K. gewusst. Das muss aufhören. »Ich weiß nicht, warum ihr die ganze Zeit sagt, ihr hättet nichts von meinen Plänen gewusst. Ich habe euch die ganze Zeit alles erzählt.« Ich spüre, dass mein ganzer Körper unter Strom steht.

Ich hole tief Luft und versuche, mich zu beruhigen. Die anderen starren mich an, ihre Gesichter immer noch schockiert und angespannt. Ich warte noch kurz, um zu sehen, ob jemand etwas sagt, aber alle schweigen. »Na ja, ich muss meine Tasche auspacken. Ich gehe jetzt besser.«

Ich drehe mich um und gehe. Ich zittere ein bisschen. Ich kann nicht glauben, dass ich das gerade alles gesagt habe. Aber ich bin auch stolz auf mich. Ich habe die Wahrheit gesagt. Es ist ein bisschen so wie das Gefühl, wenn ich auf der Bühne stehe, die Scheinwerfer angehen und ich voll nervöser Erwartung bin. Aber dann fängt die Musik an, mein Gehirn hört auf zu denken, mein Herz übernimmt die Führung, und ich fühle mich plötzlich stark. Aber mit Girls Forever ist es so, als hätte jemand vergessen, auf Play zu drücken, und ich würde immer noch auf die Musik warten.

Sie stellen mich nicht noch einmal zur Rede. Während der nächsten zehn Tage gehe ich ihnen aus dem Weg, und sie mir auch. Ich nutze die Lücke in unserem Zeitplan für einen Kurzurlaub auf Jeju Island, der mir hilft, den Kopf wieder frei zu bekommen. Aber natürlich können wir einander nicht für immer aus dem Weg gehen. In zwei Tagen fliegen wir für das große Konzert nach LA, und wir proben jetzt ununterbrochen.

Unsere letzte Probe beginnt um sechs Uhr morgens, und ich komme um 6:02 Uhr im Studio an. Die anderen sind schon da, unsere Choreographin ebenfalls. Sie drehen sich zu mir um, als ich zur Tür hereinkomme.

»Du kommst zu spät«, sagt Mina bissig.

»Es tut mir wirklich leid.« Ich versuche, wieder zu Atem zu kommen, nachdem ich die Flure entlanggerannt bin.

»Warst du gestern Abend aus, oder was?«, fragt Lizzie.

Eine Sekunde lang denke ich darüber nach, zu lügen – ich weiß genau, dass die Wahrheit nicht gut ankommen wird – aber ich beschließe, einfach ehrlich zu sein. »Ich habe ein paar neue Kampagnen für RACHEL K. überprüft«, gebe ich zu. »Aber ihr habt ja noch nicht angefangen, oder?«

Ich schaue zu Eunji hinüber, die noch dabei ist, sich die Schuhe zu binden. Ari und Sumin sitzen auf dem Boden, dehnen sich halbherzig und scrollen dabei durch Instagram.

»Es ist egal, ob wir schon angefangen haben oder nicht«, gibt Mina zurück. Sie starrt mich finster an. »Es geht ums Prinzip. Wir wissen alle, wie wichtig das Konzert in LA ist. Wir waren alle rechtzeitig hier, und du kommst hereinspaziert, wann immer es dir passt.«

Normalerweise würde ich nichts sagen, aber diese unfairen Anschuldigungen gehen mir langsam auf die Nerven. »Was ist mit den sieben Auftritten, die du verpasst hast, weil du deinen Film gedreht hast? Jede von uns ist schon mal zu spät gekommen oder hat gefehlt, Mina.« Ich schaue die anderen an und hoffe, dass sie mich unterstützen, aber sie schweigen und schauen auf ihre Füße hinunter. Ich weiß nicht, was sie denken. Entweder sind sie der gleichen Meinung wie Mina, oder sie stimmen mir zu, haben aber Angst, etwas gegen Mina zu sagen.

»Ja klar«, sagt Mina verächtlich. »Fangen wir an. Wir können nicht noch mehr Zeit verschwenden, weil wir auf Prinzessin Rachel warten.«

Der alte Spitzname tut weh. Aber es scheint, als würden manche Dinge sich wirklich nie ändern. Ich denke an unsere Jahrestagsfeier zurück. Wie Mina einen Toast ausgebracht hat, und wir alle miteinander angestoßen haben. Wird es je wieder so sein? Ich atme aus und bereite mich auf die Probe vor. Schließlich habe ich jetzt noch mehr zu beweisen als sonst. Niemand darf denken, dass RACHEL K. mich ablenkt.

»Ich bin bereit«, sage ich leise, als die Choreographin die Musik anmacht. »Auf geht's!«

In den nächsten zwei Stunden üben wir die neueste Nummer. Sie wurde erst eine Woche vor dem Konzert auf den Plan geschrieben, und ich kann nicht verleugnen, dass das hier eine der schlimmsten Proben ist, die ich seit Jahren hatte. Wir sind kein bisschen synchron, stoßen miteinander zusammen, wenn sich die Formation ändert und landen auf verschiedenen Beats. Die Choreographin hält immer wieder das Lied an und lässt uns von vorne anfangen, wieder und wieder. Je schlimmer es ist, desto ungeduldiger wird sie.

»Gebt ihr euch überhaupt Mühe?«, ruft sie über die Musik hinweg.

Ich gebe mir Mühe. Wir geben uns Mühe. Aber in der Gruppe herrscht eine seltsame Stimmung, und es fühlt sich an, als wären alle abgelenkt. Nachdem wir jahrelang fehlerfrei performt haben, sieht es uns nicht ähnlich, so kurz vor einem Konzert dermaßen durcheinander zu sein.

»Das ist nicht gut genug! Arbeite ich hier gerade wirklich mit der weltbesten K-Pop-Gruppe, oder seid ihr vielleicht doch nur irgendwelche Baby-Trainees? Hmmm? Noch mal! Rachel, versuch dieses Mal mitzuzählen!«

Irgendwann kommt Mr. Han ins Studio, um sich anzuschauen, ob wir Fortschritte machen. Wir fangen von vorne an und geben uns besonders große Mühe, die Choreo perfekt zu meistern, aber als wir die Formation in vier Linien aufteilen, die sich überkreuzen wie ein Hashtag, stehe ich plötzlich in der falschen Linie. Schon wieder. Lizzie muss mir die Hände auf die Schultern legen und mich praktisch auf meinen Platz schieben. Dieser Teil nervt mich schon den ganzen Tag, und alle anderen offensichtlich auch. Die Choreographin macht die Musik aus, und Mina wirbelt zu mir herum.

»Rachel, was soll denn das?«, schreit sie. »Warum fällt es dir so schwer, dir zu merken, in welcher Linie du stehen sollst?«

Entschuldigung, aber ich bin nicht die Einzige, die heute Fehler macht. Ari hat in der Strophe schon dreimal mit dem linken Fuß gestampft, statt mit dem rechten. Beim dritten Mal hat Youngeun ihren Ellbogen so fest abbekommen, dass sie Tränen in den Augen hatte. Ich mache den Mund auf, um Mina zu antworten, aber dann mache ich ihn wieder zu. Lass es einfach, Rachel.

»Was denn? Sag es doch!«, fordert Mina mich heraus.

»Ich weiß doch, dass du etwas sagen willst.«

»Ich will nichts sagen«, lüge ich. Ich möchte die Lage nicht noch mehr anspannen.

»Willst du offensichtlich doch!«

»Will ich nicht.«

»Komm schon, Prinzessin Rachel! Wenn du es einfach rauslässt, kannst du dich vielleicht ausnahmsweise mal auf die Probe konzentrieren!«

»Okay, Mädels.« Mr. Han stellt sich zwischen uns. In seinem Gesichtsausdruck mischen sich Enttäuschung und Besorgnis. »Machen wir erst mal Pause. Holt euch ein Wasser und kühlt euch ab. Das könnte heute wohl etwas länger dauern.«

Mina wirft mir einen bitterbösen Blick zu, dann schnappt sie sich ihre Hydro-Flask und stampft aus dem Studio. Die anderen zerstreuen sich, um sich Wasser und Snacks zu holen, und ich gehe ins Badezimmer und spritze mir kaltes Wasser ins Gesicht. Mr. Han hat recht. Ich muss mich abkühlen. Ich trockne mir das Gesicht ab und schaue in den Spiegel. Dann übe ich die Schritte. Hier, alleine im Badezimmer, bekomme ich jeden einzelnen davon perfekt hin. Ich schaffe das. Ich muss mich bloß auf die Choreo konzentrieren. Ich darf nicht zulassen, dass Mina mich aus dem Konzept bringt. Ich muss voll konzentriert bleiben. Für das Konzert in LA. Für uns.

Ich verlasse das Badezimmer wieder und gehe den Flur entlang, in der Hoffnung, dass mir noch etwas Zeit bleibt, mir einen Proteinriegel aus einem der Automaten zu holen, als ich Mina und ihren Vater entdecke. Ich trete schnell zurück um die Ecke und drücke mich an die Wand. Sie sind so in ihr Gespräch vertieft, dass sie mich gar nicht bemerken.

»Die Investoren möchten ihre Unterstützung für deine Linie zurückziehen«, knurrt Mr. Choo. »Sie haben gerade eine neue Eye-Wear-Linie gesehen – mit Designs, die genauso aussehen wie deine. Sag mir jetzt bitte nicht, dass du sie geklaut hast. Das ist einer Choo nicht würdig.«

»Habe ich nicht. Es ist einfach Zufall. Ich schwöre. Ich meine, wie einzigartig kann Eye-Wear schon sein?« Mina verdreht die Augen, aber dann duckt sie sich unter dem vernichtenden Blick ihres Vaters.

Mr. Choo schnaubt durch die Nase. »Das wäre Rachel Kim nie passiert.«

»Bitte, Appa, können wir diese Eye-Wear-Linie nicht einfach vergessen? Ich möchte Schauspielerin sein. Das kann ich wirklich gut!«

»Nein«, sagt Mr. Choo kurz. »Du musst das wieder hinbekommen, Mina. Choos don't lose.«

Und damit dreht Mr. Choo sich auf dem Absatz um und lässt eine völlig verzweifelt aussehende Mina zurück.

Ich verschwinde in die andere Richtung, bevor Mina mich noch sieht. Den Proteinriegel, mit dem ich mir vor dem nächsten Teil der Probe wieder Energie holen wollte, kann ich wohl vergessen. Als die anderen wieder ins Studio kommen, liegt eine seltsame Spannung in der Luft. Mina ist die Letzte, die wieder hereinkommt. Sie sieht fest entschlossen aus. Dann konzentrieren wir uns aufs Tanzen, nur aufs Tanzen. Die Stunden vergehen wie im Flug, und wir werden immer besser. Ich schaffe den Formationswechsel den ganzen Rest des Tages über fehlerfei, und ich spüre, wie ich von Wiederholung zu Wiederholung präziser werde.

»Okay, das war's«, seufzt Mr. Han endlich. »Aber ihr solltet besser die nächsten zwei Nächte selbst im Schlaf noch üben. Träumt schön, wir sehen uns im Flugzeug.«

An diesem Abend liege ich im Bett und scrolle durch mein Handy. Normalerweise reden Alex und ich über FaceTime, bevor ich einschlafe, aber er ist heute mit weiteren Interessenten für RACHEL K. in Hongkong etwas trinken gegangen. Also schreibe ich ihm eine Nachricht.

Ich: Ich hoffe, du hast Spaß. Tu nichts, was ich nicht auch tun würde! xoxo

Ich seufze tief. Nach dem stressigen Tag, und vor allem, weil ich weiß, dass ich während der nächsten Woche in den USA in einer völlig anderen Zeitzone sein werde, vermisse ich ihn so sehr, dass ich es körperlich als Ziehen in meiner Brust spüre. Und es hört einfach nicht auf.

Aber es gibt Kleinigkeiten, die helfen. Ich öffne Snap Map auf meinem Handy. Ich weiß, dass es lächerlich ist, aber wenn ich weit herauszoome und unsere beiden Avatars dicht nebeneinander sehe, dann fühlt es sich irgendwie an, als wären wir nicht ganz so weit voneinander entfernt. Aber sobald ich die App aufmache, ist es nicht Alex, der mir ins Auge springt. Es sind die acht anderen von Girls Forever. Und sie sind alle an einem Ort.

Ich setze mich auf und runzle die Stirn. Ich dachte, dass alle nach der Probe nach Hause gegangen wären. Nur eine Handvoll von ihnen wohnt noch in der Villa, es ergibt also keinen Sinn, dass sie alle dort sind – es sei denn, sie wollten den Abend zusammen verbringen – ohne mich.

Ich zoome näher heran uns sehe, dass sie gar nicht in der Villa sind. Sie sind in der DB-Zentrale.

Ich gehe sofort im Kopf unseren Probenplan durch. Mr. Han hat uns definitiv entlassen. Alle haben sich fertig gemacht, um nach Hause zu gehen, und das war schon vor ein paar Stunden. Sind alle außer mir noch länger geblieben?

Ich rufe rasch Jongseok an und steige dabei schon mal aus dem Bett und suche nach meinen Socken, falls es wirklich überraschend noch eine weitere Probe gibt, für die ich wieder zu DB muss.

»Jongseok, hi, hier ist Rachel. Hat Girls Forever heute Abend einen Proberaum reserviert?«

»Heute Abend? Nein, wir sind komplett leer, abgesehen von den Trainees und ein paar Debütanten – Crown Jewel und F/MK.«

Ich bedanke mich bei Jongseok, lege auf und gehe wieder ins Bett. Ich bin erleichtert, dass ich nicht noch eine Probe verpasst habe. Aber jetzt bin ich wirklich verwirrt. Was sollten die anderen acht so spät noch in der Zentrale machen, wenn sie nicht proben? Ich schaue wieder auf die Karte. Ja, da sind die anderen. Acht kleine Avatare, alle an einem Ort in der Samseong-Ro. Allerdings ist Snap Map auch nicht immer ganz genau – die meiste Zeit über sieht es so aus, als würde Alex in der Victoria Bay schwimmen, wenn er eigentlich zu Hause ist. Die Villa ist ziemlich nah an der Zentrale, nahe genug, dass ein Fehler in der App dafür sorgen könnte, dass es so aussieht, als seien die anderen dort statt in der Villa. Vielleicht sind sie auch in der Bar Nine-Nine direkt nebenan. Manchmal gehen wir dort nach einer harten Probe etwas trinken.

Es tut ein bisschen weh, so ausgeschlossen zu werden, aber ich hole tief Luft und lasse los. Manchmal wird man eben nicht eingeladen. Das ist uns allen schon mal passiert. Jetzt bin wahrscheinlich einfach ich an der Reihe. Und außerdem ist es nicht das Schlimmste, was passieren kann, wenn es dabei hilft, dass alles friedlich bleibt.

Ich mache das Licht aus, lasse all meine Gedanken los und schlafe ein. Ich muss unbedingt dafür sorgen, dass ich gut schlafe.

Aber die Nacht ist viel zu kurz. Früh am nächsten Morgen, lange bevor ich überhaupt darüber nachdenken würde, für die Reise nach LA zu packen, weckt mich eine SMS. Und als ich auf mein Handy schaue, bin ich sofort hellwach.

Sie ist von Mr. Noh.

Mr. Noh: WICHTIG. Komm sofort in den Konferenzsaal bei DB. Bitte bring deine Mutter mit.

Das ist jetzt das zweite Mal, dass er mir so etwas geschrieben hat. Beim ersten Mal war es wegen Eunji und Geonwu. Ich habe noch nicht einmal gefrühstückt und fühle mich schon, als müsste ich mich gleich übergeben. *Sie wissen von mir und Alex.*

Es muss so sein. Es gibt keinen anderen Grund für eine solche Nachricht.

Tausend Arten von Reue und Panik kämpfen in mir miteinander, und plötzlich ist mir so schwindelig, dass ich Angst habe, ohnmächtig zu werden.

Ich hole ein paarmal tief Luft. Nachdem wir in der Schweiz waren, habe ich lange im Internet nach Fotos von mir und Alex gesucht. Ich habe nichts gefunden, also dachte ich, wir hätten keine Spuren hinterlassen …

Ich muss mich geirrt haben.

Ich verziehe das Gesicht und schaue schnell noch einmal nach. Aber weder in meinem Newsfeed noch in den Google Alerts finde ich etwas über Alex und mich. Ich atme erleichtert auf. Wobei das ja nicht bedeutet, dass es nicht noch kommen kann. Wahrscheinlich wird Mr. Noh mir Fotos zeigen, die irgendeine Zeitschrift als Drohung geschickt hat. Wahrscheinlich wird er mir sagen, dass ich mich von Alex trennen soll, wenn ich nicht möchte, dass die Fotos gedruckt werden.

Aber ich werde mich nicht zu einer Trennung zwingen lassen. Definitiv nicht. Alex und ich gegen den Rest der Welt. Wir kriegen das schon hin.

Das sage ich mir immer wieder, und ich versuche verzweifelt, es auch zu glauben, aber innerlich bin ich unglaublich angespannt. In der Nachricht steht noch etwas, was einfach nicht passt. Warum soll meine Mutter mitkommen? Anders als die anderen Eltern mischen meine sich so gut wie nie in meine Karriere ein. Ich kann mich nicht einmal daran erinnern, wann sie sich zuletzt mit DB getroffen haben.

Ich versuche, nicht zu sehr in Panik zu geraten, als ich Umma auf der Arbeit schreibe und mich rasch anziehe. Ich ziehe eine Lederhose und meinen blassrosa Blazer an – ein Outfit, in dem ich mich immer stark fühle, egal, wie oft ich es schon getragen habe. Das zusätzliche Selbstbewusstsein werde ich brauchen, was auch immer mich in der Zentrale erwartet.

Als ich bei DB ankomme, wartet Umma schon draußen vor der Tür auf mich. Sie drückt mir die Hand, sieht aber genauso verwirrt aus wie ich. Auf dem Weg zum Konferenzsaal klingelt mein Handy – Sunhee ruft mich an. Ich mache den Ton aus. Was sie auch von mir will, es wird warten müssen.

Ich klopfe an die Tür und trete ein.

Mr. Noh ist da, Mr. Han und ein paar andere vom DB-Management. Mittlerweile schlägt mir das Herz wirklich bis zum Hals, und ich kann kaum noch schlucken. Warum ist so viel Management hier? Es erinnert mich sofort daran, wie ich als Trainee das Management überzeugen musste, mir eine zweite Chance zu geben. Das war genau hier, im selben Raum. Nur, dass damals Yujin dabei war, um mir den Rücken zu stärken. Diesmal habe ich meine Mutter dabei, aber dadurch fühle ich mich nicht sicherer. Im Gegenteil, es sagt mir, dass das, was jetzt auf mich zukommt, wirklich schlimm sein wird.

»Annyeonghaseyo«, sage ich und verbeuge mich.

»Rachel, Mrs. Kim«, sagt Mr. Noh. »Bitte setzt euch. Wir bitten darum, dass niemand dieses Meeting aufzeichnet.«

Ich fühle mich ganz starr, als ich mich auf den Stuhl setze. Ich wurde noch nie gebeten, ein Meeting nicht aufzuzeichnen – auf die Idee wäre ich ohnehin nie gekommen. Was ist hier los? Ich werfe meiner Mom einen Blick zu, aber sie sieht immer noch genauso verwirrt aus wie ich.

Mr. Nohs Gesicht ist angespannt und ernst und überraschenderweise auch ein bisschen schockiert, als wäre er selbst nicht bereit, mir das zu sagen, weswegen er mich herbestellt hat. Er räuspert sich und faltet die Hände vor sich auf dem Tisch. Die anderen Manager sind ganz still. Sie schauen mich ernst an. Ich schaue auf den Tisch vor Mr. Noh und erwarte, ein Bild von mir und Alex zu sehen, wie wir uns am Bahnhof in Zermatt küssen. Aber der Tisch ist komplett leer.

»Vielen Dank, dass ihr gekommen seid«, sagt Mr. Noh. Sein Blick begegnet meinem, dann schaut er wieder weg. »Wir haben euch heute herbestellt, um etwas Wichtiges zu besprechen.« Seine Stimme klingt seltsam, halb erstickt. »Von morgen an musst du an keinen Aktivitäten der Gruppe mehr teilnehmen. Es tut mir leid, das zu sagen, aber es gibt einfach keine andere Möglichkeit …« Er schaut mich erwartungsvoll an, als würde er hoffen, dass ich verstehe, was er mir sagen möchte. Aber das tue ich nicht. Überhaupt nicht. Keine andere Möglichkeit für *was*? Dann holt Mr. Noh tief Luft. »Es tut mir sehr leid, Rachel, aber es ist nicht mehr möglich, dass du Teil von Girls Forever bist.«

Kapitel Siebenundzwanzig

Mein Kopf ist völlig leer.

Mein Gehirn kann das, was Mr. Noh gerade gesagt hat, einfach nicht verarbeiten.

Ich starre ihn an, als würde er eine Sprache sprechen, die ich nicht richtig verstehe – ich versuche, mich an den paar Worten festzuklammern, die ich kenne.

Kein Teil.

»Ich ... was ...«, setze ich an, aber ich kann einfach keine Worte finden, mit denen dieser Moment Sinn ergibt.

»Wie meinen Sie das?«, fragt Umma mit stahlharter Stimme. »Meinen Sie, dass ihr gekündigt wird?« Ich bin so dankbar, dass sie bei mir ist, aber es ist auch furchtbar, dass sie das hier miterleben muss. Sie ist diejenige, die so viel für meine Karriere geopfert hat, eine Karriere, die ... was? Die jetzt *vorbei* ist?

Mr. Noh begegnet Ummas direktem Blick. Er sagt es nicht wirklich, aber sein Gesichtsausdruck zeigt deutlich, dass Umma recht hat. Ich werde aus meiner Gruppe geschmissen.

»Es tut uns sehr leid, dass es so weit gekommen ist, aber es gibt leider keine andere Möglichkeit«, fährt Mr. Noh fort. »Wir behalten dich natürlich auf der Liste von DB. Dein Vertrag läuft erst in vier Jahren aus, also ...« Er verstummt.

Das hier ist eine dieser Situationen, die so lächerlich und so unwirklich sind, dass ich einfach nicht glauben kann, dass das gerade tatsächlich passiert. Obwohl ich hier sitze, das Leder des Drehstuhls unter meinen Armen spüre und die Lichtreflexe der Neonröhren auf dem glatten Mahagonitisch sehe, fühlt es sich dennoch so an, als wäre das alles einfach nur ein seltsamer Traum. Oder ein Albtraum. Ich weiß nicht, ob ich lachen oder weinen soll, und ich glaube, ich mache irgendwie ein bisschen was von beidem. Ms. Shim schaut weg, als ich ein seltsames, schnuddeliges Geräusch von mir gebe.

Das hier passiert also gerade wirklich. Ich bin kein Teil mehr von Girls Forever. Jetzt, wo mein Gehirn das endlich verstanden hat, beginne ich, über das Warum nachzudenken.

Plötzlich sehe ich Kang Jinas Gesicht vor mir. Sie und Electric Flower waren gerade so erfolgreich wie noch nie, und sie haben sie trotzdem rausgeschmissen. Ich denke an den Tag, nachdem es passiert ist. Sie hatte zu viel Soju getrunken, riss ihre Augen weit auf und sagte zu mir: *Sie machen dich verdammt nochmal kaputt.*

Sie hatte recht.

Passiert das hier gerade wegen Alex? Kang Jina sagte, dass sie wegen ihrer geheimen Beziehung aus der Gruppe entlassen wurde. Aber Eunji, die ebenfalls erwischt wurde, hat dafür nur einen Klaps aufs Handgelenk bekommen und musste ihre Beziehung öffentlich machen. DB schien zu denken, dass es Strafe genug sein würde, dass sie ihre Sponsoren verliert und sich den Medien stellen muss. Warum bekommen manche von uns eine zweite Chance, wenn sie einen Fehler machen, und andere werden einfach entlassen? Sechs Jahre lang habe ich DB alles gegeben, was ich hatte. Ich habe Feiertage verpasst und Geburtstage, ich habe nach nur einer Stunde Schlaf ausverkaufte Konzerte gerockt, einmal sogar mit hohem Fieber. Und sie haben mir im Gegenzug auch so viel gegeben – die Chance, meinen Traum zu leben, um die Welt zu reisen, Menschen zu treffen, denen ich sonst nie begegnet wäre, unter anderem unsere wunderbaren Fans. Sechs Jahre lang haben DB und ich zusammengehalten, trotz all der harten Arbeit und der schwierigen Entscheidungen. Wie können sie das jetzt einfach alles wegwerfen, nur, weil ich mich verliebt habe?

Jemand schiebt mir eine Schachtel Papiertaschentücher hin. Ich schaue auf und sehe, wie Mr. Han mich mit einer Mischung aus Mitleid und Ekel anschaut, als wäre ich ein zerrupfter, halb toter Vogel, den seine Katze angeschleppt hat. Das Mitleid in seinen Augen gibt mir endlich die Kraft, zu fragen: »Können Sie mir wenigstens sagen, warum das hier passiert?«

»Es sind deine Gruppenmitglieder«, sagt Mr. Noh und bringt damit all meine Gedanken abrupt zum Stillstand.

Ich hatte mich auf Fotos von Alex und mir vorbereitet. Ein Exposé in der *Reveal*. Eine strenge Zurechtweisung und eine Erinnerung an DBs Dating-Verbot. Wieder einmal braucht mein Gehirn ein wenig, um mitzukommen. Meine Gruppenmitglieder?

»Was haben die denn damit zu tun?«, fragt Umma und spricht damit die Frage aus, die in meinen Gedanken kreist.

Mr. Noh nickt Mr. Han zu. Er möchte nicht selbst die schlechten Neuigkeiten überbringen, zumindest nicht alles davon. Mr. Han verzieht das Gesicht, als wäre es genau das, was er am allerwenigsten tun möchte. Aber wie alle hier im Raum, hat er keine Wahl, wenn Mr. Noh eine Entscheidung trifft.

Mr. Han seufzt schwer. »Gestern Abend sind die acht anderen Mitglieder von Girls Forever zu uns gekommen. Sie haben gesagt, sie wären von deiner Modelinie völlig überrumpelt worden, und, na ja ... Sie haben auch gesagt, dass sie nicht zu dem Konzert in LA fliegen, wenn du fliegst.« Er schaut mich entschuldigend an und lässt den Kopf hängen. »Es tut uns leid, Rachel, aber wenn die anderen nicht mit dir auf der Bühne stehen wollen, dann sehen wir einfach keinen Platz mehr für dich in der Gruppe.«

Ich fühle mich, als hätte mir jemand einen Schlag in die Magengrube versetzt. Mir tut alles weh und ich bekomme keine Luft mehr. Die Tränen prickeln schon in meinen Augen, und ich hasse mich selbst dafür. Ich möchte nicht vor dem Management weinen. Nicht jetzt. Nicht so. Aber ich weiß wirklich nicht, wie ich sonst reagieren soll.

Ein Ultimatum. Genau das Gleiche, was sie mit mir auch versucht haben. Und als das nicht funktioniert hat, haben sie hinter meinem Rücken einen Deal mit DB gemacht. Sie haben ihre Macht eingesetzt, genau wie Mr. Noh seine Macht gegen N&G eingesetzt hat. Ich erinnere mich plötzlich an Snap Map. Die anderen waren wirklich gestern Abend alle zusammen bei DB. Ich kann nicht fassen, dass sie hier waren und meine Karriere beendet haben, als ich gestern Abend im Bett gelegen habe. Sie haben uns zerstört.

Ich dachte, die unmögliche Wahl, vor die sie mich gestellt haben, wäre nur ein Machtspiel gewesen, mit dem sie mich zwingen wollten, meine Modelinie aufzugeben. Ich hätte nie gedacht, dass sie wirklich versuchen würden, mich aus der Gruppe rauszuekeln. Ich denke an all die Male, bei denen ich das Verhalten der anderen verteidigt und sie in Schutz genommen habe. Vor Alex, vor Leah, vor mir selbst. Ich habe versucht, ihnen im Zweifel zu vertrauen, die Dinge aus ihrer Sicht zu sehen. Und jetzt bin ich mir nicht sicher, ob das einfach nur unglaublich naiv war oder ob ich tief in meinem Inneren gewusst habe, was los ist, und es nur nicht vor mir selbst zugeben wollte.

Aber nein, das akzeptiere ich nicht. Es gab keine Vorzeichen – nicht für so etwas wie das hier. Ich hätte das nicht vorhersehen können. So etwas ist noch nie passiert. Es ist zutiefst grausam.

Meine Hände ballen sich zu Fäusten, und die Fingernägel graben sich in meine Handflächen. Ich unterdrücke meine Gefühle – den Schock, die Trauer, die Wut – und versetze mich in den Überlebensmodus. Ich zupfe die Ärmel meines rosa Blazers zurecht und schaue Umma an, damit ihre Anwesenheit mir Kraft gibt. Ich muss von ihr lernen. Ich muss die Situation ganz pragmatisch sehen.

»Nur um das klarzustellen, Rachel«, sagt Mr. Noh mit einer Spur Besorgnis in der Stimme. »Wir wollen immer noch das Beste für dich. Wir können uns um diese Situation kümmern und dir helfen, dein Image in der Öffentlichkeit unter Kontrolle zu behalten. Du bist nach wie vor Teil der DB-Familie.«

Familie. Dieses Wort trifft mich besonders. Ich habe die anderen von Girls Forever meine *Schwestern* genannt. Selbst mit all den Streitereien und der Eifersucht hätte ich nie gedacht, dass sie mir so etwas antun würden. Es tut weh, auf eine Weise, die ich noch nicht vollständig verarbeiten kann. Aber ich weiß, dass es mich völlig erschlagen wird, wenn ich erst einmal den Schock überwunden habe und das ganze Ausmaß der Zerstörung wahrnehme.

Von dem Moment an, in dem ich diesen Raum betreten habe, war mir klar, dass Mr. Noh das hier nicht machen möchte, aber das Gefühl hat, keine andere Wahl zu haben. Er versucht, mich mit seinen Worten zu beruhigen, aber das alles sind nichts als leere Versprechungen.

Mr. Noh klappt seine Ledermappe zu – das altbekannte Signal, dass das Meeting jetzt beendet ist. Die anderen fangen an, unbeholfen aufzustehen, aber dann fängt Mr. Noh doch wieder an zu reden, und sie lassen sich wieder auf ihre Stühle fallen. »In der Zwischenzeit, Rachel, habt ihr … ich meine Girls Forever … sie haben das Konzert in LA. Sie fliegen morgen …« Sie, nicht wir. »Du wirst zu Hause bleiben und sagen, dass du krank bist. Wir kümmern uns um alles weitere.« Damit steht er von seinem Stuhl am Kopfende auf und verlässt mit langen Schritten den Konferenzsaal. Die anderen folgen ihm.

Das war's.

Kein Konzert in LA.

Kein Girls Forever.

Meine Karriere als K-Pop-Star ist vorbei.

Dreißigster September.

Der Tag, an dem ich nach LA hätte fliegen sollen.

Stattdessen ist es jetzt der Tag, nach dem ich aus der Gruppe geworfen wurde.

Als die ersten Sonnenstrahlen auf dem Han glitzern, sitzen Umma, Appa, Leah und ich im Wohnzimmer und starren das Handy an, das ich in der Hand halte. Umma und ich haben Appa und Leah alles erzählt, und es ist schwer zu sagen, wer schockierter ist, sie oder ich.

»Soll ich es machen?«, frage ich. »Soll ich posten, dass ich krank bin?«

Mr. Noh hat mir gesagt, dass ich behaupten soll, ich sei krank, als Ausrede dafür, dass ich nicht beim Konzert in LA dabei bin. Ich weiß natürlich, warum ich lügen soll. DB schuldet den Promotern des Konzerts neun Gruppenmitglieder. Wenn ich nicht da bin, haben sie ein echtes Problem, es sei denn, es gibt einen guten Grund. Aber kann ich wirklich ein öffentliches Statement abgeben, das so weit von der Wahrheit entfernt ist?

Ich schaue meine versammelte Familie an. Ich brauche wirklich ihren Rat. Wir sitzen schon die ganze Nacht hier, und ich weiß immer noch nicht, was ich machen soll. Aber die Uhr tickt. Die anderen fliegen heute Morgen. Ich muss eine Entscheidung treffen.

»Ich denke, es wäre okay, wenn du vorerst sagst, dass du krank bist«, sagt Appa sanft. »Du musst dich ausruhen, Rachel. Eine Krankheit ist die einfachste Ausrede, und es wird nicht zu viel Aufmerksamkeit von den Medien auf sich ziehen. Und es geht dir ja definitiv nicht gut.« Wenn ich auch nur halb so tot aussehe, wie ich mich innerlich fühle, kann ich mir vorstellen, dass sie sich Sorgen machen. Natürlich macht Appa sich darum als Allererstes Sorgen.

»Ich weiß nicht, Appa«, sagt Leah skeptisch. »Es könnte noch mehr Aufmerksamkeit bedeuten. Sie würden eventuell versuchen, es so aussehen zu lassen, als sei Rachel zu erschöpft von RACHEL K., um sich Zeit für K-Pop zu nehmen.«

Leah versteht definitiv besser als Appa, wie es in der K-Pop-Welt läuft. Mir fällt auf, wie sie ihm unauffällig widerspricht, ihre Meinung sagt und dabei komplett respektvoll bleibt. Wieder einmal wird mir klar, wie erwachsen sie geworden ist.

»Ich kann immer noch nicht fassen, dass sie dieses Ultimatum gestellt haben«, sagt Alex aus meinem Laptop. Ich habe ihn gestern Abend angerufen, damit er auch Teil dieses Familiengesprächs sein kann. Er war mit uns zusammen die ganze Nacht wach und hat sich darüber aufgeregt, wie schwach DB ist. Er sagt, wenn Mr. Noh seinen Job wirklich gut machen würde, dann wüsste er, wie er mit einer solchen Drohung umzugehen hat. »Wenn ich an seiner Stelle wäre«, fährt er jetzt fort, »dann hätte ich zu ihnen gesagt: ›Schön. Der Flieger nach LA geht morgen früh. Wenn ihr da seid, super, dann habt ihr das gemacht, wofür ihr bezahlt werdet. Wenn nicht, na ja, dann könnt ihr euren Fans selbst erklären, warum ihr das Konzert verpasst habt.‹ Du weißt doch, dass die anderen nachgegeben hätten, wenn er so etwas zu ihnen gesagt hätte, oder?«

Ich habe mich daran gewöhnt, dass Alex mich unterstützt und auf seine ruhige Art und Weise für mich einsteht, aber es ist komisch, meinen normalerweise so entspannten Freund (es hat jetzt echt keinen Sinn mehr, das verbotene Wort zu vermeiden) so wütend zu sehen. Ich sehe jetzt ganz genau, wie er es geschafft hat, so früh so erfolgreich zu werden – sein Instinkt fürs Geschäftliche ist messerscharf, und er hat die nötige Stärke, um dazu zu stehen.

Ich schaue aus dem Fenster. Die Sonne steht jetzt schon höher am Himmel, und die anderen werden sich sicher bald am Incheon Airport einfinden. Es wird etwa eine Zehntelsekunde dauern, bis unsere +EVERS merken, dass ich nicht dabei bin. Wenn ich davor nichts gepostet habe, wird DB selbst ein Statement abgeben, und dann muss ich die Ausrede, die sie erfinden, einfach akzeptieren.

Bei dem Gedanken dreht sich mir der Magen um. Was werden meine Fans denken, wenn sie lesen, dass ich »zu überarbeitet« oder »zu beschäftigt« war, um mir Zeit für Girls Forever zu nehmen? Dass ich zu beschäftigt für K-Pop bin und damit auch für sie. Der Gedanke, dass ich die +EVERs enttäuschen werde, ist noch schlimmer als der, wie Girls Forever mich hintergangen hat. Ich kann ihnen das einfach nicht antun. Ich kann nicht.

Aber was ist die Alternative?

»Du musst deine Wahrheit sagen, Rachel«, sagt Umma hinter mir. Ich werfe einen Blick hinüber zu dem Sessel, in dem sie die ganze Zeit schweigend gesessen hat. Meine Mom mischt sich nur ungern in Diskussionen über meine

Arbeit ein. Wir haben uns darauf schon vor Jahren geeinigt, und ich weiß, dass sie mich unterstützt. Sie hat mir allerdings auch schon, seit ich als Trainee angefangen habe, klargemacht, dass sie der K-Pop-Industrie nicht vertraut. Und auch, wenn ich weiß, dass sie stolz auf mich ist, weil ich meinen Traum lebe, weiß ich auch, dass sie sich manchmal wünscht, ich hätte mir ein leichteres Leben ausgesucht. Seit unserem Meeting bei DB warte ich auf ein *Hab ich's dir doch gesagt*. Aber das würde sie natürlich niemals sagen. Jetzt schaue ich sie an und versuche mal wieder, etwas von ihrer Kraft in mich aufzunehmen. »Du musst deine Wahrheit sagen«, sagt sie wieder. »Lass nicht zu, dass irgendjemand sonst dir Worte in den Mund legt. Sag, was du sagen möchtest.«

»Ich will einfach nicht noch mehr Drama auslösen.« Ich sacke auf dem Sofa in mich zusammen. Und das stimmt. Selbst nach allem, was DB und Girls Forever mir angetan haben, ist Rache das Letzte, was ich will. »Vielleicht ist es besser, wenn ich einfach still bin und tue, was sie sagen.« Meine Stimme klingt leise. Ich fühle mich wie eine winzige Ameise, die man mit Leichtigkeit unter seinem Schuh zerquetschen kann. Ich drücke mir die Handballen auf die Augen. Ich bin so müde. Das liegt nicht nur daran, dass ich in der Nacht nicht geschlafen habe. Ich bin bis auf die Knochen erschöpft. Vielleicht sollte ich wirklich einfach still sein und das alles an mir vorbeiziehen lassen.

»Oh nein, nein, nein.« Appa spürt meine Niedergeschlagenheit. »Es ist okay, wenn du sagen möchtest, dass du krank bist, aber nur, wenn du das sagen willst. Nicht, weil du denkst, du musst sofort springen, wenn DB ruft, und alles tun, was sie sagen. Was sage ich immer? Wir akzeptieren die Niederlagen, aber wir hören nie auf zu kämpfen.«

»Aber wenn ich die Wahrheit sage, wird DB mir nie vergeben, dass ich sie so bloßgestellt habe.« Ich schlucke schwer. »Sie haben angeboten, nett zu sein und sich selbst um die Folgen zu kümmern. Ich würde dieses Angebot quasi öffentlich zurückweisen. Und wenn das passiert …«

Ich verstumme. Ich muss diesen Gedanken nicht zu Ende bringen. Es wissen alle Bescheid.

Wenn das passiert, dann was?

Würde ich es schaffen, alleine Musik zu machen?

Ich denke an N&G, die Gruppe, die es nicht geschafft hat, auch nur einen Auftritt im Fernsehen zu bekommen, seit sie DB verlassen haben. Dafür hat DB gesorgt.

Will ich wirklich meine Zukunft riskieren, nur, um jetzt die Wahrheit zu sagen?

»Wie du dich auch entscheidest, Rachel, wir stehen hinter dir«, sagt Alex. »Du musst nur wissen, dass du das schaffen kannst. Und das wirst du auch. Du wirst weitermachen, und du wirst dir deinen eigenen Weg bahnen, der noch besser ist als alles, was du dir jetzt vorstellen kannst.«

»Was Alex sagt!«, meint Leah und nickt. Ich bin überrascht, als ein leises Kichern aus meinem Mund kommt.

»Alex hat recht«, fügt Umma hinzu. »Deine besten Jahre sind noch nicht vorbei. Sie warten auf dich. Du bist meine wunderbare, kluge, starke Tochter, und du kannst mit jeder Herausforderung umgehen, die das Leben dir bietet.«

Ich hole tief Luft und lasse ihre Worte auf mich wirken. Ich muss mich daran erinnern, dass ich mich nicht selbst aufgeben darf, nur weil DB und Girls Forever das getan haben. »Danke. Euch allen. Was würde ich nur ohne euch machen?«

»Brauchst du Multiple-Choice-Optionen, um dir bei der Entscheidung zu helfen?«, fragt Alex sanft.

Ich schüttle den Kopf. »Ich weiß, was ich tun muss.«

Das hier widerspricht meiner ganzen konfliktscheuen Art vollkommen, aber tief in meinem Herzen weiß ich, dass es das Richtige ist.

Als ich mich von Alex verabschiedet habe, nehme ich mein Handy und fange an, einen Instagram-Post zu schreiben.

Und genau wie Umma gesagt hat, werde ich meine Wahrheit sagen. Jedenfalls so viel davon, dass ich mich sicher dabei fühle. *Meine liebsten +EVERs, ich bin untröstlich. Teil von Girls Forever zu sein war immer meine oberste Priorität und die echte Liebe meines Lebens. Aber jetzt, aus unerfindlichen Gründen, werde ich gezwungen, Girls Forever zu verlassen ...«*

Ich tippe noch ein paar Sätze und versuche, die Fassung zu bewahren, als mir die Tränen kommen. Ich tue es für die Fans, erinnere ich mich selbst. Sie haben die Wahrheit verdient. Dann lege ich mein Handy weg und bereite mich darauf vor, dass die Welt da draußen in sich zusammenstürzt, so wie meine kleine Welt das schon getan hat.

Kapitel *Achtundzwanzig*

Es ist jetzt zweiundsiebzig Stunden her, aber es könnten genauso gut zweiundsiebzig Wochen sein. Die Zeit hat jedwede Bedeutung verloren. Aus Stunden werden Tage, während ich in meiner gemütlichsten Jogginghose in der Wohnung herumhänge, mir, statt zu duschen, die Haare zu fettigen Pferdeschwänzen binde und die völlig außer Kontrolle geratene Klatschpresse und die wilden Gerüchte ignoriere. Die Geschichte wird immer wieder aufgenommen, durchgekaut, und dann wird eine noch weiter hergeholte Version ausgespuckt. Umma und Appa waren zuerst sehr verständnisvoll, aber nach einer Weile haben sie angefangen, mich anzuflehen, zumindest darüber nachzudenken, zu duschen.

Nachdem ich auf Instagram gepostet habe, dass ich nicht mehr zur Gruppe gehöre, lebe ich, und dafür gibt es einfach kein besseres Wort, in einem Shitstorm. Zuerst dachten die Fans, ich würde Witze machen, dass mein Account gehackt wurde. Sie dachten, dass DB mich nie, niemals aus der Gruppe werfen würde. Aber als ich nicht am Flughafen aufgetaucht bin, um mit den anderen nach LA zu fliegen, wussten sie, dass ich es ernst gemeint habe.

Dann wurde es so richtig wild. DB gab ein Statement heraus, dass ich aus freien Stücken gegangen sei, weil mir die Mode wichtiger wäre als K-Pop. So viel zum Thema

Familie. Es hat weh getan, diese krasse Lüge zu lesen, aber wenigstens kann ich nicht sagen, dass es mich überrascht hat. Ich habe ihr Statement zurückgewiesen, aber die Medien sind immer noch voller Gerüchte. Selbst Alex wurde mit hineingezogen, und die Leute behaupten, er sei der Grund, aus dem ich die Gruppe verlassen habe. Sie nennen ihn die Yoko Ono von Girls Forever. Um weiteren Gerüchten vorerst aus dem Weg zu gehen, habe ich ihn gebeten, in Hongkong zu bleiben und sich unauffällig zu verhalten. Jetzt ist nicht der Zeitpunkt, an dem er mich heldenhaft aus meiner Misere retten kann, sosehr ich mir auch wünsche, dass er jetzt hier bei mir wäre.

»Hör auf, diese Artikel zu lesen«, sagt er, als ich mich mal wieder über die furchtbaren, verletzenden Sachen aufrege, die online über ihn geschrieben werden. »Du weißt doch selbst, dass dir das nicht guttut.«

Er hat recht. Ich sollte definitiv damit aufhören.

Aber anscheinend kann ich nicht anders.

Ich verbringe jeden Tag unzählige Stunden damit, die Nachrichten zu lesen. Ich lese alles darüber, dass DBs Aktienkurs um Millionen gefallen ist (das ist wenigstens eine kleine Genugtuung), und die Fanforen und Blogartikel. Manche meiner loyalsten Fans stehen zu mir und unterstützen mich mit herzlichen Posts, die meine Wahrheit bestätigen und mich zum Weinen bringen, andere geben mir die alleinige Schuld an dem Schlamassel.

Ich weiß wirklich nicht, warum ich glaube, dass es mir besser gehen würde, wenn ich diese Kommentare lese. Je tiefer ich grabe, desto schlechter geht es mir, aber ich kann einfach nicht aufhören.

Und es wird alles noch schlimmer, als DB eine neue Untergruppe ankündigt: LM. Lizzie und Mina. Die

Songliste für ihr Album ist schon draußen ... und die Titelsingle heißt »Brighter in the Dark« – der Song, den ich mit Mina geschrieben habe. Der Rest der Songs kommt mir genauso bekannt vor.

»Sparkle You«

»Today I Will«

»Rocketship«

Jeder einzelne Song von dieser Liste kommt aus meinem blauen Notizbuch.

Jeder. Einzelne. Song.

Ich dachte, dass Jiyoon das Notizbuch aus Versehen kaputt gemacht hätte, in der Nacht, als ich sie getröstet habe, weil sie wegen Jin geweint hat. Aber jetzt denke ich, dass sie die Seiten herausgerissen und Mina und Lizzie gegeben haben muss. Sicher werde ich das wohl nie wissen. Genau wie ich nie wissen werde, wer meine Balenciaga genommen hat oder wer *Reveal* von mir und Alex erzählt hat. Aber spielt das überhaupt eine Rolle? Letztendlich bin ich jetzt eben, wo ich bin.

Und außerdem weiß ich ganz genau, wie das läuft. Auf dem Papier gehört alles DB, was jemand, der bei ihnen unter Vertrag steht, kreiert. Jedenfalls, wenn es mit Musik zu tun hat. Selbst wenn ich die Songs geschrieben habe, kann DB sie benutzen, wie auch immer sie wollen.

Das bedeutet, dass sie auch im Recht sind, wenn sie sie LM geben.

Wieder einmal verteilt DB die Chancen so, wie es ihnen passt, diesmal allerdings in einer völlig anderen Größenordnung.

Und was soll ich schon dagegen machen? Wieder etwas posten, meine Seite der Geschichte erzählen? Würde mir das überhaupt irgendjemand glauben?

»Ich würde das Handy weglegen. Für mindestens zwei Wochen, besser noch länger«, sagt eine Stimme aus der

Tür meines Schlafzimmers. Es ist eine Stimme, die ich schon sehr, sehr lange nicht mehr gehört habe. Ich schaue auf und lasse schockiert das Handy fallen.

Von all den Menschen, die ich erwartet hätte, ist Akari Masuda so ziemlich die Letzte. Meine alte Freundin aus der Traineezeit. Sie war bei DB meine engste Freundin. Aber sie wurde an eine andere Agentur verkauft, und als sie mich am dringendsten gebraucht hat, war ich nicht für sie da. Und trotzdem ist sie jetzt, in meiner dunkelsten Stunde, hier bei mir. Sie ist einfach da, wie eine Vision aus heiterem Himmel.

»Akari?«

»Leah hat mir deine neue Adresse geschickt. Und deine Mom hat mich reingelassen. Sie hat mich sogar das Soondubu Jjigae probieren lassen, das da auf dem Ofen steht. News Flash: Es ist superlecker.« Akari kommt in mein Zimmer und setzt sich auf mein Bett, als hätten wir das schon tausendmal gemacht. Dabei ist das das erste Mal, dass sie mich in der neuen Wohnung meiner Eltern besucht, und das erste Mal seit über sechs Jahren, dass sie mit mir spricht oder überhaupt in meiner Nähe ist. Jedenfalls abgesehen von unserem kurzen Blickkontakt bei 1,2,3, Win!. Aus der Nähe betrachtet, überrascht mich Akaris Aussehen noch mehr. Sie sieht einerseits genauso aus wie immer und andererseits völlig anders. Zusätzlich zu den Veränderungen ihres Gesichts ist auch ihr Haarschnitt anders. Sie sieht älter und selbstbewusster aus. Aber es ist definitiv die gute alte Akari, und sie riecht sogar wie immer nach ihrem Passionsfrucht-Bodyspray.

Eine Welle der Nostalgie überrollt mich, als ich mich daran erinnere, wie oft wir das hier früher gemacht haben:

uns in unserer alten Wohnung einfach auf mein Bett fallen lassen, zusammen durch YouTube scrollen oder über unsere letzten Katastrophen beim Training lästern oder lachen.

»Das ist gut«, sage ich tonlos. Umma hat in den letzten Wochen mehr gekocht als während meiner gesamten Kindheit, aber ich habe es nicht geschafft, besonders viel davon zu essen. Mein Gehirn, das ebenfalls sehr langsam geworden ist, weil ich die ganze Zeit nur in meinem Jogginganzug herumliege und mich durch die dunklen Eingeweide des Internets scrolle, versucht jetzt, ein bisschen Tempo zuzulegen und zu verstehen, warum Akari hier ist.

Aber sie antwortet mir, bevor ich fragen kann. »Also. Ich musste herkommen, als ich diesen Skandal mitbekommen habe. Es ist ziemlich ekelhaft. Du bist sicher am Boden zerstört.«

Autsch. Bitte sag mir jetzt nicht, dass du hier bist, um mir das unter die Nase zu reiben. Mir geht es schon schlecht genug ... Ich glaube nicht, dass ich das aushalten würde.

»Akari, ich weiß, dass zwischen uns einiges nicht besonders gut gelaufen ist, aber ...«

Sie dreht sich zu mir um und legt den Kopf schief. Ihr Lidschatten glitzert und funkelt. »Keine Sorge, Rachel. Ich bin nicht hier, um dich fertigzumachen. Auch wenn, ja, du warst schon eine wirklich beschissene Freundin«, sagt sie traurig. Ich verziehe das Gesicht. Aber bevor ich mich wieder entschuldigen kann, spricht sie weiter. »Ich bin heute hierhergekommen, weil ich es verstehen will.«

Oh. Das hätte ich definitiv nicht erwartet, aber andererseits hätte ich ja auch überhaupt nicht mit ihrer Präsenz in meinem Schlafzimmer gerechnet. Sie spielt mit einer Franse an einem meiner Kissen.

»Danke.«

»Es kann schon ganz schön verrückt zugehen in dieser Branche, oder?«, setzt sie an.

»Oh ja, allerdings«, murmle ich.

»Ich weiß das nur zu gut«, fügt sie hinzu. Der Moment scheint zerbrechlich, als könnte er bei der kleinsten Berührung in tausend Scherben zerspringen. Aber ich bin erneut überrascht, als sie tief seufzt, den Kopf hängen lässt und anfängt, sich zu öffnen. Sie erzählt mir, was ihr passiert ist. »Es war ja schon immer hart, selbst, als ich noch bei DB trainiert habe. Aber nachdem ich verkauft wurde, wurde es einfach nur noch schlimmer. Ich sollte mit TeenValentine debütieren, aber dann haben sie in letzter Sekunde beschlossen, mich rauszukicken. Meine Mom hat das Label angebettelt, damit sie mich zurücknehmen. Sie hat gesagt, sie würde jede einzelne Schönheits-OP bezahlen, die sie verlangen.«

»Wow. Ich hatte ja keine Ahnung.«

»Wie die meisten. Also, das ist passiert. Ich habe alles gemacht. Sie haben mich zurückgenommen und in die Gruppe gesteckt. Es war nicht besonders schwierig, meine Mom musste mich nur zu einer neuen Nase, neuen Augen und einer neuen Stirn zwingen. Aber es gibt etwas, das ich niemandem verraten habe, nicht einmal meiner Mom.«

In ihrem Blick liegt so viel tiefe Traurigkeit, dass es mir fast den Atem verschlägt.

»Und mir willst du es erzählen? Warum?« Ich bin wirklich neugierig. Mein Magen hat sich komplett verkrampft. Ich weiß, dass so etwas in unserer Branche an der Tagesordnung ist, aber so verletzlich, wie sie es gerade zugegeben hat – das entfaltet eine völlig andere Kraft. Es ist eine Sache, sich operieren zu lassen, weil man das möchte. Dazu gezwungen zu werden, weil man sonst nicht seiner größten Leidenschaft nachgehen kann, ist etwas völlig anderes.

»Ich weiß nicht, warum. Vielleicht, weil es nach all den Jahren auch Dinge gibt, die ich bereue. Ich weiß es nicht. Vielleicht hätte ich dich schon vor sehr langer Zeit gebraucht und hatte zu viel Angst, es zuzugeben. Und dann hatten wir uns auseinandergelebt, und ich dachte, es sei zu spät«

Ich habe den starken Impuls, den Arm um sie zu legen, aber ich tue es nicht. »Jetzt höre ich dir zu«, sage ich.

»Also, ich habe noch nie darüber gesprochen, dass ich ein seltsames Trauma von den OPs hatte, nachdem alles verheilt war. Niemand spricht über so was, aber es ist nicht so ungewöhnlich, wie du vielleicht denkst, selbst wenn die Veränderung gar nicht so groß ist. Monatelang habe ich mich selbst nicht im Spiegel erkannt, und ich habe mich gefühlt ... Ich habe mich gefühlt, als hätte ich ein Stück von mir selbst verloren. Also, von meinem *Selbst*. Als wäre ich tatsächlich kein ganzer Mensch mehr. Als wäre alles, was ich je über mich selbst gewusst habe, einfach weg. Das Debüt mit TeenValentine hat dafür gesorgt, dass ich beschäftigt war, aber das hat auch nicht wirklich geholfen, weil es nur zum Leben der neuen Akari gehört hat. Und ich hatte nichts mehr von meinem alten Leben übrig, das mich daran erinnert hätte, wer ich war. Ich hatte dich nicht mehr.«

»Oh, Akari.« Ich versuche, die Tränen zurückzuhalten. So schlecht ich mich in letzter Zeit auch gefühlt habe, das hier ist Akaris Moment, nicht meiner. Ich muss für sie stark sein, es geht jetzt nicht um mich. »Es tut mir so leid. Ich wünschte, ich hätte das gewusst. Ich wünschte, ich wäre für dich da gewesen. Ich hätte für dich da sein müssen. Dafür sind Freundinnen schließlich da, aber ich habe versagt.« Es fällt mir nicht leicht, das zu sagen, und schon gar nicht, vor mir selbst zuzugeben, dass es so ist. Ich bin es nicht gewohnt, zu versagen, in nichts, nicht wirklich, und vor allem dann nicht, wenn es um etwas Wichtiges und Bedeutungsvolles, Tiefgreifendes geht, so wie jetzt. »Mir tut alles leid«, füge ich hinzu, »aber am meisten, wie sehr ich dich verletzt habe. Wenn ich die Zeit zurückdrehen könnte, würde ich mich anders verhalten.« Ich lasse den Kopf hängen und spüre die geballte Kraft meiner Reue. Es tut weh, mir das einzugestehen, aber es fühlt sich auch irgendwie gut an, es endlich auszusprechen. »Ich wünschte, ich wäre die ganze Zeit an deiner Seite gewesen.«

Sie räuspert sich. »Ist schon okay. Wirklich. Ich bin nicht hergekommen, um dir eine Entschuldigung abzuringen. Ich bin wirklich darüber hinweg.« Sie schiebt sich eine kurze Haarsträhne hinters Ohr und schaut mir in die Augen. »Ich hatte Unterstützung, um das alles zu überstehen. Professionelle Unterstützung.«

In der K-Pop-Welt ist es immer noch ein Tabu, über mentale Gesundheit zu sprechen. Noch eines dieser bescheuerten, antiquierten Elemente der Strukturen. Ich bin so wahnsinnig stolz auf Akari, weil sie stark genug war, sich die Hilfe zu holen, die sie gebraucht hat.

»Na ja«, fährt sie fort. »Unser neues Album kommt bald raus, und in der Presse wird es jetzt schon gefeiert, also ganz ehrlich, mir geht es besser als je zuvor.« Ihre Augen glänzen immer noch ein wenig, aber sie setzt sich wieder gerade hin und lächelt ein kleines bisschen. Es sieht so sehr nach Akari aus. »Na ja, und genau deswegen bin ich hier. Um dir zu sagen, dass ich eine richtig coole Lady bin und Erfolg habe!« Sie schnipst grinsend mit den Fingern.

Ich lache überrascht. »Das ist wirklich super. Ich freue mich für dich! Es tut mir leid, dass ich so scheiße aussehe, wenn wir dich eigentlich feiern sollten.«

»Oh, Rach. Du verstehst es einfach nicht.« Sie nimmt meine Hände in ihre. »Genau das meine ich ja. Ich weiß, wie es ist, wenn man ganz unten ist. Ich war auch mal da. Ich habe es gehasst. Ich war sauer auf die K-Pop-Industrie, ich fühlte mich hintergangen. Ich wusste nicht, wie es weitergehen soll und was das alles für mich bedeutet. Ich hatte Angst, dass ich nie wieder irgendjemandem vertrauen kann, weil es sich angefühlt hat, als würde mich niemand wirklich lieben. Aber ich bin der lebende Beweis, dass es auch wieder aufwärtsgeht. Das Leben wird wieder besser. Nicht nur ein bisschen besser. Viel besser!«

Ich lächle noch ein bisschen mehr. Ich bin so stolz auf meine Freundin, weil sie es geschafft hat, dass es ihr wieder besser geht. Ich wünschte nur, ich wäre mir ein bisschen sicherer, dass ich das auch schaffen kann. »Ich weiß nicht, Akari. Vielleicht liegt das einfach daran, dass du so eine verdammt coole Lady bist. Ich weiß nicht, ob das auf andere Menschen auch so zutrifft.«

»Stimmt schon, ich habe ein ungewöhnlich hohes Coolnesslevel«, sagt sie übertrieben selbstzufrieden, was mich wieder zum Lachen bringt. »Aber ich kann dir garantieren, dass das Leben wieder besser wird, selbst für eine Normalsterbliche wie dich. Mit durchschnittlichem Coolnesslevel. Denn es läuft folgendermaßen: Wenn du dem Schlimmsten begegnest, was du dir vorstellen kannst, wenn du das durchmachst, wovor du am meisten Angst hast – dann bist du plötzlich frei. Man versteht, dass es nichts gibt, was einen kaputt machen kann, weil man ja das Schlimmste schon überstanden hat. Verstehst du? Ich bin jetzt so weit, dass ich mein neues Ich wirklich mag, und ich fühle mich so frei wie noch nie. Als wir jünger waren, hatte ich immer das Gefühl, nur dein Schatten zu sein, und das würde ich jetzt nie wieder zulassen. LOL.«

Wir lachen beide, und zum ersten Mal seit Wochen spüre ich, wie ein winzig kleiner Sonnenstrahl in die

Dunkelheit in meinem Inneren vordringt. Ich habe das Gefühl, dass es Hoffnung gibt. Akari sieht wirklich anders aus, verändert, aber mir wird klar, dass das nichts Körperliches ist. Es ist die Reife, das Selbstbewusstsein. Sie fühlt sich wohl in ihrer Haut.

»Danke«, flüstere ich. »Danke, dass du es mir erzählt hast.«

Genau in diesem Moment klingelt mein Handy, und wir zucken beide zusammen. Ich werde in letzter Zeit nicht besonders oft angerufen. Als ich auf den Bildschirm schaue, reiße ich überrascht die Augen auf.

»Es ist Carly Mattsson«, sage ich.

»Oh mein Gott! Was will sie denn?«, fragt Akari.

»Ich habe keine Ahnung«, sage ich wahrheitsgemäß. Dann dreht sich mir der Magen um. Das hier muss der Anruf sein, vor dem ich schon die ganze Zeit Angst habe. Der, in dem sie mir sagt, dass mein Soloevent mit Discipline nicht stattfinden wird. Nach allem, was passiert ist, wollen sie garantiert nicht mehr mit mir arbeiten.

»Dann gehst du wohl besser ran. Ich muss jetzt sowieso los. Aber ich freue mich sehr, dass wir uns gesehen haben.« Sie umarmt mich rasch. Es ist keine lange, bedeutungsvolle, gemütliche Freundschaftsumarmung. Nur eine liebe, flüchtige Geste. Eine Umarmung, die sich anfühlt, als würde es vorwärtsgehen.

»Hallo? Hallo? Hi! Carly! Bist du noch da?« Ich bin ein bisschen außer Atem, als ich den Anruf entgegennehme – ich hoffe, dass ich ihn noch nicht verpasst habe. Ich bin immer noch ganz aufgewühlt von dem unerwarteten Gespräch mit Akari.

Carly lacht. »Ich bin noch da.«

»Wie schön, von dir zu hören!«, sage ich, und zwar garantiert ein bisschen zu fröhlich. Ich zwinge mich, tief Luft zu holen und mich zu beruhigen. Dann mache ich mich auf die schlechten Neuigkeiten gefasst.

»Ich habe gehört, was passiert ist, und ich wollte mich bei dir melden. Wie geht es dir denn?«

»Es ist ... schwierig«, gebe ich zu, und meine Stimme fängt an zu zittern. Ich hole tief Luft. »Aber es geht mir gut. Ich fange langsam an, wieder nach vorne zu schauen«, füge ich hinzu, weil es stimmt. Weil ich jetzt sehe, dass das Leben vielleicht weitergehen wird und dass ich vielleicht all die zerbrochenen Scherben wieder aufsammeln kann und dass ich vielleicht ziemliches Glück habe, wenigstens von Menschen umgeben zu sein, die mich kennen und lieben.

»Wirklich?«, fragt Carly. »Das ist ja toll. Es gibt da nämlich eine Solo-Performance, auf die du dich vorbereiten musst.«

»Was?«, quietsche ich. Das ist, ganz ehrlich, das Allerletzte, wovon ich gedacht hätte, dass ich es heute hören würde. »Ich dachte, die ist sicher abgesagt, wegen ...« Ich verstumme. Wegen der allgemeinen Implosion meines Lebens und meines Rufs, seit Discipline mir das Event angeboten hat.

»Auf keinen Fall. Deswegen rufe ich an. Ich wollte sichergehen, dass du weißt, dass wir zu hundert Prozent hinter dir stehen. Rachel, wir arbeiten gerne mit dir zusammen, wegen dir, nicht wegen irgendetwas, wovon du ein Teil warst«, versichert Carly mir. »Glaub mir, ich habe auch schon so meine Shitstorms durchgemacht. Mehr als nur einmal. Die Karriere geht weiter. Deine ist schon weitergegangen. RACHEL K. läuft so richtig gut! Das muss sich doch wirklich toll anfühlen, vor allem mit diesem ganzen Chaos um dich herum.«

Und auch wenn es sich total verrückt anfühlt, sie hat nicht ganz unrecht. Entgegen jeder Erwartung ist meine Marke weitergewachsen. Ich habe mir Sorgen gemacht, dass der Skandal und mein Rauswurf aus Girls Forever den frühen Erfolg von RACHEL K. zunichtemachen würde, aber anscheinend ist das Gegenteil der Fall. Dass mein Name in sämtlichen Medien präsent ist, hat anscheinend zum Bekanntheitsgrad meiner Marke beigetragen, und die Leute kaufen noch mehr Taschen als zuvor. Ich erreiche dadurch auch Teile der Bevölkerung, die zuvor nicht zu meinem Hauptpublikum gehört haben. Jeden Tag fragen weitere Kaufhäuser an, ob sie meine Linie verkaufen dürfen, und es hat sich schon ein Designpartner gemeldet, um als Nächstes eine Eye-Wear-Linie herauszubringen.

»Ja«, sage ich. »Das war definitiv ein Lichtblick in dieser ganzen Dunkelheit«, sage ich.

»Es wird auch wieder heller«, sagt Carly. »Es bleibt nicht für immer so schwer. Das verspreche ich dir.«

Sie hört sich fast so an wie Akari eben, und ich spüre eine Welle der Bewunderung für diese Frauen, die schon so viel mehr durchgemacht haben als ich. Aber eines hat Akari nicht erwähnt: Wenn man ganz unten ist, zeigt einem das auch, wer im Leben wirklich wichtig ist. Die Menschen, die einen wirklich *sehen*, so, wie man ist. Das gibt anderen starken Frauen die Möglichkeit, vorzutreten, einem die Hand zu reichen, und zu sagen *Ich kenne das.*

»Ich glaube dir«, sage ich mit einem zögerlichen Lächeln.

»Mehr verlange ich auch gar nicht. Na ja, nein, das stimmt überhaupt nicht. Da ist noch eine Sache«, fährt Carly fort. Ihre Stimme ist so lebhaft wie immer, und sie spricht sehr schnell. »Der eigentliche Grund, aus dem ich angerufen habe. Wie gesagt möchte Discipline immer noch eine Markenpartnerschaft mit RACHEL K. in Asien. Also, was meinst du?«

Was meine ich? Ich dachte, das Shooting in der Schweiz wäre eine Katastrophe gewesen – aus meinem seltsamen Spagat, bei dem ich mit dem Gesicht voran im Schnee gelandet bin, ist glücklicherweise kein GIF geworden, aber in meiner Erinnerung läuft er immer noch recht häufig in Dauerschleife. Diese Katastrophe und alles, was seitdem passiert ist, seit ich Girls Forever verlassen musste … Selbst nach Carlys lieben Worten verstehe ich wirklich nicht, warum sie mit mir in Verbindung gebracht werden wollen.

»Aber wie … Warum?«, platzt es aus mir heraus. Wahrscheinlich klinge ich jetzt am Telefon genauso unbeholfen, wie ich mich auf der Piste angestellt habe.

»Na ja, zunächst einmal sind die Leute wirklich besessen von der Winterkampagne.«

»Wirklich?« Ich habe mich so sehr auf die Presse rund um Girls Forever konzentriert. Wenn ich ausnahmsweise mal einen klaren Gedanken zusätzlich fassen konnte, habe ich Fragen zu den Lieferzeiten und zur Herstellung meiner Taschen beantwortet. Mir war gar nicht klar, dass die Discipline-Kampagne schon gestartet ist, und schon gar nicht, dass es gut läuft.

Während wir reden, renne ich zu meinem Laptop und fange an, die Bilder zu googeln. Als ich scrolle, werden meine Augen immer größer. Ich sehe, dass sie kaum Fotos von der Piste verwendet haben. Die meisten sind vom Wintergarten der Lodge. Ich sehe, wie natürlich wir beide aussehen, vor allem, weil so viel Sonnenlicht zum Fenster hereinströmt. Carly und ich lachen miteinander, als wären wir alte Freundinnen. Mir wird klar, dass wir die besten Shots wahrscheinlich nur bekommen haben, weil ich vorher so versagt habe. Als ich keine Angst mehr hatte, etwas falsch zu machen, weil das schon längst passiert war. Als es nichts mehr zu tun gab, als mich zu entspannen und zu strahlen.

Und doch ...

Ich habe noch nie solo gesungen.

Manchmal als Teil einer Girls-Forever-Show, aber noch nie bei einem Event, bei dem ich komplett alleine auftrete, von Anfang bis zum Ende. In meinem Kopf dreht sich alles.

Es ist eine Sache, dass meine Fans mich im Internet verteidigen, aber es ist etwas ganz anderes, von ihnen zu verlangen, dass sie nur für mich zu einem Event kommen. Es wäre ein wirklich großes Statement, und manche würden es als Betrug an Girls Forever sehen. Würden sie es verräterisch finden? Wird es wie ein Beweis dafür wirken, dass ich Girls Forever wirklich verlassen wollte, obwohl das nie meine Absicht war? Und was würde DB denken?

»Ich ... Darüber werde ich ganz genau nachdenken müssen«, sage ich ehrlich.

»Ja, klar. Nimm dir so viel Zeit, wie du brauchst«, sagt Carly. »Aber Rachel?«

»Ja?«

»Denk nicht zu viel darüber nach.«

»Wie meinst du das?«

»*Wenn du tust, was du immer schon getan hast, wirst du bekommen, was du immer schon bekommen hast.* Kennst du den Spruch?«

»Ähm, ich glaube schon.«

»Du hast eine phantastische Karriere mit Girls Forever hingelegt, aber manchmal muss das Universum uns einen Tritt in den Hintern verpassen, damit wir sehen, dass es da draußen noch viel mehr gibt als das, was wir schon kennen. Wenn du immer nur das tust, was du immer schon getan hast, wirst du auch immer wieder dieselben

Ergebnisse erzielen. Wenn du dazu gezwungen wirst, etwas Neues auszuprobieren, dann wirst du auch völlig neue Ergebnisse sehen. Verstehst du, was ich meine?«

Es kommt mir fast so vor, als würde sie sagen, dass das mit meinem Rauswurf aus der Gruppe irgendwie passieren *sollte*. Das ist wirklich schwer zu verdauen. Aber ich denke daran, was meine Mutter mir am Telefon gesagt hat, als ich in der Schweiz nicht mehr weiterwusste. Dass ich anfangen muss, mehr mit meinem Herzen zu denken und nicht immer nur mit meinem Kopf. Die alte Rachel hat immer alles ganz genau geplant. Sie hat getan, was sie tun musste, damit alle zufrieden waren.

Und genau so bin ich hier gelandet.

»Rachel?«

»Ich bin noch da. Und ja, ich glaube, ich verstehe, was du meinst. Das, was mich hierhergebracht hat, wird mich nicht dorthin bringen.«

»Ja, genau. Ruf mich an, wenn du dich entschieden hast.«

Und damit höre ich nur noch das Tuten in der Leitung ... und weiß, das alles, was jetzt kommt, ganz allein in meinen Händen liegt. Vielleicht habe ich mir die völlig falschen Fragen gestellt – *Wie wird es allen anderen damit gehen? Was wird DB sagen?* Vielleicht ist die wichtigste Frage: *Wie wird es mir damit gehen?*

Ich bin diejenige, die entscheiden kann, ob der Skandal mich auffrisst und ob ich zulasse, dass er mich zerstört. Ich kann auch aufstehen, mir die Haare waschen, ein Poweroutfit anziehen und mir meinen eigenen Weg bahnen.

Kapitel Neunundzwanzig

Der Ausdruck auf Alex' Gesicht, als er mich bei der Gepäckausgabe am Incheon Airport entdeckt, ist unbezahlbar. Er ist so schockiert, dass ich auf ihn warte, dass er wie angewurzelt stehen bleibt. Und er reißt die Augen noch weiter auf, als die Kameras um uns herum anfangen, wie wild zu klicken und zu blitzen, und ich auf ihn zurenne und ihn in die Arme nehme.

»Rachel!« Er schnappt erschrocken nach Luft. Dann flüstert er mir ins Ohr: »Sie sind überall, Babe. Paparazzi, überall. Wir sind umzingelt.«

Ich flüstere zurück. »Ich weiß. Und es ist mir egal. Du und ich gegen den Rest der Welt, oder?«

Er lehnt sich zurück und schaut mir eine Sekunde lang ins Gesicht ... und dann stößt er ein verängstigtes Lachen aus, das mich zum Kichern bringt. »Na los, zeigen wir es ihnen«, sage ich. »Warum auch nicht?« Und genau dort, mitten im Blitzlichtgewitter und dem Rufen und Jubeln der Menge, stelle ich mich auf die Zehenspitzen und küsse ihn.

»Oh, und übrigens«, flüstere ich, auch wenn es mir schwerfällt, meine Lippen von seinen zu lösen. »Ich liebe dich, Alex Jeon.«

Alex erstarrt einen Moment lang und reißt die Augen auf, dann reckt er triumphierend die Faust. Es sieht richtig bescheuert aus und richtig süß.

Und dann küsse ich ihn wieder, denn wie könnte ich das auch nicht tun.

Die Menge, die sich mittlerweile um uns versammelt hat, rastet völlig aus. Irgendwo in meinem Hinterkopf weiß ich, dass es da draußen Leute gibt, die richtig sauer sein werden, wenn sie die Bilder sehen. Und sie werden sie innerhalb der nächsten Stunde sehen. Es gibt Marken, die mich vielleicht gesponsort hätten und das jetzt nicht mehr tun werden. Es gibt sogar Fans, die mich jetzt hassen werden.

Es gibt Risiken – und mittlerweile weiß ich, dass sie zum Leben dazugehören.

Denn für jede Person, die die echte Rachel nicht mag, wird es eine neue geben, die mich versteht. Für jede Tür, die sich in meinem alten Leben schließt, werde ich eine andere finden, die sich für mich öffnet.

Außerdem ist es so, wie Akari gesagt hat. Wenn man erst einmal seiner schlimmsten Angst begegnet ist, ist man endlich frei. Es stimmt. Wie soll ich vor noch mehr schlechter Presse Angst haben, wenn ich jetzt schon darin schwimme? Ich habe gesehen, was sie anrichten kann. Und meine Marke ist trotzdem erfolgreich. DB verliert weiterhin Aktienanteile, nicht RACHEL K.

Sollen sie doch sagen, was sie wollen. Ich werde nicht mehr in Angst leben.

Wenn ich immer tue, was ich schon immer getan habe, dann werde ich auch immer bekommen, was ich schon immer bekommen habe.

Ich nehme Alex' Hand, und er wirft sich seine Tasche über die Schulter. »Komm«, sage ich. »Wir gehen nach Hause.« Und dann bahnen wir uns gemeinsam einen Weg durch die Menge, lächeln und winken dabei die ganze Zeit, als wären wir ein verdammtes Königspaar.

Ich kann vielleicht nicht wissen, was die Zukunft bringt,

aber jetzt, wo die hellen Blitze der Kameras mein Sichtfeld erhellen wie ein Feuerwerk, weiß ich, dass sie hell strahlend sein wird.

Am nächsten Morgen nehme ich als Allererstes mein Handy in die Hand. »Hi, Carly? Hier ist Rachel.« Ich hole tief Luft. Vertrauen. Und los. »Das Soloevent, von dem du gesprochen hast? Ich bin dabei.«

Wer bin ich ohne Girls Forever?
Kann ich alleine erfolgreich sein, nachdem sie mich rausgeschmissen haben?
Werden meine Fans mich noch mögen?
Diese Fragen haben sich während der letzten vier Monate in meinen Gedanken überschlagen. Und ganz ehrlich? Ich kenne die Antworten nicht. Noch nicht. Aber jetzt bin ich jedenfalls hier, und damit einen Schritt näher daran, es herauszufinden.
Es ist der Tag meines Events mit Discipline Sportswear. Ich sitze im Green Room und warte darauf, dass ich für meinen allerersten Soloauftritt auf die Bühne gerufen werde. Ich werde Coverversionen meiner Lieblingsballaden von Chung Yuna singen, dann gibt es ein Meet and Greet mit den Fans und dann ein Fotoshooting. Wir werden Discipline-Sneakers und RACHEL-K.-Handtaschen kombinieren und daraus eine Kampagne über Mode für unterwegs machen. Ollie hat sogar davon gesprochen, dass wir für eine sportliche Gürteltasche zusammenarbeiten könnten, aber das kommt irgendwann später. Heute werde ich abgewetzte, knallbunte Sneaker rocken. Und

was die Tasche angeht ... Na ja, sosehr ich meine Designs auch liebe, ich bin meinem Herzen gefolgt und habe eine neue Tasche extra für Discipline kreiert. Es ist die Neue-Rachel-Tasche: eine verspielte Minitasche mit Griff und einem winzigen Unendlichkeitssymbol auf dem Logo. Denn, wie Carly schon gesagt hat: *The Show must go on*. Und wie mein Dad immer sagt: *Wir nehmen die Niederlagen hin, aber wir hören niemals auf zu kämpfen.*

Mein Herz klopft wie wild, und ich habe feuchte Hände. Ich schaue noch einmal nach, dass meine Wimperntusche und mein Lippenstift nicht verschmiert sind. Für die Solo-Performance und das Meet and Greet trage ich ein einfaches schwarzes Glitzerhaarband und ein passendes Kleid. Klassisch, aber eben mit Glitzer. Manchmal braucht man nur ein kleines bisschen.

Es klopft an der Tür und ein Securityguard steckt den Kopf herein. »Ms. Kim, wir sind jetzt bereit.«

Ich hole tief Luft und stehe auf.

Hier ist das Versprechen, das ich mir selbst gegeben habe, seit ich Carlys Vorschlag zugestimmt habe. Egal, wie das Publikum heute drauf ist, ich werde alles geben. Selbst wenn nur ein einziger Fan da draußen ist, werde ich dafür sorgen, dass dieser Fan die beste K-Pop-Erfahrung bekommt, die er oder sie je hatte. Ich habe gelernt, wie viel Loyalität wert ist, und wenn irgendjemand nach allem, was passiert ist, immer noch an meiner Seite ist, na ja, dann werde ich dafür immer dankbar sein. Heute und auch in Zukunft.

Ich folge dem Securityguard zur Bühne. Ich halte inne und lege eine Hand auf mein Herz. Es rast vor Erwartung. Aber jetzt ist es keine Nervosität mehr, jetzt ist es Vorfreude.

Ich habe das hier vermisst.

Ich stelle mich auf die Plattform unter der Bühne, die mich durch eine Falltür nach oben heben wird. Ich hole noch einmal tief Luft, als der Mann, der den Lift einschaltet, einen Countdown beginnt.

Drei, zwei, eins.

Über mir teilt sich die Bühne, und Licht durchflutet den eben noch dunklen Raum, in dem ich mich befinde.

Und dann beginnt die Plattform, sich nach oben zu bewegen.

Mich umfängt das laute Schreien und Klatschen einer jubelnden Menschenmenge. Ich presse die Augen zusammen und versuche trotz des Scheinwerferlichts, das Publikum zu sehen. Ich bilde mir das sicher nur ein.

Aber nein. Es ist echt.

Die Menschenmenge scheint sich meilenweit zu erstrecken. Es sind Tausende und Abertausende von Fans, die mir ihre Unterstützung zujubeln. Sie halten Schilder hoch, tragen selbstbemalte T-Shirts und leuchtende Haarbänder.

Aber es sind nicht nur irgendwelche leuchtenden Haarbänder. Mein Herz zieht sich zusammen, als ich es sehe: Auf den Haarbändern steht RACHEL.

»Rachel, wir lieben dich! Wir haben dich so vermisst!«, schreit ein Fan, lauter als der Applaus und das Stampfen und Jubeln der Menge zusammen. Ich bin so sehr von Dankbarkeit erfüllt, dass mir Tränen in die Augen steigen. In diesem Moment ist mein Herz so voll, dass es überläuft.

Ich denke zurück an den Tag, vor Jahren, als ich gerade erst angefangen habe und ein Fan mir sagte, ich hätte ihr Leben verändert. Da habe ich auch geweint. Manche Dinge ändern sich wohl nie.

Und vielleicht, vielleicht sind manche Dinge wirklich für immer.

Meine Fans bringen mich immer noch zum Weinen, und sie sind immer noch die Besten.

Sie haben *mein* Leben verändert.

Ich blinzle die Tränen zurück und trete ans Mikrophon. Ich schenke ihnen das Lächeln, das sie so lieben. Ein Lächeln aus tiefstem Herzen. Ein echtes Lächeln.

Epilog

»Wo würde das gut aussehen, was meinst du?«

Alex hält eine eingerahmte Illustration hoch. Es sieht aus wie zwei Feen, die Fußball spielen und irgendwie dabei Feuer spucken.

Äh, *nirgends?*, möchte ich sagen, aber ich tue es nicht.

»Mein Cousin und meine Cousine haben es mir aus Seattle geschickt«, sagt Alex stolz. Ah, *das ergibt schon viel mehr Sinn*. »Ein Nora-und-Jeremy-Original. Ich habe den Rahmen selbst gekauft. Aber ich muss noch die Echtheit der Unterschriften prüfen lassen.« Er zeigt auf die gekritzelten Namen in der Ecke.

»Oh, ja. Kunstbetrug ist dieser Tage in den Grundschulen ein echtes Problem«, sage ich mit gespieltem Ernst, und Alex grinst. »Es gehört definitiv aufs Bücherregal«, füge ich hinzu. »Ganz nach vorne.«

»Alles klar.«

Es ist Frühling, und ich helfe Alex, in seine neue Wohnung in Seoul einzuziehen. Nachdem er eine Zeitlang im Homeoffice gearbeitet hat und festgestellt hat, dass er auch von Korea aus arbeiten kann, hat er sich entschieden, offiziell umzuziehen. Ich war in letzter Zeit sehr beschäftigt, habe ihm beim Umzug geholfen und mir selbst eine neue Routine aufgebaut.

RACHEL K. hat international Erfolg, und ich habe angefangen, Songs für ein eventuell geplantes Soloalbum zu schreiben. Allerdings fällt mir das Schreiben wirklich schwer. Immer, wenn ich versuche, mich zu konzentrieren, sehe ich mein zerrissenes blaues Notizbuch vor mir. Aber das ist in Ordnung. Ich versuche, mir nicht zu viel Druck zu machen. Es geht jetzt erst einmal nur darum, wieder zu lernen, die Musik zu lieben, und meine eigene kreative Stimme zu finden. Außer diesem Album und meiner Arbeit mit RACHEL K. ist mein einziges anderes kreatives Projekt ein Fotoalbum, das ich als Geschenk für Leah zusammenstelle. SayGO hat gerade ihre dritte Nummer-eins-Hit-Single geschafft, und ich wollte ihr irgendwie dazu gratulieren. Ich weiß, dass sie sich gut mit ihren Gruppenmitgliedern versteht und dass sie wahrscheinlich auch zusammen feiern werden. DB wird vielleicht sogar eine Party ausrichten. Drei Nummer-eins-Hits in einem Debütjahr ist eine wahnsinnig große Leistung. Aber ich möchte, dass Leah nie das Gefühl hat, dass sie von ihren Gruppenmitgliedern abhängig ist. Oder von DB. Schließlich haben wir alle gelernt, dass diese Unterstützung von einem Moment auf den anderen verschwunden sein kann. Aber Familie ist für immer.

Ich schaue mir alte Fotos auf meinem Laptop an, während Alex sein Bücherregal einräumt und dabei »Let it Go« vor sich hin pfeift. Nach einigen virtuellen Filmabenden mit den Zwillingen, die sich weigern, ihre Filmauswahl auch nur ein bisschen zu variieren, hat er ständig diesen Ohrwurm. Die Wohnung ist noch ganz neu, aber sie fühlt sich schon jetzt wie ein Zuhause an. Ich habe bereits viel Zeit hier verbracht und fahre quasi ständig zwischen Alex' Wohnung und der Wohnung meiner Familie hin und her.

Ich halte inne, als ich einen Ordner mit Fotos von verschiedenen Girls-Forever-Konzerten finde. Es gibt so viele. Ich glaube, ich habe mehr Fotos von mir mit Mina,

Lizzie, Eunji, Ari, Sumin, Jiyoon, Youngeun und Sunhee als mit irgendjemand sonst in meinem Leben. Es ist komisch, darüber nachzudenken, dass es nie wieder ein Foto mit allen neun von uns geben wird. Mein Herz zieht sich bei diesem Gedanken zusammen, und ich bekomme einen Kloß im Hals.

Seit DB mich rausgeworfen hat, habe ich keinen Kontakt mehr zu Girls Forever gehabt. Es tut immer noch weh, an sie zu denken, aber es wird jeden Tag ein bisschen leichter. Ich habe endlich angefangen, Carly zu glauben, was sie über die Dunkelheit gesagt hat. Dass sie nicht für immer andauern wird. Das hat Umma auch gesagt. Meine besten Tage sind noch nicht vorbei. Sie warten auf mich. Manchmal ist es leichter, das zu glauben, als an anderen Tagen, aber ich bin jedenfalls noch da, und das reicht mir, um weiterzumachen.

Ich schaue mir ein paar Fotos von Konzerten an. Meine Lieblingsbilder sind immer die, auf denen man das Publikum sieht. Selbst in einem unbewegten Bild kann ich die Energie der Fans spüren. Ich entdecke sogar ein paar leuchtende RACHEL-Haarbänder auf den Bildern. Das bringt mich zum Lächeln.

Meine Fans waren mir immer schon wichtig, aber nach allem, was dieses Jahr passiert ist, ist meine Dankbarkeit ihnen gegenüber noch größer geworden. Sie sind wirklich die Menschen, die mir geholfen haben, meine dunkelsten Stunden zu überstehen. Sie inspirieren mich, und ich hoffe, ich kann auch sie inspirieren.

Mein Handy vibriert. Ich zucke zusammen und klappe schnell den Laptop zu. Irgendwie denke ich, dass Leah anruft und dass sie irgendwie das Album auf meinem Laptop durch das Handy sehen könnte. Aber als ich auf den Bildschirm schaue, ist es eine unbekannte Nummer.

Glaub ja nicht, dass es vorbei ist. Wir haben noch einige Rechnungen offen. Ich würde mich in Acht nehmen, wenn ich du wäre.
PS: Arbeitet deine kleine Schwester nicht bei DB? Sie sollte sich auch in Acht nehmen …

Ich verdrehe die Augen und lösche die Nachricht sofort, auch wenn es mich dabei schüttelt. Es ist schwer, keine Angst zu haben, wenn ich diese Nachrichten bekomme. Sie tauchen ab und zu auf. Ich weiß nicht, wer sie mir schickt, aber jedes Mal, wenn es passiert, ist es eine unangenehme Erinnerung daran, dass es nicht leicht sein wird, das alles hinter mir zu lassen.

Ich mache den Laptop wieder auf und schaue mir noch einmal das Foto mit den Fans an. Ich werde mich auf das Licht konzentrieren, das mich wieder zu mir selbst führt. Ich lasse meinen Blick über das große Fenster in Alex' Wohnzimmer schweifen. Gebündelte Lichtstrahlen der Nachmittagssonne fallen durch das Fenster herein, und sie erinnern mich an meine Fans, die die Dunkelheit heller machen und mich daran erinnern, warum ich überhaupt auf der Bühne stehe. Sie geben mir die Kraft, weiterzumachen. Ich muss sie einfach nur anschauen, dann weiß ich, dass es weitergehen wird.

Plötzlich ist die Inspiration da, wie ein Blitz aus heiterem Himmel, der all meine Sorgen einfach verschwinden lässt. Ich schnappe mir einen Stift und einen von Alex' Blöcken, die überall herumliegen, und schlage eine neue Seite auf.

Der Titel fällt mir als Erstes ein: »Golden Sky«.

Ein Tribut an meine Fans, die heller strahlen als jeder Stern.

Das hier ist für euch.

Danksagung

Wie immer gilt meine Dankbarkeit als Allererstes meinen Goldenen Sternen. Eure beständige Unterstützung, eure Freude und die Liebe zu dieser Serie haben mir geholfen, dieses Buch zu schreiben. Danke, dass ihr mich immer wieder aufs Neue inspiriert.

Meine grenzenlose Dankbarkeit gilt auch dem ganzen Team bei Simon & Schuster. An meine Lektorinnen, Jennifer Ung und Alexa Pastor – Jen, danke für all deine prägnanten Anmerkungen und dass du diese Geschichte auf ihrer langen Reise begleitet hast; Alexa, danke, dass du dazugekommen bist und mir geholfen hast, meine Vision zu Ende zu bringen. Die Mitglieder meines Marketing- und Werbeteams – Chrissy Noh, Karen Masnica, Anna Jarzab, Emily Ritter, Lisa, Moraleda und Milena Giunco – ich bin so dankbar für alles, was ihr getan habt und weiterhin tut, um diese Bücher zu den Leserinnen und Lesern zu bringen. Danke an Paul Oakley, für das wunderschöne neue Cover, das Rachels innere und äußere Reise so gut wiedergibt.

Ich bin meinem Team bei United Talent Agency ebenfalls so dankbar – vielen Dank an Max Michael, Albert Lee und Meredith Miller, die dafür sorgen, dass meine Bücher meine Fans auf der ganzen Welt erreichen. Und danke an das Team bei InkWell Management – Stephen Barbara, du hast dich von Beginn an für dieses Projekt eingesetzt, und ich bin dir so dankbar.

An die unvergleichlichen Frauen bei Glasstown Entertainment – ohne euch hätte ich das nicht geschafft. An Lexa Hillyer, die meine Ideen mit einer solchen Intensität und Kreativität zum Leben erweckt. An Jenna Brickley, für die brillanten Ideen für die Handlung und deine scharfe Beobachtungsgabe. An Olivia Liu, für deine harte Arbeit und Detailgenauigkeit. Danke an Laura Parker und Lynley Bird, die unermüdlich daran gearbeitet haben, diese Geschichte auf die Leinwand zu bringen. Und natürlich geht auch besonderer Dank an Sarah Suk – in deinen Händen strahlen diese Worte so hell!

An meine Familie – ich liebe euch so sehr. Nur euretwegen bin ich dort, wo ich bin. An meine Eltern – ich danke euch für eure bedingungslose Liebe und Unterstützung. An Krystal – du bist die beste Schwester und meine liebste Cheerleaderin.

Und als Letztes möchte ich mich bei Tyler bedanken. Dieses Buch und so viele andere Träume wären ohne dich nicht möglich gewesen. Danke, dass du bei dieser Reise immer an meiner Seite warst – ich kann mir nichts Besseres vorstellen.

Die koreanischen Wörter und Begriffe in Bright

Annyeonghaseyo: ein förmlicher Gruß
Appa: Vater
Baboya: eine Person, die sich lächerlich macht
Baechu: Kohl
Halmoni: Großmutter
Kalguksu: Eine herzhafte Suppe mit geschnittenen Weizennudeln
Kimbap: in Algenblätter gewickelter Reis
Kimchi: gesalzenes, fermentiertes Gemüse
Kongnamul Guk: eine Suppe mit Sojasprossen
Maknae: die jüngste Person
Nurungji: (absichtlich) leicht angebrannter Reis – ein Snack
Oppa: Anrede einer jüngeren weiblichen Person für einen älteren Bruder oder einen älteren Freund
Patbingsu: Rasureis mit roten Bohnen und verschiedenen Toppings
Soju: ein alkoholisches Getränk auf Reisbasis
Soondubu Jjigae: ein Eintopf mit weichem Tofu
Saengul: ein frisches, ungeschminktes Gesicht
Sunbae: jemand mit mehr Erfahrung
Tteokbokki: kleine, scharf gewürzte, gebratene Reiskuchen (wie dicke Nudeln), manchmal mit Soße
Umma: Mutter
Unni: Anrede einer jüngeren weiblichen Person für eine ältere Schwester, kann auch für eine ältere Freundin verwendet werden.

Jenni Hendriks / Ted Caplan
Unpregnant – Der Trip unseres Lebens
Roman

Musterschülerin Veronica hätte nie gedacht, dass sie sich mal ein negatives Testergebnis wünschen würde – bis sie eines Tages auf der Schultoilette auf einen positiven Schwangerschaftstest starrt. Und eine Entscheidung für eine Abtreibung trifft. Das Problem: Die nächste legale Klinik dafür ist über tausend Kilometer entfernt. Die einzige Person, die sie nicht verurteilen wird und ein Auto hat, ist Bailey Butler, früher ihre beste Freundin. Sie brechen auf zu einem tagelangen Road Trip, und unter dem sternenübersäten Himmel des amerikanischen Südwestens entdecken Veronica und Bailey, dass es manchmal die wichtigste Entscheidung von allen ist, wer deine Freunde sind.

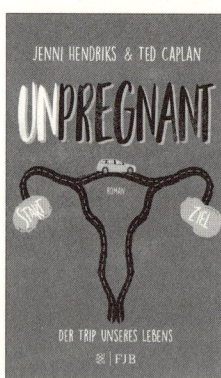

Aus dem amerikanischen Englisch
von Kattrin Stier
304 Seiten, Klappenbroschur

Weitere Informationen finden Sie auf
www.fischerverlage.de

Jenni Hendriks / Ted Caplan
Rettet Steve!
... und die Welt

Steve Stevenson ist ein Arschloch. Das sollte man nicht sagen über jemanden, der Krebs hat, aber es ist wahr. Ja, er veranstaltet legendäre Partys, aber er liebt auch demütigende Pranks, und er recycelt nichts. Am schlimmsten ist jedoch, dass er mit Kaia zusammen ist – von der Cam träumt. Hinterlistig bietet Cam ihr an, eine riesige Spendenkampagne für Steve zu organisieren. Vielleicht begreift Kaia dann endlich, dass Cam perfekt für sie ist. Doch Steve ist nicht blöd. Er durchschaut Cams Plan sofort. Bevor er sich von ihm die Freundin wegnehmen lässt, unternimmt er alles, was ihm einfällt, um Cams Leben genauso mies zu gestalten, wie sein eigenes jetzt ist. Und das ist eine ganze Menge.

Aus dem amerikanischen Englisch
von Kattrin Stier
336 Seiten, broschiert

Weitere Informationen finden Sie auf
www.fischerverlage.de

Jessica Jung
Shine - Love & K-Pop
Roman

Die siebzehnjährige Rachel Kim trainiert seit Jahren an der Academy von DB Entertainment in Seoul, um es in eine Girlgroup und ganz nach oben zu schaffen. Zusammen mit den anderen unterwirft sie sich dem strengen Regiment und knallharter Konkurrenz: keine Freizeit, keine Dates, immer im Training. Als sich die Chance bietet, mit DBs Superstar Jason Lee zu singen, weiß Rachel: Das ist ihre Chance, um aufzufallen. Endlich auserwählt zu werden. Das Problem? Jason ist tatsächlich nett, sexy und wahnsinnig talentiert - er ist die Art von Ablenkung, die Rachel sich nicht leisten darf. Und genau die Art von Ablenkung, die sie sich nicht verkneifen kann.

Aus dem amerikanischen Englisch von Lena Kraus
368 Seiten, Klappenbroschur

Weitere Informationen finden Sie auf
www.fischerverlage.de

AZ 8414-0106/1